Copyright © 2019 de P.J. Maia
Todos os direitos desta edição reservados à Editora Labrador.

Coordenação editorial *Patricia Quero*
Projeto gráfico, diagramação e capa *Carol Melo | Estudia Design*
Tradução *Robson Falcheti Peixoto*
Revisão *Laura Folgueira e Vitória Lima*
Pesquisa *Luna Chino e Paulo Bellé*
Cartografia *Luna Chino*
Illustrações *Nico Lassalle*
Logos *Lucía Rovera*
Ícones e mapa *Bruno Algarve*

Dados Internacionais de Catalogação na Publicação (CIP)
Angelica Ilacqua CRB-8/7057

Maia, P. J.
  Espírito perdido / P. J. Maia ; tradução de Robson Falcheti Peixoto. – São Paulo : Labrador, 2019.
  436 p.

ISBN 978-85-87740-66-3

Título original: The Missing Spirit

1. Ficção norte-americana 2. Ficção fantástica americana I. Título II. Peixoto, Robson Falcheti.

19-0082   CDD 813.6

Índice para catálogo sistemático:
1. Ficção norte-americana

EDITORA
Labrador

Editora Labrador
Diretor editorial: Daniel Pinsky
Rua Dr. José Elias, 520 – Alto da Lapa
05083-030 – São Paulo – SP
+55 (11) 3641-7446
contato@editoralabrador.com.br
www.editoralabrador.com.br

A reprodução de qualquer parte desta obra é ilegal e configura uma apropriação indevida dos direitos intelectuais e patrimoniais do autor.

A editora não é responsável pelo conteúdo deste livro. O autor conhece os fatos narrados, pelos quais é responsável, assim como se responsabiliza pelos juízos emitidos.

FINITA ETERNIDADE

ESPÍRITO PERDIDO

P.J. MAIA

Tradução
ROBSON FALCHETI PEIXOTO

EDITORA
Labrador

Este livro é para aqueles que nunca deixam
de sonhar em ver tudo o que há.

Para meus queridos pais, por sempre
empurrarem os filhos para o mundo aberto
e por cada recepção afetuosa de volta à casa.

Três Visionários testemunharam o nascimento de um deus humano. Inúmeras nações foram dizimadas em seu nome; seus seguidores triunfaram sobre o povo e o comércio. Desde então, a bandeira fincada na superfície da Lua tremula sobre todos.

✠

Os acontecimentos acima ocorreram ao longo de quase dois mil anos para uns, ou simplesmente uma longa noite para outros. O que você está prestes a ler, no entanto, transcorreu cerca de cem longas noites atrás.

Nomes, idiomas e descrições aqui contidos foram adaptados para melhor compreensão nos dias atuais.

Que Diva esteja com você!

*Antes do azul, havia apenas a escuridão.
A vida nascia das imemoriais sementes do caos.
O instinto solitário conduzia os errantes da Terra
como conchas vazias, cobertos de peles
e atravessados de fome.*

*Eles gritavam aos céus
implorando por luz.*

Madre Diva, então, fez o Espírito.

A Devoção – Gênesis 1:3

SUMÁRIO

CAPÍTULO ZERO
Uma Cidade de Dois Contos *13*

CAPÍTULO UM
Um Gostinho do Inverno *32*

CAPÍTULO DOIS
O Juramento de Dona Anna *49*

CAPÍTULO TRÊS
Notícias de Lúmen *57*

CAPÍTULO QUATRO
Queda de Energia *78*

CAPÍTULO CINCO
Homens de Confiança *88*

CAPÍTULO SEIS
Crimes Ardilosos *108*

CAPÍTULO SETE
A Cerimônia de Boas-Vindas *134*

CAPÍTULO OITO
Nobres Problemas *155*

CAPÍTULO NOVE
O Arsenal Abandonado *164*

CAPÍTULO DEZ
Procura-se em Paradis *178*

CAPÍTULO ONZE
Apenas uma Garota Regular *188*

CAPÍTULO DOZE
Relíquias de Família *195*

CAPÍTULO TREZE
Expedição de Busca *202*

CAPÍTULO QUATORZE
Memória Paterna — *213*

CAPÍTULO QUINZE
O Custo de Viver Além — *223*

CAPÍTULO DEZESSEIS
Um Pedido de Amigo — *232*

CAPÍTULO DEZESSETE
Descoberta Fulminante — *246*

CAPÍTULO DEZOITO
Planos de Fuga — *254*

CAPÍTULO DEZENOVE
O Ataque no Parque Zulaica — *274*

CAPÍTULO VINTE
Gritos Primários — *304*

CAPÍTULO VINTE E UM
Teste de Aptidão Mental — *324*

CAPÍTULO VINTE E DOIS
O Exército Petropolitano — *340*

CAPÍTULO VINTE E TRÊS
As Visões de Flora Velasque — *350*

CAPÍTULO VINTE E QUATRO
Domingo Cinzento — *369*

CAPÍTULO VINTE E CINCO
Os Portões de Paradis — *389*

✈ *Visiopédia* — *424*

UMA BREVE HISTÓRIA DE DIVAGAR — *424*
UM GLOSSÁRIO DE TERMOS DIVAGARIANOS — *428*
~~MAPA DE DIVAGAR POR CLARÊNCIO BIRRA~~ — *322*

📖 Os termos sublinhados podem ser pesquisados na Visiopédia na página 424.

CAPÍTULO ZERO

Uma CIDADE *de* DOIS CONTOS

Quando
Terça-feira, 11 de virgem, ano 1999 depois de Diva, 21:26.
(Ano 199.967 antes de Cristo).

Onde
Territórios Inexplorados.
25° 97' S, 31° 05' L ✣

— ACORDE... — DISSE UMA VOZ FEMININA ABAFADA. ELE SENTIU TAPAS DEsesperados nas costas e nos ombros. O gemido estridente de um mosquito serviu como lembrete imediato: ainda estavam escondidos na savana inexplorada. Durante vinte e cinco semanas, a expedição do

CAPÍTULO ZERO

Capitão Milfort estava tentando localizar a lendária cidadela de seu inimigo mais fugidio.

— Estela... — murmurou ele, enquanto a cabeça roçava a grama irregular. Sonhava com as filhas, então se pôs em alerta.

— Não faça barulho, Capitão. Fui descoberta! Eles estão aqui! Eles nos acharam! — sussurrou ela.

Ele quase não reconheceu Estela, os olhos grandes e profundos emoldurados por cachos revoltos de cabelos castanho-avermelhados. Ela tinha partido há mais de um ano. Trazia pequenos rasgos e manchas de sangue fresco no tecido leve que sobrava no corpo esquálido, de uma estampa nunca antes vista. Será que poderia confiar nela? Eles é que deviam tê-la encontrado, não o contrário.

Ele assentiu com a cabeça, e Estela tratou de ir acordar o próximo.

O Capitão Edmar Milfort sentou-se em silêncio, o coração acelerado. O acampamento entrava num pânico silencioso à medida que Estela despertava os homens e as mulheres.

— Cadê o Yuri? — Edmar perguntou a Estela.

Ela se virou com um dedo sobre os lábios.

— Voltando para casa. Ele disse que Velasque está à nossa espera. — Estela amarrou uma bolsa de couro em volta da cintura, com um brilho azul tênue se insinuando lá dentro.

Ouvindo o balbuciar manso de bebê, o Capitão se desesperou. Um bebê? Será que esta era a criança mencionada por Estela em seu pedido de socorro? Nada parecia corresponder aos relatórios proféticos dos <u>Visionários</u>.

Agora ele se sentia totalmente desperto.

— Você está sangrando. — Olhando ao redor, ele pegou o bebê. — Quanto tempo até eles chegarem?

Estela bebeu de um frasco estranhamente ornamentado, que lembrava um crânio humano alongado.

— Cinco, dez minutos no máximo. Me passe a criança. — Nenhum sinal do marido do qual ela sempre falava, aquele que ninguém jamais conheceu.

— Como você nos achou? — Ele verificou se o bebê trazia algum ferimento. — Nem pense que você está no comando aqui. Vamos levá-la para casa. Velasque vai espremer até a última gota de informação antes de permitir que você reveja a luz do dia.

— Sei muito bem com quem estamos lidando aqui, Capitão. E você? — Ela lambeu os lábios secos, levando a mão à orelha. Ao longe, uma presença se movia rápido.

O Capitão Milfort entregou a criança a Estela e se virou para as fogueiras de sinalização que cercavam o acampamento. Respirou fundo e apagou todas com um único sopro.

— Donald! — Capitão Milfort chamou seu terceiro homem em comando, o imediato na ausência de Yuri. — Levante a cortina! — ordenou.

O Emissário Donald Alcigalho ergueu as manoplas do solo, arrancando metros de grama. Uma cortina de sujeira, folhas e galhos quebrados cercou o grupo.

— Pessoal, peguem só o essencial e vamos para casa! — bradou.

— Capitão Milfort! Vamos quebrar o protocolo logo agora? Nunca estivemos tão perto! — ponderou a emissária Zara Esfinge.

— Nosso único protocolo é voltarmos inteiros para nossas famílias, Zara! Esta é uma expedição *pacífica*, não importa o que digam os Visionários! — rugiu ele, ignorando Estela e seu persistente pedido de silêncio.

Ouviam-se gritos de guerra ao longe. O acampamento fora localizado.

— Madre Diva! — Como ele levaria o grupo para casa agora?

— Ouçam! Eles confiam em mim! Posso convencê-los! — Estela virou-se e empurrou o bebê para os braços dele. Enfiou a mão no monte de trapos.

— O que está fazendo? — perguntou Edmar, enquanto ela retirava da criança um estranho colar de pedra, correndo na direção de onde vinham os gritos do inimigo que se avultava.

Ele sentiu as vísceras se contorcerem. Estela nunca havia sido a mais disciplinada dos emissários, mas uma traidora? O Capitão Edmar

CAPÍTULO ZERO

Milfort correu os olhos pelo resto de grama buscando o trecho sobre o qual, na noite anterior, ele pusera uma pedra calcária grande. Pousando o bebê no chão, ele cavou com as próprias mãos, até os dedos encontrarem uma superfície dura de pedra. Em um rápido movimento, o Capitão puxou uma placa de marfim polido, soldada a guidões de diamante e a um compartimento de utensílios. Ao sacudir a placa para tirar a sujeira, um silêncio inesperado o alarmou: deveria ouvir um estalejar de cascalhos pesados.

Foi aí que ele se lembrou do brilho azul na bolsa de Estela. Como será que ela tinha pegado as pedras?

Foi só olhar dentro do aparato de transporte para saber que todo o acampamento tinha sido saqueado. Estela tinha ido embora.

— O povo do deserto roubou o nosso combustível! Mesmo assim, liguem os *gravitares*! — gritou ele aos emissários dispersos. — Não temos a menor chance! Recuar! Agora! — Ele revirou os pertences à procura de artefatos de brilho azul.

Um emissário do grupo soltou um grito de dor lancinante.

Donald gritou ao longe:

— Pés para frente! Mãos para trás! Eles têm flechas! Abatam todas!

— Larguem tudo! A gente se encontra na entrada! — ordenou Milfort, jogando algumas pedras de um azul tênue dentro do compartimento vazio de combustível. Tinha de funcionar. Ele olhou em volta e viu o bebê no chão. Se não agisse depressa, ele seria pisoteado por animais galopantes. — Vou abandonar a posição! Vou levar a criança para Qosme! A gente se encontra nas cachoeiras. Amarrem a Estela, se for preciso. Não tirem os olhos dela! — bradou ele, deslizando a manopla de comunicação da mão direita, depois torcendo o tecido de lado, até este também emitir um brilho azul e fraco. — Não lutem com eles, Zara! Dividam-se e recuem. Eles não têm como localizar Divagar!

— Entendido, Capitão! — gritou a emissária Zara Esfinge à distância, enquanto os membros remanescentes da expedição jogavam dentro dos gravitares todos os artefatos de luz azul com que se deparavam. Empurrando a manopla para dentro do compartimento de combustível, o Capitão Edmar Milfort prendeu a tampa estrelária e correu para pegar o bebê. Com o peso da criança, o medidor de energia atingiu surpreendentes setenta e oito por cento. *Havia algo de errado.* Mas ele precisava partir.

— Aqui é o Capitão Viajante Edmar Milfort reprogramando a trajetória de voo para: quarenta e três graus, quarenta e oito minutos e sete segundos a norte; quinze graus, cinquenta e oito minutos e vinte e dois segundos a leste. *A rota mais rápida possível!* — Ele tinha colocado a criança dentro do compartimento aberto, o qual, depois de vinte e cinco semanas ao léu, trazia somente cobertores de lã úmidos, restos amolecidos de fruta e um cantil de água quase vazio. Postado sobre o veículo, as travas de aço prenderam seus pés no lugar. O Capitão inclinou-se para a frente, fazendo com que a placa se deslocasse uns três metros no ar. — Vem cá, você é um... — Ele se deteve e mudou a criança para uma posição mais segura no compartimento, até que o movimento dos panos cobrisse o detalhe que lhe escapara. — ...uma garota corajosa. Você é uma *garota* corajosa! *Madre Diva!*

Os zunidos dos outros gravitares atrás lhe trouxeram certo alívio. Enquanto o veículo disparava adiante, Milfort observava a bebê; uma criaturinha saudável que merecia, mais do que tudo, estar em melhores mãos.

Mas o que mais ele deveria fazer quando tinha uma esposa e duas filhas pequenas à espera do seu retorno? O bramido do inimigo invisível foi se agigantando, assim como a debandada de seus cavalos ferozes. Naquele momento, voando velozmente no sentido oposto ao objetivo da missão, o Capitão Viajante Edmar Milfort sentiu confiança de que a equipe podia se defender sozinha. Já tinham se perdido de vista. Ninguém precisava dele com mais urgência do que aquela preciosa criança.

A dupla deslizava pela noite sob uma lua cheia e brilhante; surpreendentemente, a menina dormia dentro do compartimento que a protegia dos ventos contrários que açoitavam. Só ouvia os chocalhos do vento, e só divisava as areias do deserto frio mais ao norte.

CAPÍTULO ZERO

Sentiu a segurança ao seu alcance; tendo percorrido um terço do caminho, o tanque de combustível ainda estava em razoáveis cinquenta e dois por cento. Se a criança suportasse mais nove ou dez horas apenas com água ao dispor, chegariam em casa antes que a luz da manhã os transformasse em alvos fáceis.

Mas o que será que tinha se passado com Estela? A mulher que ele conhecia não teria abandonado uma criança daquele jeito, a não ser que as duas corressem grande perigo. Há mais de um ano, ela tinha sido infiltrada, passando-se por selvagem. Será que ela se ressentia da demora da equipe em resgatá-la? Ou talvez precisasse roubar o combustível para apaziguar o inimigo? Estaria ela protegendo o marido?

Aplacado o pânico, o Capitão pelejou para manter-se alerta à medida que rasgavam o céu sob o deserto congelante. Milfort cochilou, o corpo inclinando-se sobre o compartimento de utensílios. Passaram-se mais algumas horas de viagem pelo ar, até que um tremor violento injetou nele uma segunda onda de medo.

Quando
12 de virgem, 1999 d.D., 06:05.

Onde
Territórios Inexplorados.
32° 40' N, 34° 57' L ✣

O MEDIDOR DESPENCAVA A CADA SEGUNDO ENQUANTO O GRAVITAR MERgulhava em uma descida abrupta. A bebê acordou, piscando rápido e exibindo pela primeira vez o vigor pleno dos minúsculos pulmões. Ele levou alguns instantes para perceber que o caminho mais rápido para casa havia incluído um voo proibido sobre a *água*. Esperava uma pane de engenharia. Assim que o veículo deslizou sobre o mar, a luz azul mortiça presa dentro do compartimento de combustível começou a tremeluzir. O Capitão posicionou-se sobre a bebê, que chorava. Todos os músculos das costas, do pescoço e dos ombros se retesaram. Fechou os olhos com força, na expectativa da colisão.

Nada.

O Capitão Viajante Edmar Milfort ouviu um zumbido oriundo do medidor, antes de perceber que o veículo tinha recuperado o equilíbrio e parado por completo. Já estavam longe da água, pairando debilmente sobre a orla úmida.

Nuvens densas se entrelaçavam no céu azul-marinho, o reflexo flamejante da aurora resvalando a parte mais escura. Sentiu o ar frio e úmido nas narinas. O gravitar se desligou sozinho, em uma calma descida, até tocar o gelo firme. Jamais teria sido possível voar sobre a água: agora ele tinha pousado no gelo, muito distante do destino programado. Como é que manteria a bebê em segurança e rumaria para casa? Cercado pelo branco sem fim, ele se viu trêmulo sob um estranho crepúsculo. Estavam no meio do nada, sem meios de enviar um sinal de socorro – pelo menos, até a lua cheia.

Pousaram em algum lugar alto, num lago congelado. Parecia haver uma floresta de pinheiros na descida da encosta, delimitada por um regato de água doce que conduzia também a um conjunto de cavernas. Grato por estar vivo, ele só podia atribuir sua incompreensível sorte aos desígnios misteriosos de Madre Diva.

Milfort pegou a bebê para fazê-la parar de chorar. Embalando-a sobre o lago quieto e congelado, ele pensou nas noites tranquilas em casa, cuidando das duas filhinhas, enquanto a esposa tirava o merecido descanso. Ele queria ser um pai para elas, estar perto delas, abraçá-las quando acordassem e colocá-las na cama todas as noites. Milfort segurou a bebê mais perto de si, a fim de aquecê-la e tranquilizá-la.

— Eu sei o que você quer. Minhas meninas também choravam assim. Marla não parava até a minha esposa dar de mamar, e Elia voltava a chorar no instante em que ela guardava o peito. — Milfort deu o dedo mindinho para a criança sugar, depois olhou em volta para se precaver de presenças ocultas. Ele tocou na lateral da perna direita até

CAPÍTULO ZERO

sentir o cabo da faca de caça, muito bem forrada. Continuava escuro e o Capitão ainda pensava com clareza: era preciso encontrar algum abrigo antes que o Sol os condenasse como presas de sangue quente na imensidão branca.

Pense, mantenha a calma. Ela precisa de leite. De água, pelo menos. Precisamos de mais combustível. Se ela se alimentar, sobrevive; se recarregarmos, voltamos para casa. Precisamos do luar. Precisamos do luar para a recarga. Ela precisa parar de chorar ou seremos descobertos aqui, sabe-se Diva pelo quê. Abrigo! Ninguém com um bebê nos braços consegue se defender de um bando de lobos famintos ou de felinos ferozes de dentes de sabre. Doze horas. Em doze horas vai escurecer novamente. Ela aguenta tanto tempo? Consegue passar o dia, bebê? Shhh... Vamos encontrar abrigo. É isso o que faremos.

Com a bebê nos braços, o Capitão foi até uma encosta ali próxima, onde rochas ásperas de granito brotavam do gelo. Deixou o veículo enterrado em uma massa de neve, levando consigo, atados à cintura, o cantil de água açucarada, pedaços mofados de fruta e as peças apagadas de combustível, que àquela altura lembravam pedras calcárias. O Capitão seguiu por cerca de meia hora o caminho de pedras e um regato de água doce, até entrar em uma pequena caverna isolada a uns quilômetros de uma densa floresta de pinheiros. O Sol já despontava. Milfort não compreendia a absoluta ausência de vida animal no entorno. Com a chama tênue de duas escaldapedras trazidas do acampamento, conseguiu assustar uma pequena família de morcegos de dentro das bordas musgosas da caverna estreita. Não parecia haver nada mais vivendo ali. Seus instintos o incitaram a ficar.

Quando a bebê voltou a dormir, os braços do Capitão já estavam fracos de tanto balançá-la. Decidiu colocá-la sobre um rochedo alto, a alguns metros do chão, embrulhada no casaco de pele que ele amarrou com força na maior borda rochosa da caverna. Com alguns passos sonolentos, ele se achou fora da caverna, cegado pela luz, uma pequena faca de caça na mão. Aquele regato de água doce logo à saída atraía animais sedentos. O coração dele recomendou que esperasse até de manhã. A intuição, que encontrasse comida no caso de surgirem novas complicações mais tarde. Àquela altura, sentia que a mortalidade não lhe era mais uma fraqueza. Pelo contrário.

Milfort depositou os cascalhos cinzentos dentro de uma vala rasa à entrada da caverna; eles seriam resvalados pelo luar, mas não estariam à vista de ninguém. Contou seis cascalhos, um pouco menores que o punho dele – sete, se incluísse a manopla que não raro usava para a comunicação, onde havia uma pedra que lhe fornecia energia. *Quanto mais, melhor*, concluiu, pisando na neve para acompanhar o regato de água doce. O Capitão tentou não tremer; todas as suas roupas quentes tinham sido usadas para entrouxar a bebê.

O Sol já ia baixo no horizonte quando o Capitão avistou o primeiro sinal de vida animal. Sozinha, bebendo água num caminho rochoso que ladeava o regato, havia uma gazela de pelagem caramelo-clara e uma cabeça lisa na região em que o macho decerto ostentaria um par de implacáveis galhadas. Quase hipnotizado tanto pela companhia quanto pelo possível alimento, Edmar Milfort viu-se prestes a cometer um ato de sacrilégio. Era uma habilidade aprendida no treinamento militar e da qual se envergonhava. A gazela não percebeu a aproximação dele.

O Capitão cravou fundo a lâmina fria de diamante em uma artéria do pescoço do bicho. Milfort fitou seus olhos aterrorizados e reconheceu a mais clara marca de horror encontrada na natureza: o momento em que a morte é certa, ainda que sobejem alguns sopros de vida. O Capitão pôs uma mão firme no tórax da gazela, domando seus últimos esforços, enquanto as patas magras chacoalhavam insanamente, na tentativa de feri-lo e pôr-se em fuga. O pescoço estava lacerado; os pulmões, comprimidos de pânico. Ele teve a sensação de que o ar escasso que atravessava a gazela lhe era o estímulo à coragem e à sobrevivência. Sentiu a própria força esmorecer. Esfregando suavemente o peito quente e peludo da fêmea, ele se obrigou a interromper o fluxo de ar com a precisão de um alquimista. Sob seu comando, o animal não conseguiu mais respirar, e a morte logo o apanhou.

CAPÍTULO ZERO

O Capitão arrastou a carcaça sangrenta da gazela pelas duas patas traseiras, ao longo da margem do regato, de forma que o sangue escorreu pela água, evitando que as manchas vermelhas na brancura denunciassem a presença dele. Quando a floresta de pinheiros começou a desaparecer na distância, ele soube que se avizinhava da caverna. Mais algumas horas, pensou ele, e a gazela estaria assada sob as escaldapedras. A bebê seria colocada para dormir, e ele deixaria as pedras ao luar. Elas, então, reabasteceriam os gravitares pela manhã. Um dia falariam com alegria sobre este martírio, quando ela já estivesse crescida e junto dos pais. Milfort suspirou, aproximando-se da caverna. O crepúsculo insinuou outra noite de lua cheia na última vez que o Capitão olhou para o céu, antes de se recolher ao refúgio noturno. Um azul mortiço emanou da vala rasa, sinal de que os primeiros raios de luar já cumpriam seu papel.

Ele estava com frio, com gelo em toda a barba e dentro das narinas. As botas encharcadas tinham congelado. A barriga gritava por comida, enquanto a cabeça clamava por descanso. Aproximou-se da parede alta onde, com o coração aflito, tinha pousado a bebê.

Um coração aflito que agora lhe saía pela boca.

Os panos de algodão branco estavam desenrolados. Não tinha nada ali. Nenhum indicativo de outra presença. Nenhum ruído de criatura alguma. Nenhum vestígio de crueldade. Nenhum sinal da menina. Ainda segurando as patas traseiras da gazela, o Capitão irrompeu em lágrimas. Ele tinha falhado com a criança.

Milfort correu pela noite gelada em busca de pegadas. Fraco demais para aguentar uma luta real, o Capitão se arrastou de volta ao interior da caverna. Não havendo como fazer uma fogueira, ele olhou para a carcaça. Não ousaria afundar os dentes na carne maculada. Não depois do desaparecimento da bebê. Antes alimento, a gazela serviria agora de travesseiro frio, um lugar onde ele descansaria a cabeça trêmula até fazer suas preces e dormir.

Abençoe aquela criança, Madre Diva. Proteja-a. Proteja a Sua filha. Ajude-a a encontrar o caminho de volta à família. Por favor... Mostre-lhe a Sua misericórdia, Diva. Leve-me, pois eu matei uma de Suas criaturas.

UMA CIDADE DE DOIS CONTOS

Leve-me, pois eu deixei minha família para trás e coloquei meu destino em perigo. Eu escolhi isso. Não castigue uma inocente pelo erro de um louco. Por favor... Tenha misericórdia dela. Eu imploro à Senhora... Por favor...

Os batimentos dele foram se atenuando. A noite o silenciaria.

Quando
Sexta-feira, 22 de virgem, 06:14.

Onde
Territórios Inexplorados.
32° 40' N, 34° 57' L ✣

KE'A'NA... ECOS DE UMA VOZ FEMININA SOARAM NA ESCURIDÃO. ELE SE LEM-brou de um cheiro pútrido.

O cheiro pútrido se avultava cada vez mais, invadindo suas narinas congeladas.

Sentiu um movimento, algo em torno dos olhos, talvez. O cheiro. O cheiro nauseabundo.

O Capitão Edmar Milfort abriu os olhos inchados e saiu do que pareceu um sono sem fim, dando com a visão horrenda de uma carcaça apodrecida, a poucos centímetros dele. *Por que cheirava tão mal, e tão depressa?* As entranhas da gazela pareciam ter sido arrancadas em movimentos vagarosos. Moscas festejavam sobre o banquete congelado, ao passo que as trilhas de sangue escorrido tinham se tornado sincelos carmim-escuros. As paredes musgosas da caverna pareciam iluminadas por uma luz brilhante. O animal morto estava exatamente onde ele se lembrava. Ele tentou desviar o olhar, mas seu corpo não se movia. *Há quanto tempo aquela carcaça estava ali? O que estaria restringindo meus movimentos?* Seus pensamentos dispersos revoluteavam.

Ouviu o som gorgolejante da menina, em algum lugar atrás de si, bem no fundo dos túneis gélidos e rochosos. Ela parecia alegre. E ele encontrou a força para tentar se libertar. Um puxão brusco do tronco estirou um nervo no ombro e jogou o supercílio direito para o chão duro. Não conseguia gritar. Seus olhos doíam. Um bruxuleio de luz azul refletiu o ambiente na trilha congelada do sangue da gazela: divisou metade do próprio corpo enterrado em rochas pesadas. Como é que ele teria dormido por tanto tempo debaixo deste peso esmagador?

Uma mulher gritou de medo. Os braços dele formigavam. Ela não devia estar muito mais longe do que o regato lá fora. *Se ao menos conseguisse livrar as mãos...* Sentia os braços inertes sob a pesada pressão. A bebê gritou, muito mais alto que a mulher. Esta era a última chance dele; logo elas estariam mortas. Milfort conseguiu cerrar a mão em punho. Ignorou o latejar sobre o olho direito.

Os gritos coléricos se aproximavam ainda mais, passos molhados avizinhando-se como se um selvagem andasse dentro do regato de água fresca. O Capitão trincou os dentes com tanta força que esteve a ponto de quebrá-los, liberando a raiva e a força em um grito feroz que expulsou a energia aprisionada nele. As rochas se quebraram em pedaços, estraçalhando-se violentamente contra as paredes da caverna. *Estou voltando para casa...*

O Capitão Viajante Edmar Milfort ficou de pé num salto, com a vingança reabastecendo o corpo dolorido. Erguendo as mãos vacilantes, respirou fundo. *Chega!* Exalou, orientando o ar com as mãos, e usou-o para fazer uma espiral de vento que arremessou as rochas pesadas para a saída da caverna, impetuosamente. Várias pancadas secas e gemidos sonoros revelaram haver lá fora quatro, talvez cinco homens.

Milfort cambaleou até a parede alta onde tinha colocado a bebê antes de sair para caçar. Ela ainda estava viva, no mesmo local, amarrada com o mesmo nó de volta-fiel aprendido em seus dias militares, com sua finalização delicada e inconfundível. Bem ao lado dela, a manopla que deixara ao luar. A pedra costurada dentro dela iluminava de azul toda a caverna. Deslizou-a na mão esquerda, pegando a bebê de uma só vez com a direita; parecia mais pesada, talvez, não sabia ao certo.

Com a mão livre levantada, o Capitão correu aos urros, determinado a espantar seus captores com o simples poder dos pulmões. A manopla duplicou o poder do vento, soprando como se a própria caverna gritasse em cólera. Sem olhar para trás, Milfort precipitou-se para fora. A lua já minguava. Ouviu gritos de homens cuja face ele não parou para entrever. Um segundo giro da mão esquerda e os cascalhos deixados ali revolutearam num turbilhão azul brilhante pelo ar, produzindo jorros de fogo conforme acertavam os estranhos. Correndo pelos montes de neve, ele buscou o lugar onde tinha enterrado o veículo.

Grunhindo, os selvagens continuavam no encalço.

Ele levantou uma cortina de neve com um solavanco do braço esquerdo. O Capitão chutou a base do gravitar, abrindo-o. Com um gesto, fez com que os cascalhos brilhantes no ar ocupassem o lugar devido mais uma vez. Virando-se por um breve segundo, ele divisou cinco homens se avultando, cobertos de peles brutas, lanças nas mãos. Nenhum sinal da mulher que gritava.

— Aqui é o Capitão Viajante Edmar Milfort, retomando a rota de voo! — ordenou em voz alta, observando o veículo se erguer para a partida, abrindo automaticamente a caixa encimada. Cem por cento no medidor, finalmente. Milfort acomodou a bebê, e então percebeu uma pedra negra e polida deslizar de debaixo dos panos. Antes de acharem a caverna, ela não estava ali.

Madre Diva! Uma lança passou sibilando por ele. Os homens estavam perto. Sem olhar para trás, Capitão Milfort deixou o gravitar arremeter para longe dali. Ele olhou para a menina com um sorriso largo, rindo com tanta força que quase perdeu o equilíbrio. A menina fez o mesmo, gorgolejando.

Milfort sentiu-se arrebatado. Agora compreendia que fora enviado para protegê-la. Nada mais fazia sentido naquele momento. A boca estava seca, as costas como que quebradas em tantas regiões que nem saberia contar, a garganta doía, o olho direito ainda latejando. Ela, contudo, parecia saudável.

CAPÍTULO ZERO

Com cerca de três horas em voo noturno, Capitão Milfort ouviu o sinal que tanto aguardava: um bipe eletrônico anunciando que tinham entrado no raio de comunicação, finalmente. Levou a manopla ao ouvido para tentar contato.

Aqui é o Capitão Milfort em um Código 908. Capitão Milfort telechamando <u>Qosme</u>. Tenente Zéfiro, está na escuta? Ele tentou contatar a nação mais próxima à fronteira.

Aqui é o Capitão Milfort em um Código 908. Capitão Milfort telechamando <u>Petropol</u>. Tenente Golias, está na escuta? Ele tentou um posto diferente.

Aqui é o Capitão Milfort em um Código 908. Capitão Milfort telechamando <u>Paradis</u>. Tenente Moriarti, está na escuta? Essa foi uma chamada para sua terra natal, onde a esposa e as filhas esperavam por ele.

Equipamentos defeituosos não eram novidade, mas tantos assim era a primeira vez. Parecia que a civilização tinha se extinguido.

Passaram-se minutos intermináveis. Pelo menos, a pequena tinha adormecido. *Agora durma, bebê. Você nunca mais vai correr perigo*, prometeu baixinho, com lágrimas escorrendo pelo rosto. *Quando você crescer, eu prometo... Um dia, quando tiver idade, vou lhe contar tudo sobre a sua primeira aventura... Tudo sobre a menina corajosa que você é...* O coração dele se partiu ao pensar que esta criança logo morreria de fome, caso ninguém atendesse sua chamada. As pedras estavam carregadas, ele estava dentro do raio, não havia por que já não ter sido localizado... A menos que ninguém estivesse à procura dele. No céu, as longas nuvens brancas cediam caminho aos primeiros sinais de verde, enquanto o Sol se levantava no horizonte.

Quando
22 de virgem, 9:51.

Onde
4 quilômetros à saída de Qosme, Divagar.
43° 86' N, 15° 97' L ✤

AQUI É O CAPITÃO MILFORT EM UM CÓDIGO 908. CAPITÃO MILFORT TELECHA-mando Qosme. Alguém na escuta? Sua mente viajava adiante, fazendo instintivamente a telechamada. Ele só pensava na menina. Ela precisava se alimentar, e logo. Será que Estela tinha conseguido voltar com os outros emissários?

Mais um instante de silêncio ensurdecedor. Até uma resposta:
Capitão Milfort, aqui é Qosme! Diva! Por onde andou?
O corpo afundou-se aliviado. *Preciso de ajuda. Eu e meus emissários caímos numa emboscada. Perdemos contato! Por favor, envie reforços. Estão nos seguindo!* Ele respondeu em pensamento e em voz alta, simultaneamente.

Capitão Milfort, aqui é Qosme. Todos os seus emissários retornaram… Há dez dias. Uma voz familiar e grasnante ecoou de volta. Milfort olhou ao redor. O Sol da manhã agora abençoava seus olhos doloridos com as conhecidas paisagens de pedras calcárias e cachoeiras cristalinas que marcavam a entrada traiçoeira para o reino isolado.

Dez dias? Como fiquei inconsciente por dez dias? Como ela sobreviveu por dez dias? Segurou a bebê nos braços, enquanto o extenuado gravitar aterrissava na beira de uma calma cascata de águas límpidas que corriam morro abaixo até as corredeiras bravias.

Um pouco à frente, as corredeiras se estendiam até uma gruta submersa, que não se lembrava de ter visto quando sua expedição, composta de quarenta e cinco homens e mulheres, tinha cruzado aquela mesma entrada para aventurar-se ao sul do desconhecido.

CAPÍTULO ZERO

— Estou no limite das cascatas. Aumente o brilho! — ele solicitou em voz alta. Então, sobre a gruta, viu uma peculiar refração de luz através das folhas de uma palmeira solitária. Nada fora do comum para um olhar destreinado, mas ele sabia do que se tratava. *Eu vejo o brilho. Agora desfaça o truque*, pediu tranquilo, até a interrupção da telechamada. A refração de luz diminuiu, assim como a extensão das corredeiras e a palmeira solitária.

A ilusão desvanecida cedeu lugar a uma ponte estreita de madeira que encimava a cascata, medindo não mais que poucos passos. No outro extremo, oficialmente dentro do reino de Divagar, ele entreviu Apolo Zéfiro, o tenente júnior que tinha sido alocado ali poucos dias antes do início da expedição. Ele parecia calmo, bem alimentado, disposto.

— Capitão Milfort — o jovem falou com um misto de respeito e arrogância. — Está com uma aparência péssima. — Ele espanou o casaco de pele cinza do Capitão Milfort, acenando para que este o seguisse para dentro, antes de a ponte desaparecer mais uma vez no ar rarefeito.

— Tem alguma coisa errada. Alguém deve ter feito algo comigo. Perdi a noção do tempo, eu... Cadê o Velasque? Você é novo demais para guardar sozinho a entrada. — Deu um passo cauteloso, silenciando a bebê.

O jovem, confiante, se virou, percebendo que o Capitão não tinha voltado sozinho.

— Essa é a filha da Estela? Ela está desesperada — falou ele, abrupto.

— Eu não entendo. A retirada foi bem-sucedida? Perdi o contato com todos, eu... — O Capitão Milfort estava farto da insubordinação do rapaz.

Um alarme estridente originou-se de baixo dos cedros monumentais. Entreviam-se torres de granito sólido da altura de uma pessoa escondidas atrás dos ramos. As finas antenas de cristal se direcionavam à cabeça do Capitão Milfort. Um segundo zunido agudo, seguido de um brilho azul vívido sobre as antenas de cristal. Os sonares de defesa do reino tinham sido violados.

— As torres, Zéfiro! Deviam estar desativadas! — gritou o Capitão Milfort, tentando competir com o volume ensurdecedor dos alarmes. Sua força incontrolável, capaz de arremessar pedras pesadas à grande distância, se esvaíra. Tudo o que restou, ele usava para segurar o bebê.

O rapaz ergueu um capacete de granito escuro com uma viseira cravejada de diamantes que se arqueava sobre a fronte e as têmporas. Ele sorriu em meio ao barulho estrondoso. Trazia na cintura um segundo capacete de granito e diamante. Milfort lhe estendeu a mão, o braço trêmulo. O tenente júnior desprendeu com facilidade o capacete, antes de recuar um passo e jogá-lo ao chão, para longe do Capitão. Os clangores diminuíram depressa, e o Capitão Milfort sentiu um ruído forte e estridente vibrando com a força de mil terremotos contra sua cabeça desprotegida.

A perigosa armadilha psiônica destinada a enlouquecer invasores selvagens por toda a eternidade tinha sido acionada sem misericórdia.

A bebê se inquietou por um breve momento, mais confusa que aflita. Quando os ouvidos de Milfort estalaram e uma pressão insuportável encheu-lhe o crânio, o Capitão caiu de joelhos, mal conseguindo colocar a bebê no chão.

— Proteja a criança... — implorou ele, sentindo até o último pensamento na cabeça derreter-se em polpa escaldante. Antes de sua mente devastada se apagar, ele divisou a pedra preta e polida que tinha deslizado dos panos da criança. Havia algo escrito nela. Era a caligrafia dele, assim como era dele o nó volta-fiel feito nos panos, mas ele não se lembrava de ter feito nenhuma das duas coisas. Antes de os olhos se fecharem, Milfort leu o nome que ele gravara na pedra negra: *KEANA*.

— Não se preocupe, Milfort. Ela tem um futuro formidável pela frente — declarou o homem, enquanto acenava a mão direita para que a ilusão se restaurasse. Ao longe, uma palmeira solitária e as corredeiras rasas substituíram a ponte onde eles se achavam, mais uma vez fechando o reino para o mundo exterior.

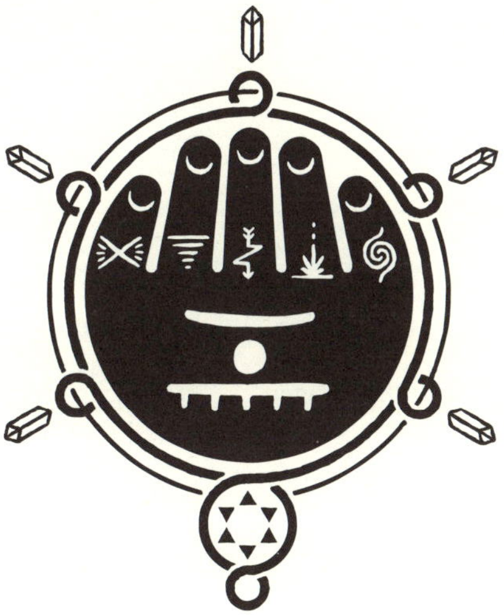

CAPÍTULO UM

Um GOSTINHO *do* INVERNO

Quando
Domingo, 1º de leão,
2015 depois de Diva, 07:15.

Onde
Ponte Gelanorte, 5 quilômetros à saída do Monte Lazulai.
53° 01' N, 11° 07' O ✣

— ESTÃO ACORDADOS, AMIGOS? SINTAM A NEVE CAINDO. NÃO ESTAMOS MAIS em Paradis. — O velho Cronos riu, acariciando a crina quente e macia na cabeça do mamute, as pernas magras balançando junto ao enorme pescoço do bicho. Nascido e criado na primeira nação de Paradis, Cronos Gregoriano era o mais gentil montador dos mamutes lanosos, usados para o transporte de passageiros pelos antigos caminhos de gelo sólido que ligavam Paradis ao solo sagrado, e mesmo os gigantes violentos e peludos obedeciam ao seu toque firme. Logo atrás, no topo da corcunda do animal e descendo até as costas, um quarteto paradisiano tirava uma soneca: era a família Milfort.

Agasalhada em mantos brancos e peludos, Cerina Milfort, mãe de três, saiu com a cabeça nevada de debaixo da sombrinha que a protegia do brilho do Sol invernal naquela cansativa viagem desde a cidade paradisiana de Cavamarca, mais ao norte.

— Edmar, Marla, Elia, acordem, chegamos! — disse ela aos roncadores: o marido e as duas filhas mais velhas, estas pela primeira vez no Monte Lazulai. Quando os Milfort abriram devagar os olhos geosos, tirando os pingentes de gelo do rosto e da testa com luvas de couro bruto, todos arfaram diante de uma surpreendente paisagem glacial com pétalas de rosa de um vermelho-sangue vívido que cobriam toda a superfície.

— Este é o lugar mais bonito do mundo! — comentou Cerina Milfort, cobrindo os cabelos com o capuz peludo que pendia do pescoço. Para ela, os redemoinhos de carmim e a brancura ofuscante da neve eram um sinal da presença de Madre Diva. Com delicadeza, Cerina cobriu também a cabeça do marido; passar por uma longa barreira de torres de sonar faria a pele do Capitão aposentado se arrepiar de pânico.

Por trás das alturas estratosféricas do pico sagrado, dois gêiseres jorravam água doce e espirravam para os dois lados da ponte, como a saudar com violência os visitantes recém-chegados.

— Madre Diva! Precisamos sair mais vezes. — disse Elia, a irmã do meio, fascinada com a dança de jatos de água resplandecente.

— Ainda não me conformo com o frio que faz no inverno. — Marla sorriu diante da paisagem. A mais velha dos Milfort apertou as pálpebras, percebendo pontinhos de geada sobre os cílios.

A leste da montanha havia um vale, onde os visitantes desciam dos gigantes lanosos e cobriam a cabeça, em sinal de respeito. Era ali, junto à entrada do centro energético do reino, o destino dos paradisianos que se despediam da família e dos amigos, e também a próxima parada dos Milfort nesta manhã congelante.

CAPÍTULO UM

— Conseguem sentir? O toque quente de nossa Mãe dentro do peito? — Cerina suspirou, fechando os olhos em reverência. — Sua irmã deveria estar aqui conosco.

— Por quê? Para dizer algo amargo e rancoroso? — Elia semicerrou os olhos.

— Ela não está sabendo lidar muito bem com a decisão da vovó. Deixa ela em paz — retrucou Marla.

— Você nunca me deixaria ser tão orgulhosa, mãe. — Elia balançou a cabeça em negação. — A menina prefere atravessar a ponte toda *a pé*, debaixo deste tempo, só porque não quer colocar a droga de um distintivo de candidatura!

— Para você, é fácil falar. Já faz cinco anos que despertou e *ainda* está usando o seu. — Marla abafou uma risadinha.

— Ele me traz segurança, me deixa. — Elia cobriu o distintivo enferrujado que pendia do pescoço, em vez de pregado às roupas.

— Chega, vocês duas! — Cerina levantou a mão quando os Milfort, menos um, se preparavam para adentrar os solos sagrados para além dos gêiseres.

A oeste do vale, no entanto – escondido pela visão deliciosa do pico cintilante do Monte Lazulai –, ficava um lugar sombrio, dependente da mesma fonte de energia que atraía peregrinos durante o ano inteiro: Perpétria, o instituto correcional do qual nenhum prisioneiro jamais escapou.

Cerina absorveu a visão formidável dos picos colossais da montanha: opulentas, maravilhas, feitas das mais puras e mais cintilantes rochas de *cristal pedrazul*. Ao redor dos enormes blocos minerais que saíam do gelo e em volta do pico, orbitavam pedaços menores da rocha, impulsionados por uma intensa força gravitacional que trazia à terra, ao alcance do toque humano, a dança dos corpos celestes. *O que deveria nos unir nos dividiu...*, ela sabia que Edmar diria, num de seus dias bons. Há um bom tempo, porém, estes se tornaram mais escassos que sua pensão por invalidez. Há tempos ela não via nenhum sinal de consciência para além do verniz que cobria os olhos do silencioso marido. Agora, contudo, eles pareciam faiscar de vida, refletindo o brilho azul da montanha. A última vez que ela visitou o Monte Lazulai, quando moça, foi para se despedir da própria mãe, e agora se encontravam ali para a partida da mãe dele.

❄

Ainda acariciando a região acima das pálpebras pesadas do gigante cansado, Cronos estendeu a mão por trás das costas para apanhar um agrado de Cerina.

— Uma família de Truqueiros? Não consegui ver debaixo de toda essa pelagem branca. Bom, não é uma visão lá muito digna de nota — comentou ele, observando a filha mais velha trocar o algodão claro pelo escuro com um simples esfregar das mãos.

As meninas tinham descido do mamute e estavam sobre o solo gelado, batendo os pés para se manterem aquecidas. Talvez sem pensar, Marla tinha transformado o algodão branco das botas em pelos de mamute, muito mais quentes e, orgulhosa como era, Cerina não ia querer que o montador espalhasse histórias sobre elas.

— Ah, não. As meninas são Truqueiras. Marla está no último ano em Lascaux, e Elia se formou na Lúmen Academia e acabou de se mudar para lá também. O pai é Ventaneiro aposentado, e eu estou com os Gravitores — Cerina apertou a mão do velho, com um sorriso simpático no rosto. Há tanto dourava aos demais a verdadeira natureza da condição de Edmar que, às vezes, quase acreditava em si mesma. Parcialmente catatônico desde que as filhas eram pequenas, Cerina ainda o amava, embora tivesse se resignado a nunca mais ter um marido de verdade.

— Três clãs em uma família! Madre Diva! E aquela pequena teimosa lá atrás? Quando é que ela vai despertar?

Cerina respirou fundo. Aparentando desconforto, Marla e Elia se entreolharam por um segundo, enquanto ajudavam o pai debilitado a descer das costas do mamute.

CAPÍTULO UM

— Ela vai ficar bem. Sabemos como é nessa idade — desconversou Cerina, não escondendo o coração dilacerado.

— Ela vai demorar pra chegar aqui, mãe? — perguntou Elia, sustentando o pai de pé, enquanto Marla preparava o último par de sapatos peludos.

— Mais meia hora, talvez? Não importa, querida. Vamos esperar — continuou Cerina, olhando para a interminável ponte gelada que tinham acabado de atravessar.

— Cadê meu Favo de Mel? — Edmar conseguiu enunciar.

— Quando o meu distintivo chegou, eu não desgrudava os olhos dele. Acha mesmo que ela *o deixou em casa*, mãe? Por favor... Ela só *tinha* que chamar a atenção mais uma vez — declarou Elia.

E, assim, os Milfort esperaram.

❉

Para lá da ponte congelada, alguns quilômetros abaixo, uma jovem de estatura mediana ostentava um par de pernas finas e trêmulas. *Mais cinco minutos...*, pensou com os próprios botões, enquanto os ventos penetrantes da estratosfera cortavam seu rosto. Era a sua primeira vez se aventurando fora dos limites de Paradis; ela nunca antes na vida tinha visto a neve. A cada pontadinha fria de umidade na pele negra descorada e nos cabelos emaranhados da cor de cera envelhecida de abelha, se ressentia ainda mais da viagem. A neve significava apenas a despedida de uma das pessoas que mais venerava. Não fosse o bastante, ela se enfurecia com a maneira arrogante como as irmãs minimizavam as emoções dela. Mais tarde, contudo, haveria de se deitar em uma cama quente e confortável. Aos prantos, Keana Milfort foi direto aos braços do pai.

— Àqueles que se cansarem de viver... não vou percorrer todo este caminho de novo só para me despedir! — gritou ela, esfregando as faces congeladas no pesado casaco de pele que o pai usava.

— Keana, querida, não leve tanto pro lado pessoal. É apenas uma tradição! — Cerina tentou apaziguar, enquanto o velho Cronos ria sozinho, dando a volta com o mamute para entrar novamente em Paradis e pegar a próxima leva de passageiros com destino à solene reunião.

— Queria ver você andando sobre uma ponte de gelo, no inverno, durante uma hora. Não custava ter me lembrado que, sem o *distintivo de candidatura*, não me dariam permissão de montar com vocês! Eu podia ter ficado em casa! — protestou.

— Nunca vi uma candidata da L.A. precisando ser lembrada do distintivo. Comporte-se como uma criança e será tratada como tal — retrucou Cerina, surpreendendo de soslaio o sorriso do velho montador.

— A vovó não sentiria a minha falta aqui! — Keana cruzou os braços, tremendo tanto de frio que as irmãs não seguraram os risos.

Edmar Milfort bateu de leve na cabeça da filha caçula; no fundo, Keana sabia que ele teria saído em defesa dela, se fosse capaz.

— Sinto muito se lhe foi inconveniente a data que ela escolheu para *encerrar a vida* — debochou graciosamente a mãe, ligeira em puxar a garota para poder aquecê-la.

— Ela não vai estar presente no meu despertar, por que é que tenho que ir ao desfuneral dela?

— Agora, se acalme. — Cerina tentou tranquilizá-la. — Sinta a paz que emana do Monte Lazulai.

— Não sinto nem meus mamilos — Keana resmungou. — Ei, eu também quero esses sapatos peludos! Marla, me faça um par! Por favor!

— Sinto muito, Kee. Você sabe que eu adoraria — respondeu Marla.

— Vai à *morte!* — rosnou Keana, furiosa.

— Sem palavrões aqui! Este é um local sagrado. Chega de tolice, Kee. Mostre respeito — disse Cerina.

— Diva! Um lugar sagrado! — Keana exclamou com entusiasmo forçado. — Dê um jeito de me arranjar um mamute pra viagem de volta, ou já pode ficar também pro *meu* desfuneral. — Ela franziu os lábios, ainda trêmula.

Elia, a do meio, deu um tapinha de brincadeira na cabeça de Keana.

— A diretora da Lúmen Academia vai comparecer. Você pode se

CAPÍTULO UM

apresentar e pedir a ela que limpe seu nome junto aos montadores. Poupe-se do drama na volta, pequerrucha. Agora, vai parar de reclamar? Veja a beleza deste lugar!

Mas Keana já o conhecia. O vale exercia sobre ela uma atração estranha e serena, uma presença irresistível que ela tentou ignorar, sem êxito.

— Muitas pessoas vieram se despedir da vovó. Avisto um grupo de <u>Brasas</u> para lá dos pinheiros. Por que não vamos lá para nos aquecer? — sugeriu Cerina.

— Eu quero vê-la antes de ela subir ao palco. Preciso falar com ela. — Keana franziu os lábios.

— Temos a manhã inteira pela frente, querida. Você terá um momento com a vovó quando ela estiver pronta. Prometo — garantiu Cerina.

— Agora, venha, Kee. Certamente haverá alguém da sua idade para passar o tempo. — Marla tentou animá-la.

— Sim, os *desfunerais* estão muito em alta entre os <u>mancebos</u> de Paradis. — Keana revirou os olhos, escovando o resto de neve das roupas. Enquanto as duas irmãs mais velhas conduziam o pai às terras cerimoniais, Keana disparava na frente.

Quando
1° de leão, 09:32.

Onde
Jardins Sempreverdes, Monte Lazulai.

NA MONTANHA, KEANA APROXIMOU-SE DA FOGUEIRA, ONDE AS PESSOAS TInham se reunido junto à única região verde não coberta por espessos mantos de gelo. Ela percorreu os olhos pela multidão. Nem sinal de Dona Anna Milfort.

— No trabalho, Cerina não disse nada sobre o desfuneral — comentou Mariote Albatroz. — Não vi nenhum traço de raiva ou amargura. Imagine só, cuidando de um marido inválido e criando sozinha aquelas três garotas? — levou a mão ao peito, em evidente zombaria.

Atrás, Keana ouvia tudo, esperando que ninguém se virasse.

— Ela não deu muita sorte. Mas é para isso que servem os cônjuges, Mariote. É pelo coração de Anna que rezo... Preparar o único filho sanguíneo para ser líder, e vê-lo acabar assim? — declarou Muringo Grenadino. Fazendeiro aposentado, ele tinha 97 anos e era como se o vento pudesse derrubá-lo. Keana assim o desejou. Ouvir a conversa alheia não era muito diferente de ser insultado. Na mesma medida curiosa e humilhada, ela não se manifestava nem arredava pé.

— Convenhamos que o Capitão Milfort merecia destino melhor. — Eis Betânia Cavaleão, que em tese seria uma amiga da família Milfort. — Anna pressionou muito os Visionários a buscarem uma cura para os esculhambos mentais, mas Velasque não moveu nem um dedo. Ele teve a audácia de dizer que desesculhambar Milfort representaria uma ameaça à segurança nacional. Vai saber o que todos aqueles Ventaneiros testemunharam na savana... Muitas vezes Velasque freou os esforços dela. Pobre Cerina, que Diva a guarde.

Keana já tinha ouvido esse boato sobre o pai, mas nunca acreditara nele. Os olhos se arregalaram de raiva quando viu os pais se aproximarem deste covil de víboras. Virou-se e correu no sentido oposto, satisfeita por não conceder a ninguém o sabor da busca por um distintivo idiota em seu peito. *Sou eu quem devo implorar a aprovação deste povo? Nem pela morte.*

❋

Perambulando ali pela fogueira, subindo em direção aos ventos mais frios, um garoto de dezesseis anos ostentava uma joia de ouro e pedrazul puros em formato de lágrima, muito bem fixada na túnica de lã branca e reluzente. Graças ao distintivo de candidatura da Lúmen Academia, desde a chegada, ele recebia acenos de aprovação e sorrisos

CAPÍTULO UM

radiantes e desdentados de inúmeros desconhecidos. Dono de ombros largos e maxilares quadrados típicos dos brutais guerreiros das Ilhas Kalahar, o jovem Jameson Chispe mal via a hora de fugir da conversa fiada e das formalidades de um evento social que celebrava a *tristeza*. Sua marcha difícil encontrou a companhia de um rosto familiar.

— Ei, Kee! Pensei que nunca fosse te achar — ele falou a Keana Milfort, que estava sentada num monte macio de neve, os punhos cerrados, o olhar perdido em direção aos longínquos Visiotenentes e ao caminho íngreme bloqueado por eles.

— Jamie? — falou alto, esboçando um sorriso modesto.

— Quanto tempo! — O garoto se aproximou, soltando a capa de lã para estendê-la na neve ao lado dela. *Faça o que fizer, não pergunte se ela segue firme e forte na luta.* — Não está congelando aqui?!

— Uma senhora Braseira me viu passando frio e me deu isto, ó — Keana abriu as mãos, revelando dois cascalhos incandescentes.

— *Escaldapedras*?! Nossa! — Ele estendeu os braços, e ela pousou as pedras nas palmas do garoto. — Veja só — provocou Jamie, espantando o frio ao bater os dois cascalhos radiantes um contra o outro, atirando-os na neve junto aos pés.

— O que você está fazendo?! — Entre eles surgiram, crepitantes, duas pequenas chamas. — Ah... Perdão. Foi gentil da sua parte, primo.

— Detesto quando você me chama assim. — Jamie deu uma piscadela. — E aí, firme e forte na luta?

— Minha avó está prestes a acabar com a própria vida. Dá para deixar a paquera para depois? — Ela arqueou as sobrancelhas, chutando a canela dele.

Jamie coçou as sobrancelhas congeladas.

— Então... É isso o que estávamos perdendo... o inverno. — A cabeça de Keana acenou para a neve.

— Qual é, até que é legal, não? — Jamie inclinou-se para as chamas originadas das pedras. — Não a faz desejar ver o mundo inteiro?

— Falou como um futuro Ventaneiro.

Em silêncio, Jamie assentiu por um momento, buscando no vasto horizonte um sinal do continente paradisiano, talvez envolto nas nuvens monumentais que se estendiam até onde a vista alcançava. Atrás deles, bem abaixo, para além da entrada do recinto sagrado, entrevia-se uma <u>névoa</u> cinza e densa que se iniciava no meio da antiga ponte de gelo e parava bruscamente.

— Vejo que você não está usando o distintivo — reparou ele, ainda atraído pelas nuvens mais grandiosas já vistas de perto. — Nem a túnica branca, por sinal.

O pescoço de Keana esticou-se para o Monte Lazulai.

— Pediram tantas vezes o meu distintivo, por causa dos mamutes, que me senti uma intrusa.

— Então, fizeram você *andar* a ponte só porque não usava uma joia? — continuou ele. — Que ridículo!

— Eu que sei, Jamie. Pelo menos foi o certo. — Keana fez que sim com a cabeça, umedecendo o lábio inferior com a língua.

— Você não vai ter a menor chance se não usar — ele também umedeceu o lábio inferior.

— Eu sei, Jamie.

O rapaz esfregou as mãos mais junto às chamas.

— Então... cadê ele?

— Deixei em casa.

Jamie ficou em silêncio.

— Você não chegou a receber um, né? — Jamie franziu a testa, tentando mostrar empatia. A uns cem metros dali, as multidões pareciam tomar seus lugares.

Keana baixou a cabeça. Demorou um momento para dizer algo.

— Quando mostrei a caixa vazia à minha vó, vi a decepção nos olhos dela.

— O que foi que ela disse?

— Que tinha acabado o tempo dela entre os vivos e que eu precisava ser forte para os dias que viriam. Fiquei com sensação de que a ideia lhe veio por causa da caixa vazia. Parece loucura, eu sei. — A garota meneou a cabeça.

CAPÍTULO UM

— Loucura? Não sei, não. Um pouco egocêntrico, talvez. — Jamie soltou um riso abafado. — Não acha que pode ter sido um erro da Lúmen Academia? Nunca fiquei sabendo de terem mandado caixas vazias.

— Ah, sim, ou um erro administrativo de um sistema controlado por malditos telepatas, ou o simples fato de que sou provavelmente a única cidadã de Paradis nascida fora dos limites do reino. Me pergunto qual das duas hipóteses! — Keana lançou-lhe um olhar furioso. — Ouvi os rumores. Todo mundo diz que sou estrangeira. Adotada. Sei que a minha mãe me culpa pelo que aconteceu com o meu pai, que por sua vez nem deve lembrar que o meu nome não é *Favo de Mel*. — Ela afastou da frente do rosto uma mecha de cabelo. — Como se eu precisasse ser lembrada... Sei que ele não faz por mal, mas não há um só dia em que eu não me sinta uma estranha no ninho. Ouça, não vá comentar isso com ninguém, viu?

— Dou a minha palavra! — O rapaz concordou com a cabeça.

— Pelo lado bom... Você deve ter tirado um peso e tanto das costas daquele mamute. — Jamie segurou um riso na garganta.

— Você veio aqui para rir da minha cara? — resmungou ela, trêmula, também incapaz de conter o riso. Atreveu-se a descansar a cabeça no ombro de Jamie. — Juro por Diva, se não fosse pelas luzes estranhas que estouravam por onde eu passava, eu teria congelado enquanto dormia. Para ser sincera, achei que fosse morrer. — Bufou brincalhona, escondendo a cabeça sob uma aba da túnica dele.

— Como se fosse possível. — Ele mal pôde esboçar um sorriso, já que precisou desviar de um objeto grande que veio rápido na direção dos dois.

— Madre Diva! — gritou Keana, rindo, a cabeça abaixada, puxando o braço de Jamie. No alto, um pedaço robusto de pedrazul continuava sua órbita em torno do pico do Monte Lazulai. — Temos que voltar antes que a próxima nos acerte em cheio — sugeriu ela, cavando as mãos na neve para enterrar as escaldapedras flamejantes.

— Topo me arriscar a levar uma na cara se você me disser o que realmente está te incomodando — Jamie desenterrou da neve as pedras agora apagadas.

Keana virou-se e olhou para ele.

— Você sabe que eu não sou legítima, Jamie. Não há sangue dos Milfort correndo nas minhas veias. — Engoliu em seco.

Jamie a envolveu com o braço. Qual seria o propósito de entrar na Lúmen Academia, a menos que ela estivesse bem ao lado dele, passo a passo na jornada?

— Conheço você desde sempre. Para mim, você é bem legítima — respondeu ele, puxando de leve o cabelo cor de mel e arrancando um riso tímido dela.

— Mas você sabe o que eu quero dizer. A minha vó *sempre* falava que, se meu pai não melhorasse a tempo, ela ia passar o bastão para mim ou para uma das minhas irmãs, dependendo de quem fosse a primeira Ventaneira. — Keana suspirou.

— Então, a esperança de todo mundo cresceu quando suas irmãs receberam o distintivo, mas daí as duas despertaram como Truqueiras — pensou Jamie em voz alta. — E agora o seu distintivo nem chega... — concluiu ele, apertando um pouco mais o ombro dela.

— Não é? Por que *eu* não tenho uma chance? — A voz de Keana falhou, o corpo trêmulo buscando o calor no ombro de Jamie. — Todo mundo sabe que minha mãe biológica era uma Ventaneira... *É* uma Ventaneira, imagino. Minha avó é líder de clã, pelo amor de Diva. Por que não garantiu que eu recebesse a porcaria de um distintivo de candidatura?

— Isso *se* você se revelasse uma Ventaneira. Caso contrário, seria o fim da sua linha de sucessão e ela perderia o direito de nomear o substituto — ponderou Jamie.

— Acho que ela cansou de esperar. Mas eu sei que ela está errada, Jamie. Sinto que o meu pai está melhorando, no ritmo dele. As outras pessoas não enxergam isso. Mas, quando olho bem no fundo dos seus olhos, eu *sei* que a mente dele está progredindo. Minha avó está desistindo porque eu sou uma forasteira. Mas vou provar que ela está enganada, se Diva me ajudar!

— Ouça bem. Este dia já está triste o bastante. Adivinha só o que

CAPÍTULO UM

eu surrupiei do quarto do Kali. — Jamie enfiou as mãos no bolso frontal do casaco de lã.

Os olhos de Keana se arregalaram.

— Você está de brincadeira! — gritou ela, tentando se conter quando ele retirou um par de <u>visióculos</u> que tudo veem. Jamie colocou nas mãos de Keana os óculos de armação de chifre negro e lentes branco-estelares. — Mostram mesmo o futuro?

— Deveriam! Você não pode contar o segredo a ninguém. Kali disse ter visto um lampejo da Flávia Flores lhe dando um poema de amor escrito por ela, logo após a graduação na L.A. Daí os visióculos mostraram os dois vivendo com os Kalahars como namorados. — Jamie coçou a parte de trás da cabeça com a mão direita.

— E aí? Os óculos estavam certos?

— Sim e não. Ela realmente *tinha* escrito o poema para ele, mas Kali achou que seria engraçadinho surpreendê-la quando ela lhe mostrasse o <u>pergaminho</u> selado e recitá-lo... *de cor*.

— Que desastre... — Ela balançou a cabeça, e os dois riram por um momento. — E o que a Flávia disse?

Jamie arqueou as sobrancelhas e fechou a palma de Keana em torno dos óculos.

— Chamou o Kali de esquisito, deu um tapa na cara dele e rasgou o poema bem na frente dos colegas de classe — concluiu Jamie, orgulhoso de ter colocado um sorriso sincero no rosto dela.

— São tão leves... Do que são feitos?

— Só Diva sabe. Mas ficam mais pesados depois que começam a funcionar.

— Espera aí... Não vão saber que estou usando, né? Eu não quero ninguém amolando os meus pais.

— Não, a menos que você esteja usando um distintivo. — Jamie sorriu com ar zombeteiro. — Acho que tem lá suas vantagens ser uma rebelde. Pelo menos, você ainda está fora do radar dos Visionários. Vem comigo, vamos subir a colina... Tem mais uma coisa que eu quero que veja. — Acenou para que subissem, afastando-se dos Visiotenentes.

Penaram para subir a colina por bons cinco minutos, até ficar bem para trás a última das pétalas vermelhas na neve, cedendo lugar à brancura absoluta. Keana se surpreendeu com o sorriso de Jamie quando ele, poucos passos adiante, se virou e olhou para ela. Enquanto todo mundo sempre parecia lhe dispensar um tipo de tratamento especial e irritante, Jamie fazia com que ela se sentisse normal.

Por fim, Keana fruiu da ampla abertura dos céus invernais do Monte Lazulai e da alegria pueril de divisar nuvens sob os pés pela primeira vez na vida. *Todos deveriam poder vir até aqui*, pensou ela.

— É revigorante, não acha? — falou ele, inclinando-se para ela, que abarcava a maravilhosa abertura do céu e o horizonte infinito abaixo.

— O quê?

— Esperar por algo novo... — sugeriu ele, olhando para os lábios dela.

— Pois bem! Vamos experimentar os óculos? — ela desconversou, balançando os visióculos na mão. Ao pôr a armação no rosto, Keana estremeceu de frio quando o artefato clarividente tocou sua pele. — Como é que eles funcionam? Funcionam com você agora que é um candidato de verdade? — tentou ela. Tudo o que via eram lentes embaçadas.

Jamie enrubesceu, pegando uma súbita onda de coragem.

— Com certeza. Esta manhã eu vi... você e eu... A gente se beijando em uma praia. — Ele riu baixinho.

Uma gargalhada sonora irrompeu de Keana, uma gotícula de cuspe voando até os olhos de Jamie, ela se contorcendo de tanto rir. Ela tirou os visióculos do rosto.

— Com todas as paisagens da Terra... o que o futuro reserva é a gente se beijando... numa praia? Será que... Será que pelo menos o meu bronzeado estava em dia? A gente estava, tipo... brincando na areia? — Ela ria a cada pausa.

— Ótimo. Bela reação, Kee. Quer saber? Estou me sentindo um garanhão.

CAPÍTULO UM

— Ah, qual é, Jamie... É brincadeira! Eu e você? Aos beijos? Numa praia? Nem tem praia em Paradis! — lembrou ela, batendo no ombro dele de leve. — Aliás, as praias são ilegais. Como você soube que era uma praia? Por acaso já viu uma?

— Bom, em casa meus pais têm um quadrovidente das Ilhas Kalahar. Eles não sabem que eu vi — continuou ele, cabisbaixo.

— Mas isso é uma ilha. Há uma diferença entre praias e ilhas, não?

— Um monte de areia e um monte de água, Keana. Quem diachos sabe?

— Queridos óculos, por favor, me mostrem o que quiserem! — brincou ela, posicionando a armação diante dos olhos.

— Então, quem está mentindo sobre o beijo, eu ou os óculos? — desafiou ele, cutucando o ombro dela.

— Sinto muito, Jamie, só vejo um borrão branco — garantiu ela, retirando a armação.

Jamie arqueou as sobrancelhas.

— Valeu pela tentativa... — Ela bocejou, coçando os olhos, aborrecida com o frio.

— Não era para você ver um borrão branco. — As palavras escaparam de Jamie. A risada de Keana assumiu um tom mais nervoso.

— Relaxa... É brincadeira... — Ele abanou a cabeça para ela, com um sorriso descontraído.

— Até mais. — Ela revirou os olhos, preparando-se para sair.

Depressa, ele a puxou de volta, exibindo um sorriso de orelha a orelha.

— Agora coloque-os de novo.

Cedendo ao pedido, dividida entre o humor e a descrença, Keana recolocou os visióculos. Ela podia ver o charme daquela lágrima dourada presa ao peito de Jamie. *Pelo menos assim ele fica com menos cara de menino.*

Mais uma vez, um clarão branco encobriu a visão de Keana, ao passo que um indício de cor pulsava ao longe.

— E aí, o que você vê?

Sem saber determinar se Jamie pregava uma peça nela, Keana permaneceu em silêncio. Súbito, uma cortina de luz rasgou-se diante dela, revelando um esplêndido cenário tridimensional: uma cadeia de montanhas calorosas e relvadas rompendo de um lençol infinito de centelhas de um azul profundo. Sozinha, empoleirada na beira da falésia mais alta, Keana avistou *uma garota* de costas, as pernas balançando sobre a borda.

Água, pensou Keana por um breve momento. Água vista em quantidades a desafiar a lógica.

Logo acima da fascinante paisagem, o Sol jogava uma luz sobre a cabeleira da menina ali sentada. Até a última das mechas o reflexo perfeito de um arco-íris, no vento a dançar. Então, a menina dos cabelos de arco-íris se virou, como se à espera da visitante. Todavia, antes que Keana vislumbrasse o rosto dela, uma segunda cortina branca e embaçada encobriu-lhe a visão.

Liberdade. Um gostinho de inverno que apenas serviu de lembrete das escolhas que não lhe seriam concedidas.

Sem um distintivo, a Cerimônia de Boas-Vindas lhe era inacessível — assim como a vida como sempre a conheceu. Ignorar a cerimônia significaria resignar-se a uma nova vida na casta inferior dos Regulares; horas extenuantes de trabalho árduo, sem direito a pensamentos íntimos, sem habilidades próprias e sem nenhum acesso ao mundo exterior.

Violando as regras, contudo, ela teria uma oportunidade de subir naquele palco, misturar-se a seus pares e provar que todos estavam errados. E se ela de fato fosse uma filha genuína de Paradis, apagada de uma lista simplesmente em razão do tom escuro de sua pele?

Keana era orgulhosa demais para contar à mãe que a caixa da Lúmen Academia tinha chegado vazia e pedir a ajuda dela. Não importava o caminho que decidisse tomar, estava sozinha.

— Você está tirando sarro da minha cara? — Ela fez um gesto negativo com a cabeça, arrancando o artefato do rosto.

— Perdão?

CAPÍTULO UM

— Era essa a sua ideia genial? Trazer seus óculos do futuro para a despedida da minha avó? Mostrar paisagens que nunca verei e falar sobre beijos na praia? Pegue esse seu precioso distintivo e saia para o mundo aberto. Você é um idiota. — Keana empurrou os óculos contra o peito dele.

— Por que está se exaltando assim?

— Preciso voltar. Eu quero falar com a minha avó.

CAPÍTULO DOIS

O JURAMENTO
de DONA
ANNA

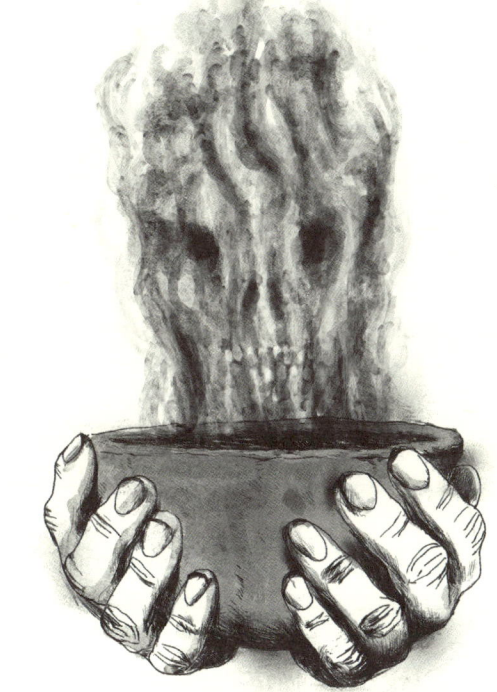

Quando
1º de leão, 11:28.

Onde
Santuários Memoriais, Monte Lazulai.

NO EXTREMO DOS JARDINS SEMPREVERDES, OS QUASE DUZENTOS PRESENTES reuniam-se em grupinhos, sussurrando enquanto o palco de cristal permanecia vazio, bem além do horário programado.

O aroma de hidromel quente fazia as pontas dos dedos de Clariz Birra-de-Olïva se esfregarem ansiosas uma nas outras. Com um educado aceno de cabeça e uma olhadela de soslaio, ela recusou a oferta tentadora de um dos jovens acólitos da cerimônia e observou-o levar

CAPÍTULO DOIS

os fumegantes chifres de auroque até o próximo convidado. *Por que Dona Anna está atrasada? Deve ser de propósito.*

Nas vestes, Clariz demonstrava o mesmo respeito a Dona Anna Milfort que os demais participantes: as longas tranças negras de três pontas enfiavam-se numa capa peluda que cobria a típica túnica água-marinha, indicativa de sua vitalícia ligação com os Gravitores de Amória. Seu corpo se curvava com colares pesados feitos de robustas pedras calcárias e correntes de chumbo, exclusivamente para manterem os pés dela no chão. Se havia uma característica que a destacava da multidão, eram as três joias de prata na forma de lágrimas cintilantes frouxamente presas ao centro do peito. A não ser Dona Anna e seu filho adulto Edmar, todos os demais presentes usavam uma ou duas, no máximo.

Madame B'Olïva, como era amplamente conhecida, era a única Tríplice Laureada de seu clã. Decerto deveria estar de armadura, pronta para a batalha, e não passando os dias assinando boletins de crianças.

Clariz escolheu o lugar mais distante do pico, fugindo do desagradável zunido de um conjunto de rochas pedrazuis que circulavam em sua órbita. Na realidade, agora, ela achava algo muito mais interessante para olhar, enquanto os gritos e aplausos da multidão anunciavam a chegada de uma sacerdotisa e o início da cerimônia.

Por mais solenes as circunstâncias, todo o calvário lhe parecia um puro e simples absurdo. *Por que Dona Nicoleta iria embora antes do início do desfuneral da melhor amiga? Por que me trazer consigo se não sou próxima da família? Os desfunerais jamais atrasam, nem sequer um minuto. O que Dona Anna estaria tramando aqui?*

— Bom dia, companheiros divinos... — começou Valquíria de Altamira. A mais popular sacerdotisa de Lúmen resplandecia em uma longa capa bege, com bordados dourados ao longo das costas, representando a ascensão de Madre Diva desde a natureza bruta até o glorioso esplendor. A Noviça de Altamira, como era conhecida, estendeu os dedos às laterais do pescoço a fim de aumentar o som para a próxima parte de seu discurso. — É com o coração pesaroso e grande honra paradisiana que venho diante de todos esta manhã anunciar a prematura travessia da nossa querida líder Ventaneira, Dona Anna Milfort. — Soaram gritos de protesto. Viam-se lágrimas escorrendo pelo rosto da maioria dos Ventaneiros presentes. A maior parte reverenciava Dona Anna como sua conexão mais próxima com a própria Madre Diva.

— Precisavam chamar a <u>trovadora</u> mais espetaculosa de toda Lúmen? — comentou alguém.

— Sensual demais para uma noviça de Diva, não acha? — outro alardeou.

— Ela combina mais com um cabaré. — O velho Muringo Grenadino sacudiu a cabeça, enquanto Betânia Cavaleão assentia com a dela.

Durante toda a manhã, os instintos de Clariz vinham lhe comunicando que algo estava errado. Mas ela não podia fazer nada em relação a isso, não sem arriscar o próprio trabalho e o que restava de sua dignidade.

Valquíria de Altamira, porém, parecia inabalável tanto em sua fé quanto em seu dever.

— Por favor, juntem-se a mim, em uníssono, na Canção de Despedida, para dar as boas-vindas à nossa irmã.

Levando um punho cerrado ao centro do esterno, os homens e as mulheres presentes elevaram o queixo em sinal de respeito, enquanto a melodia soturna entoada pelos pesados berrantes de bronze tomava conta do ar.

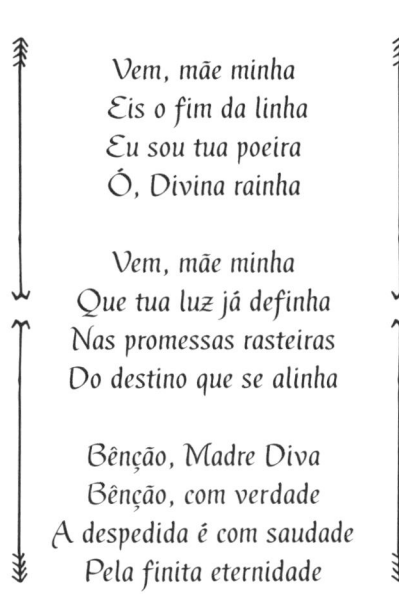

Vem, mãe minha
Eis o fim da linha
Eu sou tua poeira
Ó, Divina rainha

Vem, mãe minha
Que tua luz já definha
Nas promessas rasteiras
Do destino que se alinha

Bênção, Madre Diva
Bênção, com verdade
A despedida é com saudade
Pela finita eternidade

CAPÍTULO DOIS

Antes do último verso, Dona Anna Milfort, a efêmera líder dos Ventaneiros, tinha subido ao palco. Era vigorosa para a idade dela. Longos cabelos brancos até os joelhos como o vestido prateado do cerimonial, feito de fios cuja finura jamais teria sido encontrada em estado bruto na natureza. Rugas emolduravam os olhos azuis e vibrantes.

— Amigos... família... estranhos barbados de cujo nome provavelmente nem me recordo...

❋

Keana mal acreditava que a avó estivesse passando por isso. Ajudou Edmar a levantar-se do assento e conduziu-o em meio à multidão, a fim de posicioná-lo próximo ao palco. Por instinto, ela olhou ao redor à procura das irmãs, logo sentindo as mãos delas nos dois lados da cintura. Sobreveio a mãe, enquanto tapinhas de condolência lhes choviam nas costas.

— E quer saber mais? Acho que Dona Anna não vai nomear ninguém para substituí-la. Acho que ela convocará uma eleição — comentou Mariote Albatroz.

Keana demorou-se na figura da avó em cima no palco. Agora era de verdade. Não havia nada que pudesse fazer para detê-la. Ela estava sendo abandonada, mais uma vez.

— Sinto-me honrada e muito orgulhosa de ver aqui o rosto de vocês, em um anúncio tão abrupto. Eu estava certa de que conduziria alguns de vocês através da Névoa antes de chegada a minha vez, mas... — Os olhos de Anna caíram sobre a família, e ela engasgou. — Esta me foi uma decisão muito sentimental. Aos repórteres que tomam nota, por favor, abstenham-se do uso da palavra "sacrifício" na matéria dos senhores. É mesquinho falar de sacrifício na única nação imortal do mundo. É vergonhoso. — Anna levantou o capuz para bloquear os ventos gelados que lhe açoitavam o rosto. — O único povo de toda Divagar que compreende o verdadeiro significado do sacrifício nunca terá a oportunidade de ler suas rosetas... por estarem proibidos pela lei visionária de frequentarem a escola ou de nos fazer uma visita. — A velha senhora engoliu em seco, a voz ainda a ecoar do pequeno microfone nas mãos e nas caixas de som truqueiras espalhadas pelo palco. — Fui abençoada com a clareza de que agora é a minha vez de me sentar para um merecido trago com Madre Diva — falou ela, erguendo da mão de um acólito que passava um chifre de hidromel quente e tomando um gole.

Keana ressentia-se de todo o calvário, enquanto a mãe e as irmãs pareciam extasiadas com o ritual. *Tenho certeza de que você também está com raiva, pai. Ninguém está realmente triste de vê-la partir. Ninguém se importa de verdade*, pensou.

— Não quero fazer aqui um resumo da minha vida. Cabe aos amigos embelezá-la e aos inimigos, corrigi-los. — Curvou-se ligeiramente para a multidão, em mesura. — Estou feliz de ver que, por algum motivo, eu ultrapassei os habituais doze convidados. — Ela recebeu assobios e aplausos sonoros.

— O Voto do Além-Mundo é uma oportunidade sagrada. É o legado de Madre Diva. Então eis-me aqui, hoje, postada onde Ela se postou há mais de dois mil anos. — Dona Anna limpou a garganta. — Seja sabido que, como parte fundamental do meu legado a vocês, jaz o desejo ardente de que até o último indivíduo deste reino, primitivo, Regular ou Divino, tenha voz na discussão sobre o próprio futuro, sem a temeridade de enfrentar repercussões. — Dona Anna completou seus pensamentos, seguidos de alguns urros de incentivo, depois de um silêncio embaraçoso. — Como parte do meu legado a vocês, anuncio também meu substituto como líder dos Ventaneiros — declarou Dona Anna, e uma tensão calada produziu fagulhas entre a multidão.

Mais uma rocha de pedrazul em órbita passou zunindo pouco acima do público. Várias pessoas se entreolharam, a expressão preocupada.

— Como sabem... liderar um dos Seis Clãs de Divagar é uma questão de honra... coragem... e acaso. E quando uma bênção tão grandiosa entra em uma família... torna-se seu dever incessante. — Ela examinou a multidão. Keana teve a impressão de que a avó evitava

CAPÍTULO DOIS

o contato visual com todos da família. — É com uma equilibrada dose de respeito e pesar que, esta manhã, eu anuncio que, após quase seis décadas, a liderança dos Ventaneiros deixará o seio da família Milfort.

Exclamações abafadas ecoaram na multidão, seguidas de um ruidoso sussurrar dos mais velhos presentes.

— Como muitos de vocês sabem, meu filho, meu belo Edmar, que sempre deu a mim e ao falecido pai apenas o orgulho e a felicidade mais profundos, devotou a vida ao nosso clã, como um Capitão de valor, bravura e lealdade — disse ela, a voz embargada. — Para os meus companheiros Ventaneiros presentes — continuou —, Edmar Milftort deveria ser o novo líder.

Keana viu anuências lentas e respeitosas surgindo em diferentes pontos do público. Causou-lhe surpresa o quanto ela precisava disso.

— Mas Madre Diva teve planos diferentes para ele. Como a maioria aqui tem idade para recordar, a saúde mental de Edmar sofreu sequelas graves em consequência de um descuido grosseiro dos Visionários de Petropol e seus aparatos desumanos.

Mais rochas de pedrazul voaram de forma errática ao redor do pico, como se em reação às palavras de Dona Anna.

Keana estava feliz pela avó contar a verdadeira versão dos fatos.

— Dom Quintino Velasque, que foi atencioso a ponto de brindar a todos nós com a sua ausência, impediu pessoalmente meus esforços conjuntos com Dona Fara Belamün e Dona Nicoleta Delfos para a legalização da medicina xamânica em Paradis.

Keana ficou boquiaberta. Sua sensata avó era realmente capaz de abordar em público o mais polêmico dos tabus? Então, ela sorriu. Ouviram-se algumas vaias, provavelmente vindas de um punhado de bajuladores dos Visionários.

— Vocês que atravessaram aquela maldita ponte de gelo para caçoar de uma mulher de 94 anos, em sua plena partida, *realmente* têm sangue frio! — ela se dirigiu aos importunos com severidade, e a multidão se acalmou. — Não estarei presente para ver Quintino Velasque se afastar do cargo de líder dos Visionários, mas os senhores talvez estejam. Talvez vivam para ver um líder Visionário tão nobre que poupe as famílias trabalhadoras do luto sem sentido. O futuro não é uma fonte de medo, nem um pretexto para a ignorância. — Misturaram-se aplausos a vaias ainda mais hostis. O tumulto crescente tornou inaudíveis as próximas palavras. Keana ouviu uma repórter instruir seu assistente a desligar a câmara e cortar a transmissão. Um dos acólitos tomou Dona Anna pela cintura quando três Visiotenentes invadiram o palco.

— Senhoras e senhores, recebemos um alerta de atividade imprevista nas instalações. Todos devem desocupar o santuário e voltar para casa imediatamente — gritou um dos três tenentes.

O anúncio foi como um golpe na cabeça de Keana. Sua avó estava sendo punida por dizer a verdade? A menina correu para a frente do palco na tentativa de falar com a avó.

— Espere! Ela não se despediu! — gritou Cerina. Naquele momento, as duas centenas de participantes do Voto do Além-Mundo de Dona Anna estavam divididas em dois grupos bem diferenciados: aqueles que se lançavam para o palco e aqueles que temiam a autoridade suprema dos Visionários de Petropol.

— Vovó! Você não precisa fazer isso! — gritou Keana de baixo do palco. Ela já tinha perdido a oportunidade de falar com a avó e agora precisava compensar isso.

A idosa senhora dos Ventaneiros inclinou-se para a beira do palco.

— É por minha causa, não é, vovó? Está fazendo isso para evitar que sua linhagem termine comigo, não é?

Anna fez um não quase mínimo com a cabeça, os olhos resplandecendo piedade.

— Agora você não soa como uma Milfort, Favo de Mel — falou a avó, estendendo a mão para tocar os cabelos de Keana, enquanto os gritos e o caos ameaçavam se interpor entre elas.

— Eu não sou uma de vocês! Eu não sei o que eu sou! — Keana baixou a cabeça.

— Jamais diga uma tolice assim, *Keana Milfort*.

— Por favor, vovó! Você não precisa fazer isso! Eu não consigo

CAPÍTULO DOIS

continuar sem você! Não me deixe sozinha aqui! Espere só mais alguns dias, eu prometo que não vou ser como a Marla e a Elia. Eu não vou decepcionar você! Vou dar um jeito de arranjar um distintivo, a mulher da Lúmen Academia disse que eu ainda podia mudar de ideia! Por favor... Eu posso ser a Ventaneira que você precisa que eu seja! Só me dê uma chance! Eu não vou ser uma Regular, prometo!

Keana, então, viu que uma enorme rocha de pedrazul vinha bem na direção delas.

Dona Anna acariciou o rosto de Keana.

— Você não tem nada de *Regular*.

O caos irrompeu, empurrando Keana na multidão.

— VOVÓ!!!

— Saiam todos do local imediatamente! Vão para casa! Agora! — anunciaram os Visiotenentes, estendendo a mão aos coldres. Estupefata, Keana observou a avó ainda de pé à espera do destino. Junto aos pés de Anna, uma bandeja do cerimonial contendo apenas o ato de encerramento do ritual: uma tigela de pedra, pequena e rústica, cheia de um líquido indecifrável.

— Pensem com as próprias cabeças, meus amigos! O mundo aberto não é apenas um lugar de perigo... *A morte* não é nossa inimiga! Não acreditem nos Visionários! Há muita vida para além dos Portões de Paradis! — gritou a velha senhora, quebrando até o último tabu em seus momentos derradeiros.

Cerina cobriu os olhos de Edmar, enquanto Marla e Elia seguravam a irmã caçula para impedi-la de subir ao palco.

Quando as hordas de guardas chegaram correndo da Prisão Perpétria, Anna Milfort, a líder dos Ventaneiros, bebeu a dose do líquido.

— Orlando Chispe! Livrai-nos de Petropol! — rugiu Dona Anna, enquanto os acólitos a retiravam do palco.

— Vovó! — gritou Keana, antes de um golpe violento arremessá-la ao chão. A rocha de pedrazul descambou numa queda explosiva onde estava Anna: um impacto arrasador que transformou o palco central dos Santuários Memoriais em uma massa de estacas de madeira ricocheteantes.

CAPÍTULO TRÊS

NOTÍCIAS
de LÚMEN

Quando
Segunda-feira, 2 de leão, 2015 d.D., 14:07.

Onde
Cidade de Lúmen, capital de Paradis.
51° 50' N, 0 ° 12' O ✣

— RECRUTAS, QUAL É A REGRA DE OURO QUANDO SE LIDA COM OS UGAS? — ecoaram os gritos severos de uma mulher ao longo da estrada pavimentada de Primeva, seus latidos semelhantes aos de um esquadrão em marcha.

— Gritam, choram feito gente! Mas são bichos diferentes! — repetia o coro enquanto duas dezenas de recrutas entravam marchando no bairro primitivo, para a parte final do treinamento.

Alguns passos atrás do grupo via-se um jovem atlético de olhos azul-claros e tez escura. Addison Arpão tinha há pouco completado a

CAPÍTULO TRÊS

maioridade e estava agora na última etapa de sua formação policial. Entoava o cântico com um pouco menos de entusiasmo que os colegas. A oficial começou:

— *Destemidos a encarar.*

E a resposta:

— *Eis a Patrulha Regular!*

— *Família orgulhosa. Comida na mesa* — ele falou a si mesmo. Pelo menos a irmã teria a chance de uma vida melhor. O destino dele estava selado. Este era o melhor trabalho que ele esperaria conseguir.

— Recrutas, é com grande orgulho que aprovo vocês como os mais novos membros da Patrulha Regular de Lúmen. Estão um passo mais perto de conquistar *as estrelas de prata* — disse a Oficial Robusta Ingrid. Palmas minguadas dos recrutas. — Como sabem, temos um dever a cumprir como paradisianos regulares. Podemos não ser divinos, mas ao menos não somos selvagens. Somos a maioria, os reguladores. Somos os responsáveis pela segurança da nossa espécie. — Ela sorriu orgulhosa. — Neste verão-crescente, vocês marcharam juntos nesta classe, mas hoje serão divididos. Os mais obedientes serão mandados para supervisionar estudantes e enfermos nas balsas — anunciou ela. — Os mais rápidos serão enviados para supervisionar o toque de recolher civil e as atividades noturnas ilícitas nos becos — continuou. — Os mais corajosos serão enviados para o subúrbio daqui, para ajudar o Conselho Municipal a alimentar e a controlar os selvagens, para impedir que os Neandros façam mal a nós, humanos *de verdade*.

Addison não pôde deixar de revirar os olhos com o último comentário.

— Algo que eu disse, Arpão? — questionou ela, as sobrancelhas bem arqueadas.

O jovem estava determinado a manter a calma e o silêncio, mas alguém decidiu falar em nome dele.

— Acredito que o Arpão se ofendeu com a palavra *selvagem*, Oficial Ingrid — falou o recruta Austin Emerson.

— É isso mesmo, Arpão?

Durante todo o verão-crescente, Addison tinha suportado a odiosa retórica em torno dele. Não recebeu um distintivo em formato de lágrima quando chegou a sua vez. A Lúmen Academia nunca lhe foi uma opção. Ele tentava não pensar sobre isso. Foi-se o passado. Ele estava perto demais da estrela de prata para desistir agora.

— Acredito que ele prefira o termo *amante* — avaliou Emerson, provocando risos e desordem entre os colegas.

Contendo um desejo repentino de atravessar o crânio de Emerson com o punho, Addison manteve os olhos no prêmio, enquanto as veias no pescoço pulsavam de raiva. Trazendo os dedos pálidos e atarracados aos lábios rachados e gordurosos, a Oficial Ingrid assobiou na direção da floresta que separava a Lúmen urbana das estradas abertas do sul de Paradis.

Da escuridão, surgiu uma mulher desorientada: os cabelos ruivos desgrenhados, a testa ampla e os arcos superciliares proeminentes diferenciavam singularmente a anatomia dela da dos demais recrutas. Enrolada no que parecia pele bruta de bisão, possivelmente recém-caçado, a mulher gritava como se estivesse sendo perseguida. Quando seus companheiros riram diante do medo da mulher neandra, Addison sentiu um estupor de calor e náusea borbulhar dentro de si. Ele não queria nada mais do que ajudá-la, mas não era isso que a Patrulha Regular fazia. Em silêncio, Addison tentou chamar a atenção da mulher e transmitir um tipo de empatia que lhe acalmasse o espírito. Ela corria rápido na direção deles, os olhos apavorados, até que parou subitamente. Assumia uma postura mais civilizada à medida que se aproximava do bando. Addison fez um sinal negativo com a cabeça assim que a viu colocar a mão macia no quadril e oferecer um sorriso atrevido à pequena turma de aprendizes. Afinal de contas, a mulher neandro não estava em perigo; ela era uma *atriz*.

— Recrutas, conheçam a nossa própria cobaia Uga! — anunciou a Oficial Ingrid, sorridente. Seguindo o exemplo, os recrutas grunhiam como animais em meio a risadas incontroláveis, enquanto a mulher desempenhava o papel de selvagem improvisada. Addison suspirou ainda mais fundo.

CAPÍTULO TRÊS

Sorrindo por entre dentes intimidantes, a artista caricatural achou por bem falar com um sotaque surpreendentemente elegante.

— Olá a todos... Meu nome é Imogênia, e eu sou uma dublê truqueira. 🌀

Os olhos de Austin Emerson quase caíram das órbitas.

— Imogênia? Como em *Dama*...

— Já basta, Emerson — interrompeu a Oficial Ingrid.

— Ai, espero não os ter assustado demais com a encenação! Sentem o cheiro da roupa? Venho tentando aperfeiçoar o odor neandro. É muito peculiar, não? O olfato é o sentido mais difícil de imitar... — A atriz sorriu, pegando alguns recrutas desprevenidos com o decoro e a intimidade dirigidos a eles. — Perdão... — suspirou ela, olhando para a Oficial Ingrid.

— Obrigada, querida. *Imogênia* é uma artista contratada que vocês terão que subjugar se quiserem completar o treinamento. Sob as vestes de Uga, ela usa uma armadura de goma vegetal, então podem eletrocutá-la à vontade — anunciou a líder, fazendo sinal para que os recrutas vestissem os tão esperados aparatos faíscas: manoplas de cristal de quartzo desenvolvidas pelo clã elétrico a fim de canalizar as correntes de alta-tensão oriundas do Monte Lazulai. Enrolavam-se na pele como escamas transparentes, desde o meio do braço até os pulsos, dividindo-se em cinco linhas finas como veias, contornando um primitivo cascalho de pedrazul no centro da palma da mão, até se ramificarem novamente, circundando cada dedo. Agora ele sentia o braço frio e pesado; era pouco natural.

Addison Arpão se ressentiu da farsa toda. Queria que os Portões de Paradis fossem abertos de uma vez por todas.

— Por que estamos sendo treinados para atacar pessoas que não vão contra-atacar? — questionou.

Contrariada, a Oficial Ingrid lambeu os lábios.

— Você nunca ficou frente a frente com ele, não é? — perguntou ela, em tom ameaçador. O rapaz deu de ombros, inabalável. — Espere até você cruzar com Chatanuga. Ele vai decepar sua cabeça com os dentes e fervê-la num guisado para a tribo. O seu corpo sem cabeça vai continuar correndo atormentado por toda a eternidade, enquanto os seus pensamentos se espalharão pelas entranhas dele e dos demais membros da tribo... — profetizou ela, perturbando até o mais frágil dos recrutas entre eles. — A servidão é o destino dos Ugas, Arpão. Ceda aos seus olhares de coitadinhos, e você ficará uma delícia com nabo e paleopimenta.

A artista saiu da personagem e lançou a Addison um olhar compassivo. Em seguida, voltou ao papel que lhe cabia.

Enquanto os recrutas vestiam pela primeira vez o aparato de choque, o sempre competitivo Austin Emerson não escondia a empolgação, correndo diante dos colegas com a mão direita erguida ao céu.

— Vem, que eu estou pronto, querida — rugiu para a atriz, enquanto a estática se desprendia erraticamente do cascalho de pedrazul acoplado à manopla de quartzo.

— Emerson! Leu o manual que eu pedi a vocês? Não pode ficar com a mão pra cima por tanto tempo, senão... — Houve um sonoro choque entre a Oficial Ingrid e a artista. Gritos agudos irromperam do círculo.

Addison riu, perdendo o controle.

— *Rá! Rá! Rá!* Ele tossia entre os espasmos, segurando o próprio estômago, enquanto observava Emerson lidar com muito mais eletricidade do que o suportável.

— Acha que consegue fazer melhor do que ele, Arpão? — perguntou a Oficial Ingrid.

Addison foi rápido na resposta.

— Eu nem *tentaria*, Oficial Ingrid. — O jovem prendeu a respiração, o rosto ainda vermelho.

— Bom... Então me devolva sua eletroluva. Você vai trabalhar nas balsas — anunciou ela, em tom de punição.

Olhando ao redor, Addison ouviu algo afetuoso na voz da superior, talvez pela primeira vez.

— Estou dispensado? — Era isso que ele esperava. As balsas combinavam muito bem com ele.

— Sim. Volte ao quartel-general e se apresente. Você começa amanhã — acrescentou ela, indiferente.

— Consegui o trabalho? — Agora que era real, ele se sentia aliviado, e um pouco envergonhado dos próprios sentimentos. Quem era ele para questionar o funcionamento da sociedade paradisiana? Precisava do emprego para sustentar a irmã caçula.

— Sim. Um trabalho que não apresenta nenhum perigo real — falou ela. — Bem-vindo à Patrulha Regular, *Oficial Arpão*.

Quando
2 de leão, 16:20.

Onde
Jardins Aquáticos de Reinha Allison, Lúmen.

UMA JOVEM DE CABELOS LOIROS COMO O SOL E UMA MODESTA AVERSÃO A estampas coloridas caminhava pelas águas azul-celeste do mais proeminente refúgio ecológico de Lúmen, os Jardins Aquáticos de Reinha Allison. Ela olhou para o céu, depois para a água, sendo saudada pela visitante que ela aguardava: uma bela e branca filhote de nerpa – uma foca sem orelhas –, de olhos brilhantes como uma tarde nublada de primavera-minguante.

— Wanda! — A garota cumprimentou seu novo animal de estimação. A pequena nerpa não parecia lá muito certa do nome que tinham lhe dado, mas ainda assim conseguiu reconhecer a nova mestra. — Oh, céus! É muita boniteza... Sinto que qualquer coisa que eu faça agora só vai estragar sua diversão. — Desculpou-se com um sorriso, estendendo lentamente a mão, do jeito como o primitivo cuidador dos jardins lhe tinha mostrado na semana passada.

— Calma, garota! Espero que esta mudança de ares faça bem a você — declarou ela, a mão trêmula estendida enquanto enfiava a outra no balde cheio de lulas frescas. — Espero que goste — disse a menina, os olhos rosa-claros fascinados pelos da companheira. Acariciando a gordura escorregadia da filhote de foca, ela conseguiu reunir forças para soltar a pesada lula sobre a boca escancarada de Wanda. A menina observou o novo animalzinho engolir a lula toda, só esperando que a saboreasse. — Não foi nada fácil achar comida *morta* de verdade para você. Os homens das cavernas que guardam o parque não tinham nada em estoque, então fizemos o pedido lá de Vertígona — desabafou ela, encontrando o que interpretou como um verdadeiro olhar de gratidão. — Espero que o sabor agrade... — refletiu consigo mesma, tendo um modesto prazer na confissão. — Queria poder morrer também. A eternidade parece tempo demais para uma vida infeliz.

Madre Diva! Acabei mesmo de dizer isso?, pensou ela, percebendo um movimento repentino do outro lado da lagoa. Os imortais não deveriam se sentir assim. O sentimento de privacidade oferecido pela mais nova amiga foi abruptamente interrompido com a chegada do homem que ela mais vinha evitando. O homem alto de cabelos louro-prateados, arcos superciliares largos e olhos de um carmesim profundo tinha uma semelhança impressionante com ela; pareciam feitos do mesmo molde. Enquanto ela não raro preferia se vestir toda de preto – embora o esperado fosse que os mancebos dormentes vestissem branco nos dias antecedentes ao seu despertar –, o homem mais velho geralmente se atinha à tradição visionária e ao uso de túnicas de lã cinza durante todo o ano.

— Olá, vovô — ela cumprimentou quando ele se aproximou, constrangida por tê-lo deixado presenciar a ternura infantil no trato com sua aquática e barulhenta amiga.

— Olá, Flora. Sabia que eu ia encontrá-la aqui.

— Você seria um péssimo telepata se não soubesse — retrucou ela, olhando para Wanda.

O velho conteve um riso por um ou dois segundos.

— Por que você não está de branco? — Com um leve ar de desdém, ele tocou uma fita de tecido preto sobre o braço dela. Levantan-

CAPÍTULO TRÊS

do uma aba sobre o peito da neta, ele viu o distintivo dourado que ela preferia esconder. — Bom, pelo menos você já o prendeu... — observou ele com um fio de voz.

— Quem fabrica isso aqui, afinal? Está me deixando enjoada — Flora reclamou, sem muita energia. O despertar era visto como uma perspectiva nova e emocionante para todos os mancebos da idade dela. Pelo menos para aqueles que já não tinham a vida que queriam.

— Quando envelhecer, vai descobrir que o desconforto é um bom sinal — declarou ele. — Quando eu tinha a sua idade, usei branco durante toda a semana que antecedeu meu despertar. Foi tão revigorante ver as pessoas sorrindo para mim... ouvir boa sorte na rua.

— Mas com o nosso sobrenome, eu poderia estar vestindo bifes e nem os lobos ousariam se aproximar — resmungou ela.

— Esse senso de humor... Não puxou isso do seu pai. Puxou de mim. — Ele tentava conquistá-la, mesmo sabendo que ela não gostava muito dele.

— Ah, vovô, por favor, não me venha de novo com o discurso sobre o legado. — Flora continuava acariciando Wanda.

— Não é um discurso, é o inevitável. Só estou tentando suavizar o impacto. Diva sabe que eu gostaria que alguém tivesse feito isso por mim quando eu tinha a sua idade. — Sentou-se ao lado dela, sem medo de enlamear a túnica.

Flora fitou-lhe incrédula.

— Ah, por favor. Lembro que contou uma vez que, nas noites antes do seu despertar, você viu a queda de Paradis em um sonho. Sabe com o que eu venho sonhando? Um menino por quem eu tinha uma quedinha na pré-escola olhando para mim com olhos tristes — disparou ela.

— Bom, os Velasque não são como a maioria. Tenho certeza de que você há de encontrar um significado mais profundo para o sonho, se usar o coração — ponderou ele.

— Tenho noção da responsabilidade sobre mim e, quanto mais penso sobre isso, mais sinto que meus pais deveriam ter outro filho, se vocês estão assim tão preocupados com a ideia de preparar um sucessor. *Eu quero escrever o meu próprio destino. Por que eu preciso desempenhar um papel na história de outra pessoa?*

— História de outra pessoa? — ele repetiu. — Você zomba do grande plano de Madre Diva para a nossa família? Goste ou não, Flora, um dia você será a nossa líder, e sua resistência adolescente é algo com que seus súditos não concordarão quando você for Dona.

— Eu tenho *quinze anos,* vovô! Será que posso ter quinze anos? Ou você precisa me tratar como se eu tivesse vinte, trinta, quarenta, cinquenta anos toda vez que temos uma conversa? Eu quero viver no presente. Por favor! — gritou ela, assustando Wanda. Os passantes mantinham distância; a cor sombria dos cabelos, o vestuário, a postura e as feições icônicas dos Neandros eram indicativos claro do povo visionário, aqueles os quais a maioria temia cruzar pela frente.

— Bem, não vou mencionar novamente o seu destino. Não acho que já tenha maturidade suficiente para o assunto.

— Obrigada! — concordou ela, não percebendo a indireta. Ela queria que ele simplesmente fosse embora.

— Vou lhe perguntar uma coisa. Não importa a visão que esteja recebendo, garanta que ela se realize. É seu dever como futura Visionária compreender claramente o plano de Madre Diva. — Ele acariciou a cabeça loura sobre o pescoço enrijecido.

Flora revirou os olhos.

— Eu. Ainda. Não. Despertei. E se eu for uma Brasa? O dever de fornecer calor ao povo está *abaixo* de você? Eu também não me importaria de ser uma Faísca... E carregar relâmpagos entre as mãos. E se eu me tornar uma Ventaneira? Eu ainda poderia ser vista em público com você?

O velho riu.

— Você é uma Velasque. Respeite o seu nome. Não precisamos participar dos maneirismos tolos da Lúmen Academia. Os divinos sempre manifestaram habilidades desde bem antes da criação da Academia.

Mas ela queria ir à cerimônia, e pelo menos fingir que era normal.

CAPÍTULO TRÊS

— Por favor, você prometeu que eu poderia participar da Cerimônia de Boas-Vindas como as pessoas da minha idade! Estou farta de ser apontada em todo lugar porque sou a neta de *Quintino Velasque*!

— Aceite a verdade, e ela será o seu escudo. Nossa família foi muito criticada ontem no desfuneral. Há pessoas que querem nos causar problemas.

— O que se passou no Monte Lazulai, afinal?

— Nada de importante. Quinze anos depois e os malditos Ventaneiros ainda me culpam pela expedição fracassada. Anna Milfort fez questão de manchar o nosso bom nome uma última vez antes de se dar por satisfeita.

— Anna Milfort? Eu estudei com a neta dela, Keana. — Flora pensou em voz alta. — O que você fez?

— O que *eu* fiz? Uma rocha de pedrazul saiu de órbita e despencou no palco. Eu não fui nem convidado, querida. Você não deve tomar partido da opinião pública *Regular* tão rapidamente — repreendeu Quintino, com acentuado ar de desdém, antes de prosseguir com os murmúrios amargurados. — Servi o Palácio de Avalai ao lado dela por mais de duas décadas, e ela nem cogitou me convidar. Imagino que você também não seria a mais bem quista na balsa para Lúmen, Flora. Não posso, em perfeito juízo, autorizar a sua participação.

— Não! Eu preciso! — ela aumentou o tom de voz. Agarrando o braço do avô, a jovem Flora Velasque fitou-o nos olhos com um medo repentino que se lhe afigurou real demais. *Perder a avó assim... Ela deve estar muito triste... Eu bem queria parar de pensar nela.*

— Você sentiu algo... relacionado à Cerimônia de Boas-Vindas?

Respirando fundo, Flora soltou as mãos do avô e olhou no fundo das águas mais escuras do lago sob seus pés; nenhum sinal da filhote Wanda. Coçando o pulso ante as dolorosas memórias que durante toda a semana ela vinha tentando evitar, a menina viu que não adiantava mais esconder do avô os terrores noturnos. Dizia-se que, enquanto ainda fosse dormente, os Visionários não conseguiriam lê-la, mas, não raro, Velasque parecia saber o que ela pensava. — Eu não sei. Só tenho um pressentimento de que preciso estar lá na quarta-feira... no caso de algo ruim acontecer.

— Como ficar por fora de novas paqueras e novas amigas? A Lúmen Academia é protegida por homens e mulheres muito poderosos. Eu tenho certeza de que poderiam poupar você. Como você mesma disse, você *ainda* não é uma Visionária, então desconfie do seu pressentimento...

A jovem alourada manteve um olhar frio nas minúsculas ondulações que sua amiga deixara na superfície.

— Você não entende, vovô. Venho sonhando com um menino, o nome dele é Sagan Faierbond.

— Você disse que o menino parecia triste, nada mais.

— Bom, isso não é tudo. Desde que comecei a usar o distintivo, o sonho vem se... *desenrolando*... como uma história na minha cabeça... — confessou ela. — Sinto-me responsável por ele.

— Com que mais você vem sonhando, Flora?

— Com o perigo... Um beijo num beco frio e escuro... Uma estrela prateada... Tenho sonhado com a morte.

Quando
2 de leão, 18:31.

Onde
Rua Aurora, 145, Praça Ventaneira.

AH, LÚMEN... VOCÊ É O MEU TÉDIO FAVORITO, PENSOU FARA BELAMÜN ENquanto passeava sob o pôr do Sol da Praça Ventaneira, examinando com um aperto no peito as paisagens imutáveis de sua cidade natal. Parecia que um tumulto tinha varrido da cidade a classe trabalhadora regular: uma edição tardia da *Tribuna de Lúmen* – alegando revelar todo tipo de segredo do desfuneral de Dona Anna – já estava em circulação.

CAPÍTULO TRÊS

— *Extra! Extra! A Avó Número 1 de Paradis e Seu Final Lapidoso!* — gritava Girino Matraca, o ancião de 130 anos responsável pelo tabloide que parecia sempre munido das manchetes mais enviesadas. Ela se aproximou da banca do morador a fim de comprar uma cópia da *roseta*, uma tábua de granito preto contendo inscrições jornalísticas invisíveis que só se iluminavam com o toque divino. Fara esperava proteger os ouvidos de seu doce Edmar daquele lixo sobre a saudosa mãe. Com um rápido golpe de mão sobre a superfície fria do granito, uma enxurrada de informações se revelou em branco ofuscante. Ela espiou rapidamente uma segunda manchete que dizia *Gustavo Faierbond sem medo de reacender a* Infernalha, antes de passar para a matéria escandalosa de primeira página.

Fara murmurou em voz alta o último parágrafo do artigo.

— Mulherzinha desprezível... — Fara murmurou em voz alta o último parágrafo do artigo.

Marjorie Peçonha era a mais infame repórter de frivolidades e telepersonalidades de Paradis. Mas pelo menos a imprensa não suspeitou de que a colisão da pedrazul tivesse sido provocada por um despertar selvagem. Por muito tempo, ela fora a líder dos Truqueiros, e os sinais estavam lá. A emoção do desfuneral poderia ter sido suficiente para o despertar dos poderes naturais de algum dos jovens, mas quem? E como ela os controlaria? Fara levou um momento para perceber que o estardalhaço junto à banca era produzido sobretudo por leitores regulares, envoltos em véus escuros que lhes cobriam os cabelos e tudo o mais do queixo para baixo, ansiosos por pagar um jovem voluntário divino que lhes iluminasse os informativos de pedra.

TRIBUNA DE LÚMEN

2 DE LEÃO, 2015 D.D.

FORA DE ÓRBITA

Termo de responsabilidade: o que segue é uma representação realista dos acontecimentos de domingo, 1º de leão, durante uma cerimônia particular de Voto do Além-Mundo. Em obediência à Lei Divagariana de Privacidade, esta repórter visionária não fez uso da telepatia para o acesso ilegal a informações privilegiadas. Aconselha-se discernimento do leitor.

Na última manhã de domingo, uma absoluta comoção abalou os solos sagrados para além da ponte Gelanorte. Foi relatada a presença de duzentos e trinta e seis participantes da linhagem divina na despedida final da líder ventaneira Dona Anna Milfort (1921-2015 depois de Diva). Pedrazuis saíram de órbita quando a falecida líder nomeou um sucessor não consanguíneo para substituí-la como chefe das Ilhas Kalahar.

Entre os membros presentes da elite estavam o líder faísca Dom Dante Faustino e o líder braseiro Dom Fernão Valério. Ventaneiros de todas as posições também compareceram para expressar suas condolências, embora as notáveis ausências do líder visionário Dom Quintino Velasque, da líder gravitriz Dona Nicoleta Delfos e da líder truqueira Dona Fara Belamün tenham assinalado, uma vez mais, o extenuante cenário político que continua a transmitir a ideia de que uma reunião pública de todos os Seis Clãs de Divagar seja um sonho diplomático distante. Embora as relações dos Visionários com os Truqueiros pouco tenham mostrado sinais de melhora ao longo dos anos, o clã ilusionista de Bardot ainda é considerado pelo público o opositor do governador telepático de Petropol, de acordo com recentes pesquisas realizadas pelo Palácio de Avalai.

O discurso de despedida de Dona Anna incluiu não apenas a polêmica nomeação de Orlando Chispe como o novo líder Kalahari, mas também a menção de uma desconcertante situação política: o rompimento das relações Petropol-Kalahar, após o traumático episódio da recente história divagariana conhecido como Expedição Ventaneira. O trágico incidente ocorrido na savana inexplorada em 11 de virgem de 1999 ainda é discutido pela liderança ventaneira como um movimento estratégico dos Visionários com vistas a reprimir as tentativas ressurgentes de reabertura permanente dos Portões de Paradis e revogar a proibição de viagem regular em vigência desde o infame desaparecimento da Rainha Marilu, em 1769 depois de Diva.

De acordo com fontes que preferiram permanecer no anonimato, um grupo de Visiotenentes invadiu o

TRIBUNA DE LÚMEN

2 DE LEÃO, 2015 D.D.

palco cerimonial devido a um alerta de atividades imprevistas. Momentos depois da interrupção do ritual, uma das famosas rochas pedrazuis do Monte Lazulai aparentemente se desviou de sua órbita e colidiu com o palco de cristal, deixando dezenas de feridos. Ninguém sabe informar o que causou o desvio de órbita da rocha. Paramédicos e funcionários da Prisão Perpétria foram chamados ao local depois que vários idosos sucumbiram em decorrência de angústia e dores no peito. Várias testemunhas confirmaram que a líder de 94 anos atravessou a Névoa antes do impacto, embora a Polícia Visionária ainda não tenha descartado a possibilidade de um ato de terror premeditado contra Dona Anna Milfort.

Os motivos do franco ataque da saudosa Ventaneira contra Petropol permanecem desconhecidos, embora um processo por negligência criminosa ajuizado por ela mesma contra Dom Quintino Velasque tenha sido recentemente indeferido em todas as instâncias pelo Tribunal Divagariano. Seu filho único e justo sucessor – o Capitão Viajante Edmar Milfort, reformado – saiu incapacitado do referido incidente, que também culminou na detenção e envio da emissária Estela Bisonte para a Ala de Cura Popular em Lúmen, bem como na notória reclusão dos emissários Yuri Bo Billy, Donald Alcigalho e Hármone Cervantes. As três netas de Dona Anna – duas aprendizes truqueiras e uma manceba dormente – estavam inelegíveis para a sucessão no momento do voto.

Apoiadores ferrenhos da aliança antiPetropol, conhecida como Radicais Livres, o recém-nomeado líder ventaneiro Orlando Chispe e seu marido Zácaro emitiram a seguinte declaração conjunta sobre a polêmica: "Estamos profundamente tristes por testemunhar um frenesi midiático durante um momento delicado em que a família vivencia o luto pela nossa querida líder e merece todo o respeito e privacidade. Os Ventaneiros de Kalahar continuarão a apoiar o direito legítimo ao anonimato dos Radicais Livres em nossa luta contínua em prol de uma Paradis aberta, uma Divagar descentralizada e para restringir ainda mais as absurdas políticas antiprivacidade disseminadas e impostas pelos Visionários de Petropol".

Dom Quintino Velasque não atendeu à telechamada desta repórter antes do fechamento desta edição. Porta-vozes dos Visionários de Petropol se recusaram a comentar. Dona Anna Milfort – que descanse com Diva – recebe desta publicação a mais honesta imparcialidade e o mais sincero respeito. Um domingo cinzento, sem sombra de dúvida.

MARJORYS VENOM

A passos largos pelas ruelas estreitas a caminho da Rua Aurora, a líder dos Truqueiros foi dominada pela necessidade de livrar-se de sua indignação, de modo que decidiu dar um fim ao tecido preto e disforme que lhe cobria o corpo. Com um estalar de dedos, a escuridão que escondia seu corpo desapareceu no ar, revelando um vestido colorido e despreocupado que logo chamou a atenção dos leitores do tabloide da já afastada Praça Ventaneira. O vestido de Dama Fara era uma túnica finamente ajustada, bordada na típica tonalidade lavanda associada ao clã ilusionista de Bardot; elegante, esbelto e em algum lugar do espectro violeta-acinzentado. Concentrada em se desvencilhar do conteúdo da publicação menos respeitável de Lúmen, ela chegou a seu destino. Fara Belamün bateu delicadamente na fachada da menor e mais nobre construção da Rua Aurora; uma torre diminuta esculpida a partir de um enorme monólito de pedra calcária, imprensada entre arenito vermelho mais alto e mais opulento. Era a menor das cinco casas, de número 145, e com uma discreta placa de madeira em que se lia, simplesmente, *Milfort*.

No entanto, antes que alguém atendesse, um som estranho chamou sua atenção. Era algo entre um rosnado e um latido abafado, ao que ela adicionou um olhar selvagem no instante em que se virou: um filhote de lobo-da-tundra, branco como a neve, do tipo que ninguém jamais encontraria perambulando em área urbana. Não em Paradis, pelo menos. Reverenciados por suas míticas ligações com Madre Diva, os lobos-da-tundra representavam coragem e proteção, mas, para Dama Fara Belamün, essa jovem fêmea não representava nada mais que a má administração de um parque de vida selvagem.

— Fara! Madre nossa! Que tom lindo! — cumprimentou Cerina Milfort ao abrir a porta para a convidada. Com os cabelos castanho-claros presos em dois coques no alto da cabeça, Cerina trajava um vestido de gala cor de chumbo que sugeria os tons azul-claros associados ao seu clã, os Gravitores de Amória. Ela olhou para a filhote de lobo.

— Madre Diva, de onde veio esta coisa linda? Ela parece tão jovem!

— Deixe estar, Cerina. Sou um pouco supersticiosa — respondeu a tia de Edmar, enquanto deslizava para dentro. — Como você está?

CAPÍTULO TRÊS

Tudo bem por aqui? — continuou ela. Ao longe, ela notou o sobrinho sentado na sala de estar, junto às grandes janelas em formato de losango através das quais ele passava os dias contemplando a vida da Praça Ventaneira. Edmar não se virou para cumprimentá-la, sacudindo a cabeça para a rua, nervosamente. Vestia o traje militar, de um tom avelã castanho-avermelhado que tanto orgulho trouxe aos Ventaneiros das Ilhas Kalahar. A recém-nomeada substituição de Dona Anna antecipou a respeitosa presença dos Milfort.

As filhas mais velhas, Marla e Elia, alternaram-se ajudando uma à outra a apertar as faixas violeta em torno dos vestidos cor de lavanda.

— Oi, tia Fara — cumprimentou o dueto quase em uníssono.

— Olá, minhas lindas meninas! Cadê a pequena? — Fara sorriu de alegria.

— Sinto muito, Fara... Estamos atrasados. Edmar se comportou de modo estranho na última hora... Não consigo imaginar como ele está processando tudo o que passamos. — lamentou Cerina, visivelmente sobrecarregada.

— Ah, querida. Devo ter um par de visióculos na bolsa. Quer que eu dê uma olhada? — sugeriu Fara.

— Diva, não! Nada petropolitano é permitido nesta casa. Prefiro não saber. — Agitada, Cerina tocou o peito, como se receosa de que tivesse sido muito ríspida.

— Você ainda não tem um oráculo, pelo visto.

— Uma bola de cristal transmitindo propaganda visionária o dia inteiro? Edmar já tem muito absurdo na mente por causa dos malditos *sonares*. Não, obrigada — Cerina dispensou. — Gostaria de tomar um pouco de chá, à moda magmundina?

— Se não for incômodo. — Fara fez que sim com a cabeça, preocupada que se atrasassem para o sarau. Cerina acenou para que a filha mais velha, Marla, trouxesse o chá para a tia-avó. Cerina não pareceu perceber que seus pés gravitores tinham levitado a uns centímetros do chão.

Fara, então, a seguiu até a sala de estar, mais perto de Edmar e da grande janela diagonal com vista para a praça Ventaneira. As casas paradisianas sempre faziam com que Fara recordasse as cavernas selvagens do mundo exterior, ainda que um pouco mais polidas e simétricas. A casa do sobrinho, porém, lhe pareceu ainda mais selvagem. Ela sentia até mesmo o cheiro mofado de lama proveniente das robustas paredes de pedra. Uma suave réstia de luar tingida de azul pelo brilho firme e distante do Monte Lazulai acrescentou um tom mais frio às brasas bruxuleantes oriundas dos castiçais pendurados na parede. As mulheres se sentaram em um par de assentos maciços de carvalho forrados de peles de bisão feitas sob medida.

— Ouça, quero que saiba que você e Edmar podem sempre contar comigo, certo? *Para qualquer coisa* — enfatizou ela, atenuando um tom financeiro não muito sutil.

— Agradecemos, Fara. Me sinto culpada, de certa forma. Apenas um mês atrás, conversei com a Anna sobre a decisão absurda de Velasque de revogar os salários militares àqueles que não estão mais a serviço. Esse corte representou metade do nosso orçamento. Agora Keana está fazendo essa malcriação... — Cerina baixou o tom de voz por um momento.

— O que você quer dizer com malcriação? — Fara apertou os olhos, inclinando-se para Cerina.

— Ela anda estranha desde a chegada do postal da L.A. Não deixou nenhuma de nós ver, só a avó — Cerina começou. Fara não piscava. — Agora, Marla e Elia têm a vida delas em Bardot. É com Keana que estou preocupada. A Cerimônia de Boas-Vindas será em dois dias, e ela ainda não prendeu o distintivo, Fara! Diva que me perdoe, mas... Não sabemos muita coisa sobre o pai sanguíneo dela. Só que Estela é uma Ventaneira. E se, depois de tudo, Keana sair uma Regular? Não vão mais permitir que ela more conosco, teríamos mais contas a pagar nos próximos anos, com metade dos <u>Dinheiros</u>... — a este ponto da confissão, Cerina mal sussurrava.

— Você disse que se sente culpada? — bisbilhotou Fara, enquanto examinava o recinto, discreta, a mente, pensando de súbito no paradeiro de Keana.

CAPÍTULO TRÊS

— Nunca na vida pedi a ajuda de Anna. Desde o acidente de Edmar fui muito orgulhosa. Sinto que Anna deu um fim à vida dela para que Keana fosse elegível para uma pensão como dormente. Eu não enxergo outra razão. — Cerina suspirou.

— Ouça, querida. Você conhece Anna, e passamos a última década e meia à beira de uma guerra uma com a outra. Não sei quantas vezes ao longo dos anos desejei que Anna desaparecesse da face da Terra. Agora que ela fez isso, finalmente consigo dizer que a mulher nunca deixou de me surpreender — confessou Fara. — Quanto a Keana, não se preocupe. Eu vou ver o que posso fazer. — Ela arqueou as sobrancelhas, sorrindo para a jovem Marla, que lhe oferecia um chifre de chá. — Obrigada, minha querida. Estou contente de ver que você aprendeu o jeito certo de torrar as folhas de lavanda.

— Mas então... — Cerina mudou de assunto abruptamente. — É verdade sobre os _irasianos_? Eles vêm mesmo a Divagar para uma visita de Estado? — Com um gesto de mão, Cerina recusou o chá oferecido pela filha.

— Uma visita de Estado? Não exagere, querida. Trocando em miúdos, é um pouco difícil mostrar diplomacia quando o comitê de chegada precisa ser vendado e posto em isolamento, mas já é um começo! — Fara deu de ombros.

Cerina assentiu com a cabeça.

— Que assuntos eles teriam aqui? Ou é sigiloso?

Fara sorriu.

— Ah, querida. Nossa reserva de pedrazul diminui minuto a minuto. Todos nós sabemos, mas os Visionários não vão admitir a verdade. O desastre da rocha voadora? É só o começo. Se não trabalharmos em um duto Qosme-Irásia, vamos precisar deportar Regulares para manter as operações, e isso seria mexer num vespeiro ainda maior. Seja grata por você e Edmar não estarem mais envolvidos. O acesso livre às _infonuvens_ azedou demais a nossa credibilidade com o povo e, Diva, como precisamos de credibilidade agora.

— Orlando e Zácaro vão perceber se nos atrasarmos para a festa...

Não queremos que pensem que não estamos felizes com a decisão de Anna. — Cerina tentou se justificar, parecendo emotiva. Rabugento, Edmar resmungava junto à janela.

— Cadê a pequena? Tenho uma surpresa para ela — perguntou Fara, distraída, notando a ausência da caçula dos Milfort. Elia rapidamente apontou para o andar de cima, onde ficavam os quartos das filhas.

Fara caminhou até o centro da modesta sala e sentou-se no sofá ortopédico de madeira de zimbro. Elia saiu do lado de Marla assim que terminaram de se vestir e sentou-se à companhia da tia-avó. Cerina caminhou vagarosa até a janela para plantar um beijo na cabeça de Edmar, ao mesmo tempo esfregando os ombros dele e sussurrando-lhe palavras doces ao pé do ouvido.

— Meninas, amanhã a que horas esperam o retorno de vocês a Bardot? — perguntou ela às colegas truqueiras.

Marla e Elia se entreolharam por um momento, como se fossem gêmeas à procura de uma resposta comum.

— Começo as aulas de Despacho no período da tarde, e o treinamento de invisibilidade da Marla começa na quarta-feira de manhã, eu acho — disse Elia, passando os dedos pelas laterais firmes das sandálias violeta de cordas de palha.

— Madre Diva! Invisibilidade, já? Parece que foi ontem que você veio chorando ao meu escritório depois daquela aula de Fundamentos da Metamorfose. Enfim, era um bigode adorável — provocou Fara, tocando o próprio peito como uma mãe orgulhosa das crias.

Fara viu Cerina se juntar ao marido em frente à grande janela diagonal, no hábito de observar as pessoas na Praça Ventaneira.

— Querido, está com cara de quem viu uma esfinge — comentou Cerina, esfregando os ombros de Edmar. Fara não conseguiu esconder a impaciência. Quando Cerina gesticulou para que o marido se juntasse a elas lá fora, os grunhidos de protesto ficaram novamente mais altos. As mãos tremiam e os olhos começaram a lacrimejar.

— Garotas... acho que eu e o pai de vocês vamos ficar em casa esta

CAPÍTULO TRÊS

noite — anunciou ela aos imediatos gemidos de desagrado. Os olhos de Fara se arregalaram em sinal de alerta.

— Mas, mãe... Estamos vestidas para ir. — Elia choramingou com um fio de voz.

— Faz ideia da dificuldade que é transformar todo aquele feno nestes vestidos? — Marla suspirou, apontando para os trajes recém-fabricados.

— Posso levar as meninas para representar você e Edmar, se quiser. — Fara prendeu o fôlego, cuidando do tom de voz.

O rosto de Cerina iluminou-se, aliviado.

— Não se importaria? Acho que elas me degolariam e jogariam o crânio fora se não desfilassem esses vestidos espalhafatosos ao redor dos meninos Chispe.

Marla e Elia se entreolharam.

— Não vamos deixar o pai e a senhora sozinhos — falou Marla, envergonhada.

— O jogo acabou para nós, querida. Vocês devem ir. — Cerina esboçou um sorriso encorajador.

— A vida é para os vivos, queridas! — comentou Fara.

— Posso ir também? — soou uma voz mais jovem vinda do alto das escadas. A pequena Keana Milfort, ainda escondendo os vestígios de infância em sua figura adolescente de quinze anos, brilhava num discreto vestido bordado à mão, todo branco, a marca da juventude a despertar. Os cabelos cor de mel marcavam delicadamente a parte interna do véu branco em cachos delicados que pareciam pressionados para não saírem do lugar. Botas de couro amoriano emprestadas da mãe emolduravam o par de pernas finas de um negro descorado até os joelhos, de onde subiam meias compridas apropriadas à idade, de modo a mantê-la aquecida em uma fria noite de <u>verão-minguante</u> paradisiano. Preso ao peito, para a surpresa da família, via-se um *distintivo de candidatura*. — Olá, titia Fara — suspirou Keana, os olhos inchados e vermelhos.

— Olá, queridinha! — Fara sorriu para ela de debaixo das escadas.

— Eles devem estar cortando gastos na L.A., essa coisa aí mal brilha.
— Ela arqueou as sobrancelhas depois de uma olhadela na joia usada pela jovem.

— Eis uma grande mudança de atitude, irmãzinha — Marla conseguiu esboçar um sorriso encorajador.

— Acho que a vovó teria gostado de nos ver lá esta noite — declarou Keana.

Fara viu Edmar virar a cadeira, como se para contemplar a filha caçula. Com um puxão suave no braço de Cerina, ele acenou com a cabeça.

Para os Milfort, Keana não era mais a criança crescida e coberta de neve cujas lágrimas eles tinham secado na véspera, durante toda a longa volta para casa. Agora, olhavam para uma jovem mulher feita.

— Minha querida Keana... — Tia Fara anuiu com a cabeça. — Os garotos que se cuidem! Você está de tirar o fôlego esta noite!

CAPÍTULO QUATRO

QUEDA *de* ENERGIA

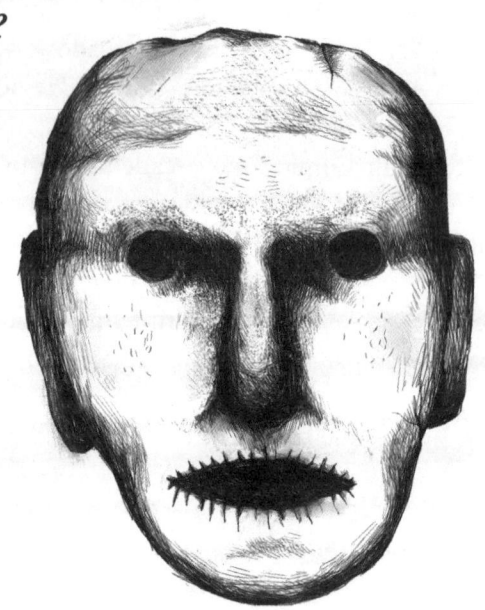

Quando
2 de leão, 20:00.

Onde
Alameda Calafrim 27, Parque Zulaica.

— É A CARA DO PAPAI DAR O PONTAPÉ INICIAL DE SUA POSSE OFERECENDO bebida alcoólica à maior beberrona de Paradis. — Jamie ouviu Kali murmurar baixinho, recebendo uma cotovelada dos dois irmãos, uma de cada lado.

— Esta vai ser uma noite longa... — Jamie disse a si mesmo, ajustando o distintivo.

— Não brinque muito com isso, maninho. O que está atazanando você, as dores de cabeça? — Lohan entendeu a situação, retirando da lapela os dedos de Jamie.

— Dores de cabeça? Parece que tem uma coceirinha dentro do meu peito que só daria pra coçar com uma espada. — Jamie tentou se conter, antes que Kali, o irmão do meio, desse o respectivo pitaco.

— São os hormônios divinos, florzinha. Eles estão entrando em ação. Eu tive uma prisão de ventre durante os três dias que precisei usar o distintivo. Lohan teve diarreia — concluiu, quando as três Milfort entraram na casa.

— Bela túnica, primo — disse a mais velha Milfort ao mais velho Chispe.

— Obrigado, Marla... — respondeu Lohan, as faces vermelhas como pimenta qósmica, um olhar de *há quanto tempo está aí?* estampado no rosto.

— E então, por quanto tempo vocês ficam, meninos? — perguntou Marla.

— Só vamos ficar para o despertar do irmãozinho e para a partida de pitz este fim de semana. Daí voltamos a Kalahar — respondeu Lohan, fazendo um sinal de positivo com a cabeça. — Será o primeiro ano de Kali, então, estamos ansiosos.

— Sim, não é fácil ficar longe da família. Quando Elia se juntou a mim em Bardot, tudo ficou um pouco menos solitário. Marla coçou a nuca, buscando depressa um assunto diferente.

— Espero que Keana desperte como Truqueira, daí sua família estará completa novamente — exclamou Kali. Ele se arrependeu um segundo depois. Todos na sala tinham pelo menos uma ou duas histórias carinhosas no tocante à saudosa Dona Anna.

Então, ele surgiu; *o silêncio*.

Jamie viu que Keana tinha chegado.

— Fiquei muito feliz que minha avó tenha escolhido um dos seus pais para substituí-la, Jamie. Tenho certeza de que meu pai teria feito a mesma escolha, se dependesse dele. — Um pouco envergonhada, ela sorriu, refletindo sobre o constrangimento em si.

— Seus pais não se animaram para esta noite ou o quê? — Kali deixou escapar, seu pé esmagado pelo de Jamie.

CAPÍTULO QUATRO

— Meu pai está muito chateado, Kali. Aquela Marjorie Peçonha escreveu coisas bem desagradáveis em seu artigo na *Tribuna* — respondeu Marla.

Elia colocou uma mão no ombro da irmã mais velha.

— Ela está espalhando boatos de um *ataque terrorista*. Ela se referiu a ontem como *um domingo cinzento*, pelo amor de Diva. Como se a nossa família precisasse de mais aborrecimentos — comentou a Milfort do meio, ao que os irmãos Chispe assentiram com a cabeça.

— E aí, erro administrativo, né? — Jamie voltou os olhos para o distintivo de Keana.

— Perdão? — Ela não entendeu, até notar os dedos de Jamie quase tocarem o distintivo dele. Mais uma vez, a mão de Lohan empurrou a do irmão. — Ah, sim. Bem provável. Que bom que agora está tudo resolvido — Keana tocou sua joia de brilho fraco, enquanto os irmãos mais velhos se dirigiam à mesa de refrescos.

A esta altura, o lar Chispe recebia quatro dezenas de convidados. Viam-se bandejas coloridas de quitutes sendo manejadas sem muito jeito por um punhado de garçons neandros de aparência abatida e – na opinião de Jamie – por um bando de *velhos*, sem sombra de dúvida.

— Estou contente que você virá na quarta-feira. — Jamie sorriu para ela, sem retribuição. — Espero que as dores não a desencorajem. Ontem as minhas não foram muito ruins, mas agora... É como se um <u>cão-urso</u> estivesse prestes a pular do meu peito. — Ele tentou se conter, respirando devagar.

Keana arqueou uma sobrancelha.

— Sério? Talvez o meu esteja quebrado, então. Não sinto nada. — Ela deu de ombros.

— Nada? Não sente como se seus pulmões estivessem grávidos ou coisa parecida? — questionou ele.

— Nadica de nada. Estou ótima. — Ela assentiu com a cabeça, um pouco indiferente. — Não no que diz respeito ao dom da minha família para as tragédias, mas sim... — respondeu ela com olhos fugazes, acrescentando entre eles mais uma camada de desconforto.

— Com relação ao distintivo, talvez não esteja corretamente alinhado ao seu âmago — observou ele, estendendo a mão para o peito dela, sentindo um súbito formigamento na ponta do dedo indicador. *Madre minha! Será que é essa a sensação da energia divina no corpo? Ou é só a minha...*

— Senhor Chispe! — exclamou Clariz Birra-de-Olïva. — Problemas com o distintivo de vocês? — perguntou ela, educada.

Keana foi rápida em esconder a joia presa no peito sob uma aba da túnica branca.

— Eu não deveria me encontrar com os candidatos antes da cerimônia, mas sei que essas coisas são um saco — continuou Clariz.

— Mas já nos encontramos. — Keana se retraiu da mão estendida da diretora. — No desfuneral da minha avó — acrescentou, curiosa.

— Tem certeza? — Clariz sorriu desajeitada.

— Sim, você cuidou da minha volta para casa — continuou Keana. — Podemos dar uma palavrinha, em particular?

— Keana, né? Um belo nome! Me lembra...

— Poesia paleolítica — completou a menina.

Clariz pôs de lado o aperitivo de martifrutis que segurava.

— Sobre o que você gostaria de conversar, querida? — Ela sorriu.

— Veja bem, eu tenho um amigo, e os pais deste amigo são ambos Regulares...

— Prossiga — disse Clariz.

— E... este amigo meu... *ele* nunca recebeu um distintivo como todo mundo. O que é muito injusto e segregacionista, por sinal. Pobre... *Mú... ci... fer...*

— Seu amigo se chama *Múcifer*? — Clariz apertou os olhos.

Jamie viu quando Keana escondeu o distintivo opaco das vistas de Clariz. *Devia ser uma imitação.*

— Sim... — Keana mordeu o lábio inferior assentindo bem vagarosamente com a cabeça — E ele queria saber se ele poderia despertar num dia separado, sem causar problemas para...

— Clariz, querida! Deixe-me apresentá-la ao meu amigo Gustavo

CAPÍTULO QUATRO

Faierbond! A sua agência de viagens vai lançar novos passeios vulcânicos assim que reacenderem a Infernalha! — Fara berrou de longe, tirando de Jamie um riso abafado.

— Se me der licença, querida. — Clariz virou-se para Fara. — Gaio fala muito de você, senhor Faierbond.

Keana tinha sido brilhante, pensou Jamie. Até agora, ele tinha mantido uma expressão séria, mas não conseguiria segurá-la por mais tempo.

— Múcifer? — Jamie caminhou até ela.

— Ah, Jamie, me deixe em paz. Quer saber, espero que me revele uma cabeça-de-trapo. Ter as mãos furadas com pedrazul e continuar fingindo que pertenço a este lugar... Só queria dar o fora desta *prisão rochosa*...

Essa não era a reação que ele esperava.

— Apenas um dia sentindo a neve tocar a pele e ver as nuvens rodopiando sob os pés e já está assim? Não consegue lidar com a liberdade, né?

— Não a esse custo. — Keana baixou a cabeça. — Seu quintal está tão diferente. Cadê o campinho de pitz onde a gente jogava?

Jamie abriu uma porta de cristal, convidando-a para a brisa fria onde ninguém mais os incomodaria.

— Virou um campo *de verdade* onde os meus irmãos treinam atrás de casa.

— E quanto a você? Planos para se tornar o terceiro *atacante* de elite da família Chispe? — perguntou ela.

— Pitz não é muito a minha praia. Meus pais quase botaram fogo no Lohan quando ele tentou cortar minha cabeça fora para usá-la de orbe... — Jamie deu de ombros.

Eles viram quando duas mulheres em seus trinta e poucos anos fitaram a dupla de branco como pequenos ornamentos preciosos, levando as mãos ao peito a fim de oferecerem sorrisos de incentivo.

— Olhe para aquelas hienas sebentas... Precisam encarar a gente desse jeito? — perguntou Keana com um sorriso azedo e brincalhão.

— São as minhas tias de Kalahar — murmurou Jamie entre dentes.

— Sinto muito — respondeu Keana.

— Sente por serem minhas tias ou...

— Ouça... Antes de dizer qualquer coisa... — ela atropelou, mas ele voltou a falar.

— Por que estava mentindo sobre o distintivo para a Madame B'Olïva? E por que está mentindo para mim?

— Eu juro, Jamie. Seu pai nem chegou a tomar posse e você já está no jogo político? Se existe uma chance de eu não acabar como Regular, preciso aproveitá-la. Você ficaria bem diante da possibilidade de ficar preso aqui para sempre, nunca tirar um passavante, vivendo todos os dias sob um toque de recolher infame, usando entradas diferentes das dos seus amigos e morando eternamente separado da sua família? Se aquela vaca elitista acha que meu sangue *bastardo* não pertence à sua preciosa academia, entrarei à força. E não me importa como eu faça isso — desabafou Keana, os lábios se contorcendo.

— Ah... — Ele respirou fundo. — Mas, sem um distintivo, o que aconteceria se você fosse pega?

— Não me importo se sou especial ou não. Eu vou arriscar. — Tocou o pulso frio dele com suas mãos mais frias ainda.

— Quando a gente estava olhando para o céu, lá no desfuneral, senti algo especial no ar. As ondas sobre nós, em torno de nós... Era uma sensação estranha, como se o silêncio pousasse uma mão nos meus ombros. Mas nada comparado com a energia que sinto quando estou com você — tentou explicar, falando um pouco mais depressa, os olhos dançando pelo rosto dela. — Quando estou perto de você, é como se... É como se algo me *arrebatasse*. Sei que você também sente isso. — Ele apertou um pouco mais o pulso dela. Aquela sensação fascinante; lá estava ela novamente. Elétrica e assustada, como o susto que sentiu quando a pedrazul explodiu no palco de Dona Anna.

— Jamie, eu não acho que seja a minha *energia* que você sinta quando está perto de mim. — Keana olhou para a esquerda, por cima do ombro, para ver uma criada primitiva ociosa, encarregada de

CAPÍTULO QUATRO

organizar os presentes. A mulher de feições embrutecidas voltou os olhos para ela, também pouco à vontade. Por um momento Keana travou os olhos com ela, e a criada neandra logo escondeu os acentuados arcos superciliares atrás de uma rudimentar máscara de argila escarlate. Brincalhona, ela sorriu para Keana com os olhos encobertos, antes de se retirar. Quando a garota virou a cabeça para perguntar a Jamie sobre a mulher, só viu o rosto grande, os olhos fechados e os lábios projetados se aproximando dela, rápidos. — Jamie! O que está fazendo? — gritou ela, esquivando-se do beijo.

O garoto sentiu uma súbita dor no estômago, mas nada que não atribuísse somente à própria pressa.

— Sinto muito. Pensei que você...

— Jamie, por favor. Somos quase irmãos! — ela o lembrou.

— Bom... *não de sangue*. — As palavras lhe fugiram, seguidas por um doloroso e arrependido fechar de olhos. — Keana, me desculpe! Espantado, Jamie tentou tocar o braço dela mais uma vez.

— *NÃO!* — gritou ela no quintal frio. Ouviam-se exclamações no interior do prédio dos Chispe, enquanto convidados corriam na completa escuridão. Num instante, a <u>divindade</u> que alimentava as luzes, o fogo e grande parte da decoração glamorosa foi desconectada. Os percussionistas contratados pararam de tocar assim que seus véus negros os fundiram à total escuridão.

❋

— Aquela mulher! Para onde será que ela foi? — indagou Keana deslizando a porta de cristal para entrar.

— Mantenham a calma! — gritou Zácaro Chispe, ao passo que os convidados murmuravam, no breu total.

— Será que algum Faísca ou Brasa pode nos fornecer uma luz, por favor? — ecoou o grito de Dona Fara Belamün no recinto escuro, seguido por um movimento de mãos no ar que nada produziu.

— Não há divindade no ar! — alguém gritou. Keana correu à

procura da mulher das cavernas cujo comportamento estranho não lhe pareceu bom sinal. A caçula dos Milfort correu até as irmãs, que – surpresa, surpresa – não tinham saído do lado dos Chispe durante o <u>apagão</u>.

— Era a Keana ali? — ela ouviu Marla perguntando a Elia, enquanto empurrava a multidão no escuro, tentando sair da casa pela porta da cozinha.

— Os vizinhos têm divindade! Não vê as fogueiras nos quintais? Decerto são Brasas! — concluiu um velho na cozinha, apinhada de garçons e convidados.

— Estão fazendo reparos na ponte Gelanorte? — uma jovem muito respeitável perguntou ao cavalheiro.

— Tem algo errado no Monte Lazulai, querida... — ele ousou sugerir em meio aos murmúrios convencidos da multidão sobressaltada.

— São os Visionários! Dona Anna foi apenas o começo! — gritou aos ventos uma velha apavorada. Os convidados começaram a desabafar suas preocupações.

Keana pegou emprestado o primeiro casaco de lã que ela viu pela frente, antes de fechar a porta atrás de si. Contudo, nem rastro da mulher que ela se pôs a perseguir. A energia já tinha voltado. A divindade estava novamente no ar. Os músicos regulares voltaram a tocar suas versões questionáveis dos clássicos atemporais bardosianos, enquanto os convidados se recobravam do breve jogo de incertezas. A caçula dos Milfort abriu caminho de volta à cozinha, onde as conspirações já tinham se transformado, dez segundos depois, em apenas mais um motivo de brinde. Um grupo de pessoas estalou os dedos para produzir pequenas amostras de fogo e luz na ponta dos dedos, concluindo que o susto tinha sido passageiro. Keana aproximou-se de suas irmãs vestidas de lavanda.

— Eu quero ir para casa. Agora. — Fitou as duas nos olhos, só depois percebendo que Jamie estava ao lado delas.

Como se dolorosamente consciente da química árida entre a irmã e o pretendente, Marla Milfort respirou fundo.

CAPÍTULO QUATRO

— Tudo bem. Temos mesmo que arrumar nossas coisas. — Virou-se para Elia, que fingiu concordar.

Aproximando-se do círculo dos jovens e incompatíveis amantes, Clariz Birra-de-Olïva puxou de lado o mais velho dos Chispe.

— Lohan, onde estão colocando os presentes de Orlando?

Lohan levou Clariz ao canto sudoeste da nem tão modesta casa. Flechas, penas, garrafas de licor em esmalte salino, medalhas de dentes-de-sabre, misturas de chá, relíquias familiares, tudo distribuído sobre uma mesa de carvalho queimado, alta, redonda e suntuosa. Via-se uma grande variedade de presentes, menos o pacote preto de Dona Nicoleta Delfos, com dentes-de-leão enfiados nos vincos.

— Aquele pacote, Lohan!

— O que é aquilo, Clariz? — perguntou Orlando.

— Orlando... — começou ela, exasperada. — Cadê a caixa que lhe dei? — Ela agarrou o braço dele.

— Colocamos no centro! Era o mais elaborado.

— Por favor, não comentem isso com ninguém! — sussurrou para Lohan e Orlando.

— Vi que uma Uga o pegou — disse Keana.

— Acho que também a vi. Era uma convidada? — perguntou Lohan.

— Eles estão falando da primitiva que cuidava dos presentes, Orlando — disse Clariz, impaciente.

— Achei que era uma convidada! Ou talvez uma Truqueira excêntrica tentando ser engraçada — Orlando pensou em voz alta.

— O que você quer dizer, Orlando? Afinal, quantos Truqueiros foram convidados esta noite? — Clariz tentou se conter.

— Eu não sei, quatro, cinco, no máximo? — Ele deu de ombros.

— Quem era aquela mulher, Orlando?

— Eu não sei... A gente só contratou homens.

Os olhos de Keana esquadrinharam o recinto até pousarem sobre a máscara escarlate abandonada no chão. Momentos antes ela cobria a testa ossuda da criada desaparecida. Keana tinha notado algo estranho naquela mulher. Algo bem diferente da ingenuidade tímida, cordial e sensível que não raro ela via nos olhos neandros.

Um estranho arrepio subiu pela espinha de Keana, fazendo as mãos suarem ainda mais frio. A garota Milfort não se lembrava de nenhuma sensação parecida desde quando era muito nova, no episódio em que as irmãs a encurralaram na banheira, à noite, com as saias de combate da mãe enroladas na cabeça, fingindo serem Visiotenentes enviados para roubar dela os pensamentos mais secretos.

Keana estava *aterrorizada*.

CAPÍTULO CINCO

HOMENS *de* CONFIANÇA

Quando
Terça-feira, 3 de leão, 2015 d.D., 05:48.

Onde
Vertígona, Paradis.
50° 30' N, 0° 63' O ✣

OS DEMAIS TENENTES JÁ DORMIAM QUANDO TRISTÃO MORIARTE, LÍDER DOS Padres Aduaneiros da estação de Controle Paradisiano de Fronteira, na cidade de Vertígona, respondeu às luzes piscantes do alarme silencioso de Petropol. Era incomum que os Visionários se sentissem surpresos, mas, estranhamente, tinham sido surpreendidos muitas vezes nos últimos dias. Por um segundo, Tristão esperou, na esperança de que a urgência fosse mais um exagero de videntes ansiosos. Para o azar dele, o alarme anunciava que o Visiocapitão Norton Golias tinha voltado de sua investigação na Prisão Perpétria.

— Bom dia, Norton — disse Tristão.

— Bom dia, *Padre Tristão* — enfatizou seu subcomandante, com a típica propensão à formalidade.

— Como foi lá no Monte Lazulai? Sua pista deu em algo? — perguntou Tristão ao abrir a porta, vestindo apenas uma volumosa tanga de linho cinza e uma manta preta de lã sobre os ombros.

— Sempre indecoroso — observou seu subordinado, fechando a porta atrás de si. — De fato, deu. Ainda que esteja sendo difícil de provar.

— O que é tão urgente que você não podia telechamar, Norton? — indagou Tristão, pulando sobre a barra de marfim firmada sobre o colchão de feno para aproveitar os últimos instantes de liberdade antes que o relógio de Sol marcasse seis horas.

— Você não ouviu? — estrilou Norton. — Não somos mais à prova de balas. Talvez, se tivesse entrado em contato com Petropol como era a sua obrigação, saberia que a nossa estação profética foi *adulterada*.

— Madre Diva! — Tristão grunhiu baixinho, ruborizado. — O Domingo Cinzento finalmente se aproxima?! Devemos informar Velasque?! — Ele piscou.

— Você zomba do Domingo Cinzento? Bem podia mostrar algum respeito, não é, Padre?

— Não posso dizer que me importo muito com quem abertamente inveja seus superiores, mas você não parece ligar de trabalhar com eles pelo jeito. Desde que você não se interponha entre mim e o grande chefe — Tristão continuou, levando as pernas até o tronco para trabalhar os músculos abdominais.

— Justo. Eu não vou mencionar suas ambições baratas, porque isso é problema seu, não meu. Mas eu de fato preciso da sua ajuda em uma questão de… segurança nacional, talvez? — Norton riu em silêncio, puxando uma cadeira sem a menor cerimônia.

CAPÍTULO CINCO

Entre expirações rasas, Tristão jurou expressar seu ponto de vista.

— O apagão de ontem está coerente com as nossas reservas escassas. Não é uma trama terrorista apocalíptica. Interrompemos a migração por completo. Agora é esperar para ver... se os *divímetros* voltarão a subir. — Tristão agora passava ao chão, emendando aos abdominais uma série de flexões, um braço por vez. — A Chanceler Uma... está na minha cola... ameaçando visitar o Rei... com um embargo caprichoso... a menos que a gente reabra os Portões hoje. Por quanto tempo... espera que a gente continue impedindo... comerciantes honestos... de trocarem mercadorias na Beira? Quantas centenas... de garrafas... de vinho de figo... são destruídas pela exposição ao Sol de todo um fim de semana? — concluiu Tristão, pulando da barra, um semblante de dor silenciosa.

— A Chanceler? O que você disse a ela?

— Eu? Que ela pode ir falar com quem quiser e embarcar o que bem entender, eu não estou nem aí. *Os Portões de Paradis permanecerão fechados até novo aviso de Petropol*, eu disse.

— Então você nem se deu ao trabalho de verificar com Dom Quintino? — Norton fez uma expressão de desagrado.

— Não sou grande fã de profecias, Norton. Sou um homem de fatos. Quando os medidores sobem, os Portões se abrem. Não tenho mais que provar meu valor por aqui. Se Velasque precisasse de um garoto de recados, teria colocado *você* no comando. — Tristão o dispensou, ansioso por começar o dia com o pé direito, se é que ainda era possível.

— Você sabe tão bem quanto eu que os paradisianos podem não ser muito atentos ao hospício que é a fronteira. — Ele apontou a mão para além dos Portões, que obstruíam a maior parte das janelas dos aposentos de Tristão, e na direção do resto de Divagar.

— Você tem razão, é um hospício! As pessoas não deveriam ficar com raiva quando sobem com seus produtos até aqui, as fronteiras mais ricas de Divagar, e tomam conhecimento de que os Visionários impedem a atividade dos melhores compradores — zombou Tristão.

— Eu ficaria fulo pra borralho, sem sombra de dúvidas.

Norton assentiu com a cabeça, em silêncio, no típico estilo visionário.

— Padre, se o Rei Duarte não tivesse cedido ao pedido absurdo da Chanceler Uma de que nosso perímetro de segurança nacional fosse transformado em um *mercado de pulgas estrangeiro* aos fins de semana, talvez não estivéssemos diante desta crise de segurança — argumentou o Visiocapitão, inalando o aroma do hidromel quente posto em cima de um punhado de escaldapedras junto ao balcão de granito.

— Posso lhe servir um chifre — observou Tristão, suportando a presença do visitante.

— Chá de lavanda está ótimo, na verdade. Com um pouquinho de mel amoriano, por favor.

— Por que você insiste em rotular uma órbita instável como uma crise de segurança? Não há nenhuma conspiração contra Dona Anna Milfort. Aquelas porcarias de rochas têm, *pelo menos*, dois mil anos de idade, Norton. Os Ventaneiros são apenas humanos, não conseguem impedir que a água da chuva toque o Monte Lazulai. Todos aqueles protocolos são criados para nos poupar do curso normal da natureza. Não é de admirar que experimentamos a escassez! Velasque sabia que estávamos fadados a enfrentar isso mais cedo ou mais tarde — considerou Tristão, derramando água quente sobre as folhas roxas dispostas no interior oco do chifre de auroque.

O próprio Norton acrescentou o mel.

— Mais cedo ou mais tarde? Você não estava lá. Você pode ter se retirado da sociedade paradisiana, Padre, mas nossos inimigos continuam sendo muito reais... — Norton se deteve, queimando a ponta dos lábios com a bebida escaldante. — Madre Diva dos Borralhos! — gritou agoniado, soprando a palma das mãos.

— Cuidado, Norton. A hipervigilância não levará você às boas graças de Velasque. Outras estações do CPF teriam nos alertado se alguém tivesse conseguido nos encontrar. A Cúpula dos Clãs tem um problema de escassez a solucionar, não uma maldição iminente. Pelo amor de Diva, Norton, a entidade onisciente aqui somos nós. Pensar que fomos violados? Como alguém *na Terra* nos encontraria aqui em

CAPÍTULO CINCO

cima está além da minha compreensão. Paranoicos, é o que vocês todos são! — Tristão estendeu a mão à túnica cinza e enrugada sobre o colchão.

— *Todos vocês?* Cadê sua lealdade, *Visiocapitão?* Ou acha que se tornar <u>Padre Aduaneiro</u> o afastou das suas origens? — Sem muito cuidado, Norton depositou o chifre de chá de lavanda sobre o pequeno balcão de madeira.

— Deixe o teatro de lado, Norton.

— Não subi até lá para aplaudir a velha. Eu estava em Perpétria, Padre. Apolo Zéfiro fugiu.

— Perdão? — Tristão tentou, incrédulo. — Apolo Zéfiro, o guarda-júnior que destruiu a vida de Edmar Milfort?

— Estou certo de que quer dizer *Apolo Zéfiro, um <u>pirata</u> perigoso e inimigo jurado do nosso chefe.* Novamente com as alianças preocupantes, Padre — desdenhou Norton.

— E você conseguiu esperar *dois dias* para reportar isso? — esbravejou Tristão.

— Não reportei e nem vou. — Norton aproximou-se dele, desafiador. — Se ele estiver de olho nos Milfort, será presa fácil.

— E se for dos Velasque que ele estiver indo atrás? — perguntou o líder dos Padres Aduaneiros.

— Entrou em contato com a sua esposa recentemente, Padre?

Depois de três sopros de indecisão, Tristão foi com tudo para cima de seu subcomandante, parando um pouco antes de um soco, quando os olhos de Norton se iluminaram, brancos e brilhantes. Com a mesma força lenta que Tristão aplicou ao punho, a visão preditiva de Norton conseguiu fazê-lo se desviar efetivamente, e depois ele deu uma cotovelada na caixa torácica de Tristão, sob o ponto cego. Mais uma vez, o líder dos Padres Aduaneiros fez uma expressão de dor, chocado com o ataque surpresa, mas ciente de que a provocação tinha um propósito.

— Por mais que eu adore um bom exercício, aprenda a manter a calma, Padre, e talvez seja capaz de ver mais além do que cinco segundos do futuro — provocou Norton, pegando o chifre de chá de lavanda.

— Seu *sugassangue* de um borralho... Por que meter Clariz nisso? Não nos falamos há... Diva... Quase oito anos... Ela nem sabe que eu estou aqui. — Tristão respirou fundo, finalmente abotoando a túnica. Sua ex-esposa não tinha nada a ver com isso.

— Ela não sabe que você está aqui? Como pode ter tanta certeza do que há na mente dela? Você não tem *sonhambulado* até ela... Tem?

— Se quer que eu abandone a minha posição, Norton, faça-o como um homem — rebateu Tristão.

— Então você não nega — enfatizou Norton antes de prosseguir. — Ontem à noite, o frutinha ascendeu à glória ventaneira, depois da inelegibilidade oficial do Mongo Milfort. Todos os clãs foram convidados, exceto o nosso, obviamente.

Tristão se sentou. Já não se lembrava da última vez que tinha proferido o nome da esposa assim em voz alta. O som ainda lhe fazia cócegas nos tímpanos. *Clariz.*

— Juro, a Declaração dos Direitos Regulares definitivamente atrapalhou nossas capacidades de investigação. Ontem à noite, nem mesmo um único Visionário estava presente na casa de *Dom* Orlando Chispe, então não temos nada a fazer — continuou Norton.

Tristão queria dizer o nome dela uma vez mais.

— Você viaja ao norte para visitar um preso no dia da fuga deste, e volta com o nome da minha esposa nos lábios?

Norton enfiou a mão no bolso da frente e tirou um pequeno pergaminho, que imediatamente entregou a Tristão.

— O que é isto? — perguntou Tristão, sem saber se queria abri-lo.

— Veja por si mesmo, Padre — aconselhou Norton. Desfazendo o laço preto que atava o rolo de papiro, Tristão revelou um *quadrovidente*, uma imagem gerada telepaticamente, do exterior da casa da líder gravitriz Dona Nicoleta Delfos, em Lúmen. Descendo as escadas em completa indumentária amoriana, via-se a mulher a quem o coração dele ainda pertencia, segurando uma caixa preta. Tristão fitou a

CAPÍTULO CINCO

imagem dela, incrédulo. Era como se nem sequer um minuto tivesse passado desde a última vez que viu o rosto que mais amava e suas tranças de três pontas de um preto forte e lustroso.

— Durante o apagão de divindade, o presente trazido por sua esposa foi roubado da casa dos Chispe. Era Dona Nicoleta Delfos quem deveria entregá-lo pessoalmente a Dom Orlando, mas ela nunca chegou ao baile — explicou Norton, calmamente.

— Por que achou razoável se meter nos meus aposentos antes das seis da manhã para me mostrar quadrovidentes da minha esposa obtidos ilegalmente e insinuar que eu faça ideia do que ela possa estar tramando? — perguntou ele, impassível.

— Temos motivos para acreditar que sua esposa transportava na caixa um par de *aparatos* extremamente valiosos. — As palavras tocaram os ouvidos de Tristão como agulhas geladas.

— Os Pés de Alevir! Isso é um absurdo! Não é possível simplesmente *roubar* um aparato! Eles desorientam qualquer pessoa que não tenha a autorização para tocá-los. Chega de tolices, Norton!

— Sim, é bem possível que a caixa contivesse apenas um pote de geleia de maçã-de-sebe e tenha sido pega por uma Uga faminta. Mas... — continuou ele — o próprio Dom Quintino telechamou os Quartéis-Generais Gravitores de Amória ontem à noite. E eles informaram não só que os aparatos já não se encontravam mais no santuário como também que Dona Nicoleta jamais voltou para lá, como era esperado. — Norton suspirou com ar de falsa empatia. — Mas você está certo em relação aos aparatos, eles se autoprotegem... desde que haja divindade ao redor. Durante um apagão, são tão poderosos quanto botas de *vegigoma*. — Ele estalou os dentes. — Suponhamos... se por algum motivo este sólido par de *joias divinas* de seis mil quilates acabasse nas mãos erradas... — Ele provocou Tristão. — Consegue imaginar? Uma horda de primatas do *deserto* simplesmente *voando* por cima dos Portões e invadindo nossa amada e imortal Paradis? — Mais uma vez, Norton apontou para fora da janela. — Isso significaria à sua esposa uma eternidade queimando em Infernalha... por traição.

Tristão cerrou um punho.

— Clariz nunca trairia os Ventaneiros. Nem Dona Nicoleta — Tristão murmurou por entre os dentes.

— Isso é o que *você* diz. *Os fatos* sugerem uma história diferente. Se um reles Visiotenente fosse capaz de quadrivisionar isso... Eu não sei, meu amigo... Para um prisioneiro escapar de Perpétria, os agentes carcerários precisariam estar seriamente distraídos. Você não acha? — Norton suspirou, tranquilo. — Com certeza, uma rocha orbitante muitíssimo antiga poderia causar um acidente. Qualquer outro dia de qualquer outro ano. O momento, no entanto, sugere a *intenção* — continuou ele, colocando uma mão no ombro de Tristão.

— Pense com muito cuidado nas suas próximas palavras, Capitão Golias — Tristão se dirigiu a ele adequadamente, pela primeira vez.

— Alguns podem dizer que o controle de um objeto tão pesado e a precisa colisão dele com o palco exigiriam um Gravitor ou Gravitriz muito poderoso, não acha? Um *tríplice laureado*, talvez? — Ele concluiu com uma pergunta, tomando um último gole do chá de lavanda, antes de sair para começar a manhã.

— Como se atreve? — murmurou Tristão pela mandíbula cerrada.

— Fique com o papiro, Padre. Existem muitos desses circulando por Petropol. Clariz está estonteante. Belo vestido. — Ele saiu para o corredor. — Você deveria tentar descobrir o que ela está tramando.

Tristão tentou engolir a saliva acumulada no fundo da garganta. Agora estava tudo seco. A parte de trás da cabeça latejava. Ele conhecia Clariz como ninguém. Poderia falar por horas sobre a magnitude das virtudes da sua ex-esposa. Há muito ela caíra sob o escrutínio do julgamento. Conhecia o lado sombrio dela, assim como ela conhecia o dele. Quisesse ela ou não, Tristão se deu conta de que desejava tê-la de volta em sua vida.

CAPÍTULO CINCO

Quando
3 de leão, 08:16.

◇────────────◇

Onde
Estação de Gravitrens, Elipse.
51° 37' N, 0 ° 09' O ✥

ELAS TINHAM VIAJADO POR BONS QUARENTA MINUTOS DESDE A CASA DOS MILfort na Praça Ventaneira e se aproximavam da aldeia-satélite de Elipse – cerca de quinze quilômetros ao sul da comunidade neandra de Primeva – onde se localizava a Estação de Gravitrens de Lúmen. Marla e Elia acordaram tarde, com uma leve ressaca das misturas alcoólicas barganhadas pelos irmãos Chispe, tendo de pular por completo o café da manhã. Com a impressão de que Keana não estava em casa, elas tinham dado um beijo rápido na testa dos pais e pulado na arruagem da tia, ambas preparadas para um sermão sobre o tema "pontualidade". Não foi isso que receberam. Dona Fara Belamün era uma líder pragmática conhecida pela austeridade, mas, na visão de Marla, Elia e Keana, era simplesmente a tia Fara – um alívio reconfortante para a desolação familiar.

— Ela não tinha o direito! Vovó Anna me deu os brincos no meu aniversário de quinze anos. Quanto será que valem? Cinco... dez Dinheiros, na melhor das hipóteses? Eles são de pedrazul *calcificada*, pelo amor de Diva! — vociferou Marla.

— Querida, por que está com raiva agora? Por causa de um par de brincos sem valor ou por causa dos problemas financeiros que seus pais estão passando? — Fara interrompeu Marla no meio da frase.

As palavras de Elia então saíram fluidas e tranquilas.

— A vovó se foi, Marla... Apenas aceite. Ela tinha 94 anos e ninguém mais chega aos cem, então a gente não pode dizer que nos pegou de surpresa. — A irmã do meio soltou um riso abafado, uma ironia meio doce, meio amarga.

— Ela podia ter esperado mais uma semana antes de partir. A

Cerimônia de Boas-Vindas é amanhã! Até onde sabemos, Keana pode despertar como Ventaneira — suspirou Marla, ainda raivosa.

Fara fez que sim com a cabeça.

— Então você preferia que a sua avó tivesse apostado a pensão legítima de Keana como sua dependente dormente com vinte por cento de chance de que ela despertasse no clã certo?

— Está mais para cinquenta por cento. A mãe biológica dela é uma Ventaneira — resmungou Marla.

— E quanto ao pai sanguíneo? Ninguém sabe nada sobre ele. Você quer discutir divindade e hereditariedade, querida? Nada em relação às nossas habilidades jamais é exato. A divindade está além da compreensão mesmo do mais brilhante dos alquimistas. — comentou Fara.

— Veja o caso de vocês duas. Pai Ventaneiro, mãe Gravitriz e uma dupla de Truqueiras, as únicas além de mim em toda a nossa linhagem familiar — continuou ela. — Anna tomou uma decisão inteligente em garantir a Keana os direitos dela a uma pensão vitalícia. Não é muito, mas se amanhã sua irmã chegar em casa como Regular, sabem que ela vai precisar.

— Mal acredito que estamos falidos. Não entendo por que nossa mãe não transfere o papai para a Ala de Cura Popular e volta com a vida dela nos trilhos! Faz quinze anos que ela é enfermeira meio período! Não me surpreende que ela nunca tenha sido promovida! Como é que eles vão sobreviver? — A voz da Milfort mais velha falhou.

— Se a mamãe pedir a minha opinião, vou apoiar você, mana — concordou Elia.

— Depois de tudo o que os malditos Visionários fizeram a gente passar... Não é justo! — As lágrimas de Marla escaparam, enquanto a mão de Elia segurava a da irmã mais velha, delicadamente.

— A vida não é justa, querida. Quanto mais cedo se acostumarem com isso, mais cedo tentarão retificar suas linhas tortas — concluiu Fara, arqueando uma sobrancelha na direção do cardigã. — Vejam... Isso também está se desfazendo... O que em nome de Diva está acontecendo neste país? — disse ela enquanto o condutor da arruagem

CAPÍTULO CINCO

anunciava a chegada.

— Obrigada, Odmundo! — Fara saudou o chofer.

— É sempre um privilégio, Dona Fara — respondeu Odmundo no timbre habitual, enquanto as três mulheres fechavam a estreita porta da arruagem. — E quanto a você? Vai ou fica? — perguntou ele em voz alta, olhando pelo retrovisor o banco traseiro cortinado, onde nenhuma bagagem havia sido guardada.

Mãos macias saíram sorrateiras da escuridão, puxando de lado as finas cortinas e revelando uma moça vestida de branco.

— Será que me esperaria apenas dez minutos? Preciso fazer uma coisa — disse a jovem Keana Milfort.

Ofegantes, as três se viraram estupefatas, logo se perguntando que surpresa era aquela.

— Kee! Onde você... Como você...? — Elia começou, enquanto o rosto de Marla se contraía instantaneamente diante das palavras amargas que ela enunciara com tão pouco cuidado durante o trajeto.

— Vão se borrar! Eu não quero falar com vocês duas, suas víboras. — Keana afastou o toque de Marla. — Surpresa! — zombou a garota, retirando do saquinho de lã de mamute dois bolinhos embrulhados em papiro translúcido. Marla e Elia trocaram olhares de culpa, enquanto Keana olhava o corredor íngreme que ligava a calçada da Estrada de <u>Alek</u> à elevada Estação de Gravitrens.

A manceba fez um gesto sutil para duas crianças neandras que mendigavam enquanto mantinham um olho na mãe, visivelmente desnutrida e desesperançada, encostada na entrada dos fundos. As crianças só vestiam peles pútridas de mamute, que ainda se agitavam nos ombros com vidas animais desgraçadamente presas dentro delas.

— Aqui está, comam primeiro o salgado — Keana sugeriu ao mais velho, um menino que não tinha mais que oito anos e que, ao lado da irmã mais nova, atravessou invisível e desafiante as multidões hostis.

— *Bigado* — murmurou ele, receoso de olhar Keana nos olhos. Keana fitou os olhos da garotinha primitiva enquanto esta se agarrava aos braços peludos do irmão, confiando a este a própria segurança. Então o garoto segurou sua pele viva no lugar, já que ela tentava escapar.

Que sorte eu tenho, Keana pensou consigo mesma, guardando as palavras não ditas atrás dos lábios franzidos e de um generoso aceno de cabeça.

Marla viu quando as crianças neandras sumiram de vista e se juntaram às multidões alvoroçadas, escurecidas por sua imputada insignificância.

— Kee... Eu estava com raiva. Eu não queria dizer o que eu disse — tentou ela.

— Tia Fara, eu preciso falar com você. — A garota suspirou, ainda se esquivando da persistência das irmãs. Fara indicou o guichê às duas aprendizes e permaneceu com Keana.

Uma olhada rápida no peito da jovem e a velha líder truqueira soube que algo estava acontecendo.

— Como vão as coisas com o seu distintivo? — começou ela, com uma piscadela.

— O quê? — retrucou Keana, confusa, lembrando de repente que não poderia ser honesta. — Ah, sim... Dói — disse ela, sem soar convincente. — Não é sobre isso que eu queria falar com a senhora — continuou a garota. — Eu quero ir embora de Paradis.

— Em nome de Diva, por que você haveria de querer uma coisa dessas, minha querida? — Ela franziu a testa, antes de acrescentar: — É natural que achasse Paradis um pouco... *limitante*, depois de ver as vastas paisagens do Monte Lazulai. Quer tanto assim saber o que é hostilidade? Doença? *Morte?* Eu posso lhe mostrar algumas imagens do que se passa para além dos Portões, se for tirar da sua cabeça essa ideia tola.

Keana confessou.

— Tia Fara, ouço as pessoas falando sobre como as coisas andam estranhas. Elas se sentem esquisitas por causa de certa mudança no ar. Os garotos da minha idade relatam dores muito intensas nas vésperas da cerimônia e, para ser honesta, *eu não sinto nada!* — Ela abriu o coração, sentindo que ainda restava um pouquinho ali dentro. — Sinto dentro de mim que não sou Divina. — Fara tocou-lhe o peito, como se para dizer algo, mas Keana continuou. — Não me pergunte como.

CAPÍTULO CINCO

Simplesmente sinto. Se amanhã me expulsarem como Regular... — Os olhos, mais úmidos com a palavra, perderam o alvo por um átimo de segundo. Os lábios se curvaram sozinhos, e ela sentiu uma queimação suave e súbita sob as pálpebras. — Serei transferida da Lúmen Academia para o <u>Colégio do Rei Tarimundo</u>. A Praça Ventaneira não aceita moradores regulares. Meus pais teriam que se mudar para <u>Paupereza</u>. Eu não posso fazer isso com o meu pai... — Ela suspirou, sentindo o mundo se esfarelar a cada palavra proferida. — Tia Fara, *todo mundo* que conheço já pertence a um clã ou vai ingressar em um amanhã. Eu não tenho amigos regulares aqui... — concluiu ela, com os olhos fixos no chão. — Eu não quero ser um problema para a minha mãe. Quero ser como você. Quero ser útil, ajudar as pessoas. Quero descobrir o mundo!

Fara puxou do ar um lenço cor de lavanda para oferecer a ela.

— Pobre criança... — A líder dos Truqueiros suspirou enquanto a menina enxugava as lágrimas sem muita elegância. Logo as lágrimas transformaram o lenço em cinzas, deixando uma mancha em seu rosto.

— Conheço as regras, tia Fara. Sei que os Divinos entram e saem de Paradis. Por favor, me deixe estudar em Bardot. Lá eu poderia me registrar com os Regulares, se a senhora quiser. Me ajude a ser uma cidadã bardosiana! — A menina tentou recuperar o fôlego.

Por um momento, Dona Fara segurou a filha de seu sobrinho.

— Eu sabia que você estava escondida na minha arruagem, querida. De manhã eu tinha ido até o seu quarto para me despedir e vi que você não estava na cama. Peço desculpa por chamar a atenção para as finanças de sua família.

— Não importa. Reparei que a mamãe vem trazendo menos comida do <u>muambazar</u>. Vou ganhar a caixa de chá que você deu a Marla e Elia? — A menina sorriu, um nó na garganta.

— Me deparei com algo que pertence *a você* — ela bateu duas vezes no distintivo opaco no peito da sobrinha-neta. — Quando voltar para casa, olhe embaixo do travesseiro. Agora, antes de eu partir, Keana, quero que você preste muita atenção no que vou dizer — anunciou

Fara, interrompendo o abraço e retomando sua posição de disciplina.

— Sim, titia...

— Nada jamais impediu Madre Diva de cumprir o seu destino. Quando ela atravessou a pé toda a savana ainda criança, mais nova que aquelas que você acabou de alimentar, só podia se agarrar nas vozes no vento. Ao longo do caminho, como você sabe, ela encontrou inúmeros peregrinos de todos os cantos do planeta, sem saber de onde vinham as misteriosas vozes...

— Tia Fara, eu conheço a Devoção de cor e salteado. Nós vamos aos cultos... de vez em quando.

— Os últimos dias da travessia do deserto foram os mais difíceis, e a jovem Diva caiu doente por comer fungos venenosos. À noite, ardendo em febre, a menina falou de uma muralha de gelo com as formas complexas de um *mosaico* que guardava em seu interior todo o conhecimento que já existiu e todo o conhecimento que existiria. Ninguém acreditou nela, mas, ainda assim, todos a seguiram. Quando conseguiram sair do deserto e chegaram às tundras mais frias, os companheiros de viagem de Diva passaram a se comportar com menos civilidade e se tornaram mais hostis; as noites congelantes eram uma ameaça iminente à vida deles. Por sorte, o seu grupo foi acolhido por uma pequena tribo de Neandros, que lhes deu de comer, de vestir e mantiveram os sobreviventes aquecidos durante a primeira nevasca. Aqueles que não sucumbiram ao inverno retribuíram aos primitivos com assassinatos e pilhagens.

Naquele momento, Keana soube que, ainda que não compartilhassem do mesmo sangue, ambas eram filhas de Madre Diva.

— Quando os benfeitores selvagens os confrontaram a respeito dos assassinatos, a jovem Diva assumiu a responsabilidade pela tragédia, alegando que seus sonhos eram a causa. Seu grupo foi banido para as terras quentes, e a menina permaneceu no frio como prisioneira. Mesmo que ainda ouvisse as vozes dizendo que continuasse rumo ao norte, a jovem Diva esperou paciente pelo perdão dos Neandros. Ela se adaptou a eles. Cresceu com eles. Contou-lhes sobre as vozes

CAPÍTULO CINCO

que eles não conseguiam ouvir. Ninguém acreditou nela. Ninguém a apoiou — continuou Dona Fara, observando Marla e Elia sendo conduzidas para dentro do gravitrem.

— Você não vai embarcar com elas? — perguntou Keana.

— Diva, não! É uma viagem horrível. Uma vez é mais do que o suficiente. Eu só viajo de CLT, querida — respondeu Dona Fara. — Condução Ligeira de Truqueiros. Quando estalamos os dedos e, puf, sumimos? *Despacho*, querida. O que a tecnologia truqueira tem de melhor! — Ela deu uma piscadinha.

— Ótimo, então ninguém vai me ajudar a tirar um passavante e ir estudar em Bardot. — Keana franziu os lábios.

— Ouça, menina. Há uma razão para vivermos uma vida abençoada, sem mortes à vista, em vez de arrastarmos uns aos outros pelos cabelos até cavernas escuras, como as pobres almas que mantiveram Madre Diva refém por tantos anos. Ela nunca desistiu, Keana. Ela encontrou significado em *tudo*, e *nada* jamais a afastaria do desejo de seu coração. Ela não seria desencorajada por proibições de viagem, passavantes, nem mesmo pelos Portões de Paradis. Vivemos o legado de *uma mulher*, Keana. Você quer deixar o seu país para trás, com medo de não ser um desses que lançam fogo pelos dedos ou transformam água em vinho? A determinação é a única habilidade que vale algo nesta vida. Você deseja ignorar sua cerimônia de amanhã e *fugir* com esta velha tia de seu pai? Você viveria em Bardot como borralha *e* imigrante ilegal. Se acha que ser Regular é assim tão ruim, menina, não sabe o que seria a vida como borralha. Sem mencionar que eles jamais permitiriam que você voltasse para casa se mudasse de ideia. Não haveria uma despedida sua no Monte Lazulai, querida. Um dia, você simplesmente pegaria uma doença e *morreria* como acontece com todo mundo para além dos Portões. Você nunca atravessaria a névoa para o encontro com Madre Diva. Jamais reencontraria sua avó no além-mundo. — Ela baixou a cabeça lentamente, tocando o ombro direito da garota. — É isso que você quer?

Keana não viu outra opção senão concordar com a cabeça. Marla e Elia olhavam para trás, enquanto embarcavam no gravitrem com destino a Lascaux, a capital de Bardot. As duas garotas acenaram para a irmã. De costas para o trem invisível de trinta e cinco vagões que levitava lento sobre os trilhos de pedrazul, Dona Fara Belamün ergueu as mãos, preparando-se para um despacho.

— Esta vida que você tanto quer jogar fora é o sonho eterno de todo e qualquer ser humano vivendo na extrema pobreza para além dos Portões. O mundo está desmoronando lá fora, criança. Entre todos os lugares, Paradis é o mais seguro. Vá para casa, Keana! Vá fazer a própria sorte! — gritou ela com a serenidade bem-aventurada de uma raposa satisfeita, antes de estalar os dedos e desaparecer na nuvem fina de uma <u>bruma púrpura</u> de aroma doce e pungente.

Partindo, o último vagão do gravitrem penetrou fundo na vastidão rochosa. Em menos de uma hora, chegariam à cidade pantanosa de Denisova para apanhar os últimos passageiros, antes da parada final do país em Vertígona, onde os Padres Aduaneiros na estação do CPF verificariam seus passavantes e os motivos de viagem. Acima e para além do Portões, o gravitrem se prepararia para um mergulho profundo rumo a Capriche, depois seguiria para o sul pelo contorno da costa, chegando a Bardot quase ao pôr do Sol, se tudo corresse bem.

Quando
3 de leão, 13:32.

Onde
Chifre em Ponto, Praça Ventaneira.
51° 50' N, 0 ° 12' O ✥

— DIVA MISERICORDIOSA, EU NÃO SIRVO PARA O MEU TRABALHO, JOAN. EM que borralhos eu estava pensando quando propus o Chifre em Ponto, justo hoje? — Clariz Birra-de-Olïva murmurou ao querido amigo ao

CAPÍTULO CINCO

avistar as multidões cor de nuvem. Fundado pela Rainha Marilu, em 1756 depois de Diva, seu primeiro ano como monarca de Paradis, o Chifre em Ponto servia de refeitório democrático a todas as idades, sobretudo por sua estrutura pague-por-tempo. Como a moeda divagariana fora concebida pelos Brasas para queimar as mãos dos menores de idade, a política do Chifre em Ponto se mostrou inclusiva aos mancebos. Seu teto alto perfeitamente talhado e as paredes em rochas revestidas de estuque e papiros emoldurados exibindo quadrovidentes da saudosa *rainha camponesa* eram o lar de uma equipe calorosa, um cardápio cozinhe-você-mesmo e etiquetas de preço expostas não em Dinheiros, mas em minutos. Logo depois do almoço, os homens e as mulheres de negócios já tinham voltado ao bairro de Zulaica, fosse de tarpã, de gravitar ou de balsa. Deixados para trás, havia grupelhos de promissores candidatos da Lúmen Academia, todos de branco, na expectativa de se conhecerem na véspera do despertar coletivo.

Companheiro Gravitor e atual mestre de Cartografia dos aprendizes do primeiro ano, o Professor Joan Valette repartia para os lados do rosto esquálido os cabelos finos e molhados, enfiando-os impecavelmente atrás das orelhas.

— Ah, Clariz, você vive para essas crianças. Uma dose maior de autoestima lhe faria maravilhas. Você realmente não sabe por que escolheu justo o Chifre em Ponto, entre todos os lugares, justo hoje?

Alheia, Clariz apertou os olhos.

— Porque eu sou uma bêbada autodestrutiva, louca para que meus futuros alunos me faltem com respeito? — Ela deixou escapar um sorriso pesaroso, esfregando a nuca.

— Por causa *dele*, querida. Este é o lugar onde você e Tristão vinham quando estavam chateados com alguma coisa. Onde cozinhavam juntos. Comiam juntos. Bebiam juntos... Sinto muito, você sabe o que quero dizer.

— Joan, eu não chamei você aqui para discutir o meu casamento fracassado. Estou muito preocupada com o que aconteceu na casa dos Chispe. — Ela se irritou.

— Ah, por favor! Houve um breve apagão. Tudo vai acabar assim que Faierbond tirar seus homens de Infernalha, o maldito vulcão for desenvolvido e a economia estiver novamente estabilizada. E, francamente, a liderança visionária piora a cada Velasque que passa. Estou mais preocupado com o silêncio cavernoso de Dona Nicoleta... Não é do feitio dela. — Ele bebericou de um chifre com soro quente de leite de auroque.

Clariz respirou fundo.

— Não é só o apagão, Joan. É o apagão, o acidente no desfuneral, Dona Nicoleta me pedindo para deslocar os Pés de Alevir sem *nenhuma* segurança adicional e depois simplesmente desaparecer? É como se ela *desejasse* o roubo da nossa joia mais valiosa. Eu não sei... Algo não está certo.

— Uma Neandra aproveitou um apagão para roubar um bem valioso. Qual é a novidade?

— Soa um pouco classista, até para você — emendou ela, soprando o chifre contendo a mesma bebida fervente cor-de-narciso.

— Você sabe o que eu quero dizer. — Ele revirou os olhos.

— Joan, o cerne da questão é: eu atravessei a ponte Gelanorte com a Dona Nicoleta. Montamos o mesmo mamute. Ela mesma trouxe a joia de <u>Jonès</u>, com a clara intenção de entregá-la ao novo líder ventaneiro. Eu não contei a ninguém, mas ela desapareceu antes do discurso de Dona Anna. Quando voltei a Lúmen, encontrei o pacote em casa, com um pedido de entrega pessoal a Dom Orlando Chispe — murmurou ela, olhando ao redor, observando o rubor desaparecer das faces de Joan.

— Você acredita na hipótese terrorista? Acha que Dona Nicoleta sabia que tudo isso iria acontecer? — perguntou Joan.

Clariz fez que não com a cabeça.

— Estávamos em Jonès revisando o plano de estudos dos calouros, quando recebemos uma telechamada de Dona Fara sobre o desfuneral de Dona Anna. As pessoas geralmente planejam os desfunerais com doze meses de antecedência, querido, não doze *horas*! — soltou ela,

CAPÍTULO CINCO

logo percebendo que poderia ter falado demais. — Sinto muito, foi muito insensível da minha parte.

— Você não precisa dizer nada, Clariz. Mal me lembro da minha mãe. Eu era muito pequeno, nem sequer tinha aprendido a ler ou a lutar. — Ele suspirou, um pouco aturdido. — Não é como se uma força incontrolável do destino tivesse tirado ela de mim, sabe? Ela fez o voto por si mesma. E é como dizem: *não adianta chorar sobre a pedra já polida*. — Ele suspirou. — Mas chega de falar de passado. O que aconteceu depois que vocês duas souberam da decisão repentina da Dona Anna?

Clariz levou mais um instante para reunir os pensamentos.

— Bom, assim que desligaram, Dona Nicoleta foi direto para o santuário, abriu e retirou a joia. Agora que penso nisso, talvez ela tenha murmurado algo a respeito do Domingo Cinzento... — Ela massageou a nuca. Ela não costumava se sentir tão cansada o tempo todo.

— Você acha que foi isso que aconteceu ontem, então? O Domingo Cinzento *finalmente* se avizinha? — Joan suspirou, beirando à incredulidade.

Clariz fez que não com a cabeça.

— *E num domingo cinzento vem a calamidade, até que se finde a eternidade* — recitou Clariz de memória, um aviso críptico entre os Visionários; uma premonição infame que muitas tragédias causara, ainda que jamais se concretizasse.

— Clariz, uma rocha antiga caiu e uma única casa ficou sem energia durante cinco minutos. Não acho que o fim dos tempos já paire sobre nós.

— Instantes depois, Dona Fara se despachou para o nosso escritório e depois nos enviou em bruma púrpura direto para Lúmen. Diva, odeio viajar de CLT! Fico constipada por dias... mas ainda é melhor que atravessar os Portões e correr o risco de dar de cara com *ele*... — Clariz perdeu-se em pensamentos. — Não é o estilo delas; três líderes de clã, maduras, com o comportamento de garotinhas instáveis. Você deveria ter visto Dona Fara ontem, de conversinha fiada, agindo como se nada tivesse acontecido.

Joan fez que sim com a cabeça, evitando os olhares vindos das mesas dos candidatos, ávidos por se intrometerem. Dona Nicoleta tinha dado pistas sobre o paradeiro dela?

Clariz fez um sinal para que o garçom baixo e gorducho trouxesse a conta.

— Sinto o passado tentando penetrar o futuro, Joan, e temo que ajudar Dona Nicoleta me meta nesse fogo cruzado. Os Visionários não deviam estar preocupados com o perigo que possa invadir Paradis. Deviam se preocupar com o perigo que *possa escapar* — concluiu ela, batendo repetidas vezes a ponta dos dedos na áspera mesa de madeira de olmo, no canto escuro mais reservado do Chifre em Ponto. Ela meneou a cabeça, tomando um gole mais amargo e morno da bebida. — *Aconteça o que acontecer, Clariz, não adie a Cerimônia de Boas-Vindas. Ela precisa acontecer no dia 4 de leão.* Foi tudo o que ela disse. E não sei, não, Joan. Estou com um pressentimento de que algo terrível está prestes a acontecer.

CAPÍTULO SEIS

CRIMES
Ardilosos

Quando
3 de leão, 17:12.

Onde
Delegacia Visionária, Praça Ventaneira.

NO CENTRO DE LÚMEN, AS UNIDADES POLICIAIS DIVINA E REGULAR FORAM abruptamente postas em alerta vermelho, hordas de seus homens e mulheres planando velozes sobre gravitares desde a base até a cena do crime. A Delegacia Visionária de Lúmen era o único prédio na Praça Ventaneira que destoava da paisagem relvada e das construções simples de tijolos de barro: o monólito muito bem polido, esculpido simetricamente a partir de granito preto, com a forma perfeita de um triângulo de dois andares, margeado pelas águas sombrias e silenciosas do Rio Belisfinge. No primeiro andar, alarmados, os telepatas responsáveis pela prevenção dos crimes em Lúmen faziam uma reunião emergencial para decifrarem os relatórios de um sequestro na pré-escola a poucos quarteirões dali.

— Como é que não há nem sequer uma pista do sequestro nos relatórios proféticos? — vociferou um furioso Dom Quintino Velasque, marchando diante dos doze Visiotenentes dentro da sede principal, no centro de Lúmen.

Para uma unidade de vigilância habituada a chegar à cena do crime *antes* dos próprios suspeitos, o rapto de uma criança – perpetrado por um homem que deveria, além do mais, estar atrás das grades – desconcertou os proféticos Visionários. A jovem Flora Velasque encostou-se num canto, vestida da túnica e do lenço cerimoniais brancos que ela usava por ordem do avô, observando em silêncio a viagem de campo logo se transformar de algo meramente ilustrativo a um caso altamente sigiloso.

A Visiotenente Sonni Piper, as tranças curtas e grisalhas enrolando-se na cabeça um tanto alongada, avançou sua figura corpulenta e abordou o líder de todos os Visionários. As mãos bem retintas exibiam grandes manchas de pele despigmentada, do pulso para cima, contornando o nariz e as sobrancelhas proeminentes; os telepatas mestiços eram conhecidos pela ambição incansável e pela gratidão cega. A jovem segurava com cuidado um pedaço de papiro amassado.

— A fuga de Apolo Zéfiro não chegou a ser comunicada a Petropol, senhor, por isso não foi incluída na premonição aqui em Lúmen. O Tenente Jinx mencionou brevemente o nome de Zéfiro durante o transe dele esta manhã, mas o descartamos como devaneio errante assim que telechamamos a Prisão Perpétria e os guardas confirmaram que Zéfiro ainda estava preso — argumentou ela.

— Zéfiro? O tal que está preso ou o tal que rapta garotinhas bem debaixo do nosso nariz? — O líder dos Visionários levou as mãos ao rosto, em uma breve confissão de impaciência. Um cintilar das três lágrimas de prata logo abaixo do colarinho lembrou a todos os presentes que eles lidavam ali com um Visionário Tríplice Laureado; o seu lado mau era *o pior lado*.

CAPÍTULO SEIS

— Dom Quintino, as atividades criminosas recentes que não previmos trazem à luz um problema muito maior — insistiu ela.

— Aonde quer chegar com isso, Tenente Piper?

— Os fatos da última semana são claríssimos; tudo está em consonância com os nossos relatórios proféticos. Até o último domingo, os acontecimentos se tornam nublados e mais difíceis de serem compreendidos durante o desfuneral de Dona Anna Milfort. Algo está bloqueando nosso acesso aos quadrovidentes da fuga de Zéfiro *e* do roubo dos Pés de Alevir. Também nada nas *nuvens*. Sem a inclusão desses acontecimentos fundamentais... a tragédia que aconteceu hoje, senhor... foi divinamente *imprevisível* — concluiu ela, percebendo reações inquietas em todo o primeiro andar da Delegacia Visionária.

Flora praticamente se fundia à parede, esperando que ninguém desse pela presença dela e a mandasse se retirar. Ela queria ver aquilo.

— Petropol é *o olho que tudo vê em Divagar*! — desdenhou Dom Quintino. Ele fez um gesto pedindo aos tenentes de baixo escalão que deixassem a sala, uma ordem atendida de pronto. Quando a neta se preparava para seguir os passos deles, Dom Quintino a deteve com um toque leve no ombro, um gesto claro de privilégio de que ela subitamente se sentiu merecedora.

— Dom Quintino, todos nós já ouvimos as histórias. Eu não vejo outra explicação lógica.

— Então, sua melhor aposta lógica é que *o povo do deserto* conseguiu entrar em Paradis?

A Tenente Piper mostrou-lhe a tela de previsões e seu extenso painel codificado por cores, um mapa de Paradis projetado na parede. Os pontos dividiam-se em três cores: azul para o passado, amarelo para o presente e vermelho para o futuro. Todavia, uma quarta cor exibia um matiz atípico sobre o mapa profético de Paradis.

— Eu só falo o que eu vejo, senhor. Esses pontinhos cinza crescem dia a dia. Há um amanhã, às margens do Rio Belisfinge, possivelmente na Lúmen Academia, mas não temos certeza. Mais um perto da Ala de Cura Popular, no dia seguinte. Parece que essa *força* vai se agigantar e o nosso sinal, se enfraquecer nos próximos dias. — A Tenente Piper passou o calendário na tela. — A cada dia há menos eventos disponíveis, culminando na... manhã de *domingo*, em Vertígona.

— O que acontece no domingo de manhã? — indagou Quintino, o rosto bem próximo ao dela.

A Visiotenente Sonni Piper foi categórica.

— Nosso sistema de premonição de acontecimentos ficará inoperante. Para sempre.

Flora sempre achou que o *Domingo Cinzento* fosse um mito.

— Tenente Piper, seus homens e mulheres têm quarenta e oito horas para recapturar Zéfiro e devolver à família essa menina desaparecida, Míria Faierbond, ou eu fecharei pessoalmente o seu posto policial e convocarei o Exército Petropolitano. Se tiver sorte, posso nomeá-la para lidar com mercadores bêbados no CPF. Para o resto do mundo, Apolo Zéfiro ainda está preso em Perpétria, e a Noviça de Altamira é uma louca incapaz de cuidar de crianças. Você me entendeu? Fique de olho nas atividades imprevisíveis que envolvam Patrulheiros Regulares. Tenho motivo para acreditar que uma das *estrelas de prata* possa nos levar de volta à nossa... fonte de perigo — concluiu Dom Quintino.

A Visiotenente Sonni Piper fez uma mesura com a cabeça antes de deixar avô e neta a sós.

— Eu quero ir para casa — manifestou logo Flora, incapaz de esconder o desgosto.

— Com um pirata visionário à solta? Só por cima do meu corpo adormecido — retrucou ele.

— E você se pergunta por que as pessoas nos odeiam? Uma criança de seis anos é sequestrada e sua primeira reação é rotular a única testemunha como louca? — gritou ela.

— Uma criança de seis anos cujo irmão entristecido vem assombrando os seus sonhos foi sequestrada. Seus pensamentos recentes de perigo e *morte* calham de estar afinados com as nossas preocupações — comentou ele, gentilmente. — Não gostaria de provar o seu valor?

— Você não hesita em manchar a reputação de uma sacerdotisa, faz

CAPÍTULO SEIS

de tolos os seus compatriotas e ainda espera a minha ajuda? Sagan deve estar desesperado! Vá encontrá-la, vovô! — ela subiu o tom de voz.

— Somos o símbolo da ordem e da segurança, Flora. O que acha que Paradis preferiria? Duvidar da sanidade de uma mulher ou da competência de uma nação inteira para se proteger?

— Para se proteger? Do quê? *Do povo do deserto?* — desafiou ela, proferindo aquele estranho nome pela primeira vez na vida.

— Continue mencionando esse nome e todos acharão que você é tão louca quanto a Noviça de Altamira — alertou ele.

— Agora estou curiosa, vovô. Quem é esse povo? Por que o ameaça assim? Você não deveria estar atrás deles agora, antes que destruam a nossa clarividência? — falou ela, tocando num ponto sensível, a julgar pelos olhos arregalados do avô.

— Eles não passam de folclore. Folclore imundo criado por xamãs estrangeiros que desejam nos expulsar de Paradis e roubar toda a pedrazul do Monte Lazulai — declarou Dom Quintino. Lá fora, uma multidão se reunia ao redor da Pré-Escola para Dormentes da Rainha Julieta, a apenas alguns quarteirões dali.

— Se eu por acaso previr amanhã uma maneira de o senhor sair desta, eu telechamo — zombou ela.

— Se ainda acha que vai participar da Cerimônia de Boas-Vindas, você está redondamente enganada. — Ele pousou uma mão firme no ombro dela.

— Ah, eu vou, sim! Você não manda em mim.

— Eu não sou o seu pai, Flora — advertiu calmamente.

— Graças a Madre Diva! — Ela o fitou repleta de desprezo.

— Não serei condescendente como ele. Não tente me desobedecer, mocinha, ou eu farei suas escolhas *por* você.

— Tente me impedir. — Ela se dirigiu à porta. Quando Flora se preparava para esfregar o Selo Ventaneiro que abria as pesadas portas de mármore da sala de controle, uma repentina sensação a paralisou.

Dê meia-volta! Agora! O tom imponente do avô invadiu os pensamentos dela.

Flora obedeceu de pronto. Tentou resistir, mas a força dele anulou a dela. Os olhos brancos e reluzentes do avô fizeram-na se curvar a seu comando.

Não importa o que aconteça hoje, você não vai participar da Cerimônia de Boas-Vindas amanhã, ele a esculhambou – seu próprio sangue –, em uma violação descarada da lei paradisiana de privacidade, sem mencionar o senso comum. *Proíbo você de dizer NÃO para mim. Sua voz agora é minha. Seus pensamentos agora são meus. Seus sonhos agora são meus. Você não contará a ninguém sobre isso. Entendeu?*

A jovem Flora Velasque ficou passando os dedos rígidos pelos cabelos finos e louros, até que voltou à realidade, sentindo um peso dentro da cabeça, bem no canto em que ela geralmente sentia o rancor. Sob as dobras da túnica branca, um pouco acima do peito, ela desprendeu o distintivo em forma de lágrima dourada – a sua única passagem para a cerimônia.

— Sim, vovô. — A voz de Flora escapou sem a permissão do corpo. Ela entregou o distintivo, entorpecida, reduzida a uma mera invenção; um fantoche, traído e depreciado pelo homem em quem outrora ela mais confiava.

Quando
3 de leão, 18:28.

Onde
Pré-Escola para Dormentes
da Rainha Julieta, Colina de Avalai.

AO PÔR DO SOL, NA MESMA TERÇA-FEIRA DE VERÃO-MINGUANTE, TODOS OS homem, mulheres e crianças de Lúmen já sabiam do triste rapto de Míria Faierbond. Embora ainda houvesse um debate público a respeito da identidade do sequestrador, multidões se reuniram diante

CAPÍTULO SEIS

da Pré-Escola para Dormentes da Rainha Julieta, em demonstração de solidariedade. Os manifestantes seguravam cartazes antiPetropol e entoavam cantos organizados.

[cartazes de protesto: "EI, VELASQUE, TIRA O OLHO DO UMBIGO! SÓ PENSA NO FUTURO E NOSSOS FILHOS EM PERIGO!" / "PETROPOL, PREVÊ PRA MIM: ESTA BUSCA VAI TER FIM?"]

Dom Orlando Chispe – recém-indicado líder dos Ventaneiros – tentou ignorar os jornalistas ao lado do marido e dos três filhos. Jamie, o mais novo, fez o possível para manter uma expressão de coragem em meio à melodia paralisante dos pais em prantos. Os olhos não reprovavam a desolação estampada no rosto de Sagan Faierbond, o ruivo manso e simpático com quem ele tinha estudado na Pré-Escola da Rainha Julieta. Uma década se passou e Sagan ainda usava os mesmos óculos redondos sobre as bochechas rechonchudas, embora agora um ou dois números maiores.

— Vão encontrar sua irmã, colega. Sã e salva — grasnou a voz de Jamie.

— Como é que você tem tanta certeza? — As palavras escaparam de Sagan, os olhos ainda perdidos, fora de foco, embaciados. — Não ficou sabendo, Chispe? Os relatórios proféticos estão uma bagunça só. Dizem que os Visionários não conseguem mais ver direito o futuro

— lamuriou-se o garoto. — O irmão do Mason Bo Billy subiu na árvore com Míria quando tudo aconteceu. Acham que ele pode ter visto alguma coisa.

— E cadê ele? — perguntou Jamie.

— Ainda está inconsciente por causa da queda; vão levá-lo para a Ala de Cura. — Sagan suspirou.

— Já fez um <u>Elo de Sangue</u>? — continuou Jamie, fazendo menção de tocar o distintivo de lágrima dourada preso ao peito.

Os olhos de Sagan piscaram em um ritmo estranho.

— Recebi uma telechamada do Tenente Jinx. Fui dar um cochilo em casa, para estar descansado amanhã. Daí ele *disse* algo sobre um Elo de Sangue. Pensei que meu pai ou meu tio estivessem em apuros, ou que fosse algo relacionado com o testamento da minha mãe, mas... — A voz do menino tremeu, os óculos já úmidos de lágrimas. — Depois de picar o meu dedo... ele me contou que era por causa de Míria... — Sagan engasgou, respirando com dificuldade. — Cara, ela só estava brincando no quintal... — Sagan desmoronou.

Jamie o abraçou. Agora era a vez de Jamie esconder as emoções; de que servia a juventude, se só tinham lágrimas a oferecer em face do inimaginável? Enquanto o coração de Sagan sangrava, o caçula dos Chispe avistou um inesperado par de olhos voltados para ele. Com paciência esperou que Sagan aliviasse todo o aperto no peito, antes de fazer um aceno discreto para a garota.

— Sagan... Sinto muito. Vim assim que eu soube — disse Keana Milfort.

— Keana... Será que você pode falar com a sua tia? Talvez Dona Fara ajudasse esses rinocerontes... — comentou Sagan, observando os Visiotenentes e sua visível incompetência. — Os Truqueiros não monitoram todos os despachos? Se a sua tia não encontrar nada incomum, é porque Míria não está muito longe! — Sagan se precipitou. Keana ficou sem palavras.

— Tudo o que você precisar — tentou ela, os olhos fitando os de Jamie, depois voltando ao amigo de infância.

CAPÍTULO SEIS

— O mesmo quintal onde a gente brincava quando criança... Que vantagem ela traria a alguém? Isso é um ato absurdo de maldade. Não pode ser *humano* — protestou ele.

— Tem gente má por aí, Sagan. É que nos acostumamos a ver essa gente presa antes que tenha uma chance de agir. Os Visionários só estão um pouco atrasados.

— A trovadora que dá aula para as crianças disse que foi um pirata, mas os Visionários falam que ela está mentindo. — O menino balançou a cabeça, descrente.

— A Noviça de Altamira? Ela cantou no desfuneral da minha avó. — disse Keana, parecendo intrigada. — Mas como pode ser um pirata? Não estão todos presos em Perpétria?

— Ela disse que o nome dele era *Apolo Zéfiro*... — Sagan continuou.

Jamie olhou para Keana. Os sussurros da família sempre davam que Apolo Zéfiro era o homem que tinha traído e incapacitado o pai dela, e Perpétria não era *nada* comparado ao que ele merecia.

Keana pareceu se recompor.

— E cadê o seu pai? — Keana perguntou a Sagan.

— Meu pai? Olhe para ele. Fazendo piadas com o Tenente Jinx. A Polícia Visionária o esculhambou para que cooperasse. A única pessoa com que eu poderia contar... agindo como se um Uga tivesse roubado uma pele do muambazar e nada mais. — Sagan começou a chorar mais uma vez.

Jamie viu que era momento de intervir.

— Odeio dizer isso, mas concordo com os Visionários, Sagan. Com o plano de seu pai de reacender a Infernalha, tem muita gente perturbada que poderia tentar fazer mal à sua família, sabe?

Sagan meneou a cabeça.

— Para ser honesto, meu pai não tinha certeza de se o Rei Duarte assinaria o projeto de lei...

Jamie não engoliu essa.

— Aquele apagão da noite passada é prova de que estamos passando por uma escassez de divinidade! Meus irmãos têm uma amiga jornalista, e ela disse que *A Tribuna de Lúmen* não vai publicar matérias sobre o assunto. Isso tudo poderia ser evitado se os Brasas não gastassem tanta mão de obra para a contenção da lava. Tudo porque os mais velhos temem que as almas penadas de delinquentes consigam escapar de um vulcão ativo? *Seus corpos já se desintegraram, borralho!* Diva, as pessoas são tão estúpidas...

— São? Era de esperar que Apolo Zéfiro estivesse em Perpétria pelo que fez ao meu pai... — rebateu Keana.

— Eu não vejo por que um pirata fugitivo sequestraria uma criança só por causa de política de clã. — O Chispe caçula suspirou.

— Sagan, o importante é que seu pai poderia ser muito valioso ajudando a encontrar a sua irmã e garantindo que aquele *mauamante* perverso receba o que merece. — Ela exalou, exasperada.

Em seguida, o Visiotenente Kartamundo Jinx acenou para ele. Sem pedir licença, Sagan se retirou, deixando Keana e Jamie.

Por um momento, o silêncio aturdiu a ambos.

— Keana, sobre a noite passada... — começou ele.

— Jamie, eu não sou de pedir desculpas — cortou ela.

— Nossa... Eu só queria dizer que gosto de você — murmurou ele, constrangido.

— Eu gosto de você também, mas você é meu primo. Estou passando pela semana mais confusa da minha vida, e você aproveitou um momento de fragilidade para me arrancar um beijo. Diva, as meninas *realmente* amadurecem muito mais rápido que os meninos. — Ela revirou os olhos.

Jamie assentiu com a cabeça, compreendendo que era inútil argumentar.

— O que é que eles estão fazendo? — perguntou ela, observando o Tenente Jinx falar com o entorpecido Gustavo Faierbond, com o filho aflito do lado.

— Eles estão finalizando o Elo de Sangue para determinar a distância de Míria — explicou ele.

— Que raios divinos é um Elo de Sangue? — resmungou ela.

CAPÍTULO SEIS

O Tenente Jinx estendeu ao senhor Faierbond um pedaço de papiro cor-de-lavanda. O policial telepático então emitiu uma luz branca e brilhante das pupilas, esquadrinhando o papiro enrolado.

— Aquilo é um Elo de Sangue. Todo Visionário consegue fazer. Pegam algumas gotas do seu sangue e descobrem quantas pessoas o compartilham e a distância a que elas se encontram de você. Iluminam o elo com os olhos e veem quantos círculos são formados e quantos tons vermelhos surgem. Quanto mais forte a tinta no papiro, mais perto estará a pessoa.

— Daí eles conseguem afunilar a busca... É muito inteligente. — Keana fez um gesto de não com a cabeça. — A Noviça de Altamira deve estar grogue de *fumobravo*. Ela disse que Zéfiro fugiu gravitando com Míria. Já vi os Visionários exibirem vários poderes, mas nunca ouvi falar de um telepata voador! — observou ela, cuidadosa para manter baixo o tom de voz.

— Aquela criada neandra lá do baile. Alguém a pegou?

— Aquela que roubou as *joias voadoras da Madame B'Olïva?* — perguntou Keana.

— Isso. Chamam de Pés de Alevir.

— Será que ela já está longe? — murmurou ela, ainda observando os Faierbond.

— Eles não encontraram nenhum sinal dela. Meus pais disseram que, se os Pés de Alevir caírem nas mãos de um alquimista, eles poderiam ser divididos em dezenas de aparatos. Poderiam criar uma gangue de Gravitores clandestinos.

— Eu não sei, Jamie. Quer saber? Você está começando a falar como os seus irmãos. Os loucos da conspiração.

— Talvez. Mas eu os ouvi sussurrando na arruagem a caminho daqui sobre um possível golpe de Estado para derrubar os Visionários do poder — murmurou Jamie.

— Não seria incrível? — disparou Keana.

Fazia tempo que Keana não andava pela velha pré-escola. Foi um convite às lembranças. Risinhos inocentes e a sinfonia fortuita de uma infância perfeita. Então, uma voz rascante de intenções tímidas invadiu seus ouvidos. Uma voz outrora tão querida, antes que a vida adulta as separasse.

— Com um pirata à solta, não é lá uma ideia muito brilhante chamar atenção — disse Flora Velasque, escondendo-se da vista de todos sob a túnica cerimonial de seda branca.

— Diva! Você me assustou! Flora...? Como você está? Já faz... uma eternidade — respondeu Keana, observando a jovem mulher em que se transformara a amiga de infância. O fino tecido branco do véu de Flora contrastava com as feições singulares que os Visionários compartilhavam com os Neandros. Irônico que as mesmas feições para alguns significavam privilégio, e, para outros, um tratamento como a casta mais baixa dos seres humanos.

— Eu estou bem, considerando... — respondeu Flora, apontando para si mesma, depois para os indesejados Visiotenentes, fazendo menção a uma ligação com eles.

— Nem todo mundo se importa com isso, Flora — lembrou Keana, com um tom de voz agudo. — Na realidade, uma das minhas amigas mais próximas despertou como Visionário ano passado. Na última vez que nos falamos, ela estava muito feliz com as aulas — continuou Keana, tentando acalmar o espírito de Flora.

— Acho que sei de quem você está falando... Laila Cavaleão? A neta da Velha Betânia? — Flora estreitou os olhos.

— Sim. Ela virou minha melhor amiga depois que seus pais te tiraram da escola. — Keana sorriu, um pouco tímida.

— Aulas em casa... Que maneira de prolongar a infância mais que o necessário — murmurou Flora.

— Está tudo bem?

— Só uma manhã difícil — respondeu Flora. — Meu avô acha

CAPÍTULO SEIS

que socializar em excesso é prejudicial aos futuros videntes. Pelo visto, tende a resultar em previsões frágeis e nubladas.

— Bom, então devem estar comemorando pra borralho em Petropol, porque... — Keana se deteve, percebendo o fracasso da piada. — Ei, muito provável que você esbarre com a Laila na L.A. mais cedo ou mais tarde. Ela tem muito orgulho de ser Visionária, talvez vocês possam ficar amigas.

— Orgulho de ser Visionária? Essa é nova — zombou Flora.

Keana apertou os olhos, sem saber ao certo a intenção da herdeira dos poderosos Velasque. *Ela poderia ter se saído pior*, pensou Keana.

— Mas chega de mim. O que faz aqui, Keana?

— Só estou andando pela Praça Ventaneira, passando um tempo sozinha, eu acho.

— Sinto muito pela sua avó. Eu gostava muito dos sanduíches crocantes que ela preparava.

— Obrigada. Nem parece que ela se foi. É uma droga que eu não possa vê-la. Que eu não saiba onde ela está. — Keana suspirou. — Ouvi os gritos e vim conferir por mim mesma. Não talhariam nenhuma verdade sobre isso nas rosetas de amanhã — respondeu Keana.

— Tirar a verdade da imprensa paradisiana é mais difícil que se bronzear no Parque Zulaica — acrescentou Flora.

— E aí, você está empolgada pra amanhã? — perguntou ela, tentando mudar de assunto. Foi em decorrência do silêncio de Flora que Keana percebeu *claramente* que tinha algo errado com ela. A caçula dos Milfort fitou os olhos de Flora, percebendo neles um indício quase mínimo de um reflexo branco.

— O que vai acontecer amanhã? — perguntou Flora.

— Está de brincadeira?

— Você não está rindo, realmente não sei a que se refere.

— Ah, Diva! Talvez seja diferente para a elite. Nós, plebeus, vamos participar amanhã de um evento chamado *Cerimônia de Boas-Vindas*. Sabe, onde a gente descobre se somos ou não descendentes diretos de Madre Diva? Onde nosso âmago é despertado em um dos Seis Clãs?

Flora assentiu. Ela era a herdeira do trono visionário, e talvez por isso se achasse melhor do que todos. O reflexo branco nas pupilas faiscou forte por uma fração de segundo.

— Parece interessante. Boa sorte nisso.

Keana percebeu uma clara ausência no peito de Flora, mal emoldurado pelos cabelos secos de um louro-esbranquiçado.

— Cadê o seu distintivo? — Keana questionou abrupta.

— Que distintivo? Do que você está falando? — ela disparou de volta, recuando um passo.

— Um distintivo da L.A. que prepara o âmago para despertar. Como este aqui, veja! — insistiu Keana, levantando uma aba da túnica branca e exibindo o distintivo de lágrima opaco e enferrujado que ela não queria mostrar em público.

— Foi bom ver você, Keana — falou Flora, virando-se para atravessar a multidão errática.

— Flora, espera aí! — gritou Keana, instintivamente estendendo a mão na direção dela. Suas mãos apertaram o antebraço de Flora com precisão geométrica; uma forte atração magnética intensificou ainda mais o aperto, e a garota Milfort sentiu uma vibração forte reverberando por debaixo da túnica, bem no centro do tórax, onde os distintivos deveriam ser presos.

Keana sentia uma conexão estranha originada da extensão de sua espinha dorsal, correndo direto para a ponta dos dedos e atravessando a superfície supercondutora da pele seca e pálida de Flora. As duas garotas, separadas pelo incerto término da infância, constataram, mais uma vez, uma conexão repentina.

A visão de Keana turvou-se por um átimo de segundo; lá no fundo da mente, ela via o olhar autoritário de Dom Quintino dirigindo-se diretamente a ela. Um momento depois, a neblina se dissipou e ela via o rosto assustado de Flora.

— Solte o meu braço, por favor — pediu Flora, calmamente.

Um estranho e repentino silêncio uniu as duas meninas em desalento, até Keana dispersá-lo, desprendendo o seu distintivo enferrujado.

CAPÍTULO SEIS

— Sinto muito. Isto aqui... Hum... Eu não preciso disso mesmo. Cadê o seu? Você não vai mesmo vir amanhã?

Flora parecia insegura.

— Você tem razão, essas coisas mexem um pouco com a nossa cabeça... Se ao menos eu soubesse onde o meu está...

— Escuta... — começou Keana, fazendo uma breve pausa. Desde a conversa com tia Fara naquela manhã, Keana vinha pedindo um sinal à Madre Diva. Talvez fosse esse o sinal. Ela não poderia comparecer àquela cerimônia idiota do Despertar, não depois do que tinha passado a avó para assegurar a pensão dela. Ela não poderia aceitar a vida como Regular, e não sabia o que ia fazer. — Pode pegar o meu, Flora. Eu não vou.

— Como? Você não pode perder a cerimônia! — retrucou Flora.

— Tome, para deixarem você embarcar na balsa amanhã — insistiu Keana.

— Você não pode estar falando sério! — Flora recuou.

— Sabe, eu não sei por que estou lhe contando isso, mas prefiro virar uma borralha a ser confirmada como Regular, forçada a enterrar a cabeça em véus negros, usar a entrada dos fundos em todos os lugares e ficar presa aqui pelo resto da vida — disse a caçula dos Milfort, entregando o distintivo. — Esconda debaixo da túnica. Não importa o que faça, não deixe que sua família o veja. Tenho fé em Diva de que o meu destino está nas mãos dela, e também nas suas — concluiu Keana.

Uma onda de euforia invadiu a multidão.

— Ela ainda está em Lúmen! — Sagan Faierbond gritava de alegria, maravilhado com o resultado do Elo de Sangue que acabara de fazer. Três gotas de sangue brilhavam em vermelho escarlate, o que significava a proximidade física de seus parentes vivos, em plena saúde.

Espalhada às dezenas pelo prédio de dois andares recém-envernizado, onde há gerações as crianças aprendiam o beabá, a multidão entoava gritos de alegria e celebração.

Jamie voltou para o lado de Keana.

— Então agora deu para *confiscar* distintivo? — ele gritou para Flora. Flora abriu a boca, mas Jamie foi mais rápido.

— Eu vi o que você fez com Keana. Nem despertou e já cheia das tramoias. Madre minha, você vai dar trabalho.

— Jamie, não seja babaca. Eu *dei* o meu a ela! — insistiu Keana.

— Pelo amor de Diva, Keana, é como se você *quisesse* ser infeliz! — rugiu ele, como se Flora não estivesse ali.

— Jamie... Eu só vou dizer uma vez, então abra bem os ouvidos. Eu não preciso de salvação. Eu não preciso das suas opiniões sobre o que *eu* deveria fazer com a *minha* vida. Se esse é o tipo de coisa que você acha encantador, talvez esteja procurando uma namorada na espécie errada! — Keana esbarrou com força no ombro dele e seguiu para a Rua Aurora, 145.

Andou sozinha por duas avenidas, uma fileira de olmos um tanto irregular separava as calçadas das estradas de cascalhos. Passou pelo agitado mar de minúsculos tons de verde, brilhando suave sob o Sol frio. Mal escondido sob o alegre espetáculo da vitalidade verde, um punhado de folhas cor de bronze sinalizava a seu critério uma mudança atípica de cenário. O *outono* chegara a Paradis.

Sentada paciente junto à porta da casa dos Milfort, via-se a mesma lobinha branca que parecia continuar à espera de sua dona.

— Ei, Luna. Será você a coisa mais linda que meus olhos já viram? — Keana estendeu a palma direita à criatura vigilante e indomada.

Se alguém já tivesse tentado o mesmo gesto antes, talvez agora desse a falta de uma mão.

De certo modo, a língua da loba na pele dela não a surpreendeu; Keana sabia merecer ao menos uma boa-nova nessa sequência interminável de azar.

CAPÍTULO SEIS

Quando
3 de leão, 20:41.

Onde
Vertígona, Paradis.
50° 30' N, 0° 63' O ✥

DE VOLTA AO QUARTO, TRISTÃO MORIARTE FECHOU AS PORTAS ATRÁS DE SI. É a coisa certa a fazer. Ela faria o mesmo por você.

Ele se arrastou lentamente até o colchão de feno e se encostou no canto da parede, como fazia sempre que os pesadelos da mulher o punham em vigília. Só então, compelido por uma urgência que o atravessava, Tristão tentaria quebrar o gelo entre eles. Respirando raso e rápido, ele começou um exercício de conexão. Apenas uma *ponte* direta com a mente de Clariz concederia aos dois a privacidade necessária.

Como pulmões frágeis que chiam na tentativa de se encherem de ar, o simples fato de pensar nela era, para Tristão, tão instintivo quanto extenuante. Ele continuava se lembrando de uma jovem que não existia mais. A Clariz que ele conheceu e por quem se apaixonou acabou sendo substituída por uma figura atormentada pelo torpor e pela tristeza. Então, preferiu pensar no quadrovidente visto no dia anterior. A imagem de Clariz deixando a casa de Dona Nicoleta rumo à festa da posse de Orlando Chispe, ainda segurando o pacote preto adornado de dentes-de-leão escolhidos a dedo. A mulher que o abandonara para se tornar aquela do retrato.

Alisando o polegar calejado na miniatura do rosto de Clariz no papiro, Tristão respirou mais fundo na tentativa de localizar o paradeiro dela. Quando suas pupilas fulguraram brancas, Tristão se enrijeceu ao sentir um acentuado sabor de malte no fundo da garganta. Atritos suaves subiam e desciam a espinha dorsal, enquanto a mente tentava se aproximar da de Clariz. *Maus hábitos são os mais difíceis de largar,* pensou consigo mesmo, imaginando-a deitada em algum lugar, bêbada demais para responder.

> Clariz... se estiver ouvindo... por favor, me deixe entrar. É uma emergência...

Um silêncio ressoante e um sabor ainda mais pungente irromperam em sua boca fechada, um gosto ácido e amargo de sobra de vinho de figo, cuja decadência era coroada com um rastro enjoativo de creme espesso à temperatura ambiente.

> Não é uma memória, Clariz... É uma <u>ponte entre mentes</u>. Por favor, me deixe entrar. Repito, é uma emergência,

tentou ele mais uma vez. Nada. O gosto e toque de Clariz esvaneciam segundo a segundo, como mensageiros que apenas comunicavam a vontade dela de não ser incomodada.

> Você precisa adiar a Cerimônia de Boas-Vindas.

Suas palavras viajaram pelo ar, brilhando nos comprimentos de onda da intimidade adormecida. O que veio na sequência, para a surpresa dele, foi uma inesperada relutância contra o seu pedido fora de hora.

> Seu nome não é Tristão... Seu nome é vinho de figo. Eu não vou... A cerimônia precisa acontecer amanhã. Essa é a vontade de Dona Nicoleta... Queria que aqueles merdinhas se furassem por conta própria amanhã... Odeio as cerimônias... É tudo tão inútil... Escuta, eu também conheço um Tristão... Já fomos casados... Até que o nosso bebê morreu na minha barriga. Agora não posso mais ter filhos... Ele lhe contou isso? Não foi... divertido. Escuta, vinho de figo, preciso dormir um pouco agora.

CAPÍTULO SEIS

Quando
3 de leão, 22:04.

Onde
Rua Aurora, 145, Praça Ventaneira.
51° 50' N, 0 ° 12' O ✠

O QUE CERINA MILFORT ESPERAVA QUE FOSSE A PRIMEIRA NOITE TRANQUILA em casa depois do retorno das filhas mais velhas à escola logo se transformou em tumulto com a notícia do rapto da pequena Míria Faierbond no centro da cidade. Havia pouco, Dona Fara Belamün tinha telechamado para informá-la de que Keana, naquela manhã, tomara conhecimento das desagradáveis novidades da família – e era bem provável que isso culminasse numa grande birra adolescente. Durante todo o dia, Cerina se preparou para uma conversa difícil, mas a caçula ainda não tinha voltado para casa.

— Ela está meia hora atrasada, Edmar... Deveria estar dormindo. Como é que espera que o âmago dela se abra amanhã, se aparecer exausta por lá? — descarregou Cerina.

Duas piscadas sincronizadas foram sinal suficiente de que Edmar a compreendia. Embora ele raramente conseguisse pronunciar uma ou duas frases coerentes, Cerina aprendera a apreciar o silêncio do marido.

Um furtivo barulho na maçaneta da sala bastou para enfurecê-la. Com um súbito movimento de pulso, Cerina fez abrirem as pesadas portas de granito, revelando Keana e sua tentativa de entrar às escondidas.

— Boa noite, família — bufou a menina. Enquanto Keana entrava, os cristais de <u>charoíte</u> pendentes dos cantos do teto tremeluziam irregularmente. — O que há de errado com as luzes? — perguntou ela, casualmente.

— Faz uma hora que estão fazendo isso. Os Faíscas estão em greve. E onde você estava? Estávamos aflitos de preocupação! — murmurou Cerina.

Keana deu uma rápida olhada no pai.

— Fale por você, mamãe. O papai parece bem.

— Amanhã vou ter uma conversa com Zácaro. Essa paquerinha absurda já foi longe demais — latiu Cerina.

— Madre Diva! Não estou de paquerinha com o Jamie! Sei que ele está a fim de mim, mas a vida de uma menina não gira em torno dos garotos, sabia? — Ela suspirou. — Faz uma hora que cheguei. Eu estava sentada lá fora brincando com a lobinha. Pode arranjar uma tigela de leite? Ela parece faminta.

— Uma garota de seis anos foi sequestrada. Possivelmente por um fugitivo da Prisão Perpétria que odeia o seu pai! Você fica fora o dia todo e, quando finalmente chega em casa, decide passar uma horinha lá fora brincando com um animal selvagem? Espero que os seus filhos nunca façam isso com você. — Cerina levou uma mão ao coração, enquanto Edmar levantou a cabeça para examinar sua caçula.

Keana fez uma expressão de desagrado.

— Já sei, eu sou péssima. Mas trago boas notícias; encontraram sinais vitais da pequena Míria. Ela ainda está em Lúmen. Agora só precisam localizá-la.

— Está falando sério? Por que não deu no noticiário? — Cerina questionou, esquecendo a indignação.

— Imagino que não queiram provocar pânico. O Jamie falou com o Sagan Faierbond. Ele está tentando não desmoronar por causa de amanhã, mas como não se desesperar? — Ela deu de ombros, dirigindo-se para as escadas que levavam ao seu quarto.

— Faierbond... — emitiu Edmar.

— O que foi, papai? — perguntou Keana.

— Faierbond confiáveis... Boa família, os Faierbond.

Keana e Cerina se entreolharam, como sempre faziam quando Edmar falava, mesmo que só um pouco.

Keana então passou roçando pelos dois.

— Se não parar agora, eu vou parar você — vociferou Cerina, enquanto Keana marchava rumo às escadas. Suas sandálias de palha

CAPÍTULO SEIS

farfalhavam a cada passo, até que estacaram. Mais um agitar de pulso e Cerina, de longe, fez o corpo de Keana dar meia-volta em seu eixo. Era raro que Cerina usasse as habilidades dessa maneira.

— Diva que me proteja! Chegamos a este ponto? — falou Keana.

Edmar fazia força para se levantar.

Cerina não desistiu dos esforços mentais para travar a filha no lugar.

— Perdão? Cuidado com seu tom de voz! Eu mesma vou amarrá-la e entregá-la para a Madame B'Olïva se não se controlar agora mesmo, então que Diva me ajude.

— Não se dê ao trabalho! Eu não vou fazer papel de trouxa na frente da futura elite paradisiana, excluída como a primeira *Regular* da família Milfort. Ou qual é mesmo o meu verdadeiro sobrenome? Bisonte, né? Posso mudá-lo, para poupar sua honra — a menina rugiu de volta.

— Como ousa falar assim comigo? — As mãos de Cerina vacilaram por um instante, permitindo que Keana descansasse o pé direito no chão.

Edmar cobriu os olhos, as mãos trêmulas.

— E cadê o seu distintivo?! — gritou Cerina.

Keana virou-se, vingativa.

— Você se refere ao distintivo antigo da Marla? Porque *eu nunca recebi um*!

Em choque, Cerina arregalou os olhos.

— Mas a sua avó disse...

— Ela mentiu. Eu era a última Milfort elegível para o assento ventaneiro, não era? Agora, já que a Lúmen Academia não me quer... Tem aquela porcaria de pensão. Aquela que distribuem aos descendentes dormentes... Era por isso que ela não podia mais esperar, não é? — A menina cerrou um punho.

Edmar e Cerina apenas fitaram a filha caçula.

— Era o que vocês temiam. *Todos* vocês! O que vai acontecer com a pequena Keana, a *cabeça-de-trapo*?

Cerina sentiu um peso no peito. Desde que Edmar trouxe esta criança para casa, ela a amou sem hesitação, mas isso já era demais.

— Não se preocupe, mamãe. Vou ignorar completamente a Cerimônia. E eu me *recuso* a ser registrada como Regular. Vou viver minha vida como borralha — ela anunciou.

Cerina sentiu o coração palpitar.

— Então, amanhã, eu vou ao Conselho Municipal recolher a pensão da vovó. Não queremos que a passagem dela tenha sido em vão, não é? — Ela deu mais um passo adiante, ficando bem perto da mãe. — É uma pena que eu nunca tenha recebido um distintivo. Aquelas cortinas pretas dariam lindos véus, caso você não tivesse grana para...

Cerina lhe deu um tapa na cara.

Nesse instante, Edmar ergueu os olhos, fitando o fundo dos olhos úmidos da filha, desencadeando a conexão incomum partilhada por ambos. Cerina invejou aquela cumplicidade silenciosa.

— A gente nunca escondeu de você o fato de que não temos laço sanguíneo ou de que não sabemos muita coisa sobre sua origem — começou Cerina.

— Não sabem muita coisa? Vocês não fazem a menor ideia de quem eu sou e de onde eu venho! Não acha que mereço uma chance de ir descobrir por mim mesma? — Keana atacou, tocando a pele que ardia numa das faces. — Nunca me interessei em procurar minha mãe biológica por respeito a vocês, mas agora isso já não me importa mais!

— Você não sabe quem é?! Você é *nossa filha* e cidadã de Paradis. Pare de agir como se a vida punisse você. Ninguém a está obrigando a nada amanhã! Você não gosta da mãe que tem? Sorte a sua! Você tem outra! Vai visitar aquela mulher da Ala de Cura Popular, mas boa sorte em arrancar dela um pensamento mais coerente do que tira do seu pai. Não quero vê-la no café da manhã. Pegue a balsa, durma até de tarde, não me interessa o que você venha a fazer. Aja como a mulher que você acha que já é. No dia em que a vida te der um tapa na cara, talvez aqueles que te amam não precisem mais se dar ao trabalho.

CAPÍTULO SEIS

❄

No canto mais distante do corredor do segundo andar, o menor quarto da antiga casa geminada era só de Keana. Por toda a vida Marla e Elia dividiram o maior quarto – o que fortaleceu ainda mais o laço das duas e ajudou a irmã caçula a se sentir de fato alienada. Olhando em volta de seu ordeiro esconderijo, a fim de vislumbrar o presente de tia Fara, a caçula dos Milfort ainda sentia a dormência no lado do rosto, o que a fazia se sentir ainda mais culpada. De repente, ela se sentiu invadida por uma forte desconexão dos acontecimentos do dia. Por um segundo pensou em Bardot, em como as irmãs deviam estar passeando pelas ruas perfumadas de Lascaux naquele mesmo momento, respirando os ares da liberdade, com um futuro promissor pela frente. Keana recordou as cenas pirateadas das falésias bardosianas que os visióculos roubados de Jamie tinham lhe mostrado no Monte Lazulai. O que ela não daria por uma chance de sentir na pele os ventos frios e úmidos, de perder-se na contemplação de águas longínquas.

Ao mesmo tempo, ela foi consumida por uma profunda preocupação com a segurança da pequena Míria Faierbond. Era como se o destino lhe impusesse uma nítida divisão: em breve, nenhuma dessas questões seria mais da conta dela. Enquanto procurava atrás de pequenos frascos, objetos antigos, embalagens de doce e bugigangas que pareciam de repente despidas do sentido de outrora, Keana reservou um momento para refletir sobre o que significava ser uma Regular. Era afastar-se dos privilégios e encarar de frente a maneira como o mundo funcionava para os não escolhidos, para aqueles que não tinham espaço para infelicidades forjadas. A mente já se preparava para o rebaixamento, para ser menos do que a mãe, o pai, as irmãs, os amigos. Para ingressar no mar de cabeças negras amorfas se movendo pelos bairros operários de Lúmen. Para respeitar um rigoroso toque de recolher. Para ter negada a entrada em lojas exclusivas a Divinos, em ruas exclusivas a Divinos, em parques exclusivos a Divinos, em bairros exclusivos a Divinos... Num canto tímido do coração, ela ainda tinha esperança de despertar em um dos Seis Clãs, somente para ter garantida uma passagem segura a outro lugar – a qualquer lugar. Infelizmente, a caçula dos Milfort sabia lá no íntimo que o *impedimento* era o que lhe dava garra.

Algo chamou sua atenção, saindo de debaixo do travesseiro de minicascalhos, o único a adornar sua caminha infantil. *A caixa de chá?* A garota indagou. Um pedaço de barbante e a borda pontuda de um pergaminho marrom-escuro assinalavam a região mencionada pela tia antes de se despachar em bruma púrpura para Bardot. Ao levantar o travesseiro, o reflexo dourado oriundo do interior do pergaminho causou-lhe ainda mais surpresa que o pequeno frasco contendo um líquido grosso e viscoso selado junto a ele. *Não é uma caixa de chá.* Keana abriu o estranho pergaminho e descobriu um pedaço de papiro com a caligrafia de Dona Fara. Colocando os dedos sobre um volume dentro do pergaminho, Keana retirou uma pequena joia.

Era um *distintivo de candidatura*, com o nome dela gravado na parte de trás.

CAPÍTULO SEIS

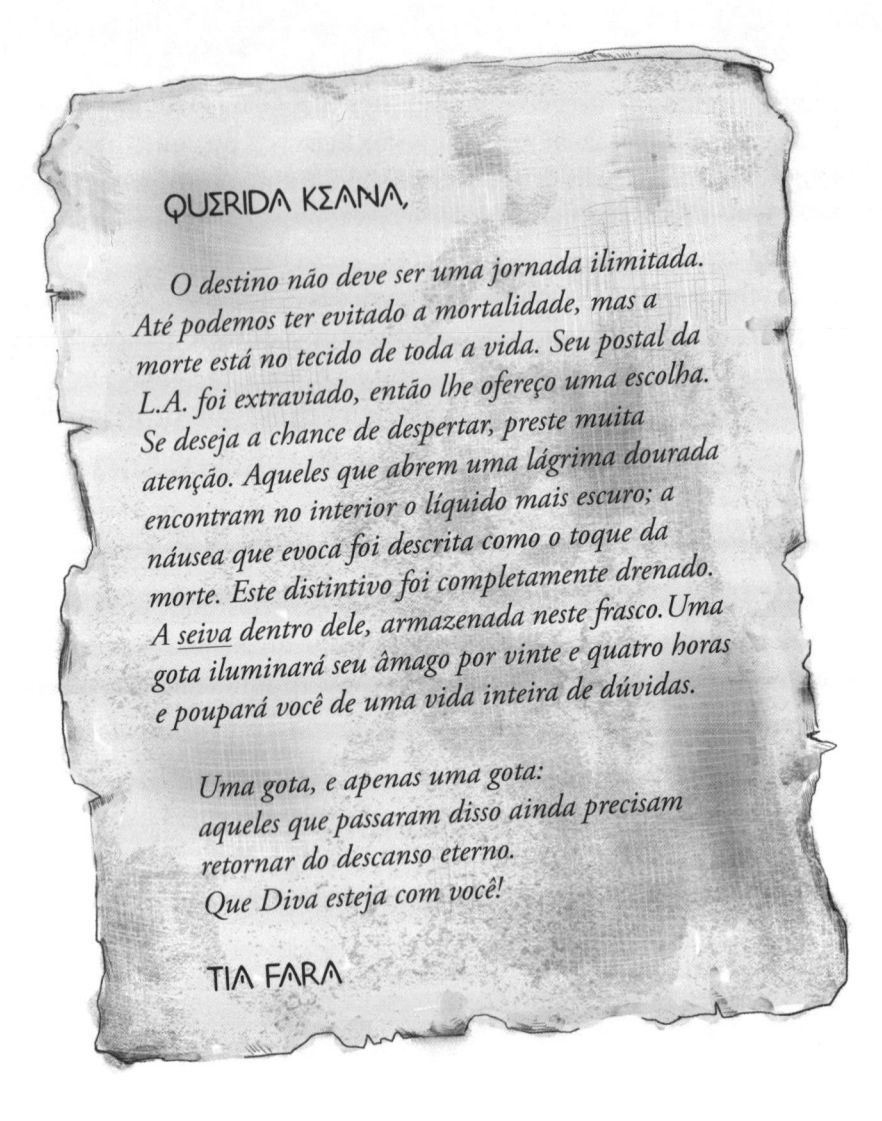

QUERIDA KEANA,

O destino não deve ser uma jornada ilimitada. Até podemos ter evitado a mortalidade, mas a morte está no tecido de toda a vida. Seu postal da L.A. foi extraviado, então lhe ofereço uma escolha. Se deseja a chance de despertar, preste muita atenção. Aqueles que abrem uma lágrima dourada encontram no interior o líquido mais escuro; a náusea que evoca foi descrita como o toque da morte. Este distintivo foi completamente drenado. A <u>seiva</u> dentro dele, armazenada neste frasco. Uma gota iluminará seu âmago por vinte e quatro horas e poupará você de uma vida inteira de dúvidas.

*Uma gota, e apenas uma gota:
aqueles que passaram disso ainda precisam retornar do descanso eterno.
Que Diva esteja com você!*

TIA FARA

Lida a última palavra, a carta de Fara explodiu em poeira púrpura, manchando o cobertor branco e o tapete marrom. Keana segurou o frasco na mão direita e foi até a janela em formato de losango, a mais alta da residência Milfort, a fim de sondar a Praça Ventaneira, pouco iluminada sob um céu noturno negro feito o breu. Alguns

Visiotenentes marchavam pelo perímetro – em precisão geométrica medíocre –, enquanto as lojas eram fechadas pelos donos, visto que os clientes já tinham ido para casa. Para qualquer pessoa criada em Paradis, a *morte* era um conceito tão abstrato quanto viver nas estrelas ou mergulhar no mar aberto.

O coração de Keana acelerava conforme o frasco ia se aproximando dos lábios. Ela queria acreditar que Fara estivesse dizendo a verdade, mas algo não estava certo. Desenroscou o minúsculo conta-gotas de cristal, liberando um sutil aroma – um rastro pungente de raízes queimadas misturadas a notas de mel incandescentes e um fim de boca muito ácido. *O cheiro é tão familiar...*

Um ímpeto do perfume como se tóxico penetrou suas narinas, fazendo com que ela tossisse no mesmo instante. Gotas do líquido negro profundo tocaram as cobertas emplumadas na cama. *Eu não consigo...*

O aroma a sobrepujou.

Sem mais demora, a caçula dos Milfort se ajoelhou diante do cobertor manchado, aproximando o rosto dos pontos úmidos e escuros que ela não teria como justificar depois. Uma sede repentina pelo líquido negro irrompeu nela com uma força magnética. Hesitante, a língua brotou dos lábios ávidos, experimentando as notas acentuadas do aromático veneno. Faltando menos de doze horas para a Cerimônia de Boas-Vindas – antes que o sabor penetrante que se espalhou na boca feito labaredas fosse comparado a outras lembranças mais palatáveis –, Keana Milfort caiu no chão.

CAPÍTULO SETE

A CERIMÔNIA DE *Boas-Vindas*

Quando
Quarta-feira, 4 de leão, 2015 a.D., 06:05.

Onde
Rua Aurora, 145, Praça Ventaneira.

AO REDOR, O MAIS PROFUNDO BREU. KEANA NÃO ENXERGAVA. DE SURPRESA, uma fria rajada de vento atingiu a manceba, carregando uma mensagem que ela não esperava: na escuridão reconheceu um rosto familiar, caminhando de onde vinham os sons das grandes portas corrediças. Nuvens finas de um cinza brilhante surgiram sorrateiras por debaixo dela, uma névoa escura e disforme a contorná-la. Via-se uma mulher diante da jovem.

— Vovó? — a menina falou.

— Você não deveria estar aqui — disse Dona Anna.

Devo estar sonhando, pensou ela em voz alta, enquanto um sabor vil e abrupto da seiva dominava seus sentidos.

— Bem queria que fosse apenas um sonho. — A avó abriu a boca como se a dizer algo, mas mudou de ideia. — Como é que chegou tão longe? Não é possível que seja a sua primeira vez aqui.

— Eu não sei do que você está falando. A tia Fara achou o meu... Vovó, você deveria ter esperado. — A garota tentou se aproximar da avó, mas não conseguiu se mover naquele estranho lugar.

— Você bebeu tudo, não foi? — Os olhos de Dona Anna esboçaram a derrota.

A garota assentiu com a cabeça.

— Onde estamos? — atreveu-se Keana.

— Eu tinha razão sobre você. Não embarque na balsa para a Lúmen Academia. Você não pode despertar em Paradis. — Dona Anna tentou alcançar a garota, mas seu corpo começou a se desmaterializar.

— Como é que eu vou sair do país se não fizer parte de um dos Seis Clãs? — perguntou a garota, confusa.

— Você precisa de um xamã. Você precisa de um despertar particular. Como nos velhos tempos.

— Por quê? Vovó, me sinto enjoada. Foi este... veneno? — Keana tocou os lábios entorpecidos.

— A escuridão está crescendo em Divagar. Os mentirosos sacrificarão qualquer coisa... ou qualquer pessoa... em nome da *eternidade*. Eu não posso mais proteger você, Keana. Você não pertence a este lugar. — Ela falava depressa, como se consciente da presença que se esvaía.

— Vovó?! Quem fez aquelas rochas explodirem no palco? Eu posso ser a próxima na lista de Apolo Zéfiro? Você está bem? Foi ferida?

Dona Anna acariciou as faces de Keana com as mãos macias e enrugadas.

— Você não tem nada de *Regular*.

Keana sentiu a presença dela se esvaecer.

CAPÍTULO SETE

— É hora de você voltar para o lugar de onde veio! Eles nunca pararam de procurar você!

O uivo de uma jovem loba-da-tundra despertou-a do transe.

— Eu voltarei para buscar você, vovó! — Ela lamentou, sentindo-se fraca, deitada na cama enquanto o Sol surgia por detrás do horizonte rochoso.

❄

Confusa por se encontrar novamente no quarto, Keana enrolou-se na cama, agarrada ao travesseiro de microcascalhos, enquanto a luz da manhã penetrava pelas janelas em formato de losango. Do lado de fora, a lobinha branca uivava. O candelabro junto ao relógio de Sol emanava uma brasa quente e mortiça. Restavam apenas vinte minutos para a primeira balsa zarpar no Rio Belisfinge. Não havia mais manchas no cobertor. *Esta é a minha única chance!*, pensou Keana. Sabia que era hora de enfrentar os medos; não deixaria que um pesadelo comum estragasse essa súbita lufada de sorte trazida por tia Fara. Olhou em torno do único quarto que já teve, sentindo uma distância fria florescendo nela. Ela enfiou o novo distintivo no bolso da túnica branca cerimonial que Cerina deixara dobrada junto à janela. *Esta escolha precisa ser minha, e só minha. Prefiro usar os véus negros e deixar esta vida para trás a passar minha cota de eternidade me sentindo uma covarde.*

Pouco antes de sair pela porta, Keana percebeu algo.

Os chinelos do pai descansavam junto à porta do quarto dela, reafirmando a suspeita de um sonho lúcido. *Diva, me proteja...* Mais uma vez alerta, a mente de Keana pensou em Míria e Sagan. *A família deve estar em frangalhos*, pensou consigo mesma enquanto saltava do pequeno colchão e afundava a cabeça na água fria.

Alcançando o selo de pedrazul atrás da bacia, Keana o esfregou, permitindo que os jatos de espuma de lavanda e um forte redemoinho de água lavassem em poucos segundos seus cachos cor de mel. Levantando a cabeça da bacia, depressa levou um dedo ao selo talhado com o emblema dos Brasas, colocando mais pressão que de costume, e um fluxo de ar quente emergiu do espelho diante dela, secando rapidamente seus cabelos.

— Ai! — gritou baixinho, queimando boa parte dos cílios esquerdos. — Desculpe, vovó. Desta vez, vou seguir minha intuição. — E assim ela saiu, correndo pelos corredores e descendo as escadas de cascalho, dirigindo-se à fila da balsa com destino à Lúmen Academia.

Quando
4 de leão, 06:42.

Onde
Praça Ventaneira, Lúmen.

FLORA VELASQUE MARCHOU ATÉ SAGAN FAIERBOND: TODO DE BRANCO, CAbelos ruivos, a alma triste. Era a imagem exata do sonho, o jovem deprimido não era o único alvo de sua minuciosa e aturdida observação; em vez disso, Flora prestou muita atenção à mão negra descorada sobre o ombro dele. Nos sonhos, ela não identificava a quem pertencia. Naquela manhã, arrancada do sono duas horas antes do esperado, Flora Velasque não compreendia o enigma crescente que lhe fora confiado.

— É você! — Flora tocou na mão feminina sobre o ombro de Sagan.

— Diva, Flora! Você me assustou! — Keana girou, puxando da cabeça o véu branco e expondo mechas dos cabelos cor de mel.

— Você não deveria estar aqui — acrescentou Flora, observando a mão de Keana deslizar do ombro de Sagan, hipnotizada. — Estou com um forte pressentimento de que sua irmã está bem, Sagan. — Depressa ela se recompôs, percebendo que tinha atraído olhos intrigados para si.

— Obrigado, Flora, mas prefiro esperar até você estar oficialmente apta a ver o futuro. — Sagan deu de ombros.

CAPÍTULO SETE

Os operários da balsa soaram a última corneta e começaram a embarcar os candidatos de branco. Sagan seguiu o fluxo, os olhos por demais cansados para expressar mais tristeza.

Flora acenou com a cabeça e caminhou até Keana, pondo-se ao lado dela, ombro a ombro, e fazendo um gesto para que a garota olhasse para baixo.

— Obrigada por isto. — Flora abriu a mão e revelou o distintivo antigo e enferrujado que Keana lhe oferecera na véspera. Lia-se na inscrição da parte de trás: *Marla Milfort: Turma de 2012 depois de Diva*.

— Sinal de Madre Diva... — Keana suspirou.

— O que disse? — perguntou Flora.

— Nada, eu teria lhe dado o distintivo de Elia, mas ela ainda o usa. — Keana sorriu para a amiga de infância. Flora enfiou o distintivo enferrujado no bolso frontal de Keana, quase como se soubesse haver ali um outro, escondido. — Cadê o seu, Flora?

Flora balançou a cabeça.

— Na sala de casa, onde meu avô espera que eu participe de um *despertar particular* esta tarde.

Keana parecia perdida em pensamentos.

— Algo que eu disse?

— Não, eu só não dormi muito bem. Não quer ficar mesmo com o distintivo velho da minha irmã? Como você vai embarcar? — perguntou Keana enquanto a fila passava por elas.

— Obrigada, mas você precisa dele mais do que eu. Experimente ser a cópia cuspida e escarrada da autoridade mais odiada de Paradis. Duvido que alguém vá dificultar a sua vida.

Quando
4 de leão, 07:44.

Onde
Lúmen Academia, Lago Smilodon.

CLARIZ BIRRA-DE-OLÏVA OLHOU PARA A CLARABOIA E DEPOIS PARA A SOMBRA lançada sobre o relógio de Sol na parede. Ainda tinha um tempinho. Clariz verificou os poros do rosto cansado no grande espelho-d'água pendurado nas paredes altas e sombrias do Salão de Boas-Vindas da Lúmen Academia. Ela tinha passado a noite toda raspando nariz, joelhos e dedos no teto do quarto, depois daquele sonho tão lúcido e desagradável. *Não era possível que fosse ele. Ele não ousaria.* Culpando a própria desatenção pelo roubo dos Pés de Alevir, Clariz preparava-se para uma forte mudança nas marés do horizonte. Ela tirou as tranças negras de três pontas de debaixo do capuz de pele azul-celeste, desprendendo das vestes um frasco vazio de cristal. Serva dos próprios instintos, ela bebeu um gole de seu estimulante matutino, enquanto o modesto palco de madeira defronte da escadaria de mármore ainda estava vazio.

Um forte fluxo de sangue trouxe-lhe cor às faces. Dando mais um gole da bebida que lhe servia de café da manhã, Madame B'Olïva pelejou para manter no chão os pés flutuantes. Os Gravitores tendiam a usar ornamentos pesados no pescoço e nas costas, a fim de o peso mantê-los em terra. Essa aversão a restrições era o motivo de a maioria dos membros do clã de corpo-leve preferir se casar com indivíduos da própria espécie. Afinal de contas, era uma tarefa e tanto convencer um Faísca ou um Ventaneiro a pregar no teto as pernas da cama. Clariz já tinha sido casada com um Visionário; compreendia o sacrifício.

— Madame B'Olïva — interrompeu uma voz grave. Em queda deselegante, ela agitou os braços duas ou três vezes na tentativa de suavizar a brusca descida de seis metros.

CAPÍTULO SETE

— Chegou antes da hora, Wilker — disse ela com um clique dos saltos de chumbo em terra firme.

— Bom, os mancebos deste ano também. — Wilker devia ter pelo menos três séculos de idade e, ano após ano, assombrava os irmãos e irmãs truqueiros com sua recusa ao voto no Monte Lazulai e à abdicação dos laços terrenos que o prendiam.

— Então que façam as preces lá fora. Temos duas horas até o início.

— Parece que *todos* deste ano são devotos, madame. A balsa das sete atracou lotada.

Franzindo os lábios, ela ordenou às pressas:

— Madre Diva! Os acólitos já acordaram?

Wilker fez um meio sorriso.

— Não no melhor dos humores... mas sim.

— Ainda não tem nenhuma informação sobre os estrangeiros?

— Não, senhora. Despachei todos os distintivos para o exterior, como me pediu, mas não houve nenhuma confirmação de entrega. Telechamei a central em Bardot para acompanhar a questão, mas ainda preciso me informar sobre o pessoal de Dona Fara.

— Que estranho. Um pouco de diversidade não faria mal aos nossos mancebos. Mande-os entrar assim que estiverem prontos. — Clariz suspirou.

O velho assentiu com a cabeça, mas se demorou ali.

— Pois não, Wilker?

— A respeito da Lei de Utilização de Poderes em Público, Madame B'Olïva... — grasnou a voz grave.

— O que é que tem ela?

— Será que me permite para sermos justos aqui nesta adorável manhã?

— Apenas cuide de tudo. Não me importa a sua aparência, velho. — Ela esfregou o rosto com as mãos, subindo ao palco de madeira a fim de verificar os itens preparados por Wilker antes do raiar do dia.

— Obrigado, madame — disse ele, com o sorriso cansado e medonho que ela conhecia muito bem. O velho de tez pálida e ossos frágeis adquiriu as formas de uma camuflagem inspirada, disfarçando-se, naquela manhã, de um anfitrião belo e jovem a esbanjar saúde, com a pele escura, os olhos verde-esmeralda e os cabelos esvoaçantes metidos impecavelmente num turbante cor de safira; esse era o costume entre os antigos cavaleiros de Magmundi.

※

Abriram-se as maciças portas de basalto da Lúmen Academia. Wilker fez uma reverência aos candidatos. Dos ombros aos joelhos, as túnicas brancas se adornavam de cruzes azuis reluzentes. Nas testas, flocos de neve púrpuros e concisos, manchados de óleo de lavanda. Atrás dos residentes da Colina de Avalai, os mancebos dos bairros menos afortunados de Paupereza e das torres nem ricas, nem pobres da Praça Ventaneira. O símbolo mais amplo no recinto pendia sobre o palco: a mão espalmada de Madre Diva, os dedos estendidos. O polegar tinha o contorno de asas, representando os Gravitores. O indicador sugeria um tornado, ícone dos Ventaneiros. O médio exibia o trovão dos Faíscas. Uma chama dos Brasas brilhava no dedo anelar e uma espiral de encantamento punha os Truqueiros no mindinho. No centro da palma da mão, o maior símbolo; um grande olho aberto representando os Visionários que tudo sabem.

Madame B'Olïva fez um gesto para que os quarenta e um candidatos tomassem seus lugares nos bancos de carvalho diante do palco. Flora Velasque sentou-se na primeira fileira, entre os barulhentos vizinhos da Colina de Avalai. Parecia apreensiva. Keana e Jamie sentaram-se na última fileira, atrás dos comportados mancebos de Paupereza.

— Queridos candidatos, bom dia! — A voz de Clariz ecoou na sala. — Estamos aqui reunidos hoje, antes que o previsto... — observou ela, entre risos abafados — para iniciarmos juntos o primeiro dia do resto de suas vidas. Meu nome é Clariz Birra-de-Olïva, também conhecida por Madame B'Olïva. *Madame* por ter me formado

CAPÍTULO SETE

como guerreira gravitriz, *B'Olïva* por ter passado tempo demais com os amorianos, que não são lá muito dados a sobrenomes extensos — continuou ela, com a facilidade de um discurso muitas vezes empregado. — Três décadas atrás, no ano de 1985 depois de Diva, eu era um dos muitos espíritos jovens e ansiosos sentados aí nesses bancos de carvalho onde vocês estão agora. *Qual é o meu clã?* era a única pergunta que passava pela cabeça e pelo coração dos meus colegas candidatos — provocou ela com um sorriso forçado, arqueando sutilmente a sobrancelha ao perceber o semblante impassível de Keana.

Em seguida, Clariz tocou um sininho de cristal barulhento. Um punhado de acólitos saiu de detrás do altar e começou a circular pelos candidatos, carregando bandejas forradas de caninos de lobos-da-tundra. A primeira Cerimônia de Boas-Vindas realizada neste salão aconteceu no fim do verão-minguante de 1400 depois de Diva, organizada por ninguém menos que a *Rainha Ava, a Jardineira*.

Em silêncio, cada candidato pegou um canino de lobo-da-tundra.

— O que quer que aconteça esta manhã, o dia de hoje deve ser visto como o início da contribuição de vocês para o mundo. — Clariz tentou manter o clima de solenidade, ainda que detestasse fazer o próprio papel. — Por favor, desprendam as lágrimas douradas das túnicas e segurem-nas na palma da mão, com delicadeza.

A música do farfalhar de tecidos e do raspar de joias preencheu o ar, uma vez atendida a ordem.

— Agora, com cuidado, virem a lágrima de ponta-cabeça, com a base voltada para vocês — começou ela, encantada com os reflexos dourados andarilhando as paredes escuras, mesmo que brevemente. — Com as duas mãos podem espremer o distintivo, pressionando forte até ouvirem abri-lo.

Os candidatos assim o fizeram.

— O que vocês estão prestes a descobrir é a verdadeira fonte do seu mal-estar. — Clariz fez um gesto para que os quarenta e um candidatos abrissem a cápsula dourada e lacrimal. Ela observou a concentração de Flora, as mãos unidas. Suspiros e murmúrios ecoaram no salão à medida que os candidatos testemunhavam que dentro dos distintivos havia um líquido espesso e viscoso mais escuro que o sangue.

— Tem cheiro de mel queimado! — gritou um menino rechonchudo de Paupereza.

— Tem o cheiro do desfuneral do meu irmão! — reclamou uma menina originária da Colina de Avalai.

Clariz achou por bem intervir.

— Essa substância tóxica e ilícita é amplamente conhecida como *a seiva*. É um *crime contra Diva* carregar consigo *toda e qualquer* quantidade dela, a menos que estejam sob a orientação de rituais oficiais. Não brinquem com isso. Vocês vão molhar dentro dela a ponta do canino de lobo, depois devolverão os distintivos abertos aos acólitos, mas, se quiserem, também podem guardá-los como lembrança.

Os alunos seguiram as instruções. Os distintivos tilintaram ao cair nas bandejas fundas.

Caminhando até a bacia lamacenta no centro do palco, Madame B'Olïva enterrou as mãos num monte de argila líquida e fechou os olhos.

— Esta lama é tão sagrada para nós como o foi para Madre Diva, Ela, cujos instintos domaram uma besta, evitaram uma guerra, iniciaram uma comunidade e concederam a todos nós a vida eterna tal a conhecemos. Reservemos um momento em Sua honra — finalizou ela, respirando fundo. — Todos de pé. Vamos orar a Devoção.

❄

— Ei! — gritou o menino esquálido sentado ao lado de Flora, quando ela mergulhou o canino dela dentro do distintivo dele, antes do descarte.

— Deve bastar — murmurou Flora.

Keana viu a cena; ela também precisava mergulhar o canino, ou Clariz desconfiaria dela. *Não faça isso, Keana...*, ela ouviu a voz da avó ecoando em sua mente. Quando o último acólito passou por ela,

CAPÍTULO SETE

todos os caninos se achavam escuros e brilhantes por causa da seiva, exceto o dela. Faltava-lhe coragem. *Não é nada bom, eu serei presa.*

— Está tudo bem? — sussurrou Jamie à orelha de Keana. Esperando desviar a atenção do canino seco, ela se virou de costas.

Pondo-se de pé, os olhos fechados, os quarenta e um candidatos entoaram a oração.

> Madre Diva,
> Ouve a nossa prece:
> Sou Teu em gratidão,
> Dobrado à Tua vontade,
> Minha luz é Tua proteção,
> Louvada seja a Tua verdade.
>
> Que Tua palavra me seja a voz
> Do poder a que sou devoto
> A fazer reinar a paz entre nós
> Até o dia do nosso Voto.

Para o espanto dos candidatos, a oração tantas vezes recitada durante refeições, momentos de aflição e em eventos esportivos agora produzia um zunido elétrico, ao mesmo tempo que se via o candelabro fagulhar. Brasas espontâneas brotaram das velas na superfície. O insosso palco de madeira logo se transformou no lodaçal mencionado por Madame B'Olïva, e as mãos pulverizadas dos candidatos enviaram seus códigos de identificação em redemoinhos que pairaram sobre a bacia no altar, sob uma névoa azul-petróleo.

Clariz abriu os olhos e retirou a mão da lama.

— Sagan Faierbond, é chegada a sua vez — anunciou ela, quando o nome do menino com cara bolachuda pairou ao lado dela, no alto.

Quando Sagan subiu ao pântano cênico, pisando na velha túnica branca tomada do tio, o menino ruivo ajeitou os óculos e, desajeitado, apertou a mão enlameada de Madame B'Olïva.

Lentamente, ela derramou um vaso de água fria e turva sobre a cabeça dele e entregou-lhe dois ramos de lavanda. Trêmulo, ele segurou com dificuldade os ramos. A multidão assistia à cena em silêncio.

— Você, Sagan Faierbond, jura solenemente honrar a sua natureza, atender à sua vocação, aperfeiçoar o seu povo e respeitar os ensinamentos de Madre Diva?

— Eu... Sagan Faierbond... juro solenemente honrar a minha natureza, atender à minha vocação, aperfeiçoar o meu povo e respeitar os ensinamentos de... — sua voz tremeu — de Madre Diva. — Finalizado o Primeiro Juramento, seu nome começou a girar em velocidade frenética. Madame B'Olïva puxou para baixo o colarinho do garoto, revelando seu torso desnudo. Então, a diretora da Lúmen Academia ergueu o canino, que pingava a seiva e, com ele, apunhalou o garoto no centro do tórax. Um minúsculo rastro de sangue surgiu à superfície.

— Sagan Faierbond, sob o seu juramento, Madre Diva lhe dá as boas-vindas! — anunciou ela.

Os braços de Sagan explodiram em chamas, espalhando o pânico entre a plateia.

Com um estalar de dedos, Clariz apagou os braços flamejantes de Sagan, restando uma coluna de fumaça. A túnica branca ganhou uma tonalidade marrom-avermelhada, as mangas de algodão, uma camada mais espessa de couro e os tecidos que pendiam até os tornozelos se envolveram nas pernas e na cintura, moldados na forma de calças castanho-escuro. Sob o seu nome no ar, o emblema dos Brasas, escaldante de orgulho, identificava-o como a mais recente adição ao clã. Rapidamente, o pânico na plateia se transformou em admiração, quando aplausos vibrantes arrebataram a academia, acompanhados por um grito de: *Incrível!*, decerto vociferado por um dos mancebos da Colina de Avalai. Madame B'Olïva entregou a Sagan um colar feito do canino de sua iniciação. Então, o menino saiu do palco-pântano com o seu novo e flamejante eu.

Enquanto os nomes dos candidatos continuavam a girar, Madame B'Olïva aproximou-se da bacia e discretamente alisou as digitais num

CAPÍTULO SETE

selo gravado dos Truqueiros, liberando energia suficiente para apagar a sujeira de lama e cinzas deixada por Sagan no caminho até os bancos.

— Flora Velasque! — anunciou ela.

❉

Silêncio sepulcral. Flora não precisava se virar para saber que a simples menção de seu nome resultou em expressões de asco. Alguns de seus vizinhos da Colina de Avalai timidamente a encorajaram.

Ela subiu ao palco, assegurando-se de que o destino estivesse ao lado dela. Na imitação de pântano, ignorando os palhaços e importunos, Flora Velasque ficou focada na recompensa. Ela assentiu com a cabeça quando Madame B'Olïva lhe segurou sobre a cabeça a jarra de água fria e enlameada.

— Ei, Flora! Adivinha de que cor é a minha cueca! — insultou Mason Bo Billy, para os aplausos da plateia.

Fortalecida pelo momento decisivo, Flora voltou-se para a multidão, que de imediato se silenciou.

— Não sei bem o tom exato, Bo Billy... o que sei com certeza é que tem um buraco no traseiro. — Ela piscou para ele, provocando gargalhadas e silenciando o esnobe.

— Esta é uma cerimônia religiosa! — reforçou Madame B'Olïva, descendo o vaso. — Outra quebra de decoro e todos vocês voltam como *borralhos* para casa.

O silêncio ensurdeceu o salão. O velho Wilker, ainda disfarçado de belo cavaleiro, gargalhou baixinho junto às grandes portas de granito que levavam ao jardim.

— Você, Flora Velasque, jura solenemente honrar a sua natureza, atender à sua vocação, aperfeiçoar o seu povo e respeitar os ensinamentos de Madre Diva?

— Eu, Flora Velasque, juro solenemente honrar a minha natureza, atender à minha vocação, aperfeiçoar o meu povo e respeitar os ensinamentos de Madre Diva.

No ar, o nome de Flora começou a girar em um ritmo estonteante, e Madame B'Olïva apunhalou-a no centro do tórax descoberto com o canino de lobo-da-tundra lambido de seiva.

— Flora Velasque, sob o seu juramento, Madre Diva lhe dá as boas-vindas!

Enquanto o público aguardava o espetáculo, o coração de Flora inchava, até que uma explosão interna a pôs ofegante, caindo de joelhos.

— Não... consigo... respirar — balbuciou ela. Clariz gesticulou aos demais candidatos o aviso de que nenhum mal aconteceria à jovem Flora. Agora, sua túnica branca parecia cortada em formas geométricas, a claridade tingida dos tons de um violeta profundo. O tecido escuro enrolava-se nos braços e nas pernas da menina, enquanto contornos de prataria se desenhavam em torno dos seios e da barriga.

Ainda ofegante, as pálpebras pestanejaram a esmo, enquanto as pupilas subiam ao fundo da cabeça.

— Não enxergo nada! — gritou ela. Era como se pedras de gelo afiadas tivessem substituído o coração. Uma longa capa preta desceu de trás do decote, parando nas coxas.

— Não resista — sussurrou Madame B'Olïva.

Mas Flora ainda não tinha recobrado o fôlego, e dos olhos vazios emanou um fulgor turvo, os músculos do rosto contraídos, vertendo longas lágrimas de desconforto.

— A estrela de prata... está queimando... — gaguejou ela.

Então Keana gritou, levantando-se.

— Não vê que ela está sofrendo?! — apontou ela.

Enquanto os murmúrios da multidão tomavam conta da sala, as pupilas de Flora desceram ao centro das pálpebras e o ar lhe invadiu imediatamente os pulmões. *Vá para casa! Vá! Antes que alguém veja você!* A menina gritou de dor. Enquanto Flora tossia, o emblema dos Visionários brilhava bem ligeiramente sob o nome dela, no ar.

Após o espantoso silêncio, risos. Risos cruéis, intransigentes.

— Sente-se, senhorita Milfort! E não se atreva a interromper de novo esta cerimônia — ordenou ela, enquanto entregava à Flora o

CAPÍTULO SETE

colar de canino com a ponta de seiva. — Está tudo bem, senhorita Velasque?

Flora fez um não com a cabeça.

Mais uma vez, os murmúrios encheram a sala, enquanto Wilker subia ao pântano artificial para escoltar Flora, sendo afastado pela garota. Não era preciso nenhuma habilidade para reconhecer um puxa-saco a quilômetros de distância.

❋

— Próximo a subir: Jameson Chispe — anunciou B'Olïva.

Keana ainda não tinha mergulhado o canino na seiva. Depois do que os meninos fizeram com Flora, era inimaginável o que fariam com ela. *Isto aqui é demais para a minha cabeça. No que eu estava pensando?* Enquanto os candidatos observavam Jamie subir ao palco, Keana Milfort girou o dedo indicador da mão esquerda no cabelo, mordendo os lábios secos. Evaporou-se a curiosidade que a atraíra à cerimônia, e agora ela sentia que só lhe restava o constrangimento. *Preciso ir para casa. Vou bancar a idiota. Todo mundo vai rir de mim*, pensou Keana consigo mesma. *Então é isso, Keana, é só ir ao Conselho Municipal e fazer o registro como Regular.* Ela concluiu, pronta para se levantar.

Fique onde está, alguém respondeu em pensamento, inesperadamente.

Olhando para o banco da ponta direita, ela viu Flora olhando fixamente para ela.

— Jameson Chispe, sob o seu juramento, Madre Diva lhe dá as boas-vindas! — ecoou Madame B'Olïva. Keana sentiu-se a pior amiga do mundo por ignorar o primo. Ela travou olhares com Jamie, um sorriso nervoso no rosto.

Talvez o melhor fosse ignorá-lo. Quando Jamie a viu sorrindo, as mãos soltaram uma rajada de vento tão implacável que virou as bacias, arremessando Madame B'Olïva para o outro lado do salão. O coque alto de Mason Bo Billy se desarrumou todo, algumas mechas pretas se enfiando na boca e nas narinas dos colegas da Colina de Avalai, em polvorosa.

Madame B'Olïva, surfando nas rajadas de vento de Jamie, conseguiu pairar a um metro e meio do chão, sem nem sequer um arranhão.

— Abaixe os braços, Jamie! — gritou ela, enquanto castiçais, ramos de lavanda e vários caninos se erguiam do novo Ventaneiro e voavam rumo à plateia. Segurando-se no assento, Keana o encorajou acenando com a cabeça. Sentiu-se responsável por aquele momento, e ela soltou uma risada inesperada quando ele baixou os braços e o vento cessou. Quando voltaram a olhar para o garoto, ele trajava a indumentária Kalahari e suas camadas de linho plissado cor de areia. Nesse momento, Keana soube que *algo* definitivamente não batia.

— Impressionante, senhor Chispe — comentou a diretora da academia. Ainda atordoados, os candidatos romperam em aplausos ao mais novo membro dos Ventaneiros, enquanto o selo voador das Ilhas Kalahar pairava sob o nome dele.

※

Com o coque alto novamente arrumado, Mason foi ao encontro de Madame B'Olïva. Após o juramento, um Mason Bo Billy barrento e encharcado não se apressou a examinar os vizinhos da Colina de Avalai, lançando um olhar mais demorado à inquieta Flora.

Clariz, então, cumpriu o papel dela, e o nobre charmoso e arrogante recebeu no centro do tórax a punhalada de canino de lobo-da-tundra. Soltando um grito de revolta nunca jamais ousado por nenhum candidato, Mason Bo Billy aceitou as boas-vidas de Madame B'Olïva com um sorriso imprudente, e uma fenda de luz branca lhe saiu ruidosa da palma da mão, empurrando a diretora da academia uns sessenta centímetros para trás, e a onda de eletricidade estática eriçou, mais uma vez, os cabelos de seu coque alto.

— Um Faísca?! Sou a droga de um *Faísca*?! — esbravejou Mason, irado. Risadinhas ecoaram na plateia, enquanto o conjunto amarelo

CAPÍTULO SETE

vivo e brilhante era arrematado por luvas e botas de vegigoma, o torso quase que transformado num avental de fábrica. Mason deu uns tapas nos longos cabelos negros eletrificados, retirando-se do palco à procura da insolente fonte de desrespeito. ⚡ O selo do clã elétrico luziu brilhante no palco, e o nome de Keana era o único que ainda pairava. O coração dela apontava para a porta. A mente queria desistir. Todavia, o corpo permanecia no mesmo lugar. Então, era isso; o momento pelo qual *ansiava* desde o recebimento do postal da Lúmen Academia – e pelo qual também *temia* depois de tê-lo aberto e visto que estava vazio.

O vazio e o silêncio se apossaram da sala. Não havia mais ninguém no centro do banco de carvalho. Não se ouviam incentivos. Não se ouviam vaias.

Olhando com especial atenção a última candidata da manhã, Clariz Birra-de-Olïva conduziu o ritual sem dizer nem mais uma palavra.

Aceite o seu destino, sussurrou um pensamento invasivo na mente de Keana, enquanto a água fria e turva a encharcava da cabeça aos pés.

Ainda mais fria era a voz aterradora dentro da cabeça.

Segurando os ramos de lavanda, Keana respirou fundo e fechou os olhos, devolvendo o artefato que recebera. Clariz percebeu que o canino estava limpo e virou-se para dizer algo.

Keana fechou os olhos e fez que sim com a cabeça, garantindo-lhe que estava tudo bem. A menina sentiu uma dor estrondosa acima do estômago. O gosto nauseabundo da seiva subiu do fundo da garganta, fazendo-a vomitar. Mais uma vez, Keana lutou contra a ânsia e engoliu de volta o terror, fitando profundamente os olhos da superior.

A mente de Keana agora confirmava: a sinistra visita à avó não fora um sonho. *Me ajude, Madre Diva. Aceito o meu destino.* Se a seiva funcionasse como prometido por Dona Fara, este seria o seu momento decisivo. *Por Favor, Madre Diva. Permita que eu tome as rédeas do meu destino.*

Madame B'Olïva deu um passo para trás.

— Você tem certeza? — perguntou Clariz, em surpreendente cumplicidade.

Keana fez que sim com a cabeça. No mesmo momento em que o

canino lhe atravessou a pele macia, Keana soltou um grito de dor lancinante. Os saltos de chumbo de Clariz deixaram o chão, quase relutantes, e a diretora da Lúmen Academia flutuou no ar. As pupilas de Keana se dilatavam conforme sentia a presa afiada saindo da pele lacerada.

Escorrida mais uma gota de sangue, Keana desejou que Clariz voltasse ao chão e anunciasse olho no olho o veredito. Os pés de Clariz tocaram o solo, e a única Gravitriz do recinto teve a sensação de que a própria gravidade a tivesse golpeado, um intenso sentimento de sujeição que ela conhecia muito bem. Keana sangrava, e o espetáculo aguardado pelos candidatos não deu as caras. Nada de faísca ou chama, nem vento, nem voo, nada de brilho ou transe.

Nada.

No que tangia a todos ali, agora Keana Milfort era a única *Regular* entre eles. Mais uma vez, o gosto forte da seiva subiu do estômago de Keana e saiu pela boca, lançando-se aos pés de Madame B'Olïva: um jato de vômito negro, grosseiro e poderoso.

Confusa e horrorizada, Keana jogou as mãos para o alto, enquanto a velocidade natural das coisas de repente retornava à *tranquilidade*. Um grande silêncio varreu a sala quando a menina se virou, defrontando-se com os olhares surpresos da multidão, quase que paralisada. Percorrendo o rosto dos presentes, Keana sentiu-se sozinha em sua percepção, até se virar para Madame B'Olïva e ver o projétil de líquido negro há pouco jorrado pairando no ar. De repente sentiu o corpo frio, com arrepios das extremidades até o âmago.

Um ruidoso farfalhar sobressaltou a candidata, e um segundo depois os movimentos retomaram sua cadência natural. Todos os olhos postos sobre ela, a multidão em choque abjeto. A túnica branca também se transformara ante a iminência do veredito. Todas as tiras de tecido sobre o corpo dela tinham se encolhido a nada: Keana Milfort viu-se *completamente nua*.

A mente da garota implodiu em pânico, mãos e braços cobrindo tudo o que era possível. Rápida, Clariz Birra-de-Olïva se pôs na frente da garota, levantando os próprios mantos para cobri-la.

CAPÍTULO SETE

— Milfort, gostosa! — gritou um dos meninos da Colina de Avalai, seguido por um entoar ainda mais sonoro.

Milfort, gostosa! Milfort, gostosa!

— Calem a boca, seus animais! — Clariz dispensou o ritual diante do sinal tênue de um selo que pairava, prestes a identificar a última aprendiz da manhã. Com o rápido toque de um acólito no Selo Truqueiro atrás da bacia de lama, o pântano artificial de Madre Diva desapareceu como o simples soprar de uma vela.

Milfort, gostosa! Milfort, gostosa!

Eu mesma sou a causadora disto, pensou ela. Ela se odiou por aquilo. Por tudo aquilo.

Keana cobriu os braços, as pernas, os seios e os quadris com os tecidos negros do conformismo. Ela não parava de tremer.

— Não está certo. Não era para você ter vindo — Clariz falou em sussurro. — A cerimônia está encerrada! — ela vociferou para uma multidão atordoada. — Os javalis desprezíveis entre nós estão suspensos, antes mesmo do primeiro dia de aula. Os demais, aguardem novas instruções do comitê de recrutamento de seus respectivos clãs. A iniciação começará em trinta minutos. Senhorita Milfort, a balsa vai levá-la de volta à Praça Ventaneira.

Keana desceu do palco, os olhos ardentes e o dorso da mão cobrindo a náusea nos lábios, quase tropeçando nos trapos negros e surrados, sem nem sequer olhar para os quarenta colegas elegidos.

Esses peitinhos aí não têm nada de Regular!

— Calem essas bocas de borralho, seus mauamantes! — esbravejou Jamie do outro lado do salão, a voz logo abafada pelo coro de risos cruéis. — Keana! Espere aí!

Levantando a cabeça, Keana Milfort fez um gesto para que Wilker lhe abrisse as portas e viu a bela pele escura do zelador da academia rapidamente se enrugar, pálida e manchada. Ele continuou a se decompor diante dos olhos dela. A visão da balsa atracada injetou alívio em seu coração ferido.

Saída da academia, ela tentou recuperar o fôlego. Os pulmões pareciam gritar de tanto aperto. Um visitante inesperado coroou de peculiaridade o momento – aparentemente, a lobinha branca que ainda insistia em rodear a casa dos Milfort a seguira pelo cheiro.

— O que você quer? Vá embora! — Keana gritou para a filhote teimosa.

— Preciso falar com você. — Ela ouviu uma voz rascante.

Virando-se para parabenizar Flora Velasque, Keana deu com a mais simpática de todos os residentes da Colina de Avalai, um genuíno olhar de preocupação no rosto. Ignorando a ordem de Keana para que fosse embora, a lobinha branca mostrou os dentes, rosnando para a garota Velasque.

— Um familiar? Você *deve* ser poderosa — soltou Flora, deixando Keana uma fera.

— Eu disse... *vá embora*! — falou exasperada. O filhote baixou a cabeça, choramingou e correu para a floresta, embrenhando-se além dos limites da Lúmen Academia. A caçula dos Milfort cerrou um punho com tanta força que sentiu as unhas perfurarem as palmas. — Me deixe em paz, Flora, ou juro por Diva que eu vou...

— Eu senti o tempo parar! — sussurrou Flora.

— Parabéns. Vá procurar a sua espécie. — Keana deixou a garota sem reação, virando-se e divisando, ao longe, Addison Arpão sentado na balsa, sozinho.

— Venho sonhando com Sagan Faierbond. Há dias. A mesma imagem. Toda noite. — Flora pestanejava, aflita. — Ele estava na fila da balsa, prestes a arrebentar em choro, havia muitas pessoas perto dele, mas não reconheci ninguém. No sonho da noite passada, vi um pouco além. Entrevi alguém de pé ao lado de Sagan, com a mão no ombro dele. Mas, quando ele se virou, só havia uma *névoa cinza* no lugar do rosto.

— Me deixe em paz e vá consultar um médico! — esbravejou Keana.

— De manhã, quando cheguei à Praça Ventaneira, presenciei a mesmíssima cena. Sagan estava lá, *exatamente* com a mesma expressão. Uma estranha sem rosto com uma mão no ombro dele. *Era você*,

CAPÍTULO SETE

— Keana! — disse Flora, num fio de voz cauteloso. — Nada daquilo importa. — Flora apontou para o barulho vindo lá de dentro. — Acredito que você esteja correndo sério perigo!

Keana abriu a boca, mas as palavras não saíram. *Eu não sou deste lugar*, pensou Keana consigo mesma. *Eu preferia estar morta.*

Seguindo Keana até os jardins, Flora correu até ela e puxou-a pelo braço.

— Você não é quem pensa que é — sussurrou Flora.

— Jamais me dirija novamente a palavra ou denuncio você à Polícia Visionária! — Keana se soltou, marchando rumo à balsa.

— Tenha cuidado esta noite! — gritou Flora. — Fique longe do Beco do Sapateiro!

CAPÍTULO OITO

NOBRES
Problemas

Quando
4 de leão, 17:40.

Onde
Aposentos do Rei, Palácio de Avalai.

— Vossa Alteza, alguém nos ouve? — perguntou Clariz em um fio de voz.

— Qual é o assunto desta vez, Clariz? — sussurrou áspero o Rei Duarte de Paradis. Emmett e os outros guardas não se achavam mais no vestíbulo.

— Como deve se recordar, antes de Dona Nicoleta me nomear para a diretoria da Lúmen Academia, eu era Capitã Exploradora do meu clã — disse ela. — Na minha última expedição… antes do acidente…

CAPÍTULO OITO

— Ela piscou várias vezes. — Velasque solicitou à minha equipe que se aventurasse ao sul profundo, passando a savana, o mais longe geograficamente possível do Monte Lazulai.

— Bem me lembro, Clariz.

— Vossa Alteza, com o devido respeito, todos os meus emissários desapareceram em campo. Meses depois, Estela Bisonte é enviada a uma missão suicida que retoma de onde parei. Vai sozinha, acompanhada pelo tal marido que ninguém jamais conheceu, e os dois *também* desaparecem.

— Pelo visto você ainda não superou o assunto.

— Seja paciente, Vossa Alteza. Ainda que a expedição do Capitão Milfort tenha localizado Estela na savana, quarenta Ventaneiros se esvaíram no ar... — Clariz deixou escapar um sorriso triste e nervoso.

— E nenhuma outra equipe foi mandada *em quinze anos*?

— Se os *todo-poderosos* Divinos conseguissem dobrar as forças da natureza mundo afora, não precisaríamos manter seu povo isolado em Divagar, não é mesmo? — O rei arqueou as sobrancelhas, com ar de desdém. — Viva, você é mais valiosa para mim.

— Ou talvez o senhor queira evitar as repercussões do contato com *eles*? — atreveu-se Clariz. — Por que não deixar que o próximo rei ou rainha lide com o povo do deserto?

— Clariz, minhas preocupações giram em torno de um prisioneiro de Perpétria à solta e de uma criança desaparecida.

— Também giram em torno de uma poderosa joia gravitriz roubada durante um *apagão de divindade* e de um pirata visionário visto *voando* com a garota Faierbond. Um pirata visionário que *jamais teria escapado* de Perpétria, a menos que interferissem nos sonares da Ponte Gelanorte.

— Uma joia gravitriz confiada a *você*, devo acrescentar. — O rei fitou-a. — Velasque busca um culpado por esse apagão e está só esperando uma desculpa para ir atrás de você. Não facilite as coisas.

Clariz engoliu o orgulho.

— Vossa Alteza, depois que me recuperei do acidente, foi Dom Quintino Velasque que me interrogou, em pessoa. Anos mais tarde, Tristão teve acesso ao relatório.

— Você sabe muito bem que eu não tinha controle sobre isso, Clariz.

— Falei com ele por horas sobre o céu índigo da savana — ela começou. — Só imagine como me senti quando soube o que ele escreveu. *Relatos de campo incoerentes, decerto relacionados com o excessivo luto materno.* — Clariz nunca esqueceria o aborto espontâneo. — Eu não podia trabalhar sob as ordens daquele homem depois do que descobri.

— É por isso que recusou meus convites para reassumir seu posto em Jonès?

Será que devo lhe dizer que quero sair? Que desta vez vou aceitar a oferta?, Clariz se perguntou. *Não...* ela precisava ir até o fim com as suas suspeitas.

— Vossa Alteza, a bruma índigo que vemos hoje neste céu não é obra do acaso. É um presságio perigoso — sussurrou Clariz. Antes que o rei pudesse falar mais uma palavra, ela o interrompeu como fazia na época em que ele era apenas um jovem cocheiro, gordinho e trabalhador, de cabelos curtos e crespos e a pele negra como a noite, a serviço da Rainha Helena. — Eles nos encontraram, Duarte.

Quando
4 de leão, 18:40.

Onde
Chifre em Ponto, Praça Ventaneira.

MILFORT, GOSTOSA! MILFORT, GOSTOSA!
As palavras ricochetearam contra a cabeça de Keana Milfort durante grande parte da viagem para casa, desde o episódio desastroso na Lúmen Academia. Tomou o último assento no fundo da balsa vazia, cobrindo a raiva e vergonha sob os véus negros e puídos que um acólito jogara sobre ela.

CAPÍTULO OITO

Assim que ancoraram na Praça Ventaneira, Addison Arpão comentou que jantaria no Chifre em Ponto, depois do expediente. Era o salão de chá favorito dela. Sem proferir palavra, a caçula dos Milfort perambulou pelo centro de Lúmen. Pensou em passar no Conselho Municipal e dar um abraço na mãe. Pensou em ir para casa e chorar no ombro do pai. Ainda não estava pronta para encará-los forrada de véus negros. Portanto, preferiu passar a tarde sentada em um banco defronte aos Jardins Aquáticos de Reinha Allison, a olhar para o céu índigo e embaciado, percebendo como súbito de ela se tornara invisível a todos ao redor.

Quando o Sol se pôs, Keana decidiu se dirigir ao Chifre em Ponto. Chegando à porta de sempre, rápido foi lembrada por um velho asqueroso que ela não tinha a permissão de entrar por ali. Os véus negros também eram o sinônimo de que, a partir de agora, ela precisaria usar uma entrada separada em todos os lugares que frequentasse. Assim, entrou em seu salão de chá favorito pela porta dos fundos.

Reunidos ali depois da aula, junto às janelas triangulares, alunos de terceiro ano da Lúmen Academia olhavam para o céu colorido, maravilhados. Keana percorreu os olhos à procura de Addison, enquanto acionava o bom e velho relógio de abeto-branco entregue por Filipa, sua garçonete favorita. Os fregueses lhe desviaram o olhar.

O peso do julgamento continuava ali. Por mais que se preparasse para esta possibilidade, a realidade era bem mais desconcertante.

Tão logo empurrou as pesadas portas vaivém, Addison foi recebido por Filipa, que lhe entregou um relógio de espinheiro-alvar. Ele o clicou já na entrada. Filipa voltou o olhar para Keana, mas não parecia reconhecê-la. A garçonete tinha a permissão de usar como uniforme uma camisa marrom-escura e calças caramelo-claro; o único sinal de conformidade ao clã era o turbante preto que *todos* os cidadãos regulares haviam de trajar em público.

Keana reparou na maneira como Filipa retirou as finas luvas de couro para dobrar melhor as laterais do turbante atrás das orelhas. A jovem Milfort tentou imitá-la, sem muita sorte. Um brilho azul ínfimo nas mãos da garçonete chamou a atenção da jovem, reflexo de dois diminutos *revitalizadores* perfurados no centro da palma de ambas as mãos. Filipa olhou de relance as mãos virgens da garota, iluminando o olhar num modesto gesto de empatia. Agora ela a reconhecia. Em seguida, a garçonete calçou as luvas, em silenciosa solidariedade.

Addison se aproximou da mesa de Keana.

— Ei, atrasei muito? — perguntou ele, pousando o relógio de espinheiro-alvar ao lado do dela de abeto-branco, mais leve.

— Três minutos. Vou acrescentar na sua conta — falou Keana, um pouco entristecida.

Segurando cardápios de granito sólido, Filipa foi até a mesa dos dois.

— Oh pá, meus amores! Já conheceis o salão? — Ela sorriu para Addison, e o olhar ziguezagueou por Keana. — *Mil'fort...* Pois sabia! Nunca tiveste nariz empinado. Quem é o *enamorado*? — disparou ela com a voz rouca e o monótono sotaque jonesiano, sua marca inconfundível.

— Eu não sou o na... — começou Addison, meio sem jeito.

— Estou a brincar, ó essa! Tu tens uns vinte e ela, uns *quinze*! Põem a prender os moçoilos que se fazem às pequerruchas. — Ela riu, dando-lhe um tapinha nas costas.

— Acabei de fazer dezenove. Como vê, Keana não é mais uma manceba dormente, então tudo bem. Está tudo certo — protestou Addison.

— Pois sim! Sabes da nossa promoção? Hoje as prenhas pagam uma e levam duas bebidas. Estás prenha? — Filipa sorriu, tocando no ombro de Keana.

— Não! Diva! Nunca nem beijei um garoto. — Keana franziu a testa. Tinha falado um pouco além da conta, mais uma vez. As faces de Addison ruborizaram. Ao balcão, algumas grávidas equilibravam chifres de hidromel nas barrigas infladas, gargalhando às soltas enquanto lhes serviam mais cerveja.

— Tu devias ver as prenhas lá do canto meu: só enjoos e fricotes, bojudas por demasiado, balançando cá e lá, a passos de *pinguim*. Pois parecem adoentadas, a carregar a morte na pança! — Filipa bufou em meio à risada das mulheres. — É mui diferente cá em cima... As mulheres estão a carregar *deusos*!

CAPÍTULO OITO

— Deuses? — indagou Keana, sem saber se era termo estrangeiro ou se apenas não entendeu muito bem o sotaque.

— Os Divinos! É como os chamamos em Amória. — Ela sorriu, não disfarçando a gafe.

— Sente falta? — perguntou Keana, sem hesitar. Por um instante, os olhos de Filipa se embaciaram, mas logo retomaram o brilho.

— Sinto falta das praias. Do mar. Nada mais gracioso que perceber *deusos* na praia... tementes de toda aquela água. — Filipa soltou uma risadinha. — Já vistes um defunto?

Keana e Addison se entreolharam.

— *Disto* não morro de saudades. O faro dos cadáveres, a alastrar por toda parte. Põe tua alma doente. — Ela fez um sim com a cabeça. — Alegrar-me-ia só de ouvir a voz da minha mãe outra vez. Já me foge como era. Os Visionários estão a dizer que ela recebeu todas as cartas que remeti, mas ela não lê nem escreve. Nunca recebi uma de volta, sabes? Mas continuo a remeter, ó essa! Quem sabe um dia... — Ela sorriu em meio a um longo suspiro. — Não vos botais preocupados comigo. Eis o Chifre em Ponto: quanto mais tiques no relógio, maior há de ser minha gorjeta. Logo, por obséquio, não me permitis que vos detenha, senão que seja este o desejo! — Filipa riu mais uma vez.

— Vamos dar uma olhada no cardápio. — Keana já nem sabia mais se estava com apetite.

— Levai o tempo que for. Como sugestão de algo exótico, recomendo as *almôndegas de boi-almiscarado* defumadas ao pesto de camomila, cozidas lentamente em uma frigideira de óleo de xisto. É o mais fino boi-almiscarado de origem paradisiana e caçado em Amória que vós encontrareis em semanas vindouras, em virtude do bloqueio dos Portões. Cem por cento morto. Suculento, tenro e saboroso!

— Não sei se carne cozida cairia bem agora. — Addison arqueou as sobrancelhas, tentando um sorriso.

— As coalhadas de queijo de bisão são ótimas. E o preparo é muito fácil também — comentou Keana. Addison talvez fosse a única pessoa que não a julgava ou, pior, tinha *pena* dela.

— Que bom que me fez companhia no jantar. Sou um péssimo cozinheiro — declarou Addison.

— Sem problemas. Sou péssima em sentir pena de mim mesma.

— Então... agora está mais calma? — perguntou Addison, subitamente. Keana arqueou as sobrancelhas.

— Ainda tento fingir que nada daquilo realmente aconteceu. — A menina abanou a cabeça, expondo a fragilidade. As mãos afagaram o tecido negro nos joelhos, como se compelida a expressar certa modéstia, pela primeira vez.

— Você é amiga próxima da neta do Dom Quintino? Vi vocês duas conversando.

— Flora, a profeta de araque... — emitiu Keana, amarga. — Estudamos juntas na Rainha Juliete. Não a via desde os dez anos — comentou, sem tirar os olhos do cardápio de pedra. — Por quê?

Addison soltou uma risada nervosa.

— Tive um momento estranho com ela hoje cedo, na balsa. Ela falou para eu ter cuidado esta noite.

— Vai ver ela previu você jantando com outra garota... — Keana fez uma careta, tentando desviar a tensão.

— Tudo bem... Você parece chateada. O que se passa aí na sua cabeça?

Keana olhou para a entrada, onde Filipa entregava os relógios aos fregueses recém-chegados.

— Minha semana está sendo ruim e tudo o mais, mas olhe só para ela. É possível que ela nunca mais reveja a mãe, e eu aqui destratando a minha. — Keana passou os dedos pela lateral do rosto. — Tivemos uma briga ontem, e eu disse coisas horríveis. Nem a telechamei durante todo o dia. Deve achar que estou brava... mas só estou com vergonha.

— Ela parece ser uma mãe muito boa. Sabe, minha família admira demais o que ela faz. Pelo seu pai e também pelos primitivos no Conselho Municipal.

— Ela é incrível. Não merece tudo o que está passando.

— Uma vez, quando eu era pequeno, meus pais deram abrigo a uma garota primitiva.

CAPÍTULO OITO

— Sério? Que inveja! Já tentei convencer minha família a dar abrigo a uma primitiva que encontrei lá na nossa rua. Queria que eles não tivessem tanto receio do que os Visionários possam pensar, do que os Visionários possam ver, do que os Visionários possam fazer.

— Bom, eu cresci numa casa de Regulares. Nosso destino nunca interessou muito aos bisbilhoteiros. Enfim! A garota se chamava Tula. Chegando da escola, eu ensinava aritmética a ela. Em troca, ela me ensinava a fazer armas usando quase de tudo.

Agora Keana se sentia reconfortada pela presença dele. Era quase um estranho, mas se sentia normal a seu lado. Os olhos dela pousaram na estrela de prata que ele trazia ao peito. *Ele a merece.*

— ... até que um dos vizinhos fez uma queixa à Polícia Visionária. — Ele revirou os olhos. — Quando voltei da escola àquela tarde, ela já não estava mais lá. Acho que a venderam a uma família rica da Colina de Avalai... como um animal de estimação.

Keana tocou-lhe a mão. Estavam mais quentes do que ela esperava.

— A propósito, obrigada pelo jantar. É estranho que agora eu não me sinta tão mal?

Addison olhou-a nos olhos.

— Um dia toda a tristeza vai se transformar em força, se você permitir. Eu prometo.

Keana pensou na avó, a mulher mais honrada que jamais conheceu. Dona Anna merecia uma despedida honrosa, não um escândalo. Pensou no pai e no homem que o traiu, sem nenhuma razão, virando para ele os malditos sonares esculhambantes. Apolo Zéfiro arruinou a vida do pai e também a da mãe. Ele destruiu a família dela. Keana pensou também na desesperança estampada nos olhos de Sagan Faierbond. Os riscos e a humilhação vivenciados na Lúmen Academia. Quanto tempo até as pancadas a tornarem mais forte?

— Você tem a cabeça no lugar, Keana. Permita que as pessoas conheçam você. Elas só teriam a ganhar.

— *Já sabeis os pedidos, crianças?* — Filipa voltou, empertigada.

— Ah, claro! — Addison arqueou as sobrancelhas.

— Vou pedir o de sempre — falou Keana com um sorriso.

— E eu vou pedir a… caçarola de *muçarela de tigresa-dentes-de-sabre* e um chá gelado de lavanda.

— *Muça* o quê? — Keana arqueou as sobrancelhas.

— É um tipo de queijo… Da culinária de *tempos vindouros*, muito popular em Darwinn — acrescentou Filipa. — Sabeis como é feita? Marina-se o queijo de tigresa em suco de figo por uns cinco minutos e, numa frigideira de cerâmica, esquenta as bolotas de carvalho, os palmitos e as cenouras roxas. Adiciona sal alpino a gosto; paleopimentas também servem, caso vos apeteça a culinária uga — continuou ela — e pó de cúrcuma. Vinte minutos sobre escaldapedras em fogo médio-alto e prontinho! Vou lá vos catar as louças de pó de pedra e os chifres de chá.

Continuava o tique-taque do relógio enquanto os ingredientes crus e já cortados iam surgindo, um a um, em uma fina nuvem púrpura. Pondo-se de pé para ter visão melhor da frigideira, Addison esfregou um selo braseiro para acender o fogo, iniciando o jantar.

— Até que não é tão mau — Keana pensou em voz alta, conforme quebrava os ovos de avestruz com um machadinho de mão, para o preparo da omelete.

CAPÍTULO NOVE

O ARSENAL
Abandonado

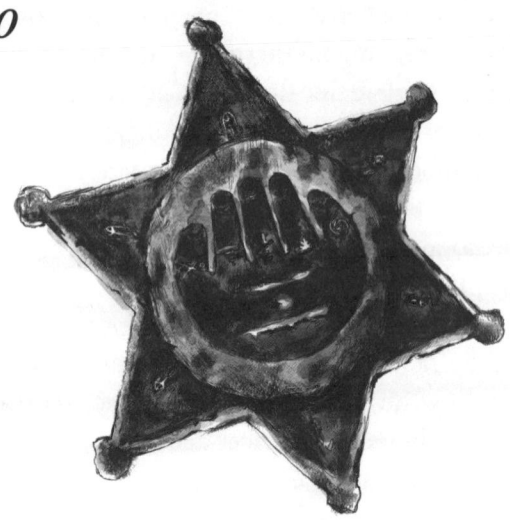

Quando
4 de leão, 19:27.

Onde
Viela de Astrid, 33, Colina de Avalai.

PELA PRIMEIRA VEZ SOZINHA DESDE A MANHÃ, FLORA GIROU A PESADA MA-çaneta do número 33 da Viela de Astrid e subiu as escadas para cumprimentar a família.

Téa estava no meio do ensaio de *La Donna È Mobile*, uma ária que Joffer alumiara da coletânea *As melhores turfadas*, uma maravilhosa seleção musical repleta de clássicos que ainda viriam a ser compostos.

— Veja se come alguma coisa, cristal — Téa lembrou à filha, entre respirações rítmicas.

— Ah, veja. Você me comprou um bolo e já comeu uma fatia. Obrigada, mãe, eu vou comer a sobra, misturando com uma dose de *seiva* e também com hidromel de pólen para fazer descer.

— Tem sopa de beterraba marítima no congelador — gorjeou Téa, massageando o diafragma.

Flora soltou um gemido. Olhando para a beirada da mesa, viu um frasco vazio cheirando a água de lavanda.

— O vovô *ainda* está aqui? — sussurrou Flora, apontando para o quarto de hóspedes no fim do corredor.

— Ele não volta para Darwinn até localizarem a pequena *Furibunde*.

— É Faierbond.

— Ah, sim. A propósito… você lhe deve um pedido de desculpas — continuou Téa.

— Por que raios divinos? — Todo o dia, Flora guardara um sentimento estranho pelo avô, mas não sabia por quê. Só de pensar nele já lhe trazia ânsias.

— Ele e o seu pai esperaram você a tarde toda. Havia dois xamãs com eles também, mas você sumiu do mapa.

— Ah, quer dizer então que isso ele não previu? — zombou ela. — Sabe, este era para ser o dia mais especial da minha vida! Só para variar, queria entrar aqui e ser recebida por alguém que perguntasse como foi o meu dia!

— Ah, cristal, esta é uma casa de telepatas. Quase sempre já sabemos como foi o seu dia.

— Se vocês se dessem ao trabalho de ler a minha mente, saberiam que são um desastre como pais — retrucou ela, olhando para a mesa de pratos sujos e surpreendendo o pai à saída da cozinha.

— Madre Diva! Você é uma de nós! — Os olhos marejados, Joffer correu para abraçar a única filha, agora vestindo as cores visionárias. Beijou-a nas duas faces e passou os dedos pelas mechas louro-esbranquiçadas que lhe cobriam o rosto. Ela só esperou que o pai a liberasse.

— Meus parabéns! Seja bem-vinda!

Flora mordeu os lábios.

CAPÍTULO NOVE

— Obrigada! Mas hoje conheci tantos *babacas* na L.A. que quase fiquei me perguntando se as aulas em casa não foram mesmo na melhor das intenções.

— Acha que na Lúmen Academia haverá professores melhores que o seu velho aqui?! — O pai riu alto, orgulhoso. — Amor, agora ela é oficialmente uma Visionária! — Joffer gritou para Téa.

— Parabéns, querida! — emitiu Téa, de longe, mais educada que feliz, em meio aos zum-zuns do aquecimento vocal.

— Por que nos fechou a ponte entre mentes? Não a sentimos em *nenhum lugar* esta manhã! — comentou Joffer, despreocupado. Revirando as pupilas rosa-claras bem para o alto, Flora saiu para a cozinha.

Pondo um vaso de barro sobre uma bandeja braseira, ela acendeu a superfície aquecedora e, silenciosa, olhou dentro da caçarola.

— Por que está chateada? — Joffer estendeu a mão.

— Madre Diva! Eu não sei, pai! Porque virei adulta de um dia pro outro?! Porque meus colegas de classe são pessoas horríveis e intolerantes?! Juro que tento evitar, mas continuo botando os pés pelas mãos. Todo mundo odeia os *bisbilhoteiros*!

— Pronuncie mais uma vez essa palavra e viverá com o seu avô nos alpes, mocinha! Respeite a sua origem! — gritou ele em meio à estranha melodia de Téa.

— Bem que podia ter tido outros filhos, pai! Por que precisou me castigar assim?

— Já recebeu a sua *saga*? — Inclinou-se para ela, pousando a mão macia no ombro dela. — A sua primeira visão.

A menina fez que sim com a cabeça, os olhos cansados mirando os azulejos de cerâmica brancos que tanto encantavam a mãe.

— Agora é você por sua conta e risco, Flora. Ninguém mais pode compreender o verdadeiro significado da saga. — O pai suspirou e empinou delicadamente o queixo da filha.

— Se Madre Diva quer que eu compreenda aquelas coisas... ela deve ter um senso de humor bem distorcido — confessou, tentando conter as lágrimas. — Sozinha não consigo, papai. Me ajude a decifrar todo aquele horror... — Ela o agarrou, desesperada.

Joffer afastou-se dela.

— É a *sua* saga, Flora. Conhece bem as regras. Quanto mais contar às pessoas, mais ela se dissipará. Seja *visionária* em sua escolha. O destino não está gravado em pedra.

— Aqueles gritos não me saem da cabeça, pai... Como é que vou saber se ela...

— Nem mais uma palavra! Madre Diva tem a razão Dela. É preciso se concentrar. Não à toa somos o mais raro dos Seis Clãs, minha querida. Temos o dom de moldar o futuro das pessoas.

— Cadê o vovô? — Ela secou as lágrimas com o dorso da mão.

— Ele precisou *mentir* aos xamãs, depois que viu que você não ia aparecer hoje. O Rei exige dele o prenúncio de atos de guerra contra Paradis, mas nem para localizar a neta adolescente? — reprovou ele, em tom gentil. — Sobre o que você quer falar com o seu avô?

Flora andou pela cozinha, inclinando-se para a caçarola a fim de sentir o aroma da especialidade de Joffer: guisado de germe de trigo com creme de noz e carne-seca de bisão. A culinária do pai ainda tinha o poder de acalmar seus nervos.

— Só perguntar como é que se sabe quais as visões que devem se realizar e quais é preciso impedir. O que acontece se, ao salvar alguém muito querido, você fizer outras pessoas correrem um sério perigo?

Joffer conferiu os temperos na caçarola, antes de se voltar para a única filha.

— Uma pergunta bem à altura de uma jovem e brilhante Visionária, não? — Arqueou uma sobrancelha antes de plantar um beijo na testa de Flora.

— Se você diz... — Sorriu finalmente, o rubor nas faces.

CAPÍTULO NOVE

Quando
4 de leão, 20:20.

Onde
Alameda Marilu, Praça Ventaneira.

ADDISON E KEANA SAÍRAM JUNTOS DO CHIFRE EM PONTO PELA ENTRADA DOS fundos, *exclusiva aos Regulares*, em agradável estado de espírito. Se a intenção de Addison era restaurar a fé dela na vida além-clã, ele fora bem-sucedido. Os últimos raios de Sol já se deitavam nas maiores rochas vermelho-rosadas no horizonte; agora o insidioso matiz índigo não passava de mancha tênue.

— Obrigada pelo jantar — falou Keana. — Você disse que ia pagar, então fui de omelete. Cinco minutos para fazer, dez minutos para comer... — Ela riu.

— Eu só estava tentando animá-la. Você é uma garota legal, merecia. Keana corou.

— Quando vai pagar seus minutos?

— Talvez no sábado.

— Se lavar os pratos de ovos de avestruz, terá cinquenta por cento de desconto — aconselhou ela, observando os próprios pés no caminho de paralelepípedos. Aproximavam-se das ruelas que separavam as ruas comerciais das residências.

— Mal posso esperar para fazer vinte e um — falou ele. — Imagina só? Carregar Dinheiros sem queimar as mãos?

— Sonho de todo mancebo — concordou ela. — Sem a minha avó, as compras se tornaram mais uma perturbação.

A dupla passeou pela Praça Ventaneira, passando as lojas fechadas e as filas de trabalhadores de véu negro à espera da última balsa para os bairros distantes. Por um momento, Keana observou as figuras escuras e disformes, ínfimos reflexos azuis a emanar da palma das mãos. Ela olhou para as próprias mãos, ainda intactas.

— Quanto tempo até ser uma Regular completa? — indagou ela.

Addison abanou a cabeça.

— Eu não sei. Alguns dias, talvez? A L.A. precisa encaminhar seus resultados ao Conselho Municipal, daí com o agendamento eles furam a palma das suas mãos.

Keana fez que sim com a cabeça, e eles continuaram seu caminho, chegando ao cruzamento entre a Alameda Marilu e a Rua Aurora.

— Quer que te acompanhe até em casa? — sugeriu Addison.

Keana parou de andar, uma súbita sensação de tontura.

— Você está bem? — Colocou a mão no ombro dela.

— Me desculpe. Não me sinto bem. — Ela parou, tentando recuperar o fôlego. Um som lento e perfurante invadiu sua mente por um átimo de segundo. Algo parecia desconecto; a caçula dos Milfort sentiu um forte desejo de seguir para o outro lado.

— Você não mora na Rua Aurora? — perguntou ele.

— Não está ouvindo? — Ela levou o dedo indicador aos ouvidos; ouvia um som perfurante, íntimo, perturbador. — Por aqui. — Agarrou o pulso dele, guinando-o para as luzes mortiças da alameda Marilu.

Alguns passos silenciosos pela desolada rua principal da Praça Ventaneira, e Keana se viu seguindo aquele som inquietante. Despreocupadas, as placas de madeira das lojas fechadas oscilavam ao sabor da brisa fria.

— Para onde está indo? — sussurrou Addison.

Rosnando junto à entrada do Beco do Sapateiro, a filhote solitária parecia cismada com o rastro dos Milfort. Sua pelagem brilhava ao luar, e os caninos pareciam mais afiados depois do anoitecer.

— Luna! — Keana suspirou.

— Luna? — perguntou Addison.

— Essa lobinha aí, ela anda me seguindo...

— Uma loba-da-tundra em Lúmen?

Keana e Addison continuaram seu caminho.

Cuidado esta noite! Fique longe do Beco do Sapateiro! As palavras de

CAPÍTULO NOVE

Flora em frente à Lúmen Academia ecoavam em sua mente. *Nem pela morte vou deixar que profetas atravanquem o meu caminho*, pensou Keana.

Quando a dupla entrou furtivamente no Beco do Sapateiro, divisou um idoso cavalheiro de tez escura, coberto dos pés à cabeça pelo negro véu dos Regulares, aparentemente precisando de ajuda. Apalpava a bolsinha de moedas, olhando para um homem pálido e mais alto, com uma cartola curta azul-marinho e túnica de lã preta. Tocando na cintura de Addison, Keana indicou a cena com os olhos. O Patrulheiro Regular Addison Arpão fez sinal para que ela esperasse perto das paredes.

Educado, Addison se aproximou dos dois.

— Está tudo bem, senhor? — perguntou ele, analisando da cabeça aos pés a companhia do cavalheiro.

— Eu estou bem. Meu sobrinho está cuidando de mim — respondeu o velho, sem nenhuma inflexão na voz, ainda fitando o homem nos olhos. Em silêncio, Keana acompanhou Addison, na esperança de relancear o rosto do homem pelos grandes cacos de espelho que transbordavam de uma grande lixeira.

— Senhor, vire-se para mim, por gentileza — Addison pediu ao homem alto. — Senhor, sou da Patrulha Regular, se não cooperar, terei que chamar reforços.

Keana inclinou a cabeça, divisando melhor o rosto dele. O que os cacos de espelho revelaram, porém, foram olhos vazios e brilhantes, idênticos aos de Flora Velasque na cerimônia daquele dia. Reclinando-se de lado, a fim de ter uma visão melhor do rosto do bandido telepata, Keana acabou pisando num pedaço de cristal, quebrando imediatamente o elo. Mais uma olhada na cena e ela reconheceu um rosto que nas últimas vinte e quatro horas vinha sendo figura constante nas <u>teletransmissões</u> de segurança: Apolo Zéfiro, o homem que supostamente teria sequestrado Míria Faierbond.

— Onde eu estou? — questionou o velho, examinando primeiro seu assaltante e depois Addison, com a <u>arma de choque</u> em punho. Sem pressa nenhuma, Apolo Zéfiro virou-se, revelando o queixo proeminente, os ossos malares estreitos e os olhos vazios. A pele do rosto parecia retalhada e costurada de volta, na esperança de disfarçar marcas de queimadura.

— Cuidado! — gritou Addison. O velho correu para trás da lata de lixo. Observando os olhos do pirata novamente em fulgor, subjugando Addison, Keana sentiu a fúria ferver a espinha.

Tomando-lhe a arma de choque e escorregando a manopla de cristal até o dedo indicador direito, o pirata levantou a mão para a cabeça do oficial, preparando um golpe que o poria inconsciente.

— Não! — gritou Keana. Por instinto, ela levantou as mãos na direção da cabeça do pirata, quebrando o transe. Addison tentou atirar, em vão. O pirata mirou em Keana, e uma forte descarga elétrica fluiu pelo braço dele com um *estalo* atroz e sonoro, enviando ondas de uma corrente tão poderosa que fritaria o cérebro dela.

Para se defender, Keana ergueu a mão direita acima da cabeça. *Madre Diva, por favor, não permita que ele me machuque! Eu o odeio! Eu o odeio!* Os pensamentos ecoavam na cabeça. Agora, as mãos dela enrolavam os raios elétricos, transformando-os em uma crepitante esfera de luz, desviando a carga dispersa em chicotadas aleatórias e violentas. A primeira atingiu o peito do pirata em uma explosão ensurdecedora que o mandou pelos ares, fazendo-o atravessar as paredes de tijolos musgosos do Beco do Sapateiro. Os últimos raios ricocheteados da mão de Keana penetraram os ouvidos de Addison.

Ele ficou impassível.

Eu que fiz isso?

Dissipado o clarão, as sirenes distantes cada vez mais próximas, Keana viu-se no chão, cobrindo o corpo ferido e os lóbulos chamuscados de Addison. Agarrou a lapela dele para acordá-lo, soltando a estrela de prata com que ele fora premiado na véspera pela Patrulha Regular.

Agora, as palavras de Flora pareciam mais uma maldição. Enquanto as sirenes gemiam ao longe, Keana tentava acordar Addison.

— Acorde... Addison... Por favor! — Ela puxava várias vezes a gravata, receosa do que as mãos pudessem causar a ele.

CAPÍTULO NOVE

— Dor... — murmurou ele, piscando, já quase inconsciente. — Ajuda... — gemeu, puxando-a pelo braço. Examinando a parede de tijolos, Keana não viu nenhum sinal do agressor, e o apelo de Addison foi ficando mais sonoro. — A dor... — continuou, agarrando a mão dela.

— Vai melhorar... A ajuda está a caminho.

— Você é mais corajosa do que pensa — disse a ela. — Corra para casa; ele ainda está à solta.

— Não, eu vou ficar aqui com você — prometeu.

— Vá para casa! *Vá! Antes que alguém te veja!* — gritou ele. — Amanhã eu te procuro.

Ajoelhada ao lado dele, Keana inclinou-se até os lábios e plantou neles seu primeiro beijo. Em poucos segundos, a garota sentiu um calor inexplicável no peito quando os lábios de Addison – mais frios a cada segundo – retribuíram. Mais uma sirene acompanhada dos gritos de aviso da Polícia Visionária, e a jovem Milfort limpou a sujeira dos véus negros, depois disparou pelos dois quarteirões restantes. *Vamos lá, Keana, pense, você vai dar um jeito nisto. Se me descobrirem, saberão que violei o toque de recolher regular. A Polícia Visionária me levará de casa!* Seus pensamentos eram mais velozes que os pés em disparada.

❈

As pernas de Keana se superavam na desajeitada corrida pelo último quarteirão antes da Rua Aurora. Acima, a luz tênue das estrelas de Paradis envolvia suavemente a silenciosa Alameda Marilu. O silêncio fazia cada passo ecoar como batidas sólidas na madeira petrificada e no pó de arenito que pavimentavam os misteriosos becos de Lúmen. Um longo corredor de portas e janelas bem trancadas foi um lembrete de como seria fácil encontrá-la. Não ousava olhar de lado ou por cima do ombro; tudo o que ela queria era o reconfortante perfume das folhas de chá de lavanda na cozinha, onde estaria sua mãe. Pararam as sirenes barulhentas; a Polícia Visionária tinha aterrissado. Ao longe, murmúrios seguidos por passos rápidos e pesados lhe arrepiaram a espinha – *alguém está atrás de mim*.

— Psiu! — Ela ouviu um sussurro, parando abruptamente. Mais um segundo de silêncio, e então os passos ficaram ainda mais ruidosos. — Depressa! Entre! — uma voz masculina familiar chamou-a das sombras do vão escuro de uma porta de madeira.

Keana atreveu-se a olhar por cima dos ombros e viu o reflexo das armas de choque que emitiam uma luz mortiça sobre a rua escura; foi o que bastou para seguir a voz do velho.

— O que está havendo? Quem é você? — sussurrou ela, fechando a porta atrás de si e achando-se no saguão de um depósito de armas abandonado. Seus olhos lacrimejaram ao cheiro de osso corroído misturado a poeira e madeira úmida. Keana conteve um espirro, enquanto os Visiotenentes corriam pela alameda Marilu. Em silêncio sepulcral, ela aguardou que os passos se esvaíssem ao longe, enquanto mantinha a atenção sobre a figura misteriosa que lhe oferecera uma passagem segura. Era um velho de baixa estatura, curvado, que acendia cuidadosamente uma chama modesta em uma vela de cera. Quando ele se virou, ela reconheceu as rugas marcadamente pronunciadas: era o zelador da Lúmen Academia.

O velho Wilker assentiu com a cabeça. Com um simples aceno da mão direita sobre a porta, o velho criou ondulações visíveis diante dos olhos dela – um domo de barreira sonora sobre o recinto. Os ouvidos de Keana começaram a badalar com o silêncio.

— Ninguém nos ouvirá lá de fora. Isolamento acústico truqueiro. Agora se acalme. Se ficar nervosa, vai dissipá-lo e Petropol sumirá com você.

Keana engoliu o medo. *Pelo menos é um rosto familiar*, pensou consigo mesma, ainda mantendo distância.

— Era o Apolo Zéfiro lá atrás! *Precisam* pegá-lo! Ele raptou a pequena Míria Faierbond! — implorou Keana.

— Mesmo? — retrucou o velho Wilker, imperturbável.

— Que lugar é este? Por que está me ajudando? — questionou

CAPÍTULO NOVE

ela, em tom de voz baixo, incapaz de confiar no isolamento acústico do homem. *O que eu fiz lá atrás... Não foi normal.* Seus pensamentos brotavam sem serem chamados. *Preciso descobrir o que está acontecendo comigo.*

— Este é o Arsenal de Alabastro, onde os primeiros Padres Aduaneiros treinavam e armazenavam as armas na antiguidade. Agora está abandonado. — Ele seguiu com um suspiro ruidoso. — Quando os Gravitores encontraram *uma solução melhor* para afastar os forasteiros no século III, tudo isto se tornou inútil — continuou, quase nostálgico.

Com a mão direita Keana segurou o antebraço esquerdo, enquanto os olhos aflitos esquadrinhavam o lugar.

— Madame B'Olïva mandou que cuidasse de mim? — perguntou a garota, descobrindo a cabeça para sentir o ar fresco no pescoço suado.

— Claro, querida... — Ele emendou, rapidamente. — Não era para você ter participado da cerimônia hoje. Acredito que, a esta altura, isto lhe esteja claro.

— Como dou um jeito nisto? — perguntou ela.

Wilker se afastou por um momento, aproximando-se da parede oeste do arsenal abandonado, apinhado do chão ao teto de cimitarras suspensas de osso afiado e apodrecido e antigos protótipos de manopla para armas de choque e de fogo, feitos de videiras costuradas à mão a pedrazuis perfuradas.

— Sabe uma das melhores vantagens de se viver muito? — questionou ele. — É ver a história se repetir. Não precisa de conselhos sobre como agir. Já viu a maioria dos problemas da vida seguindo seu devido curso... repetidas vezes... — Ele soltou um suspiro. — Estas são cimitarras qósmicas. Já ouviu falar de Qosme, presumo?

— A última nação de Divagar. Onde as estrelas brilham genuínas e penetrantes.

— Pelo visto, você conhece cartografia... e a sua poesia. Qosme é a única forma de sair de Divagar, mas não a única forma de *entrar* — explicou ele.

— Fiz uma pergunta ao senhor — insistiu ela.

— A impaciência dos mancebos... — suspirou Wilker.

— Falo sério. Tenho um pressentimento de que tem alguém atrás de mim — confessou ela. — Preciso saber de Addison. — Virou-se para a porta.

— Agora não há nada que possa fazer por ele. Posso lhe perguntar o que comeu antes da cerimônia?

Keana franziu a testa.

— O que é que isso tem a ver? Ele precisa de mim!

— O que *você* precisa é estar fora das vistas de Petropol... Você não bebeu certo *líquido negro* nas últimas vinte e quatro horas, *bebeu*? — Ele sorriu galhofeiro.

— O quê... Por quê... Como você sabe? Está me espionando? — Ela se irritou, ouvindo os Visiotenentes logo atrás da porta.

— Agora se acalme ou vai dissipar o isolamento acústico... assim como dissipou as próprias roupas — advertiu ele na absoluta quietude. — Esta manhã fiquei observando você próximo aos bancos. Peço desculpas pelo envio de um postal vazio. Deve ter sido bem frustrante. — Ele sorriu.

Keana assimilava o que ele disse.

— O que você quis dizer sobre as minhas roupas? É por causa da seiva que estas coisas estranhas estão me acontecendo?

— Nunca achou esquisito que as suas duas irmãs acabassem em Bardot, quando não há nenhum outro Truqueiro na família? — O velho soltou uma risada sibilante. — Não sabia que é possível *adulterar* um despertar?

O coração de Keana disparou. O que será que ele quis dizer?

— Não sei o que você quer de mim. Eu quero sair. Me tire daqui!

Wilker não teve pressa de se dirigir à porta.

— Fique à vontade. Exponha-se assim e eu garanto que passará uma semana bem desagradável em Petropol.

— Por que você devolveu meu distintivo à minha tia? — exigiu ela, cerrando os dois punhos a fim de conter a raiva.

— Sou voluntário na Lúmen Academia há mais de um século,

CAPÍTULO NOVE

querida, e pelo que me consta você é a primeira candidata inscrita a não figurar em nenhum relatório profético.

— A seiva... Tia Fara foi clara quando disse que eu só devia tomar uma gota, mas o cheiro... era irresistível.

— A natureza deseja equilíbrio. Isto é, até Madre Diva aventurar-se ao norte e encontrar a fonte azul e brilhante da nossa eternidade. Contudo, Ela estava errada ao pensar que era possível eliminar a morte. É impossível; ela só pode ser transferida. A cada árvore florescida no Monte Lazulai em sua infinita vitalidade, as raízes cuspiam puro veneno no solo, o mais longe possível de sua fonte. — Ele sorriu. — Árvores negras e mucosas assinalam o início do território mortal Divagar afora. Dizem que sua seiva tem o gosto da própria morte.

— Bom, sua teoria deve estar errada, porque aqui estou eu. Vivinha que só — insistiu ela.

— Assim que falei com Fara sobre o relatório profético, achamos por bem que você não despertasse.

— É por isso que não tirou os olhos de mim enquanto eu caminhava pelo corredor esta manhã? Você sabia que tudo isso ia acontecer?

— Ouça bem. A Polícia Visionária não vai parar de procurar a testemunha desaparecida. *Ninguém* pode saber que você esteve no Beco do Sapateiro esta noite. Esconda-se da vista de todos. Se for cuidadosa, passará indetectável. Descubra tudo o que puder sobre a sua origem.

Minha mãe biológica. Preciso falar com ela, ponderou Keana.

— Por que devo confiar em você?

— Talvez não deva.

— Os efeitos da seiva vão desaparecer. Voltarei a ser normal — afirmou ela, incerta, o coração batendo forte no peito.

— Ah, menina... Se você for o que eu acho que é, *a seiva nunca chegou a fazer efeito*. Fale com Madame B'Olïva sobre a obtenção de um passavante estudantil. Não conte que falou comigo ou ela entrará em pânico. Talvez vocês duas até embarquem juntas num gravitrem para Qosme, onde é possível admirar as estrelas brilhantes no céu... Porque, menina, se alguém descobrir *o quão* diferente você é... posso lhe assegurar: esta noite será apenas a primeira de muitas noites horríveis e intermináveis... — concluiu ele, desaparecendo na escuridão.

Keana esperaria mais uma hora, consumida em remorso, antes de sair para a alameda Marilu. Ela queria voltar correndo para Addison, ao menos para ter certeza de que ele ficaria bem. Keana fez o caminho de casa, pensando na avó. *Ela nunca me daria um mau conselho. Nem mesmo em sonho.*

CAPÍTULO DEZ

PROCURA-SE *em* PARADIS

Quando
4 de leão, 22:05.

Onde
Rua Aurora, 145, Praça Ventaneira.

NA CASA DA FAMÍLIA MILFORT, PASSADOS CINCO MINUTOS DO TOQUE DE RE-colher, a abertura da porta da sala tirou Cerina da meditação pós-jantar, uma prescrição médica.

— Para onde a senhorita pensa que vai? — Cerina Milfort acabara de colocar na cama o marido inválido. — Aquela loba ainda está por aí? Amanhã vou ligar para o parque de vida selvagem. — Luna, obediente, entrou na residência Milfort.

— Não, por favor! Deixa eu ficar com ela… só por esta noite?

Cerina ficou estacada enquanto a filhote subia as escadas como se já soubesse para onde ia.

— Se ela morder a sua mão, eu não vou pagar pelos pontos.

Keana fez que sim com cabeça, aparentando cansaço.

— Segunda noite seguida que você chega depois do toque de recolher! Para onde pensa que vai? — Cerina Milfort perguntou novamente.

Quando Keana virou a quina do corredor e entrou na sala, Cerina não acreditou no que viu: a caçula envolta em tecido negro da cabeça aos pés, confirmada como cidadã de segunda classe. Sem proferir nem sequer uma palavra, Cerina tentou conter as lágrimas, mas uma dor no peito lhe veio tão aguda e súbita que ela soltou um gemido.

— Ah, Diva... Minha filha... — chorou ela. Era o que temia desde que Keana foi posta em seus braços pela primeira vez.

— Tudo bem, mãe. Só preciso dormir um pouco. — Cerina não sabia por onde começar: o toque de recolher, o véu negro, a poeira, o suor frio ou a incapacidade de olhar no olho da própria mãe? Fez um gesto em direção ao quarto da filha, preparando-se para a primeira conversa, de mulher para mulher.

Cerina fechou a grande porta de granito do quarto da filha e sentou-se ao lado dela sobre os lençóis recém-lavados, fazendo ficar muito distante a ríspida desavença da véspera. Luna dormia profundamente, enrolada na forma de uma bolinha, como se lamentasse pelo espaço que ousava ocupar.

— Alguém tocou em você? — disparou ela.

— Como? — Keana recuou.

— Você me entende, de maneira imprópria? Bendita Madre, você tem quinze anos. Ainda nem tivemos aquela conversa!

— Ah, Diva, não! A gente não precisa ter uma *conversa*, mãe. Eu e meus amigos lemos as infonuvens...

— É o tal Arpão, não é? Vi o jeito como ele olhava para você esta manhã, quando embarcou na balsa. Sua irmã foi muito cruel com ele. Por que ele está tão interessado em você, assim de repente? — Cerina espanou a poeira das roupas da filha.

CAPÍTULO DEZ

— Posso ter um pouco de privacidade? — protestou Keana.

— Ah, por favor, como se o seu pai não soubesse das idas e vindas de todas as pessoas de Lúmen, sentado o dia todo lá junto à janela. — Ela revirou os olhos. — Hoje ele falou um pouquinho. Aquele pôr do Sol índigo deve ter mexido com a mente cansada dele. Ele me contou que você voltou da academia *sozinha* na balsa esta tarde, e que o Arpão conversava com você.

— Addison está bem, mãe. Fiquei triste depois da cerimônia, e ele me convidou para tomar chá e me ouvir reclamar, está bom pra você? Ele é um cara legal.

— Devo acreditar que você e aquele...

— Diga! Aquele *cabeça-de-trapo*? É isso que vai dizer? — Keana se levantou.

Cerina puxou-a pelas mangas.

— Quando já ouviu uma palavra preconceituosa dentro desta casa? O que me preocupa é o preconceito dos outros! Acha que me importa a que grupo social alguém pertença? Escolhi me casar com um Ventaneiro, e não com um Gravitor, e abri mão do privilégio de uma cama-de-teto, pelo amor de Diva! — retrucou ela, enquanto Keana escondia as mãos.

Os olhos de Keana nem uma vez tinham dado com os da mãe. Acariciando os bagunçados cachos cor de mel da filha, Cerina sentiu que era o momento de tentar uma abordagem diferente.

— E como foi a cerimônia? Tia Fara ligou. Ela queria saber se o bilhete dela lhe foi de alguma serventia. — Confrontada pelo silêncio de Keana, ela continuou. — Fui muito dura com você ontem à noite... — Keana negou com a cabeça. — Estou do seu lado — continuou Cerina, intrigada.

— Tem algo de errado comigo, mãe! — Ela se decompôs, enterrando a cabeça no peito da mãe com a fúria de uma criança. Por um momento, Cerina desejou que permanecessem em silêncio e que Keana soubesse o quanto era especial. — Por que motivo todo mundo odeia os forasteiros? Eu não nasci em Divagar. É por isso que sou tão estranha?

— Você é uma filha de Paradis, meu amor. Não importa onde você nasceu!

— Mas você sabe que importa! Algo não está certo comigo, mãe. Eu juro... Só fui à cerimônia porque sentia algo dentro de mim. Temia que não fosse nada, mas segui meus instintos. Pensei ter grandes chances de despertar como Ventaneira, como meu pai... porque... — Ela se deteve. — Prometi nunca perguntar sobre isso de novo...

— Acha que está pronta para isso, meu amor? — ela perguntou à filha.

— Alguma coisa muito estranha aconteceu hoje, mãe. Preciso saber algo, e não acho que você tenha as respostas...

— Porque não lhe dei à luz? — Cerina soltou um riso abafado e logo se recompôs, abraçando-a com mais força. — Dei à luz as suas duas irmãs e não me sinto nem um pouco mais próxima delas. Você é minha filha. Diva a enviou para mim.

— Agora sei que não sou Divina, mas... também não me sinto Regular, mãe — declarou Keana. — Você sabe alguma coisa sobre meu pai sanguíneo?

A mente de Cerina, entorpecida pelas palavras de Keana, tentou se ater a algo.

— Hum... Às vezes Estela falava de um marido, mas, para ser honesta, acho que nenhum conhecido nosso jamais o viu. A equipe do seu pai voltou num estado *muito* lamentável, querida. Eles foram interrogados em Qosme por quase duas semanas. Ainda assim, quando atravessaram os Portões no retorno para casa, o terror no rosto deles era muito, muito real. Estela era a pior, acho. Ela ficava gritando *Cadê ele?*, com você nos braços. — Cerina passou as mãos pelos cabelos cor de mel de Keana. — Os olhos dela piscavam tão rápido que era assustador só de olhar. No momento em que ela me reconheceu na multidão, imaginei que dos nossos dias da L.A., ela me implorou que ficasse com você. Ninguém da família dela tinha vindo procurá-la desde o anúncio do retorno da expedição, então *decidi* trazer você para casa conosco. Kee... não minta para mim. O que aconteceu na cerimônia?

CAPÍTULO DEZ

— Flora Velasque disse ter tido uma visão de mim, que eu não era quem eu pensava que fosse. Aliás, um comentário bem tosco a se fazer sobre alguém que acabou de ver negado o seu sonho de vida.

— Isso é tudo? Ouça, você não é mais dormente, você não precisa da minha permissão para visitar uma paciente na Ala de Cura... — Cerina fez uma pausa, conhecendo muito bem a filha. — Se for esse seu desejo, só não se encha de esperanças.

— Obrigada, mãe. Sinto muito... Agora temos que nos mudar para outro bairro? Por minha causa?

Cerina baixou o véu da filha e acariciou os cachos dela.

— Por que não deixa que eu me preocupe com isso? — dispensou ela, puxando ao peito o rosto de Keana, para um abraço terno. — Se não quiser me contar o que realmente aconteceu, Kee, tudo bem. Mas como explica essa poeira toda pelos cabelos?

— A gente encontrou o Jamie depois do jantar. Ventaneiro... Ó, que surpresa! Enfim, ele estava com ciúmes do Addy e quis mostrar suas novas habilidades. Ainda falta um pouco de treino. Boa noite, mãe.

Cerina fechou a porta do quarto. Ouviu os soluços silenciosos de Keana, mas, ainda que eles fossem de partir o coração, era preciso respeitar a privacidade da filha.

Quando
Quinta-feira, 5 de leão 2015 a.D., 02:00.

Onde
Estrada de Sílex 37, Colina de Avalai.

ACORDADA, CLARIZ BIRRA-DE-OLÏVA OLHAVA PARA O CHÃO ENFIADA SOB O cobertor antigravidade de sua cama-de-teto. Momentos antes desfizera as tranças, enquanto ponderava sobre sua visita ao Palácio de Avalai. Ao contrário do resto do corpo, as células de seus cabelos negros e compridos não se sujeitavam à contínua força ascendente que atormentava os Gravitores descalços.

A diretora da Lúmen Academia mordeu o lábio diante de três golpes precisos e severos. *Madre Diva, por favor, que não seja ele...*

Estendendo a mão sobre um selo Faísca estrategicamente posicionado ao lado da cama-de-teto, Clariz acendeu a luz antes de alcançar a grande bola de chumbo pendurada por um pequeno gancho. Enquanto as lâmpadas noturnas iluminavam o quarto abaixo, Clariz descia ao chão a corrente maciça.

— Só um momento — anunciou ela a plenos pulmões, ofegante, ao visitante cuja companhia ela antecipava. Uma última volta no tornozelo, e a bola e a corrente a segurariam em terra firme.

Postado no corredor, acompanhado por dois guardas de armadura, um pouco mais baixos, o líder dos Visionários de Petropol lançou a Clariz os olhos de um carmesim profundo, tratando o opulento bloco de marfim diante dele como obstáculo dispensável. Dom Quintino Velasque passou os dedos enluvados nos cabelos louro-acinzentados que iam até o queixo e, com primor, enfiou-os atrás da orelha.

— General Viajante — ela o saudou ao abrir a porta, fazendo-lhe uma mesura. Os três homens entraram, e ela fechou a porta atrás deles, pronta a pedir que se sentassem. Antes de dispensar tal pedido, Dom Quintino piscou os olhos diante do movimento quase imperceptível ao redor de alguns móveis, um sinal revelador de que não passavam de uma ilusão alimentada pela tecnologia truqueira.

— Poupe sua energia, B'Olïva. Esta não é uma visita médica — disse ele, estendendo a mão e anulando o truque dela com um piparote. Contendo um suspiro de frustração, Clariz observou calada sua fachada de harmonia se desfazer e sua sala se revelar novamente uma bagunça.

— Se for sobre meu convite pendente para voltar a Amória...

— Acha mesmo que eu deixaria meu clã e meus homens para me meter em assuntos de *magistério gravitor*?

— Sinto muito, General Viajante, não sei que outro assunto eu teria a discutir com o senhor — retrucou educada.

CAPÍTULO DEZ

— Estou aqui por causa de sua visita ao Palácio de Avalai esta tarde, Clariz.

— General Viajante, sabe que meu clã me deu a autorização para visitar o palácio desacompanhada, e com todo o devido respeito...

— Antes de *me* desrespeitar, B'Olïva, lembre-se de que você *serve* ao segundo clã, enquanto eu *comando* o primeiro — enfatizou ele. — Houve um incidente no Beco do Sapateiro.

— Que tipo de incidente? — perguntou ela, antecipando o pior.

— Por volta de 20:41 desta noite, um Visiotenente comunicou um *Código 909*.

As correntes em torno dos tornozelos de Clariz sacolejaram de leve, enquanto o pé esquerdo perdeu a aderência e o corpo se inclinou de lado; seus piores medos acabavam de ser confirmados. Se hoje as leis de privacidade mental permitissem que Dom Quintino Velasque espiasse a mente aterrorizada de Clariz neste mesmíssimo momento, ele não encontraria nada senão o rosto de Keana Milfort, rejeitada pela Lúmen Academia.

— General Viajante, seus homens vão nos ouvir!

— Todos os meus homens são surdos, B'Olïva. Eles respondem apenas aos meus pensamentos.

— É uma notícia terrível. Está convencido disso?

— É uma notícia terrível, de fato. Devo dizer que você não parece surpresa.

— General Viajante, com todo o respeito, me poupe dos enigmas! — ela disparou de volta. Quintino hesitou um pouco. Não a ponto de seus homens notarem, mas o suficiente para Clariz.

— Houve uma tentativa de assalto no Beco do Sapateiro. Um pirata... Apolo Zéfiro, presumimos... esculhambou um cidadão idoso para que lhe entregasse alguns Dinheiros. Um jovem patrulheiro cabeça-de-trapo foi estúpido a ponto de abordá-los sem pedir reforço e teve a sua arma de choque roubada.

— O roubo não foi previsto em seus relatórios proféticos? Seus homens já deveriam estar lá!

— Eis a parte intrigante, Clariz. De repente, o Beco do Sapateiro desapareceu do mapa profético hoje mais cedo. É como se ninguém tivesse posto os pés lá esta noite.

— Acha que Apolo Zéfiro pode ter encontrado uma maneira de dissipar a divinidade, já que ele fugiu de Perpétria?

— É *uma* possibilidade.

— Com que hipótese trabalham? — perguntou ela.

— Nossa única testemunha estava em transe durante a maior parte da ocorrência e, francamente, esculhambar um cérebro tão velho faria mais mal do que bem.

— Acha que Zéfiro tem ligações com os forasteiros?

— É aí que a história fica ainda mais estranha — declarou ele, andando a passos lentos pela sala. — O homem mais velho tinha certeza de que o pirata agia sozinho. Além do Patrulheiro Arpão, o único trecho marcante da declaração foi a respeito da presença de uma *garota* — contou ele. — A Polícia Visionária captou os sinais de uma arma de choque disparada em público perto do Beco do Sapateiro, mas, quando nossos tenentes pousaram lá, não havia nenhum sinal de Zéfiro, nem da menina.

— Por que está me contando isso?

— Porque o jovem Patrulheiro Arpão tinha acabado de completar seu primeiro dia de trabalho, escoltando os candidatos desde as dependências da academia. Esta garota não teria sido uma de suas candidatas?

— Em que condição vocês o encontraram?

— Beirando a insuficiência cardíaca — explicou ele. — A energia vital dele... drenada. Agora, quem seria capaz de fazer algo assim? — Ele prosseguiu. — Esta noite, quando Rei Duarte nos chamou ao Salão dos Tratados... Precisava ter visto o terror dele. — Dom Quintino bufou, indicando que a visita dela fora informada a todos os chefes de clã do reino. — Ele não entrou em detalhes sobre o encontro, mas pareceu preocupado com a bruma índigo e sugeriu que investigássemos uma *invasão*. Imagina só a implicação disso entre meus homens e mulheres de Petropol?

CAPÍTULO DEZ

Há anos ela vinha cumprindo seus deveres, mas não podia fingir que as autoridades de Petropol fossem justas.

— Você me dá nojo, Velasque. Tentou me amordaçar quando voltei para casa no pior estado em que já me encontrei, mas ainda me lembro de cada detalhe da minha expedição! Lembro-me da bruma índigo se agigantando ao sul da savana, do aroma doce de enxofre queimado que me encheu os pulmões quando voei através daquelas nuvens. Lembro-me da sensação de perder *toda* a minha divindade em uma fração de segundo e gritar horrorizada antes de me estraçalhar no chão com uma criança saudável no ventre! Perdi meu *filho* a serviço dos Seis Clãs e você não vai baixar o *topete* perante o rei?

— É bom que meus homens não ouçam, ou eu teria que lhe mandar para Infernalha por insubordinação. — Ele suspirou. — Então me deixe lhe contar como isto vai terminar, Clariz. Até você fornecer *provas* de suas conjecturas, não permitirei que suas teorias conspiratórias causem desconforto desnecessário a ninguém.

— E quanto ao Código 909? Como vai explicá-lo?

— Os Visionários explicam *tudo*.

— E a família do garoto? — Recuou um passo.

— Daremos um jeito. Neste momento ninguém precisa perder a fé.

— Fé no que, exatamente? E como se dá um jeito num Código 909? — Ela subiu o tom de voz.

— Fique de olho nos seus alunos, está bem? Se algo terrível acontecer com eles, assevero a você que a Polícia Visionária estará por perto, *com efetivo total* — insistiu ele.

— Não preciso lembrá-lo de que sou uma Gravitriz Tríplice Laureada. Eu me reporto às autoridades amorianas: Dona Nicoleta Delfos e Rei Duarte de Paradis. Se aprovarem a ingerência de seu clã em nossos assuntos internos, eu não vou me opor. Até então, conduza as suas investigações em outro lugar.

— Você tem sorte de não se reportar diretamente a mim... ainda. No meio tempo, telechame caso saiba de um fato novo. Sei que a lealdade sempre foi o seu forte. — Virou-se para sair. — Ah, gosto do que fez com o lugar. Bem tropical, bem nostálgico. Se por acaso o seu admirador misterioso acabar se revelando o Tristão, mande-lhe meus cumprimentos!

— Certamente, General Viajante — mentiu ela enquanto observava a saída dos homens, fechando a porta de granito.

Clariz estava com raiva. Como é que deixara isso passar? Seus instintos estavam certos. Sempre achou que a garota de Edmar Milfort lembrasse alguém. Agora ela se lembrava de quem. *De novo, não*, pensou ela.

CAPÍTULO ONZE

Apenas uma GAROTA REGULAR

Quando
5 de leão, 11:11.

Onde
Ala de Cura Popular, Paupereza.

O CÉU DA MANHÃ NAS CERCANIAS DE LÚMEN NÃO SE ASSEMELHAVA EM NADA ao firmamento tingido que apanhara tantos cidadãos desprevenidos na véspera. *Míria Faierbond: final feliz certamente quase à vista!*, dizia a principal manchete da *Tribuna de Lúmen*. A segunda manchete, mais abaixo na primeira página, era *O tingir das nuvens: arte ou pirataria?*. Diante da Ala de Cura Popular, um complexo baixo composto de edifícios de pedra e gemidos petrificantes de agonia, um cavalheiro de dedos nodosos, uma bolsa cheia de Dinheiros pendurada à cintura, alardeava aos berros as últimas notícias.

Keana aguardava o número 123 aparecer no visor de espera da recepção lotada. *Será que somos parecidas? Temos os mesmos cabelos cor de mel?* Até ali, ela nunca quis visitar a mãe biológica. *Por que me dar ao trabalho de ir atrás de alguém que não me quis?* Mas aquele velho tinha razão. Era hora de Keana descobrir quem era, e a mãe biológica haveria de ter respostas para isso.

Keana relanceou os olhos às outras rosetas a fim de ler as manchetes, enquanto seu número se aproximava moroso, mas pelo visto não havia notícias sobre nenhuma transgressão no Beco do Sapateiro na noite anterior.

O ávido interesse de Flora Velasque começava a passar de amolação a um alerta firme. *Por que será que Addison não compareceu ao expediente desta manhã?*, continuou a permanente passeata mental de Keana, um discurso incessante que mais parecia anunciar uma das invasões telepáticas de Flora.

Quando o recepcionista da ala chamou por seu número, ela levou alguns segundos para reagir.

— Vamos só preencher a papirada, tudo bem, querida? — falou o recepcionista, retirando uma grafite preta do bolso e descendo os olhos para o questionário. Examinou rapidamente as mãos de Keana. — Está aqui para furar as palmas?

— Não... Ainda, não. — A garota cruzou os braços, escondendo as mãos sob os véus negros. O recepcionista fez que sim com a cabeça, entendendo a informação.

— Você está aqui para visitar... Estela Bisonte? Você é da família da paciente?

— Como? Humm... sim. Por assim dizer.

— Qual é a sua relação com Madame Bisonte? — continuou o recepcionista enquanto o som de portas corrediças de granito anunciava a entrada de mais um cidadão aflito, inconsciente, os braços carbonizados. O recepcionista foi rápido no comentário. — Acidentes com arma de fogo... São o maior perigo que se pode ter em casa e mesmo assim os Brasas as vendem como peles em Primeva. E sabe quem paga

CAPÍTULO ONZE

pelo atendimento das vítimas de queimadura? Eu pago. Eles pagam. Seus pais pagam.

— Madame Bisonte é minha... — começou Keana, sem saber como declarar as próximas palavras. — Eu sou a... Ela me deu à luz.

O recepcionista arqueou as sobrancelhas.

— Madame Bisonte foi internada em 1999 e no arquivo não há registros de visitação... Você nunca a conheceu?

Ela entrou em pânico.

— Sinto muito. Deixa pra lá. Tenha um bom dia — falou impulsiva, virando-se de uma vez. Era prudente de sua parte ser vista ali? O que aconteceria se a Polícia Visionária já estivesse ciente dela?

— Espera aí — chamou o recepcionista. — Isso não é da minha conta. Fique, por favor. Uma visita faria muito bem a ela. Ver você talvez clareie um pouco a mente dela.

Keana fechou os olhos, respirando fundo e pensando no conselho de sua mãe de verdade.

— Ouça, nem preciso registrar sua entrada, se isso deixá-la mais à vontade — propôs ele.

❇

A loucura não era estranha à caçula dos Milfort, por isso ela se sentia um tanto preparada para o que pudesse vir, enquanto caminhava pelos corredores longos e vazios que conduziam à ala de Confusão Mental.

— Estás com sorte, menina. Madame Bisonte está a ter um de seus melhores dias — avisou uma simpática enfermeira, de estatura baixa e pele bronzeada, com um adorável sotaque jonesiano que a fez lembrar Filipa discorrendo sobre receitas de coquetéis virgens no Chifre em Ponto. O coração acelerou quando pensou mais uma vez em Addison, estirado no chão do beco. — Sabes, ela sempre fala de uma bebê, mas tu pareces crescidinha demais pro meu gosto — continuou a enfermeira, fazendo um calafrio descer pela espinha de Keana. — Teu cabelo é tão bonito. Acho que nunca vi coisa igual. Ela sabe que não és Divina? — sussurrou a enfermeira, tocando o tecido negro no ombro de Keana. A menina fez que não com a cabeça.

Keana entrou em um corredor estreito que se ramificava em seis alas adjacentes: Confusão Mental, Pelejas Gravitacionais, Riscos Aéreos, Queimadura Braseira, Despacho Errôneo e... *Descarga Elétrica*. Seus olhos pousaram na última.

— Senta-te aqui, querida. Vamos buscar Madame Bisonte e tu entras — anunciou a enfermeira.

— Na verdade... — Keana a deteve enquanto ela se virava. — Será que posso usar um toalete antes? — Gentil, a enfermeira indicou um bem de frente a ela. Keana riu, na defensiva, e dirigiu-se à tenda baixa coberta de apavorantes cortinas alaranjadas.

Tão logo a enfermeira sumiu de vista, Keana meteu a cabeça para fora das cortinas e olhou para o corredor estreito de onde derivavam as alas divididas por clã; sem pensar duas vezes, os olhos seguiram uma placa em que se lia: *Descarga Elétrica*.

Addison...

Keana atravessou o corredor lúgubre e mal iluminado e viu bancos feitos de vegigoma isolante, apinhados de pacientes descalços cujos corpos tinham notadamente recebido perigosas sobrecargas elétricas. Espasmos, gritos repentinos e ranger de dentes constituíam o clima geral entre os jovens homens e mulheres da idade dela: a recuperação de jogadores de todo o país castigados pelos adversários na preparação para o início da temporada de Pitz entre clãs, em Lúmen. Ainda assim, nenhum deles era Addison. *Era para ele estar na balsa esta manhã. É o segundo dia dele no trabalho. As pessoas nunca faltam ao segundo dia!*

Sem médicos por perto, Keana se indagou se o tratamento consistia em apenas sentar-se em bancos de borracha e esperar até que o último volt das correntes torturantes fosse finalmente aterrado. Enquanto caminhava por entre os pacientes, dirigindo-se silenciosamente à sala adjacente, Keana sentiu um repentino formigamento na ponta dos dedos. Do nada, pareciam dormentes, com agulhas e alfinetes afiados em volta das unhas e sob elas. Olhou para as mãos e sentiu um

CAPÍTULO ONZE

comichão crescente à medida que alguns dos garotos gemiam baixinho no que parecia um alívio imediato. Instintivamente, ela cerrou um punho para conter as comichões incômodas e, em segundos, as veias ao redor do pulso pareciam ter estourado de dentro, enquanto a ferroada e o formigamento viajavam até a parte de trás das orelhas. Sentiu uma explosão de pânico. A última vez que as mãos tinham formigado, alguém tinha se ferido.

Keana ergueu os olhos para a placa em que se lia *Apenas pessoal autorizado: infratores serão processados*. Aquela sensação estranha de formigamento percorria a espinha. Se ela falasse com Addison, talvez ele também explicasse o que ele realmente a viu fazer no Beco do Sapateiro.

Uma cama de solteiro entre bancos de borracha mantinha o único paciente da ala de descarga elétrica internado em condição grave. Keana se aproximou do leito, um colchão surrado apoiado por um poste de marfim que rangia de maneira perturbadora; contudo, nada tão assustador quanto a manta branca que cobria o paciente. Um pequeno reflexo a distraiu; de um ângulo, ela divisou duas pedras divinas ínfimas – revitalizadores – atravessadas no peito dos pés do homem imobilizado.

— Addison? — sussurrou ela ao se aproximar. Ouvindo os murmúrios vindos de debaixo dos lençóis, Keana começou a abrir lentamente as mãos, enquanto a sensação de formigamento já se apoderava dos braços e de parte dos ombros. — Addison? — tentou novamente, não ouvindo nada em resposta. As mãos já estavam espalmadas, pairando sobre o corpo coberto defronte a ela.

Sentiu uma densa onda de energia entrando em seu corpo, diretamente do homem diante de si. Era como se aquecer à luz mais suave do Sol, como se o próprio brilhasse de dentro dela.

— Addison, eu estou aqui... — sussurrou mais uma vez, os olhos fechados, imergindo no calor que sentia cada vez mais forte a cada respiração. Os murmúrios vindos de sob a manta se avultavam, a ponto de ela quase ouvi-lo. Keana aproximou os ouvidos à cabeça do indivíduo, alheia à sala atrás de si.

— *Domani...* — sussurrou a voz. — *Domani...*

— Como? O que você quer dizer? — As mãos de Keana tocaram a borda do lençol de algodão branco quando ela se preparou para descobrir o corpo. Passos que vieram do nada fizeram descer um arrepio pela espinha.

— O que pensa que está fazendo? — falou uma enfermeira. — *Seguranças!* — gritou ela, fazendo Keana entrar em pânico. O coração batia mais depressa; as mãos suavam. O fulgor belo e cálido se transformara abruptamente em crostas de gelo em seu peito. *Ferrou! Acabou pra mim! Acabou pra mim! Madre Diva...*

Conforme os passos e o tumulto se espalhavam cada vez mais ruidosos pelo corredor, Keana se virou para encarar a enfermeira descompensada. Sem palavras, Keana soube, ali naquele momento, que algo estava muito errado. Não havia nenhuma explicação para o poder que sentia nas mãos. Ela era uma aberração perigosa. E desejou ter dado ouvidos a Flora Velasque. Se ela não tivesse sido tão apressada em julgar a neta de Dom Quintino, talvez estivesse mais perto das respostas do que da Prisão Perpétria – *ou até pior.*

— O que você está fazendo aqui? — perguntou a enfermeira, mais calma agora que a ajuda estava a caminho.

Keana sentiu uma sensação ardente apoderar-se de seus olhos enquanto pensava no conselho de Flora. *Não vou desistir agora*, pensou ela. De repente, um fulgor branco emanou suave de suas pupilas, e ela sentiu como se não houvesse nada que não pudesse alcançar. As pupilas da enfermeira sucumbiram ao leve transe agora emitido pelos olhos de Keana. Concentrando-se nas palavras de Flora, o suficiente para dotar de energia esta manifestação, Keana respondeu à pergunta da enfermeira enquanto a equipe do hospital forçava a entrada para a ala de terapia de eletrochoque.

— Eu sou... Só uma garota regular, entendido? Que se perdeu procurando o toalete. Agora me leve à Madame Bisonte.

Por mais alguns segundos, os olhos da enfermeira fulguraram brancos. Os seguranças finalmente chegaram. Virou-se para eles.

CAPÍTULO ONZE

— Está tudo bem, Greta? — perguntou o Visionário chefe da segurança.

— Senhores, lamento pela confusão. Ouvi um barulho estranho aqui dentro e fiquei assustada. Esta jovem se perdeu enquanto procurava o toalete, mas agora estamos indo ver a Madame Bisonte. Se nos dão licença...

CAPÍTULO DOZE

Relíquias de FAMÍLIA

Quando
5 de leão, 13:22.

Onde
Ala de Cura Popular, Paupereza.

A JANELA NO CENTRO DA ALA DE CONFUSÃO MENTAL TRAZIA EM SI UMA QUA-lidade tranquilizadora. A janela aberta contrabalanceava o cheiro penetrante do verniz acrílico, e a nuvem de sudorese subjacente. A impetuosidade da moldura em formato de losango era compensada pela visão idílica e remota de um único olmo seco, quase que esmagado pelas distantes linhas desenhadas pelos imponentes paredões rochosos rosa-avermelhados que impediam os paradisianos de contemplar os horizontes estrangeiros. No interior, o ranger lento e constante de uma cadeira de balanço branca e lascada se unia aos sussurros contidos

CAPÍTULO DOZE

dos pacientes, que pareciam considerar o silêncio o elemento mais cobiçado daquele ambiente compartilhado à força. Uma mulher solitária se embalava olhando pela janela, enquanto sua longa cabeleira avermelhada se espraiava pelo piso de madeira.

Keana Milfort sentiu secar o interior das faces, quando a enfermeira Greta, com as mãos delicadas sobre o ombro de Madame Bisonte, anunciou a visitante à mulher ruiva.

— Ela não é muito de falar... — sussurrou a enfermeira.

De repente, a cadeira parou de balançar. A enfermeira se retirou. O dedo anelar da mão esquerda de Madame Bisonte ainda exibia linhas não marcadas de Sol, onde alguém decerto já pusera um dia um símbolo de eterno afeto. Ela então ergueu os dedos, gentilmente, convidando a garota a se aproximar; depois, ainda com mais gentileza, os estendeu, sinalizando que parasse.

— A enfermeira disse que seu nome é *Keana*. — Seus olhos se concentravam nos ramos secos do olmo solitário lá fora.

Keana deu mais um passo, ainda fitando a nuca da mulher.

— Não foi o nome que lhe dei.

— Meu pai me deu esse nome — respondeu Keana, os olhos brevemente encontrando o reflexo embaçado em uma peça de cristal úmida.

— O seu *pai*... Não vamos começar com os títulos, está bem?

— Certamente. *Estela* está bom pra mim — respondeu Keana, educada. — Por que seu cabelo está tão comprido?

— As promessas que fazemos... — Madame Bisonte se limitou a dizer. — Você tem irmãos ou irmãs?

— Sim. Duas irmãs mais velhas, Marla e Elia. Elas agora vivem em Bardot — Keana respondeu com tantos detalhes quanto achou apropriado.

— Duas Truqueiras... nascidas de um Ventaneiro e uma Gravitriz? Meninas de sorte. Sua família deve estar muito orgulhosa. Eu sabia que você ia aparecer um dia — continuou a mulher, levando a mão esquerda até a testa. — Está aqui para me soltar? Nenhum dos meus *outros* parentes se deu ao trabalho. *Quinze* anos... Ainda estamos no verão-minguante?

— Ainda é a primeira semana de leão.

Madame Bisonte anuiu com a cabeça. O barulho de um dos pacientes do quarto foi contido por uma das enfermeiras. Estela não se abalou.

— Véus negros... sangue ruim?

— Madame B'Olïva disse que eu era uma Regular. — Keana engoliu em seco, pensando nos pais, Edmar e Cerina, para não desmoronar. Ela estava ali para obter informações, só que, agora que olhava para Estela, a ideia parecia tola. O que Estela saberia?

— É claro que ela disse — continuou Estela. — Então agora é Clariz quem seleciona os mancebos? Que triste.

— Por que triste?

— Perder um filho pode destroçar você por dentro. Secar você. Murchar você.

Keana fez que sim com a cabeça. Sempre achou que a mãe biológica abrira mão dela porque era louca demais para cuidar de uma criança, mas Estela era mais lúcida do que o esperado.

— É assim que você se sente?

— Fizeram você usar um distintivo? Ele não lhe machucou como aos outros, não é?

— Não sei ao certo.

— Eu sabia. Vi o que o povo do deserto fazia com os outros bebês que sobreviviam. Eu não podia deixar que fizessem o mesmo com você.

— Cadê o meu pai sanguíneo? Ele ainda está por aí, para lá da savana?

Olhando pela janela, Estela fez que não com a cabeça.

— Eles são mentirosos. Dizem que ele não veio me visitar nem sequer uma vez, mas eu o vejo o tempo todo — a voz vacilou. — Ele garantiu que você me encontraria. Ele vem observando você, como me observava o tempo todo na savana.

Parou o ranger da velha cadeira de balanço. Madame Estela Bisonte agarrou os braços da cadeira e se pôs de pé. Relanceou os olhos no reflexo embaçado sobre o cristal úmido da janela a fim de buscar a miragem da jovem atrás de si.

CAPÍTULO DOZE

— O que sua mãe contou sobre mim?

— Bom — começou Keana —, não muito além do fato de que, como o meu pai... você também ficou doente da cabeça por algum motivo... e por isso incapaz de me criar. — Escolheu cuidadosamente as palavras.

— Por algum motivo... — Estela ponderou, tocando o cristal frio e úmido diante dela com a ponta do dedo indicador direito. — O Capitão Milfort me deixou para trás. No momento em que segurou você, ele simplesmente não resistiu. Precisou voar o mais longe possível de todos nós. Sinto o cheiro em você, em você toda. Os outros não sentem porque nunca passaram dias sob o Sol escaldante daqueles campos de girassol como eu. Se não fosse por mim, você teria morrido no ventre, assim como todas as outras garotas antes de você... — Estela suspirou, meneando a cabeça. — Eu era a mais corajosa, por isso me enviaram para lá, com o objetivo de terminar o trabalho de Clariz. Ela nunca teria sobrevivido à cidadela. Fizeram um favor a ela com a bruma índigo, se quer saber — murmurou a mulher. — É só uma questão de tempo até encontrarem você, sabe? Você não pode mais ficar em Paradis.

— Você sabe quem está atrás de mim?

Estela riu, tossindo em seguida.

— ... Quem não estaria?

— Minha mãe não sabe muito sobre a sua vida, mas eu nunca ouvi nem uma palavra ruim a seu respeito.

— Ela poupou seus sentimentos. Admirável. A bondade nem sempre é o forte das mães. — Respirou fundo, agora fixando a silhueta distante no topo da Diviara; a estátua sem cabeça de Madre Diva, sentada em sua eterna quietude, acima do único templo de adoração de Lúmen. — Quer saber de uma coisa engraçada? A última vez que tive rédeas dos meus pensamentos foi quando segurei você nos braços, procurando Cerina Milfort naquela multidão. *Existe algo em você, eu juro...* Todos nós sentimos. Como se o seu corpinho risonho nos protegesse dos nossos devaneios... *mas aqueles sonares...* nós olhamos uma para a outra e depois para você, e... — Ela segurou o colar.

— Por que nenhum dos parentes tentou ficar comigo? No caso de você melhorar?

— Nunca a procuraram? Não me surpreende... Eu não desejaria aquela família para uma criança indefesa. — Mais uma vez, ela surpreendeu o olhar de Keana no reflexo quando uma nuvem escura se afastou. — Seus cabelos... Eles me disseram... — Estela se virou abrupta, assustando Keana com o rosto de uma completa estranha, um em que a caçula dos Milfort nunca se vislumbrara antes. Estela arrancou o colar. — Eis tudo o que disseram... Eles queriam que eu... — Ela estendeu a mão direita à visitante, oferecendo-lhe o colar.

No instante em que tocou o artefato, Keana se sentiu zonza. O cordão preto em torno de um pequeno selo talhado parecia um projeto artesanal de criança, um objeto simples e aleatório trespassado a um buraco de agulha. Ao examiná-lo com mais atenção, percebeu uma gravura que bem podia ser um dos muitos selos encontrados nos utensílios domésticos, ainda que exibisse o exclusivo desenho de um floco de neve: seis ramos de cristal partindo de um cerne estrelado.

— Eu estava guardando para você.

— O que é isto? — perguntou Keana enquanto deslizava o colar para o bolso.

— No meu pescoço, não passava de um pedaço de rocha do deserto. Sorte que as enfermeiras me deixaram ficar com ele. No seu pescoço, ele pode ser muito mais...

— É meu? É tão estranho. Tem a forma de um selo de clã, mas... Nunca vi este símbolo antes — continuou ela.

— Não ande com ele por aí! Só mostre a quem você *confia!* — bradou Estela.

Keana pensou em Sagan e nos Faierbond.

— *Salve a garota...* Foi tudo o que me disseram. Se tivessem me dito mais alguma coisa, eu teria... Eu vou... Eu já... Eu... — Ela piscou forte, entontecida. — Eles não tinham cabelos... Algumas tranças, tranças opacas... As suas são... Ninguém tinha cabelo! — Estela bateu o punho na cadeira, perturbando um paciente próximo.

CAPÍTULO DOZE

— Eu sempre digo que é uma má ideia — disse um enfermeiro ao longe, vindo para acalmar os pacientes que agora começavam a socar as paredes de pedra.

— Por que não posso ficar em Paradis? — Keana correu até Madame Bisonte, agarrando-a pela cintura como faria se uma última chance estivesse prestes a escapar. Estela agarrou o braço de Keana, fazendo os enfermeiros correrem para separá-las.

— Eles não podem pôr as mãos no *Selo dos Espíritos*! — gritou ela, assustando os dois homens que tentavam contê-la. — Mande meus cumprimentos ao Capitão Milfort! Diga a ele que eu nunca voltarei lá! — continuou ela, erguendo as duas mãos para o ar. Fitou o fundo dos olhos de Keana, que sentiu uma *conexão*.

Estela, então, conjurou ali dentro uma poeira capaz de suspender nos ares os demais pacientes, angustiados.

Para se defender, Keana jogou as mãos para cima da cabeça. Sentiu como se o próprio mundo fosse descolado dela, e corpo e alma fossem impenetráveis. Um ataque estrondoso arrastou a cadeira de balanço do chão e atirou-a para os ares de Paupereza, seguido pelo barulho ensurdecedor de cristal se estilhaçando e pelas sirenes cujo som agudo assustaria até o mais feroz lobo-da-tundra. Pacientes e enfermeiros berravam em meio à tempestade de areia escura e artificial. O oceano de fios vermelhos na cabeça de Estela duplicou de tamanho atrás dela, soprando rápidos contra o vento, o suficiente para encobrir a única janela da ala.

Quando Keana abriu os olhos, foi a primeira a ver o círculo claro ao redor dos pés, intocados pela areia, pelos cacos e estilhaços. O caos se manifestava à sua volta e, ainda assim, não se atrevia a pôr nem um só dedo sobre o corpo da garota. Baixada a poeira, a sala se encheu dos gemidos dos doentes mentais ali caídos – aterrorizados demais até para gritar –, atingidos por grandes lascas de madeira quebrada, com sangue escorrendo dos ferimentos e formando poças. Os olhos de Keana examinaram o horror e ultrapassaram a janela, onde o olmo seco não mais se achava sozinho. Ao lado dele, no chão frio, jazia o corpo imóvel da Madame Estela Bisonte, envolta em sua longa cabeleira ruiva.

CAPÍTULO TREZE

Expedição DE BUSCA

Quando
5 de leão, 19:36.

Onde
Diviara, Canal de Avareza.

— **OBRIGADO POR VIR, COLEGA** — **FALOU JAMIE.**

— Cadê a Flora? — perguntou Sagan, olhando ao redor. Atendendo a uma telechamada urgente de Jamie, Sagan viera ao estreito desfiladeiro abaixo da Diviara. Como solicitado, ele trazia consigo as sandálias de palha amarelo-clara de Míria. Para ele, a única coisa mais surpreendente que o desaparecimento da irmã era a enorme burocracia que a Polícia Visionária dispensava ao assunto. Com a matéria caluniadora da *Tribuna de Lúmen* abafando o clamor do público pelo caso, Sagan tinha a sensação de que, agora, apenas ele e os amigos é que realmente estavam dando o máximo para descobrir o paradeiro de Míria.

— Ela teve que correr para pegar umas coisas em casa. Eu não quis falar na telechamada, mas a gente acha que tem uma pista sobre Míria — Jamie foi direto ao assunto. — Flora disse ter sentido o cheiro de chá magmundino ao tocar nas sandálias de Míria.

— Foi por *isso* que me chamou? — reclamou Sagan.

— Não, ouça — Jamie mostrou a máscara de argila escarlate. — Depois, fiz a premonição de Flora levar em conta isto aqui, e a máscara desencadeou a mesma visão que as sandálias, só que com ainda mais detalhes — explicou o menino. — Ela sentiu o cheiro de sálvia queimando. Talvez exista uma conexão?!

Sagan sacudiu a cabeça, em negativa.

— Quer forçar a entrada de Flora Velasque com a Diviara fechada? — Jamie fez que sim com a cabeça. — Como espera que ela voe até lá no alto sem acionar a Polícia Visionária?

— Oi, meninos — cumprimentou uma voz doce e familiar.

— Ah… Oi, Keana — falou Sagan. Jamie sorriu.

— Jamie mencionou um ataque na L.A.? Ninguém está falando sobre isso, em lugar nenhum. Não entendo.

— Assim como ninguém mais fala do sequestro de Míria nem da agressão de Apolo Zéfiro contra você e Arpão — murmurou Jamie.

Os olhos de Keana se arregalaram.

— Jamie, cale a boca. Por que você precisa de mim? Eu não devia estar aqui, não é seguro. Para nenhum de nós.

— Flora pode lhe explicar. — Jamie apontou com a cabeça.

— Você está de brincadeira comigo? É inacreditável.

— Olá, queridinhos! — Flora Velasque entrou em passos de valsa, um sorriso divertido no rosto. — Que bom vê-la também, Keana.

— Estou aqui pelo Sagan, que fique claro. Não preciso que me envolvam em mais nenhuma encrenca — anunciou Keana.

— Espero poder ser útil. Como eu disse na balsa para casa, eu nunca *trairia* uma amiga — Jamie escarneceu de Flora.

CAPÍTULO TREZE

— Agora *não* é o momento, Jamie. — Flora fez um não com a cabeça. — Só falo o que vejo.

— Do que vocês dois estão falando? — interveio Keana.

Flora a ignorou.

— Tudo bem, então. Sagan, querido, trouxe o Elo de Sangue de Míria?

Sagan assentiu.

— O que espera encontrar nele?

— Tudo o que a Polícia Visionária não conseguiu. Mas isso quando eu chegar em casa. Antes de avançarmos, preciso me assegurar de que este é um círculo de confiança; tudo o que discutimos aqui deve permanecer entre nós. — Flora enfiou o Elo de Sangue na bolsa depositada no chão, ao lado dela.

Keana, Jamie e Sagan fizeram que sim. Flora estendeu o braço para a bolsa, da qual sacou uma algibeira de pele de cabra cheia de moedas pesadas.

— Keana, por favor, poderia enfiar a mão na algibeira e tirar alguns Dinheiros? — solicitou Flora.

— Flora, perdeu a cabeça? Por que não pede ao Sagan, que é o único aqui com pele à prova de fogo? — Keana abanou a cabeça.

— Não vamos chegar muito longe esta noite, a menos que todos vocês confiem em mim. Eu não sei como vocês têm passado o tempo, mas eu venho lendo a visiopédia do meu pai *feito uma doida* — ressaltou Flora.

Keana pegou a maior moeda da algibeira. Deitou-a na mão e, estranhamente, nada aconteceu.

— O que foi? É falsa? — perguntou Keana. Flora apenas acenou para que Sagan abrisse a mão. Ela então fez sinal para que Keana colocasse a mesma moeda no centro da mão dele.

Ouviu-se um lento sibilar no instante em que a moeda lhe tocou a pele, seguido de uma chama abrupta que transformou o objeto em puro magma.

— *Ai!!!! Bendita mãe dos Ugas!* — Ele sacudiu a mão em desespero, enquanto Jamie cobria boca.

— Desculpe, Sagan. Pensei que sendo *você*, machucaria só um pouquinho. — Flora fez uma expressão de desagrado.

— Só não dói quando vem *de dentro*, Flora.

— Falando nisso, não exagere nas nozes fritas. — Jamie abafou um riso.

— Vá ordenhar mamute, Chispe. *Morte* maldita, está doendo! — choramingou Sagan, soprando a mão queimada.

— Keana, agora aperte a mão queimada dele. — Flora gesticulou com a cabeça.

— Como?! Flora?! — Keana mal acreditava no pedido.

— Fiquem longe de mim, vocês duas! — Sagan recuou.

— Por favor, confie em mim...

— Claro, vamos logo transformar isto numa partida de Pitz e decepar a cabeça uns dos outros — choramingou Sagan.

— Sagan. Por favor. Isto pode nos ajudar a encontrar a sua irmã. — Flora fitou o garoto nos olhos.

Sagan colocou a mão trêmula na de Keana, sob os olhares atentos de Flora e Jamie. O jovem aprendiz de Brasa hesitou ao primeiro contato, mas em poucos segundos a surpresa o arrebatou.

— Não... Não está mais doendo. — Sagan coçou a cabeça.

— Eu sabia! *Agora* você acredita em mim? — Flora olhou Keana com um misto de orgulho e alegria. O cheiro de carne queimada se dissipou no ar, assim como os chamuscos pela pele inflamada de Sagan.

Keana não parecia feliz.

— Eu não sei por que você se vê no direito de sair invadindo a vida alheia pra pregar peças que só têm graça pra você, Flora, mas eu estou dando o fora daqui...

— Você é *antidivina* — anunciou Flora.

— Perdão? — A caçula dos Milfort olhou para Sagan e Jamie.

— Sei lá, foi a melhor palavra que me ocorreu — justificou Flora, parecendo orgulhosa de seu primeiro grande lance como Visionária novata. — Talvez seja toda aquela seiva que você bebeu antes da

CAPÍTULO TREZE

cerimônia, talvez seja outra coisa que a gente não compreenda, mas eu sabia que tinha um motivo para ter uma imagem clara de todos os outros em meus sonhos, mas de você, só uma coluna escura de fumaça. Eu sabia que tinha um motivo para a Polícia Visionária não a ter encontrado, mesmo que você *estivesse* no Beco do Sapateiro, sem dar nenhuma trela ao meu aviso.

— Você anda ouvindo os meus pensamentos?! — Keana ofegou, furiosa.

— Estou do seu lado, pelo amor de Diva! — Flora interrompeu. — E precisamos de você. Se ficar com a gente, talvez a Polícia Visionária não nos pegue invadindo a Diviara — Flora foi rápida ao acrescentar.

— Não é com a Polícia Visionária que eu me preocuparia se fosse você. Zéfiro está à solta e não queira cruzar com ele.

— Aventura sem perigos é para os fracos — comentou Flora. — Olha, não dá pra entrar pela porta da frente, então podíamos voar até o teto e dar uma olhada por dentro do pátio. Tento fazer uma leitura e aí saímos.

— Plano brilhante, a menos que alguém nos apanhe e a gente acabe apodrecendo em Perpétria — resistiu Jamie.

— Não seremos vistos; eu trouxe *isto* aqui — Flora vasculhou a bolsa para pegar um frasquinho de maquiagem divina surrupiado dos cosméticos da mãe.

— Pó truqueiro? Você não bate bem? — zombou Keana.

— Minha mãe é *louca* por esse negócio, diz que deixa as sobrancelhas um pouco mais meandras. — Flora deu de ombros, coçando a testa inclinada. — Vem cá, só vou precisar de um pedaço — continuou Flora, tirando uma afiada adaga de cristal debaixo das vestes e arrancando um pedaço de tecido preto dos pulsos de Keana.

— Está mesmo empenhada nisso, né? — Keana deu uma risadinha.

— Até que é legal... — revelou Sagan, os olhos enevoados. Keana, Flora e Jamie observavam. — Quando a gente era criança, lembro que odiava vocês porque não queriam brincar com o gordinho ruivo... —

Sagan sorriu, embaraçado. — Mas lá estavam vocês, me oferecendo a mão. E aqui estão vocês, arriscando o pescoço por mim.

— Você é um cara legal, Sagan. Sei que teria feito o mesmo por nós, colega, mesmo que a gente não merecesse — falou Jamie, pousando a mão no ombro dele.

— Encontrar a sua irmã é meu dever como Visionária — acrescentou Flora — ... e como sua amiga.

— Tudo bem, então. Vamos encontrar Míria! — Keana sorriu, empolgada.

Em seguida, a jovem telepata mergulhou o tecido preto no frasco de maquiagem em pó, depois polvilhou um punhado sobre si mesma, Sagan e Jamie. Em segundos, as túnicas adquiriram a forma escura e disforme dos véus regulares de Keana, conferindo ao quarteto o aspecto de um bando de ladrões.

— Só mais uma coisa antes de irmos. — Flora limpou a garganta, pouco antes de inflamar os olhos de branco e olhar fixamente para Sagan. O jovem ruivo caiu em transe instantâneo. Flora estalou o dedo direito ordenando que ele levantasse o braço direito e o acenasse para o lado. Sagan acendeu uma bola de fogo na mão e arremessou-a na direção de Keana.

— Madre! — Chocada, Keana jogou as mãos para cima, transformando a ameaça incandescente em fumaça fina, instantaneamente. Flora viu um pouco de fogo sair crepitante da ponta dos dedos de Keana. Com o choque, o negrume artificial que cobria o corpo de todos também retrocedeu, permitindo que suas vestes de clã fossem descamufladas por um átimo de segundo.

— Fala sério... — Jamie não esperava por nada disso.

— Eu ficaria fria se fosse você. — Flora piscou.

Os quatro mancebos então se aproximaram do muro de pedras, bem sob a vasta sombra lançada pela estátua de Madre Diva e logo abaixo da entrada do templo. Como gatos-de-sabre, cobertos pela escuridão, os quatro uniram as mãos, formando um pequeno círculo.

— Acho que dou conta — sussurrou Jamie, puxando Keana pelo pulso.

CAPÍTULO TREZE

— Todos mantenham a calma e deixem a energia fluir livremente — falou Flora.

Jamie se concentrou. De repente, o chão pareceu muito mais macio, como se os quatro mancebos pisassem no ar. Foi desafiador manter o equilíbrio, mas o jovem Chispe prosseguiu, firme e constante, erguendo uma coluna de vento do solo.

— Continue respirando, Jamie — disse Keana.

— Ahh! — gaguejou Sagan.

— Não olhem para baixo — exalou Jamie. O chão já estava bem distante dos pés.

Continuavam ascendentes, já a meia subida da entrada íngreme da Diviara. Tinham visão aérea do Canal de Avareza e dos tranquilos bosques do Parque Zulaica que se estendiam ao longe, embrenhando-se na floresta de abetos de Primeva. Via-se a cidade forrada de escuridão, exceto por um punhado de luzes bruxuleantes de dentro das casas e pelos tons coloridos que emanavam do triângulo azul e brilhante que descrevia no céu a distância até o Monte Lazulai.

— Tudo bem, Jamie, agora nos leve até a borda, com cuidado — solicitou Flora, enquanto se aproximavam do topo da rocha.

Jamie seguiu na frente, pisando o teto irregular da rocha, cauteloso, e ultrapassando a claraboia redonda abaixo da qual, poucas horas antes, os fiéis adoradores receberam a bênção de Madre Diva, com as mãos aos céus. Flora fez sinal para que Keana assumisse a dianteira.

Os quatro mancebos logo se aproximaram da saliência. O pátio atrás do altar – onde todos, a certa altura da infância, receberam broncas de incontáveis trovadoras furiosas com suas malcriações durante o culto – parecia vazio e desordenado.

— Não estamos sozinhos — concluiu Flora, fechando os olhos para fazer uma leitura do local.

— Você sabe até quando há pessoas por perto? — Sagan franziu a testa.

— Não faz ideia do barulho que fazem os pensamentos de alguns, Faierbond — retrucou Flora, os olhos fechados. — Bem o oposto do que ouço agora. É mais silencioso que o próprio silêncio.

— O que você quer dizer? Você não ouve ninguém além de nós? — perguntou Keana.

— Está silencioso *demais* naquela direção. — A jovem telepata apontou para a pequena porta de câmara no pátio, que levava à sala das bênçãos particulares. — Acho que está sendo bloqueado por alguma coisa. Ou por alguém.

— E se alguém nos encontrar?! — sussurrou Sagan.

— Posso tentar esculhambá-los? — sugeriu Keana. — De algum modo, funcionou quando me desesperei diante de uma enfermeira na Ala de Cura.

— Tudo bem, vamos continuar com isso, então. — Flora assentiu com a cabeça, enquanto Jamie se balançava junto à saliência.

— Jamie, não chegue perto! — implorou Keana.

— Meus irmãos *luandam* em casa o tempo todo. Eles me assustam pra borralho quando não sei que estão por perto. — O garoto assentiu com a cabeça, como se para si mesmo. — Tenho praticado no quarto. Acho que estou pegando o jeito.

— Vou com você — sussurrou Keana.

Flora e Sagan ficaram para trás, na vigilância, observando os dois dando-se as mãos, nervosos. Jamie e Keana flutuaram até o pátio escuro, as mãos estendidas do garoto mantendo um fluxo de ar contínuo. Mantendo o equilíbrio, Jamie e Keana caminharam no ar, a poucos metros do chão. Chegando à porta entreaberta da sala de bênçãos, o garoto enfiou as mãos no bolso e os pés finalmente tocaram o solo.

— Dentro parece mais silencioso do que de fora — balbuciou Jamie.

— É estranho. Ouço uma sibilação. Como se pedras estivessem sendo raspadas numa parede lisa — ela balbuciou de volta.

— Nada. Não ouço absolutamente nada. — Jamie abanou a cabeça, observando Keana se concentrar, os olhos fechados.

— Jamie... me avise quando escutar algo.

— O que você ouve? — perguntou Jamie, espiando o interior da estranha sala. Viam-se utensílios sagrados espalhados, algumas túnicas e restos de fruta. Algo chamou sua atenção. — As pedras.

CAPÍTULO TREZE

— Do que está falando?

— Hoje mais cedo, vândalos gravitantes arremessaram pela janela da classe uma rocha que trazia uma mensagem. Vejo um monte dessas pedras no chão ali, dentro de um saco grande de cânhamo. Eles usavam máscaras de argila escarlate, iguais à que encontramos no apagão na minha casa — sussurrou ele.

— Acha que há um grupo *fingindo* ser os Anibalianos?

— É isso ou alguém se apossou de um enorme suprimento de pedras com mensagens ameaçadoras — observou ele, notando a aspereza nas bordas dos artefatos.

— Shh... Acho que estou ouvindo algo — Keana abriu um dos olhos. Jamie percebeu um movimento repentino na sala de bênçãos.

— Não se mexa — balbuciou ele, agarrando-lhe as mãos.

Keana se virou e olhou para o teto de onde vieram. Havia algo errado.

— Onde estão Flora e Sagan?

Uma voz estranha, não se sabia se de homem ou de mulher, quebrou o silêncio artificial oriundo do recinto.

— *... reunião com meia assembleia?*
Dona Anna jamais teria permitido isso.

Num instante, os olhos de Jamie e de Keana se arregalaram. Não podiam se mover.

— *... a Tribuna não está mais cobrindo o desaparecimento*
da garota Faierbond. Tínhamos que fazer algo.

Era como se pelo menos três pessoas, ou até mais, estivessem em reunião na sala, há horas.

— *Hoje nosso ataque na L.A. não produziu manchetes.*
Se os Visionários não capturarem Zéfiro, jogarão
a culpa em nós. A vitória será de Velasque.

Uma estranha silhueta pairava onde Flora e Sagan deveriam estar. Eles estavam cercados?

> *— Ainda temos a partida de amanhã.*
> *Não estrague tudo, entendeu, Chispe?*

Jamie abanou a cabeça, implorando com os olhos o silêncio de Keana. Recuando, o pé de Jamie bateu na porta de madeira.

— O que foi isso? Vá olhar!

Jamie agarrou a mão de Keana e fechou os olhos. Jogando os braços para a frente, uma rajada de vento propeliu a dupla até ultrapassar o teto; oscilaram acima da saliência do pátio, como se agarrados a videiras fortes e invisíveis. Os pés jamais tocavam o chão – permaneciam no ar. Jamie e Keana divisaram Flora e Sagan bem à frente, abaixo deles, estacados diante de uma presença escura.

— Pouse atrás, Jamie — sussurrou Keana, enquanto desciam.

No momento em que pisaram o chão, Keana e Jamie entreviram um brilho branco nos olhos de Sagan e de Flora. Os dois tinham sido esculhambados. Keana reconheceu a mesma silhueta imponente que se agigantava sobre a vítima no Beco do Sapateiro. O mesmo homem que tinha aterrorizado a ela e a Addison Arpão agora parecia assumir o controle da mente dos amigos.

— *Velasque* — sibilou o homem.

— Flora, liberte-se! — murmurou Keana, levantando a mão por detrás das costas do homem.

Sagan e a Flora piscaram, surpresos, já não mais com os olhos vidrados. O homem de preto virou-se para Keana.

Os olhos vazios e a pele pútrida de Apolo Zéfiro fizeram revirar o estômago de Jamie.

— *Sua ladrazinha...* — Zéfiro estendeu a mão na direção de Keana, buscando o pescoço. Por instinto, a garota tocou o no Selo dos Espíritos. Postado atrás de Zéfiro, Jamie jogou a mão para a frente,

CAPÍTULO TREZE

enviando uma rajada de vento que, empurrou o pirata pela beira da entrada do templo.

Ele desapareceu.

Keana sentiu as pernas bambearem, suplicando aos amigos que partissem imediatamente. Era como se Zéfiro tivesse caído no limbo. O medo de Flora era tão real que, em um átimo de segundo, lavou o negrume artificial que ocultava a roupa dos amigos. Agora eram alvos fáceis.

Passos diferentes se faziam mais sonoros na direção deles. O grupo se assustou; o encontro com Zéfiro não passara despercebido pelos conspiradores no pátio. Alguém vinha até eles.

CAPÍTULO QUATORZE

Memória PATERNA

Quando
Sexta-feira, 6 de leão, 2015 a.D., 08:19.

Onde
Rua Aurora, 145, Praça Ventaneira.

— BOM DIA, FAVO DE MEL — DISSE EDMAR MILFORT CALMAMENTE, SENTADO em uma gravitadeira, passando a mão pelos cabelos da caçula. No que tangia ao herói Ventaneiro aposentado, porém, este não era um dia como os outros: enquanto a esposa ainda dormia, ele saíra sozinho do quarto e, a caminho do quarto da caçula, ele mesmo lembrara que as filhas mais velhas, Marla e Elia, estavam com o respectivo clã em Bardot. Durante todo o verão-crescente, não tinha gritado por ajuda nas primeiras horas da manhã. Parara de criar furacões desenfreados que rasgavam as cortinas e esmagavam relicários de família contra as

CAPÍTULO QUATORZE

paredes de pedra. Durante todo o verão, não tinha rasgado a própria pele com as unhas.

Não se sujara nem uma só vez.

Há mais de quinze anos atormentado pelos efeitos de um sonar confusor, nem sequer uma vez Edmar se lembrava de se sentir tão confiante para sair da cama, sem ajuda, como nesta manhã. Se havia uma coisa da qual Edmar estava consciente, era o fardo que seu lastimável acidente impusera sobre Cerina e as meninas. Ainda assim, a falsa esperança era a última coisa que ele ousaria acrescentar aos seus corações aflitos. Com a mente de um estrategista bélico, Edmar começou a observar sua adversária mais furtiva: examinaria muito bem a própria sanidade para saber se estavam mais próximos um do outro. Os cachos cor de mel no topo da cabeça de sua caçula pareciam o lugar mais distante dos contumazes tormentos gravados em sua mente.

— Bom dia, pai. Como chegou até aqui? — perguntou Keana, esfregando os olhos para espantar o sono. — A mamãe está acordada?

Edmar observou a filha.

— Está tudo tão silencioso agora.

— Fique aqui, pai, vou chamar a mamãe! — Sorriu, levantando-se de debaixo da colcha de lã de rinoceronte.

Todos os esforços de Edmar foram para levantar a mão, pedindo-lhe que parasse.

— O que foi? Precisa de algo? — perguntou ela, solícita, os dois pés já fora da cama.

Ele balançou a cabeça em negativa. Ele não queria que a filha chamasse Cerina.

— Me refiro à minha mente. Todas as vozes... Estão cansando de mim, ao que parece — enunciou Edmar, com cuidado.

Ela pareceu entender que algo se passava. Fazia um tempo que ele vinha se sentindo mais como o Edmar de outrora. Ela sempre tivera algum tipo de poder, mas este recentemente se fortalecera.

— Pai... Vou tentar uma coisa, tudo bem?

Edmar apenas olhou para ela.

— É uma massagem neandra. Pode ajudar a afastar as vozes.
Edmar sorriu para o longe.
— Tudo bem, agora só respire, pai.
Sem protestar, ele fechou os olhos ao toque dela.
Ela massageou as têmporas dele.
— Deve haver apenas uma voz na sua cabeça, papai... A sua — falou ela. — Consegue sentir? Aquelas outras se evaporando? Como quando a avó deixava o brasincenso de vetiver aceso por tempo demais e a cozinha ficava com cheiro de tempero queimado, até a mamãe descer correndo e abrir as janelas? — Keana deu uma risadinha. — Sinta o ar fresco entrar. Deixe os novos ventos levantarem toda essa poeira em sua mente, papai. Sei que consegue.
— Pelo visto não vai à competição de Pitz? — Edmar conseguiu perguntar.
— Não sei, pai. Pitz é um pouco violento demais pro meu gosto.
— Bom... viver é uma aventura violenta... De resto, está tudo bem, Kee? — Ele queria dizer algo, mas não encontrava as palavras. A massagem, ou o que quer que fosse, não tinha desfeito a névoa em que vivia sua vida interior. Mas a névoa era menor do que antes. Muito menor.
— Sim, papai. Vou buscar a mãe.
Mais uma vez, Edmar levantou a mão para detê-la.
— Como vai a Estela? — perguntou ele.
— Ela está adormecida — respondeu Keana.
Não era verdade, era?
— Estava adormecida quando chegou lá?
— Sabia que não era para ter mexido com a sua cabeça. — Ela se levantou, visivelmente assustada.
— Sente-se, Keana — ordenou ele. — O que acha que está acontecendo com você?
Keana estava prestes a chorar. Seus olhos incharam.
— Não sei, pai. Acho que pedi por isso, de certa forma. — Sua voz tremia.

CAPÍTULO QUATORZE

— Somos paradisianos, Favo de Mel... não acreditamos no sobrenatural. Há uma explicação racional para tudo, e é possível encontrá-la se tivermos coragem e determinação.

— Quer dizer, você é paradisiano. Já eu não sei que raio divino eu sou. Fiquei com tanto medo de me tornar uma cabeça-de-trapo, orei muito para evitar isso. Agora estou sendo punida por Madre Diva por desrespeitar a Cerimônia de Boas-Vindas — confessou ela, olhando para os véus negros pendurados atrás da porta em ganchos de osso. Os véus que teria de jogar sobre a cabeça toda manhã antes de sair de casa... *para sempre.* — É terrível, sabia? Viver uma vida normal e acordar num dia com todo mundo te olhando com pena...

Edmar empinou o queixo da filha para que esta saísse da postura de humilhação.

— Acho que compreendo.

— Odeio dizer, mas a mãe tinha razão. Bem que podia ter ignorado toda a aposta e me resignado à borralhice...

— Falta-lhe o necessário para ser uma borralha, Favo de Mel. O medo não combina com você.

— Por que eu sou assim, papai? — Ela ergueu as mãos.

— Preciso lhe contar uma coisa. Cerca de um ano antes de você nascer, eu, sua mãe e suas irmãs fomos visitar a sua avó em Vertígona. Os líderes de clã estavam em reunião com o Controle Paradisiano de Fronteira, e eu achei que seria uma boa oportunidade para levar as garotas para ver o fim do mundo. Acho que era assim que chamavam. Desde o nascimento de Elia, não tínhamos uma chance de dar uma escapulida juntos, e o momento pareceu oportuno. Sua mãe quis arranjar passavantes para suas irmãs, e então as levaríamos para ver sua tia Fara em Bardot.

— Tinham permissão para viajar naquela época?

— Viajar a lazer sempre foi um tiro no escuro, mas ela achou que fosse possível. Especialmente com o meu Tríplice Laureado. Sua mãe também tinha boas relações com os Gravitores, e suas irmãs eram novas demais para se lembrarem de algo... indesejável.

— Então o fato de a vovó ser líder dos Ventaneiros não teve nada a ver com isso? — perguntou ela, com ar sarcástico.

— Sua mãe nunca me deixaria pedir um favor tão grande à sogra... Eu mesmo falei com Dom Quintino. Em todo caso, esperei pelo fim da reunião, mas o que eu não sabia é que ela ainda nem tinha começado. Aparentemente, Dom Quintino teve uma premonição assustadora durante o sono e acordou em pânico, com quase uma hora de atraso na agenda. Nunca vou esquecer aquela manhã... Veja bem, ele entrou correndo na Sala de Inquérito, só de pijamas, gritando sobre os apagões.

— Houve apagões naquela época? Como os que vivemos esta semana?

— Não, jamais... Na época, o único elemento a perturbar a divinidade era a água. Nem mesmo o cristal pedrazul mais carregado chega a durar uma semana submerso sem ficar calcificado.

— E sobre o que era o sonho de Dom Quintino?

— Ah, sim. Sonhou que os Portões tinham desmoronado e Paradis havia caído. Alegou ter visto lampejos de cavalos marrons e brancos com estranhas listras pretas, carregando sombras no lombo. Esses guerreiros desencarnados não ousaram cruzar os Portões. Postaram-se do lado de fora, segundo Dom Quintino, reverenciando uma jovem de cabelos finos das cores do arco-íris. Chamavam-na Dalila. — Ele coçou a cabeça. — Dom Quintino decidiu que uma expedição era urgente. Sua avó foi veementemente contra isso, mas a autoridade dela não minaria a dele. Ela conseguiu atrasá-lo por um ano, e sugeriu que enviássemos um espião ao sul da savana para tentar contato, sem a necessidade de campanha militar. Sua tia Fara tinha em mente a pessoa perfeita.

— Minha mãe biológica?

— Estela era uma mulher muito poderosa... e igualmente infeliz. Quando mais jovens, ela vivia indagando Fara sobre os ritos xamânicos de conversão, querendo abandonar os Ventaneiros e se unir aos Truqueiros. — Limpou a garganta.

CAPÍTULO QUATORZE

— É possível se converter a outro clã?
— Madre Diva... Há tantas coisas que desejo lhe contar...
— Então me conte, oras!
— Estela... Ela odiava profundamente ser uma Ventaneira. Tinha pavor em treinar em Kalahar, mas seu desprezo pela vida em Paradis era maior. Ela vinha de uma linhagem conservadora de Truqueiros, de forma que nenhum lado da família compreendia o porquê de ela ser uma Ventaneira. Os rumores davam que a mãe tinha sido infiel. Ela sentia tanta vergonha que saiu da casa-torre da família na Colina de Avalai e se mudou para um alojamento de estudantes estrangeiros, em Paupereza, alterando o sobrenome para Bisonte... Diva, como ela se chamava antes...? Deixa pra lá. O despertar pode ser muito difícil a algumas pessoas, mas Estela empurrou o gado. — Soltou um riso abafado, proferindo uma antiga expressão vertigoniana. — Ela estudou com a sua mãe na L.A. Cerina sempre falava horrorizada do escândalo provocado por Estela entre os colegas de classe. Seja como for, quando sua tia Fara a sugeriu como agente invasora na missão de infiltração, concordei de imediato. Como Estela estava sob a minha linha de comando como Capitão ventaneiro, Dom Quintino me prometeu os passavantes das suas irmãs, sob a condição de que Estela estivesse preparada para a missão até o fim do mês. — Deteve-se, sem acreditar na extensão de sua clareza. — Madre Diva... É inacreditável.

— Pai, eu preciso dessa informação! Por favor, tente se concentrar! Estela estava preparada para isso?

— Sinto muito. Sim, claro. Pobre Faierbond... Ficou desolado. Sempre achou que tivesse uma chance. — Então, a mente dele descarrilhou.

— Gustavo Faierbond? O pai de Sagan?

— Não... Gaio Faierbond, tio de Sagan. O alquimista. Ele tinha fixação nela desde os tempos da L.A. Faria tudo por Estela. Ela nunca foi das mais afáveis, mas acho que o arranjo lhe servia. — Edmar estava determinado a não perder o foco. — De todo modo, após o treinamento, ela surpreendeu a todos quando falou de um marido que vivia em Qosme e solicitou uma autorização oficial para que ele a acompanhasse na viagem.

— Meu pai sanguíneo?

Edmar fez uma careta.

— Não sei lhe afirmar, querida. Nunca conheci o homem. Ninguém nunca o conheceu. Foi a sua tia Fara que cuidou da papirada. Ela não contou a ninguém, nem mesmo à sua avó... Foi quando a amizade das duas começou a azedar... — relembrou ele, tentando disfarçar a decepção. — Era isso que eu tinha em mente quando falei que a vida é uma aventura violenta, Favo de Mel... Viajei com minha família planejando férias e acabei sendo enviado para a guerra. — Suspirou, dando-lhe tapinhas suaves na cabeça. — Quarenta e cinco dos nossos disseram às famílias que nos preparávamos para repelir uma manada de ursos-da-gruta que destruía todas as colheitas próximas à fronteira sul de Qosme. Uns trinta quilômetros ao sul de Siena, para ser exato. Como falei, suas irmãs eram muito pequenas; lembro de dizer que lhes traria pedras de mármore das montanhas chuvosas, ou algo do gênero. Mal sabiam segurar um garfo quando as deixei com sua mãe. Juramos segredo, como era de imaginar.

— Onde eu entro nisso? Keana se pôs de pé para encher a bacia de água fria.

— Não paramos em Siena. Atravessamos a Lagoa Sem Volta. Nós nos aventuramos muito mais ao sul.

— Mas é onde estão os homens-macaco! — Ela tinha mergulhado a cabeça na água, e os cabelos pingavam.

— A humanidade não termina lá, Keana. É apenas o que afirmam os mapas.

— Está dizendo então que há mais do que gelo, perigo e morte fora de Divagar?

— Não deveríamos chamá-los de homens-macaco, Favo. Tudo o que você vai encontrar no mundo aberto é uma diversidade natural fascinante. Vi tantas criaturas maravilhosas que me atrevo a dizer que o mundo aberto é infinito. Tigres-dentes-de-sabre vorazes, cavalos

CAPÍTULO QUATORZE

coloridos, aves de voos tão fenomenais que seríamos distraídos da missão só de acompanhar suas graciosas rotas de voo... e *povos*. Não apenas Divino, Regular e Neandro, Favo de Mel. Paradis fez um excelente trabalho no sentido de proteger a todos da verdade. Há povos *tão diferentes* lá no mundo aberto. E eles não fazem ideia de que existimos e do que somos capazes. Eles nos veem como deuses, mantidos reféns por seus instintos mais primitivos, abandonados aos próprios recursos, escondendo-se de animais em cavernas, batendo pedras de sílex para se defenderem. Paradis precisava do meu silêncio.

Era demais.

Ouvir a voz do pai expressando pensamentos claros e coerentes não era nada menos que um milagre. Quantas noites ela tinha orado a Madre Diva por isso? Edmar parecia mais aliviado do que impressionado, mas ela queria chorar. *Deve ser por minha causa. Ou da seiva. Ou de qualquer coisa... Devo estar curando a mente dele, de algum modo.* Algumas lágrimas escaparam de seus olhos vermelhos. Exalou rápido o ar dos pulmões, como se tivesse levado um soco no estômago. Antes que ele notasse, Keana logo secou as lágrimas do rosto.

Prendendo os cabelos com uma faixa de couro, em um rabo de cavalo no alto da cabeça, Keana perguntou:

— Você reconhece isto? — Ela apontou o colar em volta do pescoço.

O Capitão nem precisou examiná-lo para identificar o colar que Madame Bisonte apanhara dos panos de Keana naquela excruciante noite de verão na savana.

— Gaio precisa ver isso... — Edmar suspirou.

— Já viu isto antes?

— Sim. É possível avistar um floco de neve apagado acima dos Portões, em Vertígona. — Os olhos de Edmar pareciam piscar por conta própria. — Depois que Estela e o marido partiram para a savana, não tivemos mais notícias deles por uns dez meses. Foi um estorvo alojado em Qosme que trouxe a primeira notícia. Ela estava grávida. Como ele se chamava...? Não me vem o rosto dele por mais que me esforce...

— Então, você liderou a Expedição Ventaneira só para que eu nascesse em Paradis?

— Sim, um dos objetivos do Rei Duarte era que seu parto transcorresse em segurança.

— Não foi lá um objetivo muito bem atingido! — Keana riu em silêncio. — Nem acredito que esteja melhorando, papai. Talvez agora eu fique por aqui até a captura de Apolo Zéfiro.

Edmar se anuviou, irritado.

— Por que diria esse nome?

— Sinto muito, pai. Também me deparei com ele.

— Ele viu o que você é capaz de fazer?! — Edmar agarrou forte os braços da filha.

— Pai, está me machucando!

— Mais alguém viu o que você é capaz de fazer?! — Rastejante, a névoa retornava à sua mente. — Querida...

— Além dele e de Estela? Só Madame B'Olïva... — Ela se deteve. — Sagan Faierbond... Jamie e Flora...

— Velasque?! Madre Diva... — Edmar enterrou a cabeça na mão. — Você precisa dissuadi-la. Invente uma história, se necessário. Se o avô dela souber de algo, levará você para interrogatório... e eles não têm a obrigação de trazê-la de volta — alertou o pai. — Precisamos tirar você daqui!

— E para onde eu vou?! Você está me machucando!!

Edmar estava furioso. Ele estava com medo. Recuou da névoa. Ficaria aqui, com a filha.

— Vá falar com Madame B'Olïva hoje. Leve o Chispe junto para despistar. Diga a Clariz que *eu acredito no relato dela*. Ela saberá o que fazer.

— Solte meu braço! — gritou Keana. A gravitadeira de Edmar voou para trás até se chocar na parede de pedra. — Eu não tive a intenção! Sinto muito!

Edmar se levantou, apoiando-se sobre os dois pés, até perder a força novamente.

— Agora vá. — Ele baixou os olhos.

CAPÍTULO QUATORZE

— Ir para onde? — Os olhos de Keana se encheram de lágrimas. — Você ainda não me contou. De onde eu venho, afinal? Qual é o meu lugar?

Sentando em sua gravitadeira, Edmar flutuou para longe da filha e, por um longo momento, examinou a Praça Ventaneira através das janelas majestosas. Amava a filha, mas ela não estava segura ali.

— Seu lugar é junto do inimigo.

CAPÍTULO QUINZE

O CUSTO *de* VIVER ALÉM

Quando
6 de leão, 15:30.

Onde
Salão dos Tratados, Palácio de Avalai.

A ATMOSFERA NO SALÃO DOS TRATADOS CHEGARA A UM PONTO DE COLAPSO. Clariz não conseguia fazer Rei Duarte, *o Covarde*, mudar de ideia, e Quintino tampouco ajudava. Fazia exatos vinte anos que Rainha Helena, *a Estorva*, legara o Trono ao então mancebo Duarte, e até agora o monarca de Paradis nunca enfrentara uma crise propriamente dita, como esta de *segurança nacional*, estendida a todo o reino de Divagar.

Clariz recordava os pensamentos. *Dona Nicoleta, no que a senhora foi me meter?!*

CAPÍTULO QUINZE

— Dom Quintino, durante os últimos dezessete séculos, a prioridade de seu clã foi mistificar o mundo exterior quanto à localização de Divagar. — Rei Duarte vociferou ao chefe dos Visionários. — Ainda assim, nos encontraram!

— Vossa Alteza, por favor... — retrucou Dom Quintino, interrompido pelo menos pomposo Dom Dante Faustino.

— Mil dos meus homens e mulheres estão praticamente alimentado a Tempestade *consigo próprios*, mas logo se acabarão suas faíscas. Isso requer ação *emergencial* — disse o chefe dos Faíscas, com um aceno rápido ao heroico líder dos Ventaneiros.

Uma projeção holográfica do mapa completo de Divagar exibia o progresso da vigilância telepática. Um mapa englobando os últimos sete dias mostrava um território azul imaculado, até a repentina erupção de pequenos pontos cinzentos sobre Paradis, Bardot e Qosme. A cada dia que passava, as nuvens cinzentas se espalhavam por direções opostas, evidenciando que o radar era incapaz de prever uma trajetória conclusiva. A projeção terminava com uma massa cinza cobrindo toda a Paradis, sob um epíteto em que se lia *Manhã de Domingo*.

— Primeiro, atacaram o desfuneral de Dona Anna, o primeiro ponto cinza no mapa. A fuga de Apolo Zéfiro foi um tapa na cara de Petropol, assim como a cortina de fumaça perfeita. Se começam a se voltar contra nós por causa de um *maluco* à solta, imaginem só o que aconteceria se soubessem de uma tentativa de *invasão em massa*? Quando o radar estaca novamente na quarta-feira, temos o Código 909 no Beco do Sapateiro. Agora, a nuvem cinza está por toda a Lúmen. Estão nos fazendo de trouxas — continuou Dom Dante, sendo ligeiramente dispensado por Dom Fernão Valério, de cuja lava escaldante de Magmundi extraíra não apenas a vitalidade, como também o *temperamento*.

Ótimo, ainda não descobriram o padrão. Não suspeitam dela, pensou Clariz.

Os olhos de Dom Quintino lhe gelavam a espinha. Suas pernas fraquejavam só de pensar nele ouvindo seus pensamentos.

O CUSTO DE VIVER ALÉM

Era ao rei que ele dirigia o olhar.

— Pensando bem, há uma maneira mais rápida de pôr fim a este absurdo. Se todos concordarem em desistir da Infernalha, eu posso mover meus homens em poucas horas. Em quanto tempo a Chanceler Uma evacuaria Barcella? Teríamos energia para incinerar a fronteira na manhã de domingo. Em menos de dez minutos, arrancamos lava suficiente do centro da Terra. Nem os xamãs mais corajosos encontrarão o caminho até a Beira sob uma nuvem de fumaça vulcânica! — Dom Fernando se mostrava muito empolgado.

Clariz, com os saltos de chumbo nas botas de couro juniperiano mantendo-a em terra, literalmente, achou por bem interromper a conversa.

— Quando soube da solicitação de Dona Nicoleta para substituí-la, esperava um encontro capaz de produzir estratégias razoáveis. Mas cá estamos nós, discutindo a maneira mais econômica de eletrocutar, afogar e derreter nossos desavisados vizinhos em razão de uma ameaça que ninguém é capaz de confirmar!

— Não sou um homem supersticioso, mas há uma razão para a lava ter sido contida por milênios — declarou Rei Duarte. — Clariz Birra-de-Oliva é uma das melhores cartógrafas que já sobrevoaram a Terra, e eu, pessoalmente, me ressinto de seu deslocamento das funções de Capitã Exploradora em favor de seu *protegido*, Quintino.

— Capitão Flores foi capaz de detectar um sonar defeituoso e uma varinha antidespacho quebrada ao meio, aparentemente por um machadinho uga, no extremo oeste do vale de Nefertitá... em seu *primeiro mês* de trabalho. A confirmação foi imediata à Vossa Alteza. Em quatro anos como Capitã Exploradora, Clariz nunca fez uma visita a Nefertitá, Calafrim ou Zulaica. Quantos xamãs forasteiros poderiam ter entrado em Divagar durante esse tempo?

— É *impossível* que alguém ponha o pé em Divagar sem a assistência direta de um alto membro do clã, Dom Quintino.

Uma imagem cintilante da Truqueira soberana, Dona Fara Belamün, espectransmitida ao vivo de Lascaux, levantou-se em protesto.

CAPÍTULO QUINZE

— Clariz foi a primeira a chamar a nossa atenção para a atividade organizada que surgia abaixo da savana inexplorada. Por que nega a existência desse povo, Quintino?

— Atividade organizada? Refere-se aos homens das cavernas batendo pedras? Capitão Flores encontrou vestígios de uma comunidade não registrada de *estorvos* vivendo em cavernas controladas pelos amigáveis Neandros de Mang-Churiang. Pode imaginar uma facção de estorvos rebeldes entregando séculos de informações aos nossos inimigos em troca de punhados de pedrazul? A esta altura, os xamãs podem ter um mapa completo de Divagar e de todos os nossos pontos fracos. Madame B'Olïva não retornou imagens de atividade nômade para além dos Portões nenhuma vez, e há uma explicação perfeita para o remanejamento dela, Fara. Qualquer taverneiro de Lúmen poderia lhe dar mais detalhes — trovejou o chefe do primeiro clã.

— Como se atreve!? — gritou Clariz, mais uma vez perdendo chão e sendo reconfortada silenciosamente por Dona Fara.

— Nem temos *certeza* de se fomos encontrados. Nefertitá, Calafrim e Zulaica não têm por que se rebelarem contra Petropol. Todas as nações protegidas pelos clãs são *amigas*. Se qualquer um *deles* conseguisse entrar em Capriche, como resistiria à subida até os Portões? Na melhor das hipóteses, os pulmões lhe faltariam a meio caminho.

— O roubo dos Pés de Alevir resolve metade do problema — grunhiu Quintino, passando os olhos por Clariz.

— Falo por toda a jurisdição truqueira. Meus metamorfos não viram *nada* de anormal, afora um pessoal embriagado na floresta, as ocasionais disputas com esfinges selvagens e padrões estranhos de migração de aves. É caso de se enviar um exército? — desdenhou Dona Fara.

— Inteligência impressionante, vinda de homens que se disfarçam de árvores para viver — zombou Dom Fernando, pressionando os nós dos dedos para apagar uma chama que lhe escapara das mãos em fúria.

— Um jovem patrulheiro chamado Addison Arpão foi declarado como um *909*, pelo amor de Diva. Já estamos em guerra, e o povo *não pode* saber disso — Quintino acrescentou.

Clariz, recuperando-se da indignação, foi capaz de reunir certa compaixão, à medida que o corpo coletivo de governança se aproximava da beira de um proverbial penhasco.

— Por quanto tempo esperam manter o povo na escuridão? Tenho alunos de quinze anos reclamando da *conduta estranha* do Oficial Arpão.

Rei Duarte umedeceu os lábios.

— Ninguém fora desta sala sabe. As provas foram transferidas para Petropol até termos condições de reverter isso...

— *Reverter* isso? Vossa Alteza, você viu com os próprios olhos? — falou o líder dos Faíscas.

Dom Quintino Velasque interveio.

— No que diz respeito ao cargo do Oficial Arpão, Fara Belamün propôs uma solução de curto prazo. Com relação à família do rapaz, assegurei pessoalmente que um Visionário vigiasse sua casa e *esculhambasse* todos, se necessário.

— Então é isto que se tornou a elite paradisiana? Espiões, mentirosos e capangas? — protestou Clariz.

Uma veia pulsou na testa de Dom Quintino Velasque.

— Seus pés deveriam ser menores que os sapatos que tenta calçar, Madame B'Olïva — falou Velasque. — A verdade é o caminho mais rápido para o caos. Ou devemos contar ao povo sobre o verdadeiro propósito dos desfunerais?

Rei Duarte levantou-se.

— Nunca mais mencione isso, Velasque! *Ou receberá agora mesmo uma passagem só de ida para a Infernalha!* Eu mesmo abrirei os Portões para os macacos do deserto antes que o povo descubra *as condições*.

— O meu perdão, Vossa Alteza. Nossos recursos estão se esgotando. — A voz de Quintino tremeu.

A cintilação de Dona Fara entrou na conversa.

— Angakok alega que nossa expectativa de vida *atípica* esteja desequilibrando a natureza em todos os lugares.

— E qual é a solução do batuqueiro? Que deixemos assumirem o controle de nossas reservas? Seus amigos xamãs têm uma via interes-

CAPÍTULO QUINZE

sante para o progresso, Fara: dançar ao redor da fogueira até evitar a nossa iminente extinção — zombou Dom Quintino.

— Ninguém na Paleolita confia em nós, Quintino. Eles nos veem como o Grande Mal: captores de seu povo e criadores da Era do Gelo — retumbou Fara.

— Então agora devemos libertar os Ugas *e* trair a promessa de nossos ancestrais a Madre Diva? Eles são nômades, Fara! — protestou Velasque.

— Os xamãs adotam uma política de não interferência com os primitivos nativos. — Fara inclinou a cabeça. — Ao contrário de nós, que ainda tratamos os Neandros como lixo no borralho do século XXI.

— Eles deveriam pensar em adotar essa política *conosco*. Sabia que esta visita diplomática era um desperdício de divindade. No instante em que libertarmos os Ugas, eles voltarão correndo para a Paleolita, com mapas da mina mostrando o caminho ao Monte Lazulai. — Velasque abanou a cabeça.

— Mapas da mina? Afinal de contas, talvez não haja lá muita diferença entre os Neandertais e os Visionários, meu caro — ousou Fara, silenciando Quintino. — O canal é a nossa única esperança. Não podemos manter Divagar reclusa para sempre.

— Estão todos tirando conclusões precipitadas. — O líder dos Faíscas entrou na discussão. — O motivo da indignação em Campana depois da teletransmissão da Princesa Imelda... sem ofensa, Vossa Alteza... é sobretudo de *timing*. A demanda por eletricidade mais que triplicou, enquanto os nossos recursos estão mais escassos do que nunca. Apesar de operarmos em plena capacidade, os Faíscas respondem por apenas oito por cento do uso paradisiano de toda pedrazul. É o mais baixo entre os Seis Clãs.

— Não venha com essa *de novo*, Dante! — gritou o espectro de Dona Fara, parecendo mais ansiosa do que nunca para finalizar a projeção.

— Deixe o homem falar — ponderou Dom Orlando Chispe dos Ventaneiros, para uma explosão de risos do líder dos Brasas.

— Você ainda não recebeu os números. Recebeu, Chispe? — Ele riu.

— Tomei posse há poucos dias, Valério. Ainda preciso ir a Kalahar para me apresentar como o novo líder — ponderou.

— Nesse caso, Chispe, deixe-me recapitular para você — reiniciou Dom Dante. — O uso das reservas divinas atuais está dividido em cinco por cento aos Faíscas, sete por cento aos Ventaneiros, treze por cento aos Truqueiros, quinze por cento aos Visionários, vinte e dois por cento aos Brasas, e discrepantes trinta e oito por cento aos Gravitores — concluiu ele, olhando ao redor da sala.

— O preço a se pagar por um pouco de reclusão... — murmurou Orlando.

Dom Dante continuou.

— Sabíamos que esse dia chegaria, Vossa Alteza. Paradis não pode mais arcar com tais medidas de segurança. Não temos escolha senão revelar a verdade... pelo menos em parte... ao público.

— Todos sabem que não posso neutralizar a soberania gravitriz. A única pessoa autorizada a pôr fim ao Protocolo de Amória é Dona Nicoleta — retrucou o rei de Paradis, ao que os olhos lentamente se voltaram para a *substituta* dela.

De repente, Clariz compreendeu a pressão sob a qual estava Dona Nicoleta desde que as primeiras falhas de divinidade foram identificadas em Divagar.

— O que Dona Nicoleta pensa sobre o encerramento do Protocolo de Amória? — interrogou Clariz.

— Que a cultura paradisiana não sobreviveria — respondeu Fara a uma sala silenciosa.

— Donna Anna a apoiava totalmente. Os únicos pensamentos coerentes dela perto do fim... Que Diva a guarde — comentou Dom Quintino, sem nenhum esforço para esconder o desdém.

Dom Orlando Chispe caminhou devagar pelo Salão dos Tratados, percebendo ter sido instado a defender sua posição.

— Pessoalmente, não sou totalmente fechado à ideia — comentou ele, ao que se ouviram exclamações abafadas. — No entanto, é uma discussão inútil até o retorno de Dona Nicoleta. Nossa melhor atitude

CAPÍTULO QUINZE

agora, de caráter temporário e, portanto, muito menos traumatizante, envolveria Dona Fara. Uma quantidade inestimável de divindade poderia ser repassada aos Visionários e aos Ventaneiros se os Truqueiros encerrassem imediatamente o Protocolo de Bardot. — Ele olhou para Dona Fara Belamün.

— Como um sinal de boa-fé para com a Cúpula dos Clãs de Divagar e para com o Primeiro Xamã da Irásia, estou disposta a autorizar a suspensão do Protocolo de Bardot — anunciou o espectro de Fara. — Vamos precisar de toda a ajuda possível para controlar a reação popular a essa notável mudança de ambiente. As crianças ficarão satisfeitas, pelo menos — ponderou ela. — Precisamos emitir um comunicado e nos preparar para uma *transição pacífica*. Sete dias devem bastar.

— *Não temos* sete dias! Com sorte, temos quarenta e oito horas! — declarou Dom Quintino.

— Espere sentado — falou Fara, entre-dentes.

— Isso significaria um recomeço para a juventude paradisiana — acrescentou Madame B'Oliva, calmamente.

— O começo do fim — emendou Dom Quintino.

— Orlando, acha que poderia ser rápido na distribuição de <u>ventosas</u> sem alardear pânico? — perguntou Rei Duarte.

— Eu... acho que sim... Podemos ventilar todos os edifícios sem muito esforço, Vossa Alteza... desde que todas as portas e janelas permaneçam fechadas... — pensou alto. — Se emitir uma ordem geral de toque de recolher a começar hoje à noite, é possível arranjar uma maneira de garantir que as pessoas deixem em segurança suas casas... Facilmente despacharíamos ventosas a todas as residências divinas de Paradis antes do meio-dia de amanhã... — Deteve-se, visto que Clariz levantou as mãos, aflita.

— Residências *divinas*, Orlando? Pretende cortar todo o suprimento de ar em Paradis e preocupa-se com as *residências divinas*? E quanto aos *noventa por cento* dos paradisianos que moram em residências regulares? E quanto às *centenas* de cidadãos primitivos abrigados em Primeva? E quanto a todos os animais no território paradisiano?

— Não é tudo a mesma coisa? — declarou Dom Quintino.

Uma batida na porta mais valiosa do palácio fez Dom Orlando interromper sua linha de pensamento.

— Vossa Alteza — anunciou a voz de um Guarda Real depois que o isolamento acústico foi efetivamente desligado.

— Pois não? — questionou Rei Duarte sem abrir a porta, gesticulando para o decoro de silêncio dos colegas.

— Há um homem aqui que deseja falar em particular com Vossa Alteza — informou o guarda.

— Sua cabeça poderia rolar por bater nessa porta, guarda — advertiu Rei Duarte.

— Minhas sinceras desculpas, Vossa Alteza. Ele se apresentou como um Capitão Viajante; caso contrário, eu não teria interrompido. — De uma só vez, a voz do guarda estonteou os sete líderes.

— Todos os Capitães Viajantes já foram dispensados por hoje. De quem se trata? — perguntou o rei de Paradis.

— Capitão Viajante Edmar Milfort, Vossa Alteza.

CAPÍTULO DEZESSEIS

UM *Pedido* *de* AMIGO

Quando
6 de leão, 16:05.

Onde
Comedoria Bisão Gordo, Colina de Avalai.

— É SEGURO FALAR AQUI, FLORA? — PERGUNTOU KEANA À NETA DE DOM Quintino assim que se sentaram no restaurante.

Jamie não tinha certeza, mas Flora assentiu com a cabeça.

— Ainda estou pegando o jeito… Tenho praticado um pouco com Wanda — comentou Flora.

— Quem é Wanda? — perguntou a mais jovem Milfort.

— Ah, minha foca! — Ela sorriu, em êxtase. — Quero ser visioveterinária, por isso tento comungar com ela.

— Comungar? — perguntou Keana.

— Sim, é uma forma de *ponte entre mentes*, tipo a que eu e você dividimos durante a cerimônia. Mas com os animais. É bem difícil. Até agora só consegui sentir o gosto de salmão cru... — Flora divagou, tentando recapitular. — De todo modo, enquanto praticava, descobri que, se eu pensasse muito na minha mãe ou no meu pai, acabaria tendo um estranho pressentimento... Uma sensação de se estão calados, conversando, tristes, rindo... Parece uma lembrança, só que nunca aconteceu. É difícil de explicar. Mas quando eu penso em você, Keana... só sinto uma grande muralha, um bloqueio — confessou a jovem Visionária. — Acredito que você não seja detectada de modo nenhum... ou não estaríamos sentados aqui, agora.

— Detesto sua obsessão pela minha segurança, Flora. É realmente irritante. Mas, a menos que você tenha passado por uma lavagem cerebral durante as aulas em casa, sei que seu coração bom ainda está aí, e sei também que você não é mentirosa — pontuou Keana. — Seja lá o que está acontecendo, todos nós sentimos que há uma avalanche a caminho. A todo lugar que eu vou algo conturbado acontece. A Polícia Visionária vai ligar os pontos mais cedo ou mais tarde. Preciso dar o fora de Paradis!

— Aliás, Sagan tem uma nova pista sobre Míria. Meus pais acham que os Visionários logo encobrirão a verdade, caso não a encontrem, para evitar a humilhação diante da opinião pública. Isso vai levar meus irmãos para a prisão, estou até vendo — falou Jamie.

— Como? Seus irmãos serão presos? — Keana subiu o tom de voz.

— Sagan está vindo, Jamie? — perguntou Flora, arqueando uma sobrancelha para a senhora do chá do outro lado do recinto, que levava uma eternidade para preparar seus iogurtes com infusão de camomila.

— Sim, ele acabou de sair do escritório do tio. — respondeu Jamie.

— Sagan estava triste quando falei com ele. Disse ter dado um abraço de despedida no tio e que as roupas dele cheiravam a *sálvia*. — Keana franziu a testa.

— Qualquer um que vá aos cultos chega em casa cheirando a sálvia — comentou Flora.

CAPÍTULO DEZESSEIS

— Por que um *alquimista* iria a um templo? — Keana pensou alto.
— Sabia que não deveria ter cedido ao pedido de Sagan. Consigo duas premonições nebulosas e agora está paranoico...
— Paranoico? Pus os visióculos dos meus pais ontem à noite. Ensinei Sagan a usá-los depois que voltamos à casa dele. Quando me levantei esta manhã, ele mal tinha dormido. Ficou dizendo que não há registros do uso de Elo de Sangue para a localização de crianças ou Regulares. Míria foi a primeira. — Jamie fechou a cara.
— Também achei estranho. Elos de Sangue funcionam com divindade, como é possível rastrear alguém cujo sangue nunca foi despertado? — Flora estreitou os olhos. — Começo a achar que não é ela que os Visionários estão buscando.
— Eu também. Vi com os meus próprios olhos. Contei *quatro* pontos vermelhos lá: eram para representar Sagan, *Míria*, o pai e o tio. Sabemos que *Míria* não conta. Então, a menos que a mãe de Sagan tenha retornado da Névoa sem contar a ninguém... — Flora arqueou as sobrancelhas.
Jamie limpou a garganta.
— E o meu Elo de Sangue?
— Já está aceso; é preciso esperar um pouco para os pontos de sangue se moverem — explicou Flora. — O que você vai fazer agora, Keana?
— Vou pedir um passavante estudantil a Madame B'Olïva — sussurrou Keana.
Jamie contorceu a garganta para segurar uma risada.
— Você nem está matriculada na L.A. Quem lhe deu essa ideia? — Se ela fizesse isso, talvez nunca mais voltasse a vê-la.
— Na verdade foi meu pai, Jamie. Não é para contar a ninguém.
Jamie sabia que Keana se preocupava com a origem dela. A sociedade inteira acreditava ser descendente de Diva, mas e no caso de Keana, que era adotada?
— Acho que eu tenho algo para você. — Jamie estendeu um pedaço de papiro retirado do bolso. — Escritura dos piratas... — começou ele, surpreso por Flora não ter revirado os olhos. — Tenho uma fonte

com acesso à inteligência pirateada. Já ouvi todas as histórias, mas consegui registrar os boatos mais intrigantes.

— Sabemos que são seus irmãos, Jamie. Não precisa ficar dizendo que eles são *sua fonte*. — Flora soltou uma risadinha.

Jamie continuou.

— *Aparentemente*, segundo a escritura dos piratas, Diva não *foi* a primeira pessoa a encontrar o Monte Lazulai.

— Argh, Jamie. Por favor.

— Não, Flora. Deixe-o falar — pediu Keana, compenetrada.

— *De acordo com os piratas*, o Monte Lazulai foi encontrado por um xamã que há anos seguia um zumbido silencioso no céu. Falam que a montanha era tão bela e azul à noite que ele a quis toda para si. Diz aqui que ele arrancou pedaços da palma das mãos com os dentes para untar os paredões pedrazuis com o próprio sangue. Nojento! — Ele gemeu. — Foi quando o homem recebeu uma visão. Ele foi bombardeado com a visão de *tudo*: toda a trajetória *do tempo e do espaço*, do início ao fim.

Keana assentiu com a cabeça lentamente.

— Continue.

— Dizem que este homem ficou tão perturbado com o que ele viu que, só com a mente dele, jamais conseguiria transcrever a mensagem durante toda uma vida. Como ele se chamava? Soa bem estranho, algo como *Madoni*.

— *Domani* — respondeu Keana, fria. Flora parecia desconfortável.

— Sim! Seja como for, esse xamã passou anos escrevendo sobre a Muralha de Gelo para além da Névoa. Dizem que é como uma *roseta gigantesca*. Alguns dizem décadas, séculos de informações valiosas, invisíveis aos olhos regulares. Domani continuou transcrevendo suas visões até se cansar da solidão e começou a procurar um sucessor. Esperançosamente, um que pudesse ter filhos. — Jamie sorriu com ar zombeteiro.

— É aí que entra Madre Diva — soltou Keana.

— Os relatos a partir de então correspondem àqueles da Devoção,

CAPÍTULO DEZESSEIS

mas os piratas têm uma teoria de que Diva, na realidade, não pertencia a nenhum clã. Os turfistas que arriscaram a própria vida na investigação disso acreditam que Diva era uma Regularis, o que significa que a presença dela *regulava* as habilidades. Hoje, a sociedade a vê como uma deusa, mas, para os turfistas, ela era uma pessoa normal, como qualquer um de nós. Segundo a teoria da conspiração, os historiadores teriam interpretado *Regularis* no sentido de Regular, *não especial*. — Jamie arqueou as sobrancelhas, observando as meninas ficarem boquiabertas. — Dessa forma, eles agruparam essa *sétima* habilidade junto à grande maioria que não consegue produzir livremente nenhum fenômeno visível. — O menino mordeu o lábio. A notícia parecia ter atordoado Keana. — Mas os piratas não podem provar essa teoria, porque existem três séculos de história que foram chapados.

— Como assim? — interrompeu Keana. Flora acompanhou a linha de pensamento do garoto.

— A divinidade é tudo o que nos cerca. Como o ar que não vemos, mas respiramos. Nossos pensamentos e sentimentos funcionam da mesma maneira. Vagam pelo espaço e pelo tempo, até um telepata *localizar* o exato paradeiro deles e, digamos assim, atraí-los, como fazem os jornalistas com as rosetas — explicou a jovem Velasque.

— É por isso que precisamos que um Visionário acenda as notícias para a leitura? — perguntou Keana.

— Sim; se as notícias fossem chapadas, desapareceriam das infonuvens: desapareceriam do alcance dos Visionários — acrescentou Jamie.

— A única maneira de verdadeiramente ocultar um pensamento é *chapá-lo*. Prendê-lo num local físico, de modo que não seja encontrado pelos telepatas. É uma habilidade rara. Durante nosso tempo de vida, não há registros de ninguém chapando em Petropol.

— Sério? Pensei que haveria um monte. — Jamie fez sim com a cabeça, surpreso.

— Esta história de xamãs... Não sei se eu acreditaria tão fácil, mas este *seria* o primeiro relato histórico da prática. Assim, até as Pedras Seculares. — Flora estreitou os olhos.

— É claro! Como as que vimos do Monte Lazulai. — Keana agarrou o pulso de Jamie.

— Sim, lembra quantas eram? — Ele perguntou.

— Sim, dezoito, não era? — lembrou ela.

— Exato. Uma vez perguntei sobre elas aos meus pais e aparentemente, quando Paradis foi fundada, os Visionários foram os responsáveis por chapar a história naquelas rochas colossais chamadas Pedras Seculares. Tudo de relevante na vida paradisiana foi registrado lá, desde o início dos tempos.

— Isso não faz sentido. Estamos no século XXI depois de Diva. Não era para ter vinte e uma pedras? — ponderou Keana.

Flora se intrometeu, sacudindo a cabeça negativamente.

— Era para ter. Perguntei ao meu avô sobre as Pedras Seculares, e ele me levou para vê-las de perto. Ao lado das rochas, há três marcações na areia, à altura do joelho. Ele disse que foram perdidas para o inimigo na Guerra Perdida — continuou Flora.

— Contra quem lutamos nessa guerra? — perguntou Keana.

— Não sabemos. É exatamente por isso que chamam de a Guerra Perdida. — Jamie tomou um gole do chá de lavanda.

— Quem quer que seja o inimigo, ele não foi visto nem ouvido em dezoito séculos? — divagou Keana, visivelmente confusa.

— Até agora… — ponderou Flora, encarando Keana. — Mais uma vez, onde em Paradis você nasceu?

Os lábios de Keana não se moveram.

— Ninguém pode saber que sou uma cidadã naturalizada, Flora. Você precisa prometer… — implorou Keana, segurando as duas mãos dela e as de Jamie.

— Seus ancestrais, Kee. — Jamie ligou os pontos. — Se eles venceram a Guerra Perdida, devem ter levado as três Pedras Seculares. — Keana não teve pressa em discordar. Sentir-se certo sobre ela o assustava. A confiança dela o encorajou.

— Madre Diva pediu que eu a protegesse, Keana, e assim o farei. Se houver uma saída, vamos encontrá-la juntos — garantiu Flora.

CAPÍTULO DEZESSEIS

— Lá no campo, diante do Palácio de Avalai, você me perguntou se guardaríamos segredo.

Keana levantou o cordão preto de debaixo da gola e desprendeu o amuleto entregue por Madame Bisonte antes que a Ala de Confusão Mental voasse pelos ares.

— Ontem à noite, na Diviara, quando Apolo Zéfiro me chamou de ladra... ele estava tentando alcançar isto aqui — explicou Keana, mostrando-lhes o pequeno selo entalhado com um floco de neve rudimentar.

— Parece um *aparato* — Jamie foi o primeiro a falar.

— Deixe-me ver — pediu Flora, esfregando a mão sobre o entalhe. — Não, não é. Um aparato reagiria ao toque divino. Mas parece um... Surpreendente... — Passou a ponta do dedo indicador pelo interior das linhas da inscrição.

— Acho que já vi esse símbolo em algum lugar antes — resmungou Jamie. Ele seguia incomodado com Flora desde o trajeto de balsa. Não era um traidor.

— Meu pai falou que esse símbolo guarda os Portões — explicou Keana, mordendo o lábio inferior. — Pensei que você pudesse alisá-lo, tentar ver alguma coisa, talvez?

— Estamos em público! — Jamie sibilou com um fio de voz.

— Melhor emparedada aqui do que na mira dos olhos daqueles lá — Keana sussurrou de volta, estendendo o pescoço para os Visiotenentes do outro lado da janela, rodeando o restaurante sobre os seus gravitares.

— Só feche os olhos para esconder aquele brilho branco! — advertiu Jamie.

Olhando ao redor para divisar a silhueta dos dois Visiotenentes lá fora, Flora acrescentou:

— Não adianta ser paranoico, Jamie. Só fique perto dela e estará seguro.

Jamie forçou um sorriso.

— No que depender de mim... — Bateu com o pé direito no tornozelo de Keana, arrancando-lhe um gemido. A caçula dos Milfort devolveu a Flora o misterioso colar e acenou com a cabeça para que ela fechasse os olhos. Keana e Jamie tentavam vigiar os arredores, enquanto *agiam com naturalidade* junto aos bancos dispostos nos fundos do restaurante mais popular da Colina de Avalai.

De olhos fechados, Flora descansou os dois dedos indicadores em cima do floco de neve entalhado. Keana estendeu o braço e cingiu as mãos no pulso de Flora. Jamie via sinais de tensão mais pronunciados ao redor dos olhos de Flora, enquanto ela fechava as mãos no colar.

Os braços de Flora começaram a corar. Da palidez típica, adquiriram tons de rosa, depois o vermelho escaldante logo emergiu.

— Tem algo queimando… Minha pele, ela está…

— Flora. Abra as mãos e solte, estamos aqui — sussurrou Jamie.

— *Você não devia…* — murmurou ela. — *Fogo…* — a palavra lhe escapou, enquanto os olhos grogues e semiabertos deixavam à mostra um trecho do vidrado branco nas pupilas.

— Keana, solte! — sussurrou Jamie, ansioso.

— Ela está captando algo! Espere! — retrucou a menina, segurando o pulso de Flora.

— Alguém vai ver os olhos dela! — insistiu Jamie, sendo ignorado. — A Polícia Visionária está logo ali fora!

Flora resfolegou, o rosto contorcido como alguém prestes a vomitar.

— *Uma voz ecoa no abismo…* — Engasgou, como se tivesse sentido o cheiro de algo podre. — *Gaio, não!* — gritou Flora, soltando-se da mão de Keana e pulando da mesa.

A caneca cheia de líquido quente cambaleou sobre a borda. Por uns cinco segundos, moveu-se em imperceptível quietude, para o colo de Flora. Levando uma mão ao coração, a caçula dos Milfort fechou os olhos, temerosa. Alguns fregueses também pularam e gritaram de susto, olhando ao redor e vendo as três xícaras de chá de lavanda entornadas na mesa.

— Está tudo bem? — Um garçom se aproximou, alarmado. Flora soprou forte e repetidamente as mãos queimadas. Keana avistou o colar no chão e rapidamente o cobriu com o pé.

CAPÍTULO DEZESSEIS

— Seus chifres estão quentes demais para as minhas mãozinhas delicadas do meu docinho, amigo! — improvisou Jamie. — Traga a conta, por favor. — Esperava desviar a atenção da mesa, incluindo a dos dois Visiotenentes que tinham acabado de travar os olhos na jovem Flora.

— Sinto muito, senhorita. Vou ter que pedir que se retire — o garçom falou a Keana.

— Perdão?

O garçom, então, apontou para o relógio de Sol.

— Já passou das quatro. Não temos mais a permissão de servir a sua *laia* — acrescentou ele.

— O que em nome de Diva está tentando dizer? — Keana subiu o tom de voz, na defensiva.

— É a lei, querida — falou o garçom, apontando um cartaz em que se lia "CABEÇAS-DE-TRAPO BEM-VINDOS DAS 9H ÀS 16H".

Keana assentiu silenciosamente com a cabeça.

— Ah, sim. Eu não estava sabendo. Sou novata. Estamos de saída. — Sorriu conformada, enquanto o garçom se retirava para fechar a conta da mesa.

— Não me sinto muito bem — acrescentou Flora.

— O que você viu? Era o passado ou o futuro? — perguntou Jamie, buscando dois pergaminhos na bolsa dela.

— As duas coisas, acho! Uma mistura, talvez... Era como se a minha alma ecoasse atordoada no interior de labaredas ardentes... Daí, bruscamente, só senti um corte frio e penetrante no coração e o chá quente nos pés — lembrou ela.

Jamie desenrolou os pergaminhos, lado a lado. Cada papiro apresentava diferentes manchas de sangue, brilhando em tons parecidos de vermelho escarlate. Algumas pareciam estar se movendo na mesma direção.

Os olhos de Flora vagaram pelos pergaminhos. Até ela observar um padrão semelhante.

— Aí está!

— O que você vê? — perguntou Keana.

— Vê no Elo de Sangue de Míria? Essas duas gotas aqui estão separadas por oitocentos metros, mas apresentam o mesmíssimo tom. — Flora apontou.

— O que acha que isso significa? — perguntou Jamie.

— Eu não sei, mas olhe no seu, Jamie. Esse é *você* — ela apontou para o ponto escarlate vivo e totalmente preenchido, o tom flamejante de uma chama lívida. — Esses outros dois pontos mais fracos, separados, devem ser os pais de Jamie.

O rapaz fez que sim com a cabeça.

— E esses dois caminhando lado a lado devem ser os meus irmãos. Sempre juntos. Juro, eu não ficaria surpreso se eles usassem um mesmo banheiro.

— Espera aí! — Flora anunciou. — Os irmãos de Jamie... eles simplesmente desapareceram dos papiros.

— Como? Onde acha você que eles estão? — perguntou Keana.

— Na Diviara — completou Flora, apontando um ponto vermelho que desaparecia no Elo de Sangue de Míria. — Com o Professor Faierbond.

Mais uma vez, Jamie olhou pela janela e, em vez dos Visiotenentes, avistava agora um rosto familiar sardento, que espiava o interior do restaurante através dos óculos engenhosos. Keana se levantou.

— Sagan vai querer ouvir o que eles têm a dizer.

Quando
6 de leão, 16:21.

Onde
Torre Leste, Palácio de Avalai.

FAZIA QUASE UMA HORA QUE A TEMPESTADE PASSARA SOBRE LÚMEN, ANUN-ciando a chegada de um inesperadamente são e lúcido Edmar Milfort nas dependências do palácio.

CAPÍTULO DEZESSEIS

— Vossa Alteza... — começou ele. — Estou aqui para confirmar, em primeira mão, a existência dos *Anibalianos* — anunciou Edmar.

O Rei soltou um gemido.

— Capitão Milfort, é muito bom vê-lo também... — começou o rei. — Encerramos a investigação sobre esse assunto há quinze anos.

— Eles fundaram uma enorme cidadela com milhares de habitantes ao sul da savana, bem abaixo da Sanguepotâmia. É espantoso como ninguém ligou os pontos antes. Tentamos avisar as autoridades paradisianas, mas não fomos ouvidos — continuou Edmar, em confidência. — Seguimos as coordenadas enviadas pela emissária Estela Bisonte até Sanguepotâmia. Daí nos dirigimos a sudoeste, na exata orientação fornecida por ela. Na terceira noite, depois de atravessarmos a fronteira qósmica de Divagar, uma intensa neblina desértica nos assolou, e alguns do nosso grupo se separaram. Permanecemos lá, incapazes de enxergar por dois dias e duas noites. Passada a neblina, encontramos um dos nossos emissários perdidos: Hyatt Flores. O corpo dele parecia estar entrando nos primeiros estágios de... *decomposição*... deitado exatamente onde dormia. Não muito tempo depois, vimos a bruma índigo que uma vez derrubou Madame B'Olïva... e a maioria dos meus emissários contraiu um tipo de febre que fez suas habilidades se descontrolarem. Homens e mulheres que outrora eram capazes de evocar tufões sobre a água agora pelejavam para soprar a mais suave das brisas

— Continue, Milfort — falou o rei.

— Foi Yuri Bo Billy que suspeitou de que Estela agia de modo estranho. Ele foi atrás dela. Essa foi a última vez que falei com ele. Estela apareceu horas depois da partida dele, com uma bebê nos braços, em completo pânico. Com a minha Keana nos braços... — A voz vacilou.

— Como assim Estela agia de modo estranho? — perguntou o monarca.

— Ela nunca esteve em perigo. Estela tinha motivos ocultos para integrar a missão, e estava sendo protegida por alguém. Acredito que o objetivo dela fosse infiltrar Anibalianos em Divagar, sob a ordem de alguém.

— Há quinze anos ela está trancafiada cantarolando sozinha e comendo purê de frutas, então, pelo visto, ela fracassou — retrucou Rei Duarte.

— Tenho motivo para temer por minha filha... *filha dela* — Edmar foi rápido em acrescentar, autocensurando-se, para acalmar o olhar ansioso sobre o rosto espectral da tia. — Eu vi a Tempestade passar sobre a cidade. Isso não vai impedi-los. Não é dos xamãs que se deve ter medo. Os Anibalianos encontrarão uma forma de entrar. Apenas com o uso dos Pés de Alevir teriam acesso aéreo a Paradis. Velasque faz cara de mau, mas... aquela bruma índigo? Já a vi antes! Significa que os níveis de divinidade no ar estão caindo como nunca. É só uma questão de tempo para subirem até aqui desde Barcella e arrombarem os Portões como um bando de ladrões selvagens.

— Estaremos preparados se eles chegarem à Beira, Edmar — replicou o rei.

— Não "se". Mas "quando". Você precisa conceder asilo à minha família em Bardot. — A voz falhou. — E Vossa Alteza, com o devido respeito, sugiro que faça o mesmo. — Ele prosseguiu. — Tenho informações que decerto Estela Bisonte jamais revelou, ou nunca teriam permitido que a minha pequena fosse criada em Paradis — confessou ele, a voz embargada.

Dona Fara Belamün ficou boquiaberta.

— Continue — pediu Rei Duarte, sentando-se na central de sete cadeiras.

— Dias antes de pôr os olhos na cidadela, Yuri descobriu uma perigosa tribo de Anibalianos. Ele tinha visto Estela com eles. Eram cordiais. — Edmar começou. — Segundo a teoria dele, eram sectários que tinham rompido laços com sua Imperatriz. Esses homens e mulheres tinham decidido tomar para si a luta contra a horrível fome.

— Vossa Alteza, em duas décadas, nunca vi o meu sobrinho mais lúcido — comentou Fara.

Rei Duarte levantou a mão, pedindo o silêncio dela.

— Talvez não seja de conhecimento *oficial*, mas o pessoal do alto escalão sabe da crença dos Anibalianos em sua própria *maldição*. Em

CAPÍTULO DEZESSEIS

parte, por causa do exílio permanente no início do século IV depois de Diva. Alegam que seus hábitos horríveis são resultado das Guerras Perdidas — disse ele. Há muitos anos ele se sentia responsável por dividir esta informação com seu Rei.

— Poupe-me da aula de história, Milfort.

— É a outro tipo de fome que me refiro, Vossa Alteza. Não a fome da barriga, mas a fome da *alma*, do tipo que ninguém em Paradis e em toda a Divagar jamais conhecerá, por estarmos rodeados de divindade: infiltrada em nosso solo, nossas plantas, nossos alimentos, nosso ar. Os Anibalianos, porém, nunca foram expostos à divindade suficiente para desenvolver completamente suas habilidades. Nunca têm a chance de despertar. São todos *borralhos* à revelia — falou ele.

— Se um dia um daqueles *sugassangues* chegar ao Monte Lazulai, Paradis como a conhecemos deixará de existir. É bom vê-lo melhorando, Milfort. Nenhum homem merece ser prisioneiro na própria mente. Mas, se no primeiro dia em que recobra a razão já me sugere abdicar como rei e fugir para Bardot, devo questionar a extensão de sua cura — disparou Sua Alteza.

— Vossa Alteza, sou um lutador treinado. Nunca fugi de uma batalha justa. Se houver uma chance de os Anibalianos unirem forças com os xamãs para invadir Divagar, será uma batalha que *não conseguiremos* ganhar. Teriam os meios de interromper *até o último protocolo* que mantém Paradis funcionando. Transformariam os nossos homens e mulheres mais fortes em borralhos assustados. Será uma repetição da Expedição Ventaneira — falou o Capitão. Edmar se sentiu zonzo, mas aprumou a cabeça. — Faça o que deve fazer, Vossa Alteza. Vim aqui hoje pelo amor à minha filha, pelo respeito à minha nação e pela lealdade para com o meu rei.

— Sua filha caçula. Você fala dela o tempo todo — disse Rei Duarte.

— Keana só será registrada como Regular no início do ano letivo do Colégio do Rei Tarimundo, na segunda-feira. Em termos legais, ela ainda está dormente, portanto elegível para a papirada de viagem. Sei que, agora, o CPF está em alerta máximo. Só os altos membros dos clãs são autorizados a embarcar nos gravitrens. Se eu e minha esposa a escoltássemos através dos Portões, suspeitariam de deserção premeditada... Se houvesse outra maneira, eu não teria arriscado expor a minha própria família vindo até aqui. — declarou Capitão Milfort.

— Simplesmente não posso autorizar o despacho de uma menor não registrada — falou Dona Fara. — O CPF interpretaria como atividade clandestina, e Petropol logo viria bater na minha porta. Aonde está tentando chegar, Milfort?

Edmar respirou fundo, capaz finalmente de reunir os pensamentos.

— Vossa Alteza, se receber um pedido para autorizar um passavante expresso a Keana Milfort, preciso de sua palavra de que o fará discreta e imediatamente. Eu tinha um forte motivo para pedir a Vossa Alteza que Velasque se retirasse desta sala agora há pouco. Deixe-o pensar que a Tempestade lavou os meus males, temporariamente. Imploro a Vossa Alteza, por favor, não consulte os Visionários sobre isso. Pergunte a Madame B'Olïva, se necessário — suplicou ele.

— O que faz você pensar que eu sobreporia os Visionários nos assuntos de segurança? — questionou Rei Duarte.

— Porque tudo o que Estela viu durante seu tempo em Anibália foi enevoado pela loucura. Quem quer que a tenha usado como agente duplo está esperando há mais de quinze anos para interrogá-la... Se Estela recuperar as memórias assim como eu, ela vai expor alguém muito poderoso, que não pararia por *nada* para controlá-la. Ameaçaria *a única filha dela*. Sua Alteza, de pai para pai. Em nome de Madre Diva, imploro à Vossa Alteza. — Edmar ajoelhou-se diante do rei. — Qualquer outro monarca sem o seu coração e sem o seu valor sacrificaria a minha filha por precaução. Vossa Alteza é o único que pode ajudar a minha menina. No momento em que os Anibalianos invadirem Paradis, a cabeça mais valiosa a prêmio será a de Keana — anunciou Edmar, trocando um aceno com o espectro de Dona Fara.

CAPÍTULO DEZESSETE

Descoberta FULMINANTE

Quando
6 de leão, 17:02.

Onde
Diviara, Canal de Avareza.

AJOELHADOS A POUCOS METROS DA ENTRADA DO PÁTIO, JAMIE E FLORA ESpremeram os ouvidos contra as paredes do templo aparentemente vazio. Jamie reconhecia aquele silêncio estranho e inquebrável da última invasão. A localização também correspondia aos pontos de sangue evanescente tanto no Elo de Sangue dele quanto no de Míria. Empapada da cabeça aos pés com o Pó Truqueiro de Téa Velasque, a dupla se camuflava nas paredes, prendendo a respiração, as silhuetas inteiramente transformadas nos entalhes tridimensionais em pedra da mítica jornada de Madre Diva: qualquer movimento repentino e o passante desavisado pensaria que as paredes tinham ganhado vida.

Nada ainda? A mente de Jamie fazia uma ponte com a da jovem telepata.

Só estática. Mas eu sei que eles estão lá. A gente devia ter trazido a Keana junto, respondeu Flora em pensamento.

Ela precisa da proteção de Madame B'Olïva. Zéfiro não vai atacá-la lá, retrucou Jamie.

Seus pensamentos estão com um cheiro azedo, Jameson, pensou Flora. *Você ainda está bravo comigo?*

Se eu estivesse bravo, diria! Ele enrugou os olhos. *Longe de mim trair meus próprios sentimentos...*

Foi uma visão, não uma maldição, está bem?! Se o incomoda tanto, é só não trair a Keana! Ela tremeu a cabeça, sem dizer uma palavra.

Então, um estalo.

O que foi? Ouviu isso? A mente de Jamie disparou, os olhos fechados com força e o corpo firme contra a parede. O par não se permitiria olhar por cima dos ombros neste instante.

Talvez os vândalos estejam brigando? Quem quer que tenha colocado a barreira sonora provavelmente está ficando tenso lá dentro..., pensou Flora, as faces coladas na parede fria, os olhos bem fechados.

Quando
6 de leão, 17:11.

◇━━━━━━━━◇

Onde
Sala da Diretora, Lúmen Academia.

— MADAME B'OLÏVA? SEI QUE ESTÁ AÍ. É KEANA MILFORT.

— Entre e feche a porta — ordenou Clariz. A menina atendeu à ordem, aproximando-se da mesa.

— Meu pai está bem essa semana. Ele tem falado comigo... Sabe, de forma coerente. Ele diz acreditar no seu relato, seja lá o que isso signifique.

CAPÍTULO DEZESSETE

Clariz sacudiu a cabeça, parecendo preocupada.

— A Lúmen Academia é protegida contra intrometidos. Em que eu posso ajudá-la?

— Preciso falar com você sobre o Selo dos Espíritos — falou Keana.

— Quem mais sabe que veio falar desse assunto comigo?

— Além do meu pai? Meus amigos Jamie, Sagan e Flora — Keana limpou a garganta. — Sei que posso confiar nela, Madame B'Olïva. Ela disse que eu sou uma peça importante em sua saga, por isso não pode discutir esses assuntos com mais ninguém.

— Se Dom Quintino tivesse despertado a neta em casa e testemunhado pessoalmente a saga dela... Neste momento, você estaria presa numa cela congelada de Perpétria. — Clariz parecia imersa em pensamentos. — Tudo faz sentido... É claro... No desfuneral de sua avó. Foi o dia em que o Zéfiro fugiu... Mas você disse que não tinha a intenção de despertar. Você nem estava usando o distintivo.

Keana fitou os olhos de Madame B'Olïva.

— A verdade é que eu nunca recebi um. Quando a minha avó viu que a caixa estava vazia... — A menina se deteve.

— Madre Diva! Se você embarcou na balsa, quem lhe deu um distintivo, afinal?!

Keana pensou no zelador no arsenal abandonado. Não confiava nele. Mas podia confiar em Clariz.

— Tia Fara disse que tinha sido extraviado. Encontrei o distintivo no meu quarto, na véspera da cerimônia. Fiquei tão nervosa achando que você tinha me ignorado de sua lista que não consegui vestir branco e montar o mamute com a minha família — explicou Keana.

— Sinto muito... Você atravessou toda a ponte de gelo a pé?

— Sim... Foi terrível. Nunca senti tanto frio... tanta raiva... tanta paranoia! As *pequenas torres* não paravam de me quadrivisionar quando eu passava por elas, como se eu fosse uma criminosa por fazer as coisas do meu jeito.

— Só seres humanos podem quadrivisionar imagens, Keana. Os sonares visionários também não detectam mancebos dormentes.

— Esses detectavam! Sempre que eu passava por um, ele pisca uma luz forte e fazia um estalo bem barulhento.

— Era o som dos radares explodindo à medida que você se aproximava de cada um. — Clariz sorriu. — Foi assim que Zéfiro conseguiu escapar.

— Não, não era. Só despertei na quarta-feira. Isso foi dias antes! Ali eu ainda era normal!

Clariz cobriu a boca.

— *Jamais* achei que você fosse normal, criança. Nada disso teria acontecido se você estivesse usando o distintivo. É por isso que bebeu a seiva dentro dele? Estava com medo de não despertar?

— Como é que você autoriza o despacho de uma caixa vazia? — reclamou a garota.

— Porque eu... — De repente, Clariz parecia velha. — Não fui eu... Veja bem... Eu tenho uma doença...

— Não me importa que você beba, Madame B'Olïva. Você parece uma boa pessoa, e olhar para trás não nos será útil agora — aquiesceu Keana, sem medo.

— Mas me lembro de eu mesma encaixotar todos os distintivos...

Keana não sabia muito bem que conclusão tirar disso. Será que sua condição de Regular realmente teria sido devida a um erro administrativo?

— Alguém mais a ajudou?

— Wilker... — Clariz demorou um pouco para estabelecer as infelizes conexões. — É claro... Foi *Wilker* que se ofereceu para enviar os distintivos aos candidatos estrangeiros.

— Seu zelador, o Estorvo?

— Ele é imprevisível. Diva sabe há quanto tempo deve estar à espera disso. Não confie naquele homem. Ele se demitiu ontem. Se topar com ele, não converse.

— Já conversei. Ele disse que a minha mãe biológica teria respostas para mim, então eu fui até a Ala de Cura Popular e tudo o que eu obtive dela foi o colar... — começou Keana.

CAPÍTULO DEZESSETE

— Você pegou o Selo dos Espíritos de Estela Bisonte? Como? Raios divinos... Como é que deixam aquela mulher receber visitas? — Ela arfou, os pés dançando à medida que ela começava a flutuar.

— Tudo bem, o colar está fora de perigo. — Keana assentiu com a cabeça, enquanto Clariz a agarrava pelo pulso, um movimento que num instante a botou no solo.

— Onde ele está agora? Você está usando?

— Meu amigo Sagan levou-o ao tio, que é alquimista — explicou Keana. — Acho que ele é professor aqui.

— Se Gaio Faierbond for capaz de iluminá-lo, os apagões serão a menor das nossas preocupações. Seria a derrocada da Divagar como a conhecemos!

— O que tem de tão especial nele? É só um pedaço de rocha. Tentamos de tudo, mas não o fizemos funcionar. — Keana estava desconfiada. O que Clariz sabia?

— Segundo os rumores, o Selo dos Espíritos confere ao dono um poder lendário banido de nosso reino há milhares de anos... uma habilidade divina *desconhecida* — Clariz começou a explicar.

— O que você quer dizer? Tudo isso se deve ao envenenamento pela seiva, não? Eu não sou uma anomalia. — Keana tinha certeza de que havia uma explicação para tudo.

— Keana, você não é anomalia, você é *proibida*. Se as lendas forem reais, o povo que fez aquele colar... Ouça bem: é muito importante que você o pegue de volta de Gaio agora mesmo, sem levantar nenhuma suspeita. Ele precisa ser *destruído*, de preferência o mais longe possível de Divagar.

Keana sentiu-se desconfortável. Todo mundo ficava dizendo que ela precisava partir.

— Flora diz ter visto fogo ao tocar no colar. Ela gritou: "Gaio, não". Estou bem certa — murmurou a menina.

— Provavelmente é o fogo em que ele arderá por toda a eternidade por ajudar você. Compreende agora?

— Sim! Mas... ele acabou de recebê-lo! O que devo dizer?

— Qualquer coisa. Sagan é seu amigo e você parece uma garota engenhosa.

— Então quem é que fez o Selo dos Espíritos, afinal? — Keana respirou fundo. Se ela ia viver no exílio, precisava saber o que era que a tornava tão diferente. — Se pertence a mim, preciso saber como me proteger.

— Bom... antes do seu pai e de Estela sequer terem conhecimento da savana, liderei uma expedição cartográfica composta de Gravitores. Petropol tinha nos dado um astrolábio de pedrazul, que nos apontou a direção aos menores níveis de divinidade na Terra. Fomos ao extremo sul. Ninguém iria admitir, mas tínhamos a esperança de topar com *eles*.

— Os Anibalianos? — atreveu-se Keana, proferindo o estranho nome.

Clariz fez que sim.

— Era ilegal discutir a escritura dos piratas, mas sabíamos o que procurávamos. O sétimo povo de Diva, também conhecido como os *Espíritos*. Diz a lenda que, no início dos tempos, o Monte Lazulai era um lugar escuro que apenas se acendia quando a lua cheia brilhava no céu. As pedrazuis eram escassas. Precisavam ser usadas com sabedoria ou os poderes do primeiro povo seriam esgotados até a próxima lua cheia. Se for verdadeira a história, os irmãos de Aníbal descobriram que os Espíritos eram vinculados ao aspecto *cíclico* da divinidade. Era como se a sua presença impusesse *limites* aos Seis Clãs. Segundo reza a lenda, desde que o sétimo filho de Diva e seus descendentes foram expulsos de Divagar, o Monte Lazulai se ilumina de azul todas as noites e a vida *antinatural* tornou-se possível.

— Sério? O que é antinatural em Paradis? — questionou Keana.

Clariz riu.

— Ah, menina... O dia em que atravessar os Portões...

— Pode continuar, por favor?

— Se alguém de lá estiver em uma missão para encontrar Divagar... Minha menina, você é o farol mais brilhante que eles poderiam querer.

Os olhos de Keana se encheram de lágrimas naquele instante, a ardência cobrindo-lhe numa sensação mista de alegria e vergonha.

— Minhas habilidades... Não consigo controlá-las. São mais fortes

CAPÍTULO DEZESSETE

do que eu. Mas elas são boas, também, Madame B'Olïva! Eu juro! Meu pai estava doente. De alguma forma acho que devo ter... — Deteve-se, soluçando.

Clariz caiu de joelhos no chão.

— Madame B'Olïva? — perguntou Keana, surpresa.

— Afaste-se de mim, por favor... A sua tristeza... Foi forte demais... Clariz pelejou para se reerguer.

— Vou ser forte, eu prometo! Como faço parar? Preciso da sua ajuda! — implorou Keana.

— Você precisa de um *xamã*. Mas não dos domesticados que fazem visitas extravagantes, oram por Madre Diva e comunicam todos os rituais ao Palácio de Avalai. Você precisa de um xamã *nativo*, como aqueles que visitam a sua tia Fara. Você e seu pai planejaram sua fuga daqui?

— Mais ou menos. Falei com Sagan Faierbond sobre a necessidade de realizar uma excursão, e o tio dele me deu estes Bilhetes de Passeio até Vertígona — começou ela, mostrando a Clariz os bilhetes amassados na cor azul-petróleo.

— Vertígona! Excelente, de verdade! Estava a caminho de sua casa para falar com os seus pais, mas estou feliz que tenha vindo primeiro. — Clariz soltou um suspiro. — Mas devolva os Bilhetes de Passeio a seus amigos e *deixe-os fora disso*. Fiz contato com uma pessoa nos Portões que pode conhecer um jeito seguro de tirá-la desta bagunça. Meu... *amigo*... é um Padre Aduaneiro.

— Eu vou atravessar os Portões? — Keana mal acreditava. Será que poderia mesmo confiar na ajuda de Clariz? Ou ela estava compensando a caixa vazia que fora o estopim de tudo isso?

— Preciso que você se concentre. Posso falar com seus pais agora? Enquanto você pega de volta o colar?

— Sim. Mas tudo bem eu e você sermos vistas juntas?

— Tenho pavor de agulhas, mas sempre trago uma comigo. É uma dose cheia, então vai durar uns dois minutos, se eu tiver sorte. Posso ir camuflada de alguém que estudou com Cerina — sussurrou Clariz.

DESCOBERTA FULMINANTE

Keana dirigiu-se à porta, abrindo-a. Recuou um passo. Diante da entrada colossal da sala de Madame B'Olïva, como se fosse um fantasma, via-se ninguém menos que o jovem Patrulheiro Regular que Keana beijara.

— Addison! Preciso falar com você! — A menina agarrou-o pelo pulso. Andava muito preocupada com ele. A imagem de Addison encolheu, cedendo lugar à fisionomia assustada de uma senhora idosa mais baixa, enrugada e de cabelos compridos, *descamuflada*.

— Quem é você? — sussurrou Keana por entre os dentes, com as mãos travadas no pulso da senhora. — Cadê o Addison? — perguntou mais uma vez, enquanto Clariz se aproximava da porta.

A senhora fez um gesto para que Keana soltasse o seu braço.

— Por favor, não me denuncie, Madame B'Olïva. Tenho uma família para alimentar. Estou só seguindo as ordens de Dom Quintino.

— Por que estava camuflada de Addison? Cadê ele? — perguntou Keana novamente, soltando o braço da senhora, a mente fervilhando. O sabor de seus lábios frios e doces voltou numa torrente turbulenta. Por que será que ele a vinha evitando desde aquela quarta-feira no Beco do Sapateiro? Estaria apenas tentando protegê-la?

— Desembucha! — gritou Keana.

— Jurei sigilo, Madame.

— Se uma palavra disto for relatada a Dom Quintino, sua família será despachada para o núcleo fervente de Infernalha. Fui clara? — vociferou Clariz.

Keana não compreendia.

— Você vai dizer agora mesmo onde está Addison Arpão ou juro por Diva que vou... — clamou ela, erguendo a imprevisibilidade na forma de suas mãos estendidas, uma indignação crescente que não temia limites.

— Ele está morto — falou Madame B'Olïva. — Addison foi morto no Beco do Sapateiro.

CAPÍTULO DEZOITO

PLANOS *de* FUGA

Quando
6 de leão, 19:25.

Onde
Viela de Adar 39, Parque Zulaica.

A CULPA É MINHA… FUI EU QUE O MATEI… OS PENSAMENTOS CONSUMIAM Keana. *Isto precisa parar.* Eu *preciso ser parada…*

A menina não tinha prestado atenção a nem sequer uma única palavra de consolo de Madame B'Olïva na balsa de volta da Lúmen Academia. A diretora estava a caminho da casa de Keana, a fim de tratar com os pais sobre as viagens clandestinas a Bardot.

Tudo parecia uma brincadeira de mau gosto. Parte dela queria apenas permanecer no lugar até ser capturada. Estava cansada de sentir medo.

A outra parte não sentia absolutamente nada.

O abalo de culpa foi tão forte que se ergueram paredes em sua mente.

Perto da Viela de Adar e da Alameda Alevir, uma única casa de enxofre se destacava das construções de betão seco no quarteirão. Sobre a entrada do edifício geminado pendia uma placa de madeira lascada feita dos tons mais escuros de carvalho, batendo modestamente à parede. Ao erguer os olhos inchados para examiná-la, embotada de tanto chorar ao longo de todo o decurso do Rio Belisfinge, Keana Milfort divisou a marca da empresa: um estêncil esbranquiçado de portões abertos, apresentando uma agência de turismo chamada DiViagens.

— Sagan... sou eu... Você está aí? — Bateu mais rápido ao notar uma luz acesa, bem nos fundos do escritório, através das grossas molduras de madeira da vitrine. — Meu visiofone apagou — continuou ela, surpreendida por um vento frio que nunca antes sentira na capital.

— Só um minuto... — anunciou uma voz distante, enquanto passos se aproximavam. O deslizar de um ferrolho, o clicar de uma trava e o girar de uma maçaneta revelaram Gaio Faierbond no escritório do irmão mais velho, sozinho. Keana rapidamente ajustou o véu preto, garantindo que os cabelos cor de mel não fossem expostos.

— Se está à procura de Sagan, ele acabou de sair — explicou Gaio com um sorriso sincero.

Keana não confiava nele.

— Ah, jura? Eu estava até agora pouquinho com ele. Ele disse que ia... hum... passar a noite aqui com o senhor. Você é tio dele, né? — Ela fez uma voz aguda, feminina, na esperança de encantá-lo.

O alquimista braseiro coçou a barba castanho-avermelhada.

— Está tudo bem com você, menina? Parece que viu alguém voltar da Névoa.

— Quem dera... Acabei de receber más notícias... Queria falar com Sagan.

— Ele foi ficar com Gustavo em casa... Houve um novo avanço no caso de Míria.

CAPÍTULO DEZOITO

Keana demorou um pouco para reagir à boa notícia. Sentia um forte cheiro de sálvia vindo das roupas do homem.

— Minha Diva! Isso é... Isso é fantástico! — Arqueou as sobrancelhas, esperando que a superfície aparentasse a mesma felicidade que ela tentava sentir por dentro. — Já não era sem tempo.

— Tenho tentado não desabar, mas, se não confiarmos nos Visionários, *em quem mais confiaríamos?* — O sorriso se alargou, revelando dentes de um branco surpreendente.

— Bom, o que eles descobriram?!

— Um ardineiro anônimo afirmou ter visto uma menina dormindo próximo à linha da trégua em Primeva... Aparentemente, o Elo de Sangue não revelou a localização por causa dos direitos de privacidade absolutos a que os assentamentos neandros têm direito — Gaio assentiu com a cabeça. — Você não é minha aluna, é?

Keana apontou para o véu negro.

— É claro, me desculpe — disse ele, sem soar muito acanhado. O silêncio entre ambos se avultou ainda mais. Ela precisava pegar aquele colar de volta. A cada segundo que passava, Keana se sentia menos discreta.

— Como você se chama? — Gaio perguntou friamente.

— Keana Milfort, senhor — respondeu ela com um aceno firme de cabeça.

— Ah, Madre minha! — Os olhos pareceram prestes a estourar das órbitas. — Sinto muito pela sua avó. Dona Anna era uma mulher fascinante. Dei aula às suas duas irmãs, antes de os *esplêndidos* Gravitores extirparem a alquimia agressiva do currículo... Marla era uma das minhas amalgamadores mais talentosas. Uma vez ela fez um par de brincos que acrescentavam ao usuário uns seis quilos em peso...

— Olha só... que útil...

— Elia era mais criativa, acredite ou não. Uma vez ela inventou um tônico incendiário. Tostou o lábio dela, mas ela tirou oitenta e cinco por cento no exame final. — Soltou um riso abafado. — Mas não é das suas irmãs que você me faz lembrar — falou ele, mordendo o lábio. — Sinto muito. É que sua presença é muito inesperada, e me vem muita coisa à mente... — Deteve-se. — Não sei se sabe, mas eu e sua mãe já formamos um casal e tanto.

— Ah, Diva! Não fazia ideia. — Ela recuou.

— Quase casamos...

— Sério? Sempre achei que os meus pais começaram a namorar na L.A. — Keana arqueou as sobrancelhas.

— Ah... não Cerina Milfort... Falo da sua mãe biológica... Estela. — Baixou os olhos para dar com os dela. — Creio que tenha vindo pelo colar!

Keana fez que sim com a cabeça. A única questão era se o entregaria e o que iria querer em troca.

— Você também parece precisar de um chifre de chá. Por que não entra?

Fechando a porta atrás de si, a caçula dos Milfort seguiu os passos do alquimista pela fileira de tábuas de assoalho empoeirado e paredes nuas com buracos de prego onde grandes quadrovidentes outrora tinham sido pendurados. *Não seja paranoica, Keana. Ele é tio de seu amigo. Clariz sabe que você está aqui. Além disso... ele poderia saber algo sobre seu pai sanguíneo,* falou a si mesma. *Diva, se ele não fosse tão ruivo quanto Estela, ele mesmo poderia ser seu pai sanguíneo.* Quer dizer que ela deveria confiar nele? Se ele soubesse sobre o pai, já não teria se apresentado antes? Ou ele teve medo de tumultuar a vida dela? O que o teria mantido afastado?

Keana sentou-se em um banquinho de vime atrás de um balcão de mármore repleto de pequenas lâminas de cristal e pergaminhos espalhados com títulos que iam desde *Praias amorianas para a elite romântica* a *Cinquenta e uma paisagens divinas em Junípero para conhecer antes do voto*. Pousado sobre outro pergaminho turístico via-se o colar que Keana conhecia como o Selo dos Espíritos.

— Lamento pelo ar sombrio. Você conhece o ditado: *Em Lar de Brasa...* — ele a assustou levantando a mão direita. Ela notou no pulso o que pareciam arranhões de um gato feroz.

CAPÍTULO DEZOITO

— *Faísca se atrasa* — completou Keana, um sorriso nervoso. Com um suave estalar dos dedos do alquimista, todas as velas, lampiões e lanternas pelo escritório dos Faierbond brilharam com duas vezes mais intensidade, todas as chamas arderam com duas vezes mais altura. O medo de Keana limitou-se a uma discreta contração dos músculos do pescoço. A menina ouviu, ao longe, um suave ronronar.

Agora notava que havia um filhote de gato-de-sabre cochilando junto ao consolo da lareira do outro lado da sala. Quase sentia a maciez dos pelos amarelo-claros. *Ele não tem listras...* um pensamento surgiu, sereno. *Os gatos-de-sabre nunca atacam seus mestres*, ponderou Keana.

Via-se uma tigela de pedra ao lado do bichano, cheia de uma poça parada de leite roxo.

É isso mesmo, Keana, os gatos-de-sabre são os mais afáveis dos felinos. *Por quê? Você vê um aí onde está?* Súbito uma voz rascante e frenética surgi-lhe na cabeça. *Minha mãe nunca me deixou ter um, mas até foi melhor assim. Pelo menos agora eu tenho a Wanda!*

Era Flora.

Não tinha como Keana aceitar uma ponte entre mentes sem que Gaio visse o brilho branco luzir nos olhos dela.

Decidiu esperar. Precisava pegar o colar, e ser educada era a coisa mais segura a fazer.

— Como deve imaginar, fiquei muito chateado quando soube do incidente esculhambante de Estela a caminho de Divagar.

Gaio a assustava.

— Vocês ainda se viam quando ela partiu? — perguntou Keana, os braços cruzados.

Gaio fez uma expressão de desagrado.

— Quem dera... Estela terminou comigo quando saiu a notícia de que Dom Quintino tinha previsto *o apocalipse*. Ela tinha sido selecionada para uma missão ultrassecreta fora de Divagar, por tempo não revelado. Implorei a ela que não fosse, mas ela... ahn... disse que tinha conhecido outra pessoa.

— Deve ter sido muito triste. Lamento ouvir isso. — Ainda assim, ela ouviria histórias sobre Estela horas a fio, se isso lhe desse uma ideia melhor das próprias origens.

— Isso foi há muito tempo. Digo, olhe para você, o mesmo sangue, uma jovem Regular diante de mim.

— Ela sempre foi uma mulher ambiciosa? — Apesar dos receios, ela queria confiar nele.

— Ah, sim... — começou Gaio. — Estela vem de uma família muito religiosa de Truqueiros... Era seu sonho de infância tornar-se trovadora. — Ele riu, sacudindo levemente a cabeça. Keana teve dificuldade em imaginar a mulher em um altar, pregando palavras de paz. — Mas, como sabe, apenas Truqueiras podem ser ordenadas; então, quando ela despertou como Ventaneira... A primeira na família, ainda por cima... Isso mexeu muitíssimo com Estela.

— É por isso que ela não corta os cabelos desde a década de oitenta?

— Sinceramente não sei de onde vem o manual de estilo das trovadoras. Me mostrem que parte da Devoção manda as sacerdotisas arrastarem as crinas pelo chão. — Gaio soltou um riso abafado.

— Será que ela não poderia simplesmente... Sei lá... *Se converter?* — arriscou Keana.

É o Gaio! Foram ele e Valquíria que levaram Míria! Faça o que fizer, não se aproxime desse homem! A voz de Flora invadiu sua mente como o zumbido alto de um mosquito, enviando fortes arrepios espinha abaixo.

Sem palavras, Keana só ficou olhando para Gaio. Ela não se envolveu na ponte entre mentes de Flora, fechando os olhos com força. Mas o homem devia ter visto o brilho branco neles, nem que apenas por um segundo.

— Você deve estar com sede. Permite que lhe prepare um chá de lavanda, ao estilo magmundino? É ótimo para afastar as aflições — ofereceu ele.

Ela resolveu se estender pelo tempo que fosse para pegar aquele colar. Se o pegasse e fugisse, e se o que Flora tinha dito fosse verdade,

CAPÍTULO DEZOITO

ela não conseguiria sair da sala. Ademais, ele tinha conhecido Estela. Ela queria mais histórias sobre a mulher.

— Claro, acho que nunca provei. — O coração batia mais acelerado. A boca ficava seca.

— Suas irmãs diziam que em casa só bebiam ao estilo paradisiano — mencionou ele casualmente, soltando um punhado de folhas macias e recém-colhidas de lavanda em uma taça cor de areia com duas alças em ambos os lados.

— Ahn... Água fervente, com uma pitada de pi-pimenta e um toque de... ahn... mel — gaguejou ela.

— De onde venho, fazemos um pouquinho diferente — anunciou ele enquanto submergia as folhas de cor índigo na água fria, quase até a borda. A menina foi ao sabor das coisas, observando o anfitrião rodar o dedo indicador sobre a taça e bolhas microscópicas começarem a brotar entre as pétalas submersas e a água ao redor. O dedo de Gaio movia-se ainda mais rapidamente, e as pétalas de lavanda, submersas, começaram a ferver a água.

— Uau! — exclamou a garota, testemunhando os redemoinhos de fogo. A mistura emitiu um glorioso perfume de ervas com uma suave essência de fumaça antes de as chamas serem extintas e precipitarem.

— Aproveite. — Gaio sorriu, virando as costas, indicando que tinha se esquecido de trazer uma taça para si.

— Obrigada — disse ela com as duas mãos cingidas na taça de cerâmica, sentindo no mesmo momento um calor sufocante. Seria seguro beber? Curiosa, examinou o que jazia no fundo da taça e, em um movimento aleatório, apertou-a com força demais, pouco antes de uma chama rebelde irromper de dentro e saltar em seu rosto.

— Filho de um borralho! — gritou de dor antes de soltar a taça no chão.

— Está tudo bem? Gaio voltou correndo até ela.

Quem tinha feito aquilo, ela ou ele? Tossindo por causa da fumaça de lavanda, Keana não teve escolha senão recompor-se, convicta de que o descontrole das emoções lhe seria, um dia, *a própria ruína*.

— Segurei com muita força e queimei as mãos. Sinto muito, senhor Faierbond. É um pouco tarde. Talvez seja melhor eu ir.

— Sem dúvida, não quero segurá-la — respondeu ele, oferecendo uma toalhinha de linho pendurada junto ao balcão de mármore. — Seu colar.

O próprio Gaio colocou o estranho colar em volta do pescoço de Keana. Os dedos estavam frios.

— A minha mãe vai ficar muito brava se descobrir que eu peguei este colar — mentiu ela, desconfortável.

— Relíquia de família?

— Pode-se dizer assim — respondeu Keana, mais uma vez entrevendo o gato-de-sabre adormecido junto ao consolo da lareira. *As listras deviam ser visíveis desde o nascimento. Ele está dormindo de lado?* Ela esperava que ele não reconhecesse o colar como símbolo dos dias de Estela no deserto.

Mais um momento de silêncio.

— Andei muito ocupado hoje, ainda não tive a chance de dar uma olhada nele, mas receio que não valeria muito. Sabe, no caso de ter sido esse o motivo da avaliação.

— Sério? Eu pensei que... pudesse haver uma pedrazul intocada dentro dele ou algo que o valha. Sei lá. Daí eu poderia vendê-lo... e talvez... ajudar... nos meus... estudos! — Assentiu com a cabeça, hesitante.

— Sorte sua que o Colégio do Rei Tarimundo é bancado pelo Palácio de Avalai. Antes de ir, deixe-me lhe dar um quadrovidente de Estela, de quando ela tinha a sua idade. Ainda me dói olhar para ele, talvez você perceba a semelhança. — Ele deu uma piscadela e foi para dentro.

— Claro... — respondeu a garota, em choque. *Madre Diva, me ajude.*

Outro zumbido no ouvido de Keana: *Madre Diva não pode ajudá-la se você não se ajudar. Diga-me que você não está no...*

Sim, Flora, estou no escritório de Gaio Faierbond. Ele foi buscar lá dentro um quadrovidente de Estela. Peguei o colar de volta; ele não achou nada de estranho nele, disse que é um objeto sem valor. Só preciso relaxar agora e dar o fora daqui, os pensamentos de Keana responderam aos

CAPÍTULO DEZOITO

de Flora. Ela finalmente tinha aceitado a ponte entre mentes da jovem telepata; os olhos de Keana fulguravam, brancos e brilhantes. Foram fechados com força para que Gaio não a surpreendesse.

— Está em algum lugar da minha arca de poções antigas! Diva sabe como tentei manter fora de vista! — Gaio gritou de dentro, bem-humorado.

Vê algum sinal de Míria?, insistiu Flora.

— Por favor, senhor Faierbond, não tenha pressa. Sabe, é muito generoso da sua parte estar fazendo isso. Nunca tive uma imagem da minha... *mãe*... para olhar — falou Keana em voz alta, talvez um pouco desafinada. As mãos suavam como nunca.

Não vejo nenhum sinal dela. Por que a pergunta?, quis saber Keana, enervada.

O Elo de Sangue de Míria. *Realizei uma segunda análise. Não era o sangue dela no papiro. As duas gotas escarlate eram de Gaio. Por alguma razão ele está acobertando o desaparecimento dela.*

Chamou a Polícia Visionária?, pensou Keana, em pânico.

O quê?! A Polícia Visionária não pode encontrar você aí!, A voz de Flora se antecipou. *O Tenente Jinx está trabalhando com Gaio. Jamie acabou de ir avisar os pais em casa. Sagan está a caminho daí. Estamos escondidos na Diviara há horas.*

— Não! Não está na arca das poções antigas. Deve estar na minha bolsa velha da L.A. dos tempos da alquimia agressiva. O que achou do chá? Dos goles que tomou.

Keana foi acometida por uma sensação estranha e confusa. Não vinha de dentro. Vinha de *perto dela*, mas não era dela. Abriu os olhos brancos e brilhantes; o filhote de gato-de-sabre acabara de acordar.

— Estava ótimo, senhor Faierbond! Contarei às minhas irmãs que experimentei — falou Keana, firme. Contudo, ela não ousara prová-lo.

Espere, Flora, Sagan está com você?

Sim, estou indo para casa, e ele está indo aí para confrontar o tio, Flora respondeu.

Pergunte a ele sobre o gato, os pensamentos de Keana fervilhavam.

Gato? Que gato?, Flora quis saber.

O gato-de-sabre do tio dele. Ele sabia que o tio tem um gato-de-sabre sem listras?

Silêncio.

Keana viu-se bem entre o consolo da lareira e o banco em que tinha se sentado.

— Eis aqui! Ah, você vai adorar! — A voz de Gaio viajou invisível bem lá do fundo do corredor.

Que gato-de-sabre? Meu tio odeia animais, a voz de Sagan viajou pela ponte de Flora e entrou pelos ouvidos de Keana.

Instintivamente, Keana correu até o animal peludo e pôs as duas mãos sobre os pelos amarelo-claros. As mãos formigaram, uma estranha corrente viajando pelas palmas.

O animal ronronou, um ronronar estridente que parecia o grito de um bebê pela mãe. Keana trouxe o gato-de-sabre peludo para mais perto de si, segurando-o próximo à pele dela, e sentiu o pelo macio se dissolver, delicadamente, transformando-se em uma cabeça sedosa de cabelos humanos.

De cabelos humanos ruivos, encimados na cabeça de uma garotinha.

Era Míria.

— Bom, louvada seja Diva, mais uma vez! — A voz oca de Gaio ecoou na sala silenciosa.

Keana estacou, os olhos bem fechados.

A irmãzinha de Sagan, agora humana, abraçou forte sua perna esquerda.

Os olhos de Keana pararam de formigar ao mesmo tempo. Ela podia abri-los agora. A menina começou a se virar.

— Não compreendo… — mentiu Keana.

Gaio Faierbond usava agora um grande casaco de pele de mamute, feito para nevascas insuportáveis. Um súbito brilho veio de uma adaga de diamante que ele segurava na mão direita.

— Só uma fungada naquele chá teria derrubado qualquer Regular. — Ele arqueou as sobrancelhas.

CAPÍTULO DEZOITO

— Senhor Faierbond, não sei bem o que acabou de acontecer aqui, mas não é da minha conta. Sagan está a caminho e...

— Então, você veio à minha casa para me espionar? — Aproximou-se mais um passo, a lâmina de diamante dançando resoluta entre o polegar e o dedo indicador.

— Tio Gaio, estou com fome! — falou a pequena Míria, sem se soltar da perna de Keana.

— Volte a dormir agora, Míria... Eu e a senhorita Milfort precisamos ter uma conversa de adulto. — Um tom doce escapou-lhe dos lábios, enquanto os olhos frios como aço se cravavam nos de Keana; nem sequer uma vez ele piscara.

Com um entortar dos olhos, as folhas de lavanda amassadas sobre o balcão de mármore se inflamaram novamente, um pilar de fumaça logo subiu das cinzas, viajando em espiral comandado pelo serpentear dos dedos de Gaio e dançando ao redor da garotinha.

Os olhos lacrimejaram antes de ela cair em sono profundo.

Keana tossiu e tentou dar um passo para o lado. Gaio imitou o movimento. Ela tentou recuar. Ele avançou sobre ela.

— Por favor... Não me machuque... Eu não vou contar nada. — Keana desabou. Talvez este fosse o seu destino; se este homem horrível fosse seu pai e Estela, sua mãe, talvez o mundo estivesse melhor sem ela. Ainda assim, Keana queria viver.

Gaio sorriu.

— Claro que não vai contar. Há um tônico para tudo — falou ele, a mão direita penetrando uma abertura no casaco de pele de mamute. Sacou um frasco do tamanho de um polegar, cheio de um líquido escuro e viscoso, idêntico ao que Dona Fara lhe dera.

— Senhor Faierbond... Por favor... Não quero causar nenhum problema. — Keana só conseguia implorar, as mãos ao alto, em sinal de rendição.

O que mais ela havia de fazer? Se tentasse tocar nos poderes de fogo, arriscava ferir Míria. Ou pior, *matá-la*, assim como Addison. Ela precisava revidar.

Keana olhou em volta rapidamente, à procura de objetos pontiagudos. O único estava nas mãos dele.

Gaio agora tinha coberto de seiva a lâmina de diamante.

— Na verdade, estou lhe fazendo um favor. — Deu mais um passo.

— Não faça isso... — gritou Keana. Agora ela estava contra uma parede. Sagan talvez demorasse uns trinta minutos. Ela não podia chamar a Polícia Visionária.

Era o seu fim.

— É por culpa sua que Estela nunca voltou para mim... — Gaio fitou-a no fundo dos olhos. — Que Diva esteja com você.

Ele empurrou a lâmina fria na barriga dela.

Keana queria gritar de pânico, mas não conseguiu.

A lâmina não se movia. A mão de Gaio não se movia.

Os olhos dela vasculharam os lados; o pilar de fumaça em redemoinho parecia paralisado.

Apenas uns dois centímetros da lâmina atravessaram a pele sob a caixa torácica. Os véus negros tinham sido rasgados, a pele estava aberta, mas o sangue não escorria.

Ainda assim, o corte queimava.

Keana via a fúria nos olhos de Gaio. O corpo sob o pesado casaco parecia inerte, sem peso.

Lentamente, a coluna de fumaça continuou seu movimento, avançando. O corpo de Gaio já se mexia de novo.

Keana sentiu-se desorientada. Perdida no tempo.

As estrelas embaciadas no céu lá fora pareciam ter deslizado bruscamente, num piscar de olhos, enquanto tudo o mais ao redor se movia em passo lento.

Não se viam objetos pesados. O pilar de fumaça foi o primeiro a retomar a velocidade original. Em seguida o peito de Míria, subindo e descendo, em sono profundo. Gaio estava entre elas. A esta altura, Keana se encontrava mais perto da porta.

Não era possível salvar Míria. Precisava correr.

As mãos de Keana pegaram na maçaneta. Em pânico, ela virou a

CAPÍTULO DEZOITO

cabeça e viu Gaio correndo em sua direção. Voltando-se para a porta aberta, foi o rosto assustado de Sagan que a fez gritar.

— SOCORRO!!! — berrou ela, desesperada, pulando para abraçá-lo.

Como ele chegou tão rápido?! Seus pensamentos eram um turbilhão.

Sagan percorreu os olhos pelo escritório do tio. Não havia ninguém ali.

Keana se sentiu zonza. Gaio tinha fugido.

— Míria!? — A voz escapou de Sagan quando ele viu a irmã dormindo profundamente diante de si. — Madre Diva! — O menino rompeu em choro, abraçando a pequena, ignorando tudo o mais ao redor.

Keana, todavia, não poderia ignorar.

Acabou o segredo, pensou Keana, levando a mão à ferida superficial. *Eles vão me pegar*, concluiu, saindo do escritório de Gaio Faierbond sem se despedir de Sagan.

Quando
6 de leão, 19:57.

Onde
Rua Aurora, 145, Praça Ventaneira.

NAS PROXIMIDADES, NO EXTREMO OPOSTO DA PRAÇA VENTANEIRA, EDMAR Milfort observou dois meninos saírem do salão de chá pago por minuto. Identificou-os como ninguém menos que dois filhos já crescidos de alguns de seus antigos emissários: o caçula de Orlando e Zácaro Chispe, Jamie, e o primogênito de Yuri Bo Billy, Mason. Edmar lutou para retomar sua passividade contumaz, uma medida necessária aconselhada pelo próprio Rei Duarte. A esposa, Cerina, secou as mãos na cintura da túnica verde-esmeralda depois de servir um chifre de chá de lavanda escaldante à diretora da Lúmen Academia, Clariz Birra-de-Olïva.

— Não me canso de repetir: isso é loucura. Todos da nossa turma em Jonès sempre falavam do seu gosto pelo perigo, Clariz, mas... Digo, também tenho grande respeito por Tristão, você sabe... Só não consigo confiar nesta sua história sobre a minha filha. Sinto muito. Deve haver outra maneira de resolver isto! — falou Cerina.

Ouviu-se um bater de louça na cozinha.

— Luna! Que menina má! — gritou Cerina, ouvindo o distante gemido da travessa loba-da-tundra.

— Tem alguma outra sugestão, Cerina? A esta altura qualquer Visiodetetive que se preze poderia ter ligado os pontos, associando Keana à fuga de Zéfiro, e tratado de seu envio para Perpétria como traidora de Paradis, até o anoitecer de amanhã.

— Não necessariamente. Lembra da aula de Dona Nicoleta? *Estratégias de defesa de fronteira?* Se o que estiver dizendo for verdade e Keana puder, de alguma forma, neutralizar a divindade, ela será a última pessoa que buscarão. Quem estiver perto dela também não será escondido do radar? — falou Cerina.

— Correto.

— Então! E se simplesmente permanecermos onde estamos? Não saímos de casa. Ninguém vai encontrá-la, e vemos como termina toda essa crise domingo nos Portões!

— Cerina, temos duas premonições conflitantes. Uma de 1998, quando Dom Quintino previu a queda de Paradis acontecendo neste domingo, e a saga que a neta dele, Flora, recebeu no despertar desta semana. Sabemos que as sagas devem ser levadas muito a sério, e Keana jura que Flora visualizou sua fuga — argumentou Clariz.

— Então, para protegermos Keana de Dom Quintino, vamos apostar todas as nossas fichas justo na neta dele? — Cerina zombou. — Eu achava que esta loucura de Domingo Cinzento tivesse terminado depois que aquele homem debilitou meu marido para sempre.

— Agora Edmar me parece muito bem! — exclamou Clariz. Edmar precisava que Cerina se sentisse confortável. Desde o acidente, ela se acostumara a assumir as decisões importantes.

CAPÍTULO DEZOITO

— É verdade, meu amor... Desde o desfuneral da minha mãe, sinto que minha mente está indo ladeira acima — participou Edmar, desejando dobrar a seu favor a vontade da esposa.

— Eu não sei... Quando Marla e Elia puseram os distintivos em casa, coisas estranhas também aconteceram — comentou Cerina, na defensiva.

— Coisas estranhas, Cerina? Sério? Como as luzes piscando no candelabro? Você, caindo do teto à noite? Nem se compara a fugas de prisão, teorias da conspiração e *morte em Paradis* — ele foi rápido em lembrá-la. Edmar queria que Cerina aceitasse a gravidade da situação de Keana, mas não que ela se assustasse.

— Como vê, não estou inteiramente convencida — falou Cerina.

— Agora é diferente... — Edmar tocou-lhe o ombro.

— Como? Como agora é diferente?

— Abra os olhos, meu amor... Passaram-se dois dias da cerimônia de Keana... e eu ainda estou lúcido. Sempre soubemos que havia algo de *incomum* nela... E seja lá o que for, cresce a cada dia. Se Petropol capturá-la, eles *vão* prendê-la num calabouço tenebroso. Será mutilada e estudada até descobrirem o que ela realmente é. *Se forem misericordiosos.* Você sabe que tipo de gente estamos enfrentando.

— Diz a lenda que o povo do deserto pertence a um clã totalmente diferente, e os nossos rituais não funcionam com ele — explicou Clariz.

— Clariz, ouça a si mesma. Você está planejando a segurança da minha filha baseada em papo de piratas sobre o sétimo clã?! Não temos mais doze anos! — vociferou Cerina.

Clariz abanou a cabeça, insistente.

— Bom, neste momento, esse "papo de piratas" é nossa melhor pista. — Clariz suspirou. — O que se diz sobre o sétimo clã é que sua divindade é despertada no ventre da mãe, por isso as grávidas se alegram com o sentimento da presença divina dentro de si. A divindade é branda quando bebês e tende a diminuir até a adolescência, quando ela ressurge... como borralhos imperceptíveis.

— É por isso que vocês dois sempre foram tão chegados, Edmar... Ela era capaz de aliviar a sua mente... — As palavras escaparam de Cerina enquanto os olhos se mantiveram abertos, secos, incapazes de piscar. — Não acredito nisso. É demais pra mim! — Balançou a cabeça.

— A noite em que Keana nasceu... Estela deve ter avisado os Anibalianos da localização do nosso acampamento. Ela precisava avisar. Nossos gravitares tinham sido totalmente saqueados... Voamos sobre a água, Diva sabe por quanto tempo... Ainda assim, lembro que todos os medidores apresentavam carga máxima. Não tinha como voarem à noite daquele jeito, àquela velocidade. Não sem Keana. — Edmar puxou pela memória, esticando as lembranças como um pedaço rígido de tecido.

— E a mulher das cavernas que você menciona de vez em quando? Achei que ela o tivesse ajudado a recarregar as pedrazuis ao luar. — Cerina acariciou a mão dele.

— Quando cheguei a Qosme, pouco antes de Zéfiro me emboscar, ele disse que fazia dez dias que todos já tinham voltado. Não tenho recordação disso. Só me lembro de dormir. Um sono profundo, escuro e silencioso. Mas a sensação foi como *se o tempo tivesse parado...* — Edmar continuou.

— A questão com o povo do deserto é... que eles não despertam, dizem. Eles renascem — continuou Clariz.

— O que está tentando dizer? — perguntou Cerina, espantada.

Edmar tomou a resposta para si.

— Fara deixou um frasco da seiva para Keana.

— *Ela fez o quê?* — gritou a mãe revoltada, enquanto Clariz tentava acalmar os nervos dela.

— Keana mencionou o desejo de despertar em privado, então...

— Então ela deu *veneno* à minha filha? — Cerina se enfureceu, sem perceber que agora pairava a sessenta centímetros do solo. Clariz, delicadamente, puxou-a pelo ombro.

— Já vi isso antes, Cerina. Não é tão perigoso quanto parece — declarou a visitante.

Cerina não compreendia.

CAPÍTULO DEZOITO

— Sua mãe sabia que aquela mulher não era digna de confiança, Edmar. Não é de admirar que Anna a desprezasse! — rugiu Cerina, incapaz de conter as lágrimas de traição.

— Alguns candidatos põem as mãos na seiva e tocam a língua com uma única gota na noite de véspera da cerimônia, de forma que o âmago fica dormente por um ou dois dias e os resultados são inconclusos. Geralmente são os candidatos estrangeiros de intercâmbio que desejam prolongar a estada aqui, temerosos de que um resultado regular os mande de volta para casa — ponderou Clariz. — É arriscado, sim, mas não é inédito. Ainda assim... Keana vomitou uns trinta gramas de seiva no palco... Ela deve ter bebido o frasco inteiro.

— Ultimamente tenho sentido uma escuridão ao redor dela... Deve ser coincidência, eu... — murmurou Cerina.

— Cerina, a seiva é a única substância conhecida por *desligar* a consciência humana em território divino. Se Keana sobreviveu a essa quantidade, ela não pertence a nenhum dos Seis Clãs. E não poderia estar mais longe da Regularidade. Tire a conclusão que quiser dessa informação, mas ela precisa partir — concluiu Clariz.

Edmar tocou os ombros da esposa, com toda a ternura no coração.

— Esta não seria a melhor maneira de fugir com ela? Uma emergência xamânica? — sugeriu ele.

Os olhos de Cerina quase saltaram das órbitas.

— Você está me pedindo que a envenene *de novo*?

Clariz ficou boquiaberta só de pensar.

— Cerina... realmente pode funcionar! Se levarmos Keana inconsciente até os Portões, podemos ordenar a passagem segura para Bardot.

Cerina não compreendia.

— Você quer levá-la *envenenada* para o território *mortal*? Isso faz todo o sentido!

Edmar fez que sim com a cabeça.

— Mas faz mesmo, meu amor. Keana sobreviveu a uma dose elevada da seiva e vomitou sozinha, pois deve ser imune a ela. Em Paradis não há nenhum tratamento aprovado contra intoxicação por seiva.

— Então o seu plano é sedá-la e alegar o quê? — Cerina abanou negativamente a cabeça.

— Alegar que ela precisa passar por um *curandeiro* em Bardot, onde a medicina xamânica é legalizada. — Clariz assentiu com a cabeça.

— Minha filha não vai sair desta casa sem mim, Clariz. Sinto muito... Isso é *pedir demais*! — gritou Cerina, defendendo-se das únicas pessoas que a ajudariam.

— Quer que eles comecem a juntar as peças? Os sonares quebrados na ponte de gelo. A rocha perdendo a órbita e explodindo sobre Dona Anna no desfuneral. O apagão na festa dos Chispe. O ataque no Beco do Sapateiro. Estela Bisonte entrando em coma... As falhas de Petropol tiveram início na sexta-feira, o dia em que Keana recebeu a notícia de que Dona Anna daria um fim à vida. Acredito que as emoções de Keana interfiram na divinidade ao redor dela sempre que está triste, com raiva ou com medo. Os Truqueiros estão derrubando o Protocolo de Bardot enquanto estamos aqui tendo esta conversa, então logo Petropol poderá consertar os radares.

Cerina baixou o olhar.

— Não... Não pode ser. Todos estão protestando contra os forasteiros... Havia muita gente no desfuneral, na festa. Quem sabe quantas pessoas atravessaram a ponte de gelo aquela manhã? Quem sabe o que Apolo Zéfiro estaria tramando?!

— Cerina, Apolo Zéfiro é um homem perigoso, mas estamos diante de uma conspiração muito compacta. Que demandaria algo extraordinário. *Alguém* extraordinário — tentou Clariz.

— Você está errada, Clariz! Os forasteiros atacaram a Lúmen Academia e Keana não estava nem perto deles! Não tente acobertar sua negligência colocando minha filha em perigo! Os forasteiros fizeram a ameaça direta de roubar a nossa eternidade!

— Meu amor... Você se lembra das reuniões dos Radicais Livres. O que eu e você teríamos feito quando éramos mais jovens? — disse Edmar. — Keana não é daqui. Ambos os lados não descansarão até encontrar a fonte do desequilíbrio. Não descansarão até porem as mãos nela.

CAPÍTULO DEZOITO

— Não se pode chorar sobre a pedra já polida, Clariz. Só agora Keana ganhou essas *habilidades* — falou Cerina.

— Eu mesma posso treiná-la. A força de Keana pode ser dominada. Quando ela conseguir controlá-la... — começou Clariz.

— *Quando* ela conseguir controlá-la? — interrompeu Cerina. — Desde que ela voltou da *sua* academia, está duplamente mais difícil manter os pés no chão! Achei que eu estava estressada, mas agora tudo faz sentido... O poder dentro dela faz meu corpo se descontrolar! E se ela não conseguir controlá-lo? Não seria mais seguro que permanecesse aqui onde a gente pode ficar de olho nela? — rasgou Cerina, recusando-se à partida da filha.

— Você desejaria impor a vida que eu tive à nossa filha? — falou Edmar.

— Preferia quando você ficava calado! — disparou a mulher. Ele sabia que a única escolha dela era deixar Keana partir. — Então eu vou com ela. Vocês dois ficam aqui, usando todo o borralho de influência que tiverem. Não vou abandoná-la.

Pesaroso, Edmar balançou a cabeça em negativa.

— Em tese, Keana é uma *Regular*. Você é a mãe dela. Se tentarem atravessar juntas, os Padres Aduaneiros tomarão as duas por desertoras, não tenha dúvidas disso. Ela não terá a mínima chance se formos com ela. Mas *Clariz* pode ser que passe — sussurrou Edmar. — Eu e você a encontraríamos *mais à frente*. As meninas já estão em Lascaux. Reconstruiríamos nossa vida lá, meu amor — continuou ele.

— Não, Edmar... Vamos mantê-la aqui, então... Eu e você nos revezando na vigia, vai ser como eu e sua mãe quando ela era bebê... — falou Cerina.

— E o que acontece quando ela sair de casa ou ficar assustada? Ou digamos que algo empolgante aconteça e as emoções dela reverberem pela terra, estourando todos os radares pelo caminho, mais uma vez? — ponderou Clariz. — Esta semana, os divímetros em Cavamarca caíram para *oitenta e oito por cento*, o menor registro de todos os tempos. Olhe as medidas drásticas que os líderes dos clãs estão forçando sobre nós! Mas os níveis médios de Bardot são vinte, vinte e cinco por cento durante todo o ano! Para não mencionar a diferença de altitude... Confie em mim, seria *muito* difícil que a encontrassem lá. Além disso, é jurisdição truqueira. Lá os Visionários nunca pensarão em olhar. Assim que ela partir, eles nunca *precisariam* procurá-la por lá.

— Por favor, pense nisso, Cerina. Imploro a você. Temo pela sua filha e posso fazer isso direito. Velasque destruiu minha família uma vez. Não vou deixá-lo destruir a de vocês — falou Clariz enquanto se dirigia à porta.

Mais uma vez, Edmar olhou pela janela, pensativo.

— Diga-me, Clariz... o filho dos Chispe e o filho do Bo Billy são amigos chegados?

Clariz riu só de pensar.

— Diva, não! Recebi reclamações de três professores diferentes. Aqueles dois quase se socavam em sala de aula. Por que a pergunta?

— Cerina levou o chifre meio vazio de Clariz de volta à cozinha, enquanto Edmar flutuava com a cadeira até o peitoril da janela.

— Eu não sei... Se não suportam a cara um do outro... por que é que estão indo ao Parque Zulaica juntos a uma hora dessas?

CAPÍTULO DEZENOVE

O ATAQUE *no* PARQUE ZULAICA

Quando
6 de leão, 20:13.

Onde
Parque Zulaica, Lúmen.

A LUA CHEIA CINTILAVA NO CÉU NOTURNO DE VERÃO-MINGUANTE, UM ESPE-táculo amarelo embaciado deitando uma bruma lúgubre sobre as linhas densas das castanheiras-da-irásia e dos carvalhos verde-escuros. Os gramados ainda resplandeciam um brilho chuvoso após as tormentas do dia, e a umidade remanescente despregava um aroma almiscarado no ar. Mason Bo Billy seguiu pelo bosque – passando pelas cordas amarradas toda noite, pontualmente, às vinte horas –, enquanto seu estoico companheiro trajado de negro apontava na direção das margens rasas do Lago Smilodon.

— Seremos multados por violar o toque de recolher, sabia? — alertou Mason. — Não tenho um papai poderoso que me mantém longe de enrascadas, Chispe.

— Espera que a *Lúmen Academia* nos prepare para o pandemônio que se anuncia?

— Nisso, você tem razão... Aqui está bom, Jamie. Se formos discretos, ninguém nos verá.

— Então vamos ver o que consegue fazer, Bo Billy.

Mason separou as pernas em uma postura calma e sacudiu os ombros por um momento. Encontrado o equilíbrio, o aprendiz de Faísca fechou os olhos e atirou os braços para baixo, enérgico; sobreveio um único estrépito, produzindo luz suficiente para iluminar seu rosto por um átimo de segundo.

Você devia ser um Ventaneiro, Mason, não um Faísca, ecoou um estranho pensamento em sua cabeça, um pensamento que ele foi rápido em afastar. Aliviando a tensão dos ombros, Mason descarregou novamente; um raio de luz aleatório escapou sorrateiro, aterrando na grama e logo desaparecendo.

— Melhorou. Agora tente em mim!

— Não vou eletrocutar você, Jamie — respondeu Mason.

— Nem conseguiria — refutou Jamie, apontando para as botas vegigomas.

— Jamie, posso perguntar uma coisa? — falou Mason enquanto apertava o coque alto. Um olhar vazio foi a resposta. — É verdade o que estão dizendo sobre o Capitão Milfort? — Mason forjou uma faísca modesta no interior da curva da mão. — Que os Ventaneiros sobreviventes com quem o meu pai serviu estão experimentando uma cura espontânea?

O menino franziu os lábios.

— Como eu saberia algo sobre isso?

— Estão dizendo que Edmar Milfort está orquestrando a vingança contra os Visionários — continuou Mason, transmitindo mais raiva à fonte oscilante de energia a que se agarrava.

CAPÍTULO DEZENOVE

— Você também quer vingança? Achei que só quisesse encontrar o seu pai.

— Não sei como está fazendo isso, mas não tenho medo de você. — Mason ergueu a esfera elétrica acima da cabeça e examinou com atenção o rosto do colega de classe, Jameson Chispe.

— Fazendo o quê, Mason?

Uma chance de rever seu papai... Sente saudade do seu papai, Mason? Outro pensamento invadiu o jovem Faísca.

Resfolegando, Mason liberou uma explosão de luz bravia. Quase atingiu o rapaz no rosto.

— Ei... Ei! — disse o garoto de preto, esquivando-se do relâmpago. — Só queria confirmar se você não era outra pessoa. Agora, relaxa, tudo bem, Mason?

Isto é pelo meu irmãozinho! Mason reagiu furioso, mirando direto no rosto largo e anguloso de Jameson Chispe.

O garoto de negro imediatamente levantou a mão, como que para pegar a esfera de luz elétrica, carregada de raiva. Recuando depressa na grama molhada, ele escorregou, perdendo o equilíbrio e caindo de joelhos, as mãos tocando o chão – *de terra*. Um grito de agonia irrompeu das feridas do órfão Faísca. Quando o golpe atingiu o rosto do alvo, Mason testemunhou alarmado quando uma trança de cabelos negros e crespos e uma figura feminina caíram da cortina de luz e pousaram na grama, desabando como uma descamuflada *Imogênia Willice*. Uma tênue nuvem púrpura irrompeu de sua pele retinta e logo desapareceu no ar.

— Filho de um borralho! Diva, me proteja! — praguejou Mason, percebendo que tinha acabado de ferir ninguém menos que uma das filhas do Rei Duarte.

Um pouco impulsivo, Mason? Mais uma vez, a voz arrepiante invadiu sua mente frenética. O filho mais velho de Yuri Bo Billy correu para o lado do corpo trêmulo, tentando segurar a garota enquanto esta se contorcia em decorrência da alta descarga elétrica.

— Mason... Mason... — A garota estremecia, já quase perdendo a consciência. — Eu não podia ser vista... fora do palácio...

— Sinto muito, Vossa Alteza! Achei que fosse Apolo Zéfiro!

— A mochila... Preciso que você... — gemeu ela, com um dos olhos fechado e o outro piscando descontroladamente. — Chatanuga... estou proibida de voltar lá...

Mason sentiu vergonha da própria raiva, ainda surpreso com a confusão que sua onda de choque tinha causado.

— Do que você está falando? O que é Chatanuga? — tentou ele.

Mason Bo Billy: Assassino de Princesa. É uma baita *duma manchete!*, a voz obsessora o surpreendeu novamente.

— Cale a boca! — gritou Mason, assustando a garota diante dele. — Não! Não a senhorita! Alguém está falando na minha cabeça.

— A mochila... — repetiu ela, empurrando o garoto para deslizá-la dos braços trêmulos e abri-la. Viam-se estranhos círculos gelatinosos, objetos em que Mason jamais pusera os olhos. — Leve para Chatanuga... ou eles não passarão desta noite... — gemeu ela, perdendo de vez a consciência.

— Onde fica Chatanuga? Não compreendo — continuou, sacudindo a princesa.

— Vá para Primeva... Você é o único que ele receberá... — concluiu Dama Imogênia, antes de soltar toda a força que lhe restara.

Em choque, fitando o corpo inconsciente da segunda filha de Rei Duarte, Mason Bo Billy olhou em volta, temendo que alguém tivesse presenciado seu comportamento violento, o que lhe significaria uma passagem só de ida para a Prisão Perpétria.

— Mostre-se! Seu covarde! — gritou o rapaz na escuridão do Parque Zulaica.

— Não é nada pessoal, garoto... — disse uma voz saindo das trevas. Revelou-se Apolo Zéfiro, o homem mais procurado de Paradis.

— Me dê uma única razão para não chamar a Polícia Visionária aqui, agora.

Zéfiro soltou uma risada.

— Polícia Visionária? Por favor... Eles estão *cegos* sem os relatórios proféticos. A sua mãe não lhe falou para jamais transmitir a sua

CAPÍTULO DEZENOVE

localização? Está cheio de gente mal-intencionada por aí, só à espera do que lhes fraqueje...

Mason cerrou o punho para evocar mais um círculo de energia, alimentado pelos sons crepitantes que começavam a emanar dos dedos.

— Descarregue, rapaz — falou Zéfiro.

Das palmas, Mason atirou um pequeno trovão, que não aterrou nem perto do alvo destinado.

Zéfiro semicerrou os olhos ocos e horripilantes.

— Você não me passa de um reles fantoche, garoto.

O antebraço de Mason espelhou o movimento do bandido, à revelia. O menino soltou um grunhido de dor ao notar que não comandava mais seus movimentos do cotovelo direito para baixo.

— Como fez isso?

Zéfiro cerrou o punho, fitando o fundo dos olhos do rapaz, observando as próprias mãos de Mason se cerrarem por si mesmas, carregando mais uma investida elétrica. Zéfiro sorriu.

— Não serei acusado de crimes que não cometi. É bom arranjar um <u>libertador</u>, garoto. Vai precisar. — Ele soltou o próprio punho, curvando os dedos para cima tal uma garra aberta; um gesto que obrigou Mason a liberar a eletricidade remanescente no firmamento escuro de Lúmen.

Agora alguém os encontraria.

❅

Pressionando a ferida na barriga, Keana Milfort tentou não pensar na dor. O farfalhar das folhas e o quebrar dos galhos não intimidavam a jovem em sua tentativa de entrada discreta no desolado Parque Zulaica.

Não estava mais com medo.

Acrescentando um terceiro conjunto de pegadas na grama enlameada, a garota não levou mais que cinco passos na floresta urbana e arrepiante antes de ser surpreendida por uma figura colérica que se erguia sobre ela.

— Você é um ímã de problemas ou o quê?

Keana desceu o olhar e divisou a diretora da Lúmen Academia pairando suave sobre o solo – sobre as evidências. Clariz fez sinal para que a garota permanecesse em silêncio e bem atrás dela. As duas mulheres ouviram murmúrios e uma estática elétrica crescente.

— Peguei de volta o Selo dos Espíritos! — A garota gemeu de dor, instintivamente pondo a mão no pescoço.

— Você não é invencível com ele, fique sabendo! — advertiu Clariz enquanto passavam por placas de proibido fumar tabaco, comer carne, urinar e fazer exibição pública das habilidades nas dependências do parque.

— Você está sangrando! — sussurrou Clariz. — Quem lhe fez isso?

— Gaio Faierbond. Encontrei Míria no escritório como cativa dele, camuflada de gato-de-sabre. — Keana fechou uma carranca.

— Filho de um borralho... — falou Clariz. — Ele fugiu? Precisamos chamar a Polícia Visionária, mas aqui você não pode ficar!

— Ele desapareceu. Flora e Sagan me disseram que o Tenente Jinx está ajudando Gaio. Estamos por nossa conta e risco, Madame B'Olïva. Ninguém vai nos ajudar — concluiu Keana.

Clariz assentiu com a cabeça.

— Está sentindo dor? — ela perguntou à menina. Keana fez que sim com a cabeça. — Mostre para mim.

A menina abriu o tecido negro, mostrando a ferida aberta sob a caixa torácica.

— Concentre-se em mim — ordenou Clariz. — E, faça o que fizer, não grite.

Keana concordou. Clariz uniu o polegar ao dedo indicador, delicadamente, e fez um movimento de costura com eles.

A menina sentia como se sua carne viva se alongasse, costurando-se por dentro, com puxões brutos e violentos. Keana arqueou as costas, confiando em Madame B'Olïva e aceitando a dor.

Clariz concluiu a sutura de ar com uma camada de terra fresca sobre a ferida. Claramente não era a primeira vez que ela tinha de remendar um colega na calada da noite.

CAPÍTULO DEZENOVE

Não muito longe dali, uma súbita explosão de estática elétrica iluminou o céu mais uma vez.

— Estão todos trabalhando juntos, Madame B'Oliva. Os Radicais Livres e Apolo Zéfiro. Isso tudo é culpa dele. Vou matá-lo — continuou ela com a mão levantada, quase capaz de sentir a reminiscência da energia manifestada há pouco, não muito longe dali.

— Você não deveria empregar palavras sem saber seu significado. Com raiva, você não me é útil. Recomponha-se! — Clariz a repreendeu no menor volume possível. — Um passo em falso e um Visionário perigoso pode levá-la a tirar a *própria* vida.

— Vira essa boca! Vou só pensar em coisas alegres, então — resmungou a garota. — Agradeço!

Clariz assentiu com a cabeça e a dupla avançou, até encontrar sob o luar a cena mais peculiar possível; Dama Imogênia Willice, a filha do rei, trajada de negro, estirada na grama, o corpo a se contorcer.

Ao lado da quase-nobre desmaiada, via-se Mason Bo Billy, ajoelhado diante de uma figura que não se via, enquanto as mãos emitiam um brilho tênue, ao passo que produziam uma voltagem de baixa tensão aparentemente dirigida a lugar nenhum. Escondendo-se atrás de grossos ramos de carvalho, Keana sentiu o ímpeto de intervir, mas foi detida pela mão de Clariz em seu ombro – a diretora da L.A. apontou para quatro figuras que pairavam em cima de gravitares, seus rostos cobertos por máscaras de argila escarlate, assistindo à estranha cena.

— São dos Radicais Livres? — Keana sussurrou.

— Sim. Os que atacaram a escola, acredito. — Clariz então apontou para Mason. — Ele está sendo esculhambado — acrescentou. — Na realidade... Acho que todos eles estão.

Keana sentiu pena de Mason, apesar de ele ter sido horrível com ela. *Não é culpa dele. Ele não sabe das coisas*, pensou ela. A menina lembrou a tarde na Pré-Escola para Dormentes da Rainha Juliete, quando o rapaz parecia despojado dos preconceitos e munido de amor pelo irmãozinho e de indignação por Míria.

Keana levantou a mão discretamente, mirando a cabeça de Mason.

Resista, Mason... Resista..., pensou Keana, na esperança de que regras que ela não compreendia dobrassem a seu favor; a favor do que parecia certo. *Levante-se... Levante-se, Mason...* A garota revoluteou as palavras na mente, forçando tanto as têmporas que as veias estiveram a ponto de estourar. Em um átimo de segundo, a aguda frequência dos aros molhados de uma taça de cristal atravessou perfurante os ouvidos de Keana, sinalizando que *algo* estava acontecendo graças à sua interferência. A menina segurou firme o colar no pescoço, depositando nele a fé e a força. Sentia-se *segura*.

Sou responsável pelo desaparecimento de Addison Arpão, pelo sequestro de Míria Milfort e pelo ataque na Lúmen Academia. Diga! Keana ouvia a voz grave de Apolo Zéfiro, ao que Mason Bo Billy acenou diligentemente com a cabeça, captando as ondas psiônicas emitidas pelo covarde opressor.

— Zéfiro está incriminando Mason pelos seus atos — sussurrou Keana a Clariz, soltando o colar quando uma onda de calor subiu pela espinha e chegou às têmporas.

— Eu sou o responsável pelo desaparecimento de Addison Arpão... — Ao longe, elas ouviam a confissão forçada de Mason. A menina começou a suar, incapaz de controlar um leve crepitar de eletricidade estática surgida na ponta do dedo indicador.

— Keana, você precisa se concentrar! Respire com calma... Não deixe as emoções atrapalharem seus... — sussurrou Clariz.

— Não consigo... Eu o odeio — murmurou a garota, sentindo uma queimação forte no fundo da garganta. A estática dos dedos crepitava mais sonora.

— Me ouça... Pense no seu pai... na sua mãe... nas suas irmãs... nos seus amigos... Se você não se acalmar agora, vai perder todos eles... Eles vão perder você...

Os lábios de Keana sopraram suavemente, numa tentativa de afastar a raiva e a indignação que a envenenavam.

Silêncio.

Então uma faísca espontânea escapou dos dedos da garota, viajando

CAPÍTULO DEZENOVE

uns trinta metros de detrás dos carvalhos. Mason caiu no chão, a mente enfim libertada. Os quatro vândalos flutuantes depressa ajustaram os gravitares em direção ao bosque.

— Seu desgraçado maldito! SEU ASSASSINO! — clamou Keana enquanto disparava da floresta com as mãos estendidas. Keana correu até o homem e divisou quando os quatro gravitares oscilaram simultaneamente à medida que o corpo dela se aproximava.

— Você não tem nada de *Regular*, não é? — Apolo Zéfiro fitou-a no fundo dos olhos.

De repente sem conseguir respirar, Keana tentou cerrar os punhos, mas não reunia as forças.

Você me chama de assassino, ainda que seja a causadora da morte de Addison, ele falou por telepatia. *A família dele ainda não sabe, né? Quantos outros inocentes haverão de perecer, punidos pelo amor que sentem por você? Que grande fardo este de ser uma forasteira na família! Deve ser solitário carregar a morte dentro de si.* Enfiou a mão dentro da gola dela e arrancou-lhe o colar. Zéfiro examinou a joia por uma fração de segundo antes de esfarelá-la com as próprias mãos até ela desaparecer em uma fina nuvem de névoa púrpura.

Era *falso*. Uma rápida rajada de vento frio passou pelos dois quando Clariz mergulhou para puxar os braços de Zéfiro do pescoço da garota. A imediata atração gravitacional amplificada pela energia misteriosa da Keana lançou Clariz mais de dois *quilômetros* para a estratosfera. A mulher soltou um grito enquanto tentava um movimento espiral ascendente com o qual obtivesse impulso suficiente a fim de girar para baixo e tocar a terra firme mais uma vez. Enquanto ela recobrava a consciência, Apolo Zéfiro erguia um inconsciente Mason Bo Billy como um boneco de ventríloquo ao simples toque das mãos. O pirata fugitivo gesticulou agressivamente a mão aberta na direção de Keana, um movimento repetido pelo garoto esculhambado, que lançou um raio de alta-tensão direto no coração dela. Quando Clariz enfim pousou, os quatro vândalos esculhambados tinham recuperado o equilíbrio dos gravitares, uma vez que não mais atuavam as forças de Keana.

— Madame B'Olïva... Você *ainda* está ajudando Petropol? Depois de tudo que a fizeram passar? — falou Zéfiro. — Sua lealdade é patética.

Clariz caminhou até ele como se estivesse em transe. *Keana... Se puder escutar... Continue ouvindo a minha mente... Não dê ouvidos a nem uma palavra que eu disser.*

— Você acha que tenho algum interesse na pequena cabeça-de-trapo? Acha que passei quinze anos sozinho, deitado sobre minha própria urina congelada, noite após noite, numa cela infestada de insetos, para me vingar *de uma criança?* — rugiu Zéfiro, o fulgor branco nos olhos ainda mais brilhante.

— Então o que é que você quer? — perguntou Clariz num tom monótono, a poucos passos da aparente submissão.

— Comecei a ter sonhos do futuro quando eu ainda era um Tenente Júnior na Estação de Qosme do CPF. *Dom Quintino Velasque* me orientou a lhe relatar minhas visões em sigilo, até que eu tivesse bagagem suficiente para ser recrutado como surfista do tempo em Petropol — falou ele. — Eu confiava nele. Previ duas tentativas de invasão a Nefertitá por parte de xamãs escavadores de pedrazuis de Mang-Churiang. Ele acreditou nas minhas palavras; os invasores foram prontamente derretidos em Infernalha. Passaram-se algumas semanas: mais uma visão. Dessa vez, previ uma crise orçamentária de grande escala chegando a Petropol... De novo ele tomou minhas palavras por verdade e fez planos para realocar toda a inteligência visionária a Petropol. Daí passei uns seis meses sem nem um sonho sequer. Velasque começou a se ressentir de mim, pois meu silêncio o enfraquecia diante do rei. Ele temia que Sua Alteza estivesse à busca de um substituto... o que seria a absoluta ruína da linhagem Velasque. Até que... previ *a queda de Paradis*.

Clariz estava agora a dois passos dele, os ombros para trás, não mostrando nenhum sinal de resistência.

— Velasque *tomou* a minha premonição para si e passou a galgar prestígio no Palácio de Avalai. Concederam-lhe o total reinado sobre as relações diplomáticas, e ele coagiu Dona Fara a enviar um agente para espionar o povo do deserto. Velasque me tratou como um príncipe naquele ano. Pediu desculpas. Disse que minhas visões eram de valor inestimável. Disse até que eu o substituiria um dia como líder Visionário. Até aquela maldita mensagem numa garrafa... O pedido de socorro de Estela. *Me ajude! Estou grávida!*

Zéfiro riu.

— Dona Anna Milfort, que descanse com Diva, foi contra a *Expedição Ventaneira*. Mas os homens têm uma preferência perversa por resultados de curto prazo, não? Um dia, logo de manhã cedo, ouvi um pedido de socorro na minha estação. As frequências eram muito fracas, mas sempre fui o melhor ouvinte. Silenciei a mente até não ouvir mais nada além da batida do coração. Foi quando ouvi a voz dela. — Ele fez que sim com a cabeça, com um sorriso que logo se transformou em carranca. — *Aqui é a emissária Estela Bisonte em um Código 908. Emissária Estela Bisonte telechamando Qosme. Tenente Zéfiro, está na escuta?*

— O apelo de uma mulher desesperada. Será que o seu coração silencioso foi capaz de ouvir isso também? — falou Clariz.

— Lembra o que significa o Código 908, Madame B'Oliva?

— Contato com os inimigos das terras inexploradas.

Zéfiro riu.

— E sabe o que o Velasque fez quando informei a ele? Despachou-se imediatamente na minha estação. Achei que eu fosse ser mandado para a batalha, promovido, *elogiado* pela eficiência... mas ele me amarrou numa cadeira. Da minha torre de vigia, a quase *um quilômetro* do ponto de entrada, testemunhei a minha própria aproximação ao bloqueio de Divagar. Observei *alguém camuflado como eu mesmo* submeter os Ventaneiros um após o outro: Hármone Cervantes, Donald Alcigalho, Yuri Bo Billy... e Estela Bisonte. Ouvia os cavalos, os cânticos de guerra de centenas de homens e mulheres a poucos quilômetros da entrada para o nosso reino. A ilusão tinha sido reativada, e eles provavelmente se cansaram de andar às voltas das cachoeiras sem propósito nenhum. — Sacudiu a cabeça com ar de aversão.

Os vândalos pousaram os gravitares e desceram, aproximando-se da diretora da Lúmen Academia.

— Espera que eu acredite nas tuas lamúrias? — Clariz levantou o queixo, fazendo movimentos bruscos para manter afastados os vândalos flutuantes à sua volta.

Zéfiro arregaçou as mangas, mostrando uma série de queimaduras mal cicatrizadas ao longo dos braços pálidos e escoriados.

— Presenciei Velasque interrogar os Ventaneiros esculhambados por dias. Estela só falava de Edmar Milfort. De como ele tinha roubado o bebê dela. De como ela não podia voltar para casa *de mãos vazias*. Ele não é tão maternal quanto você, não acha? Yuri Bo Billy foi quem se deu pior. Na cidadela tinham acabado de queimar um dos olhos dele. Ele chorou de dor durante dias, implorando que nós não acreditássemos em uma só palavra dos lábios de Estela. Velasque enviou os Ventaneiros para casa; agredidos, paranoicos e fora de si. Ele me manteve amarrado àquela cadeira, me desgraçando, até que eu tivesse notícias de Edmar Milfort. Ele não podia arriscar um Ventaneiro Tríplice Laureado perdido na vida selvagem, a par de informações que poderiam minar a autoridade visionária — gemeu Zéfiro. — Para cada dia em que não localizei o Capitão Milfort, Velasque arrancava um naco de pele do meu braço. Todas as manhãs ele pressionava as unhas contra a minha carne e arranhava a parte de dentro. Ele me batia. Cuspia no meu rosto. Várias e várias vezes. Toda vez que eu falhava. Jurei a Velasque que não tinha como. Para mim, a sensação era que o Capitão Milfort estava *morto*. Mas ele não cedia. Toda noite, antes de se despachar para dormir junto à neta recém-nascida, Dom Quintino queimava minhas feridas com fogo. — Zéfiro sorriu, quase convidando Clariz a tocar as cicatrizes. — Conte.

— Zéfiro...

Keana ouviu tudo de onde estava. Ela não conseguia se mover.

— CONTE! — rugiu ele.

Clariz obedeceu.

— Ele torturou você por dez dias.

CAPÍTULO DEZENOVE

— Até que eu acordei de um sonho... Ouvi o choro de um bebê. Sentia o cheiro de carne podre e putrefata. Ouvi uma selvagem repetindo a mesma coisa várias e várias vezes... *Ke'A'Na*... Senti o Capitão Milfort vivo novamente. Pela primeira vez em dez dias. — Zéfiro soltou um riso abafado. — Sabe o que Velasque fez quando contei que Milfort estava voltando para casa? Convocou de novo o meu dublê. Nunca troquei nem uma palavra sequer com o Capitão Milfort na minha vida. Velasque me desamarrou e se despachou direto para o Palácio de Avalai para informar o rei de uma traição. Fui condenado a quinze anos na Prisão Perpétria, violado de todas as maneiras por guardas Brasas ignorantes que exigiam que eu lhes contasse quem era o meu contato com os Anibalianos. Toda vez que eu lhes falava que tinha sido o Velasque a me incriminar injustamente, um deles enfiava dois dedos nas minhas narinas e acendiam fogo — gritou ele. — E aqueles eram os dias *bons*. Ninguém jamais me visitou. A única compaixão que encontrei foi a oração com uma trovadora de Lúmen, enviada uma vez por mês para me ajudar a expiar *meus erros*. Ela foi a única que não me chamou de mentiroso... Ela acreditava que os paradisianos precisavam ter a escolha de partir e ver o mundo por si mesmos... Pediu que eu passasse meus dias meditando... tentando desencadear uma visão, uma maneira de sair... Mas eu não distinguia o passado do presente ou do futuro... Não distinguia a verdade da mentira... A vida da morte... Até que ela me deixou um presente. Uma seringa suja com uma agulha bem grossa, cheia de transmuto, até a borda. A princípio não entendi o motivo, já que corpos não entravam nem saíam de Perpétria por despacho. Mas mentes, sim... Apliquei a injeção na noite depois da partida dela e consegui sonhar novamente... depois de anos ouvindo nada a não ser meus próprios tormentos sempre que eu era abatido pelo sono. Sabe o que eu vi, Clariz? — Soltou um riso abafado. — Vi, nas minhas mãos, o Selo dos Espíritos. Segurei-o contra o luar, abrindo os Portões do Paradis sem fazer o mínimo esforço. Mas o caminho da minha cela gelada para aquele evento glorioso começou com uma garrafa vazia de vinho de figo amoriano. Bem ao lado, uma lista de estudantes estrangeiros da Lúmen Academia *não guardada*. Quando um acólito entrou para pegá-la de volta... Você estava bêbada demais para impedi-lo, Clariz.

Keana conseguiu abrir os olhos. Os olhos de Clariz fulguravam, brancos. Ela estava ajoelhada, submissa.

— A data no papiro era 4 de leão, ano 2015 depois de Diva. — Zéfiro soltou uma risadinha. — *Aconteça o que acontecer, Clariz, não adie a Cerimônia de Boas-Vindas. É preciso que ela aconteça em 4 de leão.* Zéfiro imitou o tom e a inflexão de Dona Nicoleta.

Os quatro vândalos mascarados sob o comando de Zéfiro agora se encontravam perto dela, prontos ao ataque.

— Sabe, a velha bruxa voadora estava metida nisso! Todos eles estavam. Dona Anna Milfort não tinha planos de partir. Ela esperava que o filho retardado recobrasse o juízo. Não tinha certeza de que um dia ele voltaria a limpar o próprio traseiro. Falei à trovadora que a minha única chance de escapar seria durante um rebuliço no desfuneral de Dona Anna. Na última vez que eu a vi, ela orou pela minha alma e disse ter feito a parte dela para garantir que a fuga se realizasse antes de 4 de leão. O resto estaria nas mãos de Diva. — Ele riu. — Ainda não sei o que havia de tão importante nessa data. A cada dose do transmuto, minha mente sobrevoava toda a Lúmen, à procura do Selo dos Espíritos. Minhas narinas foram tomadas pelo fedor de pobreza e imundície humanas quando senti a proximidade do aparato. Eu me vi em Paupereza, a poucos metros da Ala de Cura Popular onde Estela Bisonte tinha sido internada. Sabia que estava com ela. Sabia que ela o tinha roubado da cidadela. Sabia que alguém teria de pegar dela.

Foco... Ouça meus pensamentos, Keana... Se puder, por favor...

— Eu estava escondido nas proximidades de Primeva quando a trovadora me reencontrou. Falou que Estela tinha uma filha moradora de Paradis, criada pela família do Capitão Milfort. A garota só precisava amadurecer, daí visitaria Estela, sozinha. Veja esses idiotas *Radicais*... Achando que *eles* usavam *a mim* para a causa deles? — Zéfiro soltou um riso abafado, girando duas vezes o dedo indicador em círculo,

CAPÍTULO DEZENOVE

observando encantado os quatro vândalos imediatamente flutuarem ao redor de Clariz numa velocidade duas vezes maior. Eram seus brinquedos. — Não fazíamos ideia de como encontrar a filha de Estela até que a Filipa aqui fez a gentileza de nos avisar que a garota estava jantando com um jovem patrulheiro. — Inclinou a cabeça para um dos quatro vândalos mascarados, que fez reverência à menção do nome dela. — O quebra-cabeça tinha ganhado uma nova peça: *Beco do Sapateiro*, um patrulheiro cabeça-de-trapo deveria me surpreender enquanto esculhambava a mente de um velho numa tentativa de roubo... Como se Dinheiros me fossem de alguma serventia. — Zéfiro riu em silêncio. — Sob o meu comando, o garoto convenceria a filha de Estela a visitar a mãe e pedir uma prova de suas origens. Eu estava convencido de que seria fácil... mas não foi bem assim. Nunca tinha visto a menina em nenhuma das minhas visões, mas lá estava ela, *desafiando o destino*. No início não dei muita importância, mas, depois que ela desviou minha arma de choque com as próprias mãos, soube que ela já tinha posto as mãos no Selo dos Espíritos. Que outra explicação haveria?

— Então foi aí que você ultrapassou os limites, Zéfiro? — Clariz lutava para dizer as palavras. — Decidiu que já tinha levado todas as surras que era para levar... E que agora era a vez de outra pessoa?

— Cale a boca!

— Não é homem suficiente para ir pessoalmente atrás de Velasque? Precisa perseguir e atacar garotinhas para mandar recado?

— Falei para *calar a boca!* — Apolo a esbofeteou com o dorso da mão. — A última peça do quebra-cabeça é o seu lindo rostinho ajoelhado diante de mim. *Você* vai fazer a menina me dizer onde está escondido o Selo dos Espíritos. *Você* vai me ajudar a infiltrar os Anibalianos em Paradis, de modo que até o último Visionário perca para sempre o borralho da presciência, ainda que eu tenha que mandar esta ilha miserável para o fundo do oceano!

Os olhos de Clariz ainda emitiam o fulgor branco.

— Só mais uma coisinha que lhe escapou, Zéfiro — anunciou ela, e o brilho branco nos olhos esvaneceu de uma só vez. — Já fui casada com um Visionário. Conheço todos os truques que vocês têm na manga.

Levantou-se, surpreendendo Zéfiro e os vândalos esculhambados.

— Keana! AGORA! — Clariz gritou enquanto a caçula dos Milfort se punha de pé e erguia a mão direita na direção de Zéfiro, acendendo os próprios olhos com o branco-esculhambante roubado dos dele. Clariz olhou para a lua, lançando-se a centenas de metros para o céu em poucos segundos. Quando os quatro vândalos olharam para Keana, foram instantaneamente atordoados.

— É você! — rugiu Zéfiro, erguendo a arma de choque.

Do alto da ponta da sequoia mais alta do Parque Zulaica, Clariz viu um círculo de pontos errantes, com Zéfiro ao meio. Ela torceu o corpo de lado e abriu as pernas para agarrar o pescoço de Zéfiro enquanto este disparava a arma de choque. Um forte puxão das coxas desviou os raios, que passaram por cima da cabeça de Keana.

— Bons sonhos, Zéfiro! — gritou ela, colocando força nas pernas musculosas e quebrando o pescoço do bandido. A cabeça de Zéfiro oscilou de lado, ainda ligado ao pescoço pela pele.

Keana gritou de raiva, emitindo um brilho ofuscante que deixou inconscientes os vândalos esculhambados. Estava determinada a *acabar com ele*. Olhando para o corpo contorcido de Zéfiro, ela sentiu a mesma sensação fria e formigante que tinha descido sua espinha ao beijar Addison naquela noite trágica no Beco do Sapateiro.

— Ele está...? — ela pensou em voz alta.

Limpando a grama molhada das calças, Clariz colocou a mão nos ombros da garota Milfort.

— Sim, menina. Ele está.

Uma única lágrima de remorso escorreu pela face de Keana.

— Nunca deveria ter dado aquele beijo... — Os olhos dela doíam. Sentia um nó na garganta. *Matei Addison.* Antes que os olhos nublados terminassem de esquadrinhar o perímetro, eles pousaram em Mason Bo Billy.

— Fique longe de mim! — Na ofensiva, o jovem aprendiz de Faísca

CAPÍTULO DEZENOVE

tentou acender as mãos, mas conjurou apenas uma estática fraca. Olhou para o corpo inconsciente de Dama Imogênia no extremo oposto das árvores. Keana quis se aproximar da garota, para avaliar a necessidade de ajuda.

— Não chegue perto dela! — ordenou Clariz.
— O que é que você é, Milfort? — gritou Mason.
— Mason... — Keana olhou para ele, na esperança de acalmá-lo.
— Não chegue perto de mim! Fique longe de mim! — Foi até o corpo inconsciente de Dama Imogênia, pegou a mochila e correu floresta adentro.
— Deixe-o ir — ele ouviu Clariz dizer. — Vou chamar a Polícia Visionária.

Quando
Sábado, 7 de leão, 2015 a.D., 07:25.

Onde
Jardins Aquáticos de Reinha Allison, Lúmen.

A MAIORIA PODERIA DIZER QUE SÓ UM CORAÇÃO DE PEDRA SERIA CAPAZ DE ignorar a obra-prima quase transgressora que brilhava nos céus matutinos de Lúmen. Foi precisamente um coração cheio de decência e compaixão, todavia, que levou a jovem Flora Velasque a limitar a própria estupefação a um aceno com a cabeça. Seria infrutífero tentar mais uma ponte com a mente da protagonista de sua saga; Keana não havia pensado nela desde que a conexão nas proximidades do Parque Zulaica fora interrompida. Ainda que Flora fosse capaz de sentir se o perigo abatera a única aliada, o *silêncio* não haveria de consolá-la. Ao passar pela entrada desguarnecida dos Jardins Aquáticos de Reinha Allison, a neta de Dom Quintino sentiu a alma forrar-se de tristeza pela ausência das crianças primitivas que sentiam imensurável alegria ao brincar com os animais livres naquele que era um lembrete meticulosamente executado da natureza de fato aberta. Segurando um novo aparato sobre o rosto, ela sentiu vergonha pela população neandra de Paradis que não havia recebido acesso ao oxigênio respirável.

— Wanda... você está aí? — sussurrou baixinho em um tom de voz rascante, ajoelhando-se junto ao lago onde vivia sua nerpa de estimação. Por um segundo, Flora se perguntou se o ar mais rarefeito também afetara sua amiga subaquática. A única herdeira dos Velasque viu que era momento de se sentar de pernas cruzadas, fechar os olhos e estender os braços para o lado, as palmas voltadas para cima, descansando-as acima das patelas. Concentrou-se na respiração, tentando abafar os chiados artificiais produzidos pela ventosa acoplada a seu rosto. O Sol não só estava mais forte, tal um círculo de fogo rosado, como também tinha um toque quente sobre a pele pálida. A combinação de sensações agradáveis relativamente facilitou que a luz branca viajasse até o âmago, abrindo-lhe as pálpebras em transe.

— *Wanda... me deixe entrar...* — tentou ela, buscando a candura sempre encontrada nos olhos de seu animal. Nada ondulou na superfície. — *Wanda... aqui é seguro... Me deixe entrar...*

— É melhor que esteja certa, minha querida — disse uma voz familiar.

— Vovô?! — exclamou Flora, piscando rápido para sair do transe.

— Não quis assustá-la, ainda que saiba que não vale a pena tentar comungar com sua foca em público. — Suspirou, com ares surpreendentemente mais leves que de costume.

— Não tinha ninguém aqui. Achei que não haveria problema — ela recuou, sentindo que devia uma confissão ao avô.

— Você não está em apuros, Flora. Só vim dizer um oi.

— Ah... oi?

— Não é assim que funciona, você sabe — sugeriu ele. — Comungar. Você não pede permissão ao animal. Você *oferece* sua atenção e deixa que *ele* venha até *você*. — Anuiu com a cabeça. — Só precisará do consentimento se estiver tentando *cruzanimar*. Mas a menos que

CAPÍTULO DEZENOVE

você saiba exatamente o que está fazendo *e* esteja acorrentada a um muro muito resistente...

— É engraçado... Nunca tomei o senhor por mestre defensivo, vovô. Sempre achei que estivesse mais para esculhambador ou obsessor...

Seu avô pareceu concordar.

— Quando despertei, não ligava muito para as artes visionárias ofensivas. Na sua idade, eu queria ser um *surfista do tempo* — relembrou ele, em uma clara tentativa de quebrar o gelo.

— Sério? Eu também queria ser *turfista*! — Começava a gostar dele, embora lá no fundo estivesse desconfiada. Será que ele ainda se infiltrava nos pensamentos dela? Como é que saberia? — Mas acho que ser visioveterinária é um objetivo mais atingível.

— Você está certa. Surfar no tempo talvez seja o mais raro dos nossos dons. E de longe o mais empolgante. Esculhambadores, obsessores e leitores de mente são predadores naturais. Somos ladrões de privacidade. Temos certa autoridade sobre as pessoas que pode ser intimidante.

— O que está havendo com o Sol hoje? Por que temos que usar isto?

— É uma semana muito peculiar, não? — respondeu ele. — Há séculos nosso país é procurado por forças externas, Flora... Forças que desejam nos dominar e roubar nossas riquezas.

— Vovô, é exatamente por isso que tenho dificuldade em acompanhar o jargão político... Apenas me diga o que está em jogo aqui. — Se ela ia ter que falar com ele, poderia muito bem obter informações reais. Não era mais hora de especulações.

— Muito bem. Nosso modo de vida é o que está em jogo. Levou muito tempo para o nosso povo fazer uma descoberta preocupante: embora as pedrazuis do Monte Lazulai permitam uma perspectiva do infinito, elas mesmas não são infinitas — explicou ele.

Flora compreendeu a situação. Entendia o porquê da preocupação dele, mas realmente valia a vida das pessoas? Ela não ignorava o fato de estar entre os privilegiados que haviam recebido uma máscara que lhe ajudasse a respirar.

— Depois da Guerra Perdida, os inimigos de Paradis conseguiram levar com eles uma quantidade significativa de nossas pedrazuis: a cabeça inteira da estátua original de Madre Diva. Quando esgotou por completo a energia das pedrazuis, os cristais se tornaram nebulosos por dentro, e os selvagens começaram a vivenciar doenças e a morte. Quando todas as suas pedrazuis tinham virado nada além de diamantes sem valor, eles começaram a tramar excursões de volta a Divagar.

— É por isso que todo mundo diz que o céu de Paradis é diferente de qualquer outro?

— Foi pedido aos Truqueiros que projetassem um manto permanente sobre Paradis a fim de evitar que os forasteiros nos encontrassem; como uma camada fina de nuvens congeladas no céu. É tão eficiente que até *as aves* jamais nos localizam. Os campos de força truqueiros são tão densos na deflexão que torna embaçado tudo o que lhes é externo. O que você vê acima da cabeça agora é a simples... *realidade*.

— Isso é loucura, vovô... Eu não... Como... E as folhas? Por que estão amarelando de repente? — Flora soou o mais jovial possível, a fim de que o velho não suspeitasse das verdadeiras razões da pergunta.

— É um dos sinais do enfraquecimento de divinidade no ar... Sem o clima controlado e o tecido que regenera o magnetismo extraído das pedras, o ciclo de vida das plantas não escapa mais dos estágios originais... Fora de Paradis há outras duas estações, conhecidas como *outono* e *inverno*. Sempre foi essa a realidade dos forasteiros. Tudo floresce, cresce, murcha... e morre.

— Então é isso que vai acontecer com a gente? Todos vamos murchar e morrer?

— É o que Petropol está tentando evitar... E ainda assim sua geração acha que somos os inimigos!

— Posso lhe contar um segredo, vovô? — Ele revelava segredos profundos. Parecia justo oferecer um em troca. — Tudo o que vi na minha saga até agora aconteceu exatamente do jeito esperado. Algumas das visões são horríveis demais para descrever, e jamais quero pensar nelas novamente... mas a última foi a mais estranha de todas.

CAPÍTULO DEZENOVE

— Qual é?

— Envolve o senhor. Acordei na cama, com os cabelos molhados e uma cara de choro. Meus olhos pareciam adoentados e eu ouvi muitos passos. Só que a minha cama não estava no quarto.

— Onde estava a sua cama, Flora? — perguntou. Ele soava cauteloso, quase tenso.

— Estava no Palácio de Avalai. Toda a nossa família estava morando lá. Inclusive alguns parentes distantes de Darwinn. Depois disso, tudo o que vejo sempre que tento lembrar é água… Água por toda a minha volta. É por isso que vim aqui hoje. Para tentar comungar com Wanda e ver o que mais descubro.

— Deixe-me compartilhar um segredo com você. Nosso clã tem sido muito bem-sucedido em repelir as ameaças… Muitíssimo bem-sucedido, na realidade.

— O que quer dizer?

— Bem, sentir-se seguro traz o problema de que se perde o perigo de vista. É o que aconteceu com todos neste país. Petropol afastou tanto os reais perigos que o povo parece ter se esquecido de que eles existem. Você soube que *duas* pessoas foram *assassinadas* esta semana aqui em Lúmen?

— Assassinadas? Como assim assassinadas? — Ela riu de nervoso.

— Alguém encontrou uma maneira de dissipar a divinidade. Primeiro na quarta-feira e depois ontem à noite. — Dom Quintino soltou um suspiro. — Espero que eu possa confiar-lhe uma informação confidencial. Você sabe que um dia será o seu trabalho investigar estes problemas.

Flora não tinha certeza de quanto poderia compartilhar com ele.

— Na noite anterior ao meu despertar, tive um sonho muito estranho com um garoto que eu conhecia… Não pensei muito nisso, até que ele apareceu de novo na minha saga… Você disse que alguém foi morto ontem à noite? — Ela agiu com ar inocente.

— Aquele homem perigoso que fugiu da Prisão Perpétria no último domingo, Apolo Zéfiro? Não o capturamos como noticiaram as rosetas. Ele foi assassinado no Parque Zulaica.

Flora manteve a calma.

— Sabe quem o matou?

— Estamos trabalhando nisso. Sua diretora estava na cena do crime, mas não conseguiu explicar a fatalidade. Prendemos quatro suspeitos e, céus, que mentes povoadas!

— A primeira coisa que vi quando despertei foi um ataque no Beco do Sapateiro. Addison Arpão, o patrulheiro regular? Eu o vi na balsa aquela manhã e recomendei cuidado, mas não fazia ideia de que a morte estivesse rondando; achei que ele fosse ficar bem. Madame B'Olïva não tinha nada a ver com isso. Eu diria ao senhor se ela fosse uma má pessoa. Na minha saga, foi este Zéfiro que atirou nele — confessou ela, sentindo-se mais leve de repente.

— Compreendo... Deve ter sido muito perturbador ouvir a confirmação de que ele não sobreviveu.

— Sim... Fazer pontes entre mentes ainda é um desafio para mim, vovô. Tentei manter contato ininterrupto com Keana, e já tínhamos feito a ponte antes, daí ouvi sussurros em sua mente, ao longe. Ontem à noite, logo depois que ela recebeu a notícia, a ouvi chorando durante todo o caminho para casa, enquanto eu voltava da L.A — Flora irrompeu seus infortúnios, esquecendo de súbito que este homem que sempre lhe foi o mundo teria muito bem se tornado um forte adversário.

— Keana...?

— Fomos amigas na Rainha Julieta quando éramos pequenas. Meio que perdemos contato quando passei a ter aulas em casa, mas nos reencontramos na Cerimônia de Boas-Vindas esta semana. Ela tinha uma queda pelo Addison.

— É bom reencontrar os amigos... Que clã acolheu a sua amiga?

Flora percebeu que talvez tivesse dito mais do que pretendia.

— Nenhum. O convite foi um erro administrativo. Ela é uma Regular.

— Keana... Esta semana ela não esteve em sua casa? Acho que nunca vi essa garota.

— Talvez a tenha visto... Keana Milfort? Ela é filha de Edmar Milfort.

CAPÍTULO DEZENOVE

Quando
7 de leão, 09:29.

Onde
Alameda Calafrim, 27, Parque Zulaica.

— MENINOS, VOCÊS ESTÃO PRONTOS? A ARRUAGEM ESTÁ NA FRENTE! — JAMIE ouviu um dos pais gritar da sala. Bem que ele dormiria um pouco mais. Descendo as escadas até a sala, teve a visão de uma manhã de sábado familiar.

Zácaro Chispe tinha colocado a cabeça pela janela. Vestindo uma túnica de pele de tigre e sandálias de tiras de vegigoma, o Primeiro Cavalheiro dos Ventaneiros se dirigiu à cozinha para continuar preparando o café da manhã de despedida aos dois filhos mais velhos. Jamie observou-o esfregar suavemente o selo braseiro de um lado do fogareiro e passar as mãos pela superfície, em círculos, esperando o aumento de calor. Quebrando meticulosamente seis ovos de frango-d'água, Zácaro passou a um triturador de alimentos, movido por um selo faísca, para preparar sua especialidade: leite de bisonte batido com cenoura-roxa, tâmara e figo.

O zumbido potente do triturador logo abafou o zunido de um bipe que vinha do canto mais distante da sala. O barulho atraiu o jovem Jameson à cozinha.

— Bom dia, pai... O papai está acordado? — Desceu as escadas bocejando.

— Não, e se acordá-lo te despacho pra Primeva — rosnou Zácaro, oferecendo a face para um beijo de bom-dia do rebelde caçula. — Dormiu bem?

— Mais ou menos. Não paro de pensar, pai — Jamie franziu a testa. — Não quero que eles se metam em confusão.

— Ontem à noite dei uma bronca nos seus irmãos. Depois que eles forem embora, ficarei de olho em Gaio Faierbond e na trovadora, não se preocupe. — Zácaro colocou a mão no ombro dele.

— Avisei a vocês que o professor Faierbond estava envolvido no Elo de Sangue! Vocês nunca prestam atenção em mim! Como alguém faz isso com a própria sobrinha? É revoltante — Jamie abanou a cabeça.

— Jameson, você ainda está nessa de conspiração? É tolice! Segundo a Polícia Visionária, Míria foi levada por Ugas. Devemos agradecer por ela ter voltado inteira para casa — acrescentou Zácaro com uma doçura incomum.

— E você acredita neles?! Pai, os Visionários são mentirosos! Eles são manipuladores! Eles são...

Severo, Zácaro silenciou o filho levantando o indicador direito, enquanto a mão esquerda lhe apertava o lóbulo da orelha. Com os olhos, o homem demonstrou concordância. As palavras, porém, não o fizeram. Então o pai de três filhos olhou para o caçula como se suspeitasse que estivessem sob escuta.

— Chega de canais de piratas, mocinho. *Os Visionários sempre nos protegeram.* O café da manhã está pronto! — Zácaro acrescentou, com ar calculado.

— O cheiro está bom... — Jamie fingiu concordar. — Eles ainda não desceram?

— Não sei que raios divinos estão aprontando. Lohan ainda está fazendo a mala, e Kali vai acabar saindo um borralho da banheira — brincou o pai, com ar meio sério.

— Pare de implicar com eles... Vai sentir saudade quando estiverem em Kalahar. — Jamie arqueou as sobrancelhas, antes de se servir de um copo de batida cítrica matutina.

— Diva, o tempo voa... Em poucos anos, você também vai partir. — Zácaro suspirou.

— Eles estarão de volta antes de eu partir. Com esposas e filhos, provavelmente. — Jamie encolheu os ombros, lambendo o bigode de creme roxo-claro que adornava seu lábio superior. Algo lá no fundo lhe mandava ficar alerta.

— Como foi a primeira semana na L.A.? — Zácaro perguntou, indiferente, cuidando dos ovos mexidos.

CAPÍTULO DEZENOVE

— Foi tudo certo, eu acho. Esperava ver mais ação — confessou ele.

— Mais ação? — Zácaro zombou. — Mocinho, tenho certeza de que você viu mais ação em uma semana do que toda a Lúmen em décadas. Eu nunca tinha visto chuva nem neve de verdade até partir para Kalahar. Isso aos dezenove anos.

— Você sabe o que eu quero dizer — Jamie revirou os olhos, sinalizando que não queria mencionar certas coisas em voz alta.

— Uma criança desaparece, um desfuneral explode pelos ares, um apagão seguido de roubo em nossa própria casa *e* sua classe é atacada por vândalos? Diva, você está pior do que seus irmãos. — Zácaro soltou um suspiro exasperado.

— Toda a ventania que aprendi esta semana foi com Kali e Lohan... — Jamie bocejou mais uma vez, levantando uma sobrancelha ao ouvir o sinal sonoro que aparentemente vinha da sala.

— Confie em mim, quando você chegar a Kalahar... ciclones e tufões vão ter mais cara de boletim do que de aventura. — Zácaro forçou um sorriso. — Que outras aulas você teve?

— Cartografia... um pouco chato, para ser honesto. O Professor Valette parece bom, mas ele mais fala do que faz. Sabe o que quero dizer?

— Infelizmente, sei — o pai resmungou baixinho.

— Eca... — Jamie respondeu quase que imediatamente.

— Diva, às vezes esqueço que eu sou pai. — Zácaro riu para si mesmo. O sinal sonoro cada vez mais alto o fez virar a cabeça por um segundo. Então, se voltou novamente, agora para um Jamie que se encolhia. — E quanto à alquimia agressiva? *Ainda* está fora do currículo?

O menino assentiu com a cabeça, pronto a dar de ombros.

— É a aula mais esperada de todo mundo! Acho que eles realmente não querem que a gente se defenda sozinho. Sabia que é possível cegar alguém com seiva de erva-tostão? — Jamie perguntou.

— Ah, sim... Venenos e tônicos fazem toda a diferença quando se luta entre iguais numa batalha — concordou o pai, distraído pelo alarme.

— Que barulho é esse? Acho que está vindo do oráculo — falou Jamie, e o pai fez sinal para que ele fosse checar. — Sim, é o oráculo — confirmou o filho, vendo a bola de cristal pendurada no canto do teto anunciar uma *teletransmissão* na espera. — Quer assistir? — perguntou ele enquanto o pai desligava a grelha.

— Por que não? — concordou o homem; em seguida, Jamie esfregou o selo visionário abaixo da bola de cristal e sentou-se no banco de carvalho da sala. Surgiu uma fraca luz prateada ao centro do oráculo, seguida de um rosto muito familiar usando uma ventosa frouxa.

Bom dia, paradisianos e espectadores distantes de toda a Divagar. Hoje, em uma edição especial da teletransmissão *Justiça do Povo*, de Marjorie Peçonha, chegam às ondas anos de uma investigação especial, na esperança de saciar a sua sede por segurança e moralidade. Estou diante da Lúmen Academia de Estudos Divinos, um refúgio de conhecimento, disciplina e treinamento aos jovens alunos do reino agraciados pelos dons de Madre Diva. Esta semana, a Lúmen Academia sofreu um terrível ataque perpetrado por uma organização clandestina conhecida como Radicais Livres. Os vândalos deixaram uma mensagem enigmática: "Finita Eternidade". As autoridades petropolitanas acreditam que eles estejam conspirando para derrubar a sociedade divina em favor das nações mortais. "Quem são esses Radicais Livres?", você aí em casa pode estar se indagando. Por séculos, eles se esconderam nas sombras, tramando ataques à soberania do nosso reino e ajudando a orquestrar uma incursão dos nefastos selvagens que desde tempos imemoriais vêm travando uma guerra unilateral contra os filhos de Madre Diva. Libertar piratas da Prisão Perpétria? Esculhambar de maneira irreparável inocentes patrulheiros regulares? Raptar crianças pré-escolares? Destruir nossas instalações de ensino? Atacar covardemente um membro da nossa querida Família Real? Do

CAPÍTULO DEZENOVE

que esses cruéis terroristas não são capazes? Usando esta trucâmera no pescoço, participei de suas reuniões sob falsos pretextos durante um período de dois anos e, com a ajuda da eficientíssima Polícia Visionária de Petropol, hoje vamos expô-los todos.

MARJORIE PEÇONHA — *Lúmen Academia*

— Que se lasque esta senhora — rugiu Jamie, as mãos tremendo para esfregar o selo visionário sob o oráculo. — O que era aquela coisa na cara dela, pai?

— Nada com que os Ventaneiros tenham de se preocupar, filho. Por que desligou? — perguntou Zácaro enquanto passos anunciavam que Kali e Lohan desciam para o café.

— Bom dia, família! — cantou Lohan, as robustas botas de algodão marrom dando as caras.

— Que clima de desfuneral aqui embaixo! — Kali soltou uma risada, entrando na sala para dar com o pai e o irmão caçula se entreolhando.

— O que tem de café da manhã? — Lohan passou por eles, dando um beijo na face de Zácaro e puxando a gola de Jamie para ajeitá-la. Na porta, duas batidas abafadas puseram Zácaro em alerta. Por contato visual, Jamie fez o possível para comunicar aos irmãos que eles não estavam numa manhã muito boa.

— A hora marcada. Na teletransmissão — Zácaro ordenou a Jamie, que permaneceu parado. — *Vá olhar o borralho da hora marcada!* — explodiu Zácaro, assustando o caçula, que logo se pôs em ação.

— Está escrito assim: *Quando: 7 de leão, 2015 depois de Diva, 07:15. Onde: Lago Smilodon, Lúmen Academia.* Daí tem... tem... só um monte de coordenadas — gaguejou Jamie.

Mais duas batidas na porta, ainda mais abafadas.

— Não vão atender? — perguntou Kali, preparando-se para ele mesmo ir ver.

— Não! — sussurrou Zácaro, detendo-o, as narinas dilatadas como um animal selvagem em perigo. — Ontem à noite você disse ter parado de frequentar as reuniões dos Radicais depois do afastamento de Dona Anna. — O pai dos três respirou bem fundo. O olhar no rosto dos dois mais velhos era a imagem clara da decepção.

— A gente mentiu — Kali engoliu as palavras, envergonhado.

Em seguida, três batidas fortes na porta foram seguidas do aviso entoado por uma voz masculina.

— Polícia Visionária, abram!

Sensato, Lohan passou correndo pelos dois, enquanto os demais ficaram estacados, com os olhos cravados uns nos outros. Abriu a porta, um sorriso no rosto.

— E aí, Jinx? — disse o Chispe mais velho ao reconhecer o camarada Radical Livre que usava a ventosa para suportar os ares mais rarefeitos.

— Esta é a residência de Lohan e Kali Chispe? — O Tenente Jinx berrou atrás da ventosa, aparentemente sem se deixar perturbar pela intimidade tentada pelo mais velho dos jovens Chispe.

— Kartamundo, o que está acontecendo aqui? — Lohan murmurou baixinho, observando uma ávida Marjorie Peçonha a poucos passos atrás do Visiotenente, acompanhada por seu ofegante assistente, um mancebo pálido e corpulento… visivelmente um borralho, o coitado. Também usavam ventosas, ao contrário de Chispe. — Marjorie, o que está fazendo? — O Chispe mais velho estreitou os olhos.

— Popy, está gravando? — murmurou Marjorie de canto de boca.

— A câmera está pronta, senhorita Peçonha — sussurrou ele em resposta, enquanto ela dava uma última olhada em seu espelhinho de mão.

— Que borralhos vocês dois acham que estão fazendo? — Kali saiu, estendendo as mãos num gesto defensivo para se dirigir ao camarada Radical Livre com a intimidade que sentia de direito.

— Lohan e Kali Chispe, vocês estão presos por sua participação no sequestro da manceba dormente Miria Faierbond — proclamou o Tenente Jinx, batendo um par de <u>visialgemas</u> nos pulsos de Kali.

CAPÍTULO DEZENOVE

O simples clique do aparato de imobilização estourou um balão feito de intestinos de javali, liberando uma quantidade exorbitante de água nas mãos e antebraços do prisioneiro, a fim de impedi-lo do uso da divindade.

— Senhor Chispe — Jinx dirigiu-se a Lohan, enquanto a câmara de Marjorie Peçonha captava até o último detalhe. Lohan sacudiu a cabeça, negando um desejo ardente de quebrar o pescoço de Kartamundo ali mesmo, para o deleite de toda Divagar. O contato visual do Visiotenente sugeria que era melhor Lohan obedecer. Com milhares de espectadores diante deles, porém, falar abertamente pareceu infrutífero.

— Senhor Chispe! É verdade que forneceu aos Radicais Livres informações de sigilo governamental obtidas graças à sua relação familiar com Dom Orlando Chispe, líder dos Ventaneiros? — Marjorie Peçonha se aproximou dele, segurando em ângulo estratégico um minúsculo digitalizador vocal.

— Você se refere ao meu pai? Deixe-o fora disto, Marjorie. Já sou adulto. Posso responder pelas minhas próprias posições políticas. Estou surpreso por ver sua mudança repentina. Parecia muito menos tensa nas reuniões, insultando a Princesa Imelda e revelando os segredos do CPF. Seu irmão trabalha lá, não é? Tristão Moriarte? — Lohan encarou a câmara de frente. — Cidadãos, vocês estão sendo enganados! Petropol *continua* mentindo na cara de vocês! — O Chispe mais velho enfiou o rosto na frente das lentes do jovem Popy.

— Lohan, cale essa boca e obedeça! — ordenou Zácaro. — Você está assediando os meus filhos, senhorita Peçonha. Desligue a câmara ou se verá com o próprio rei.

— Que raios divinos está acontecendo aqui embaixo? — gritou Dom Orlando Chispe, o líder dos Ventaneiros, com cabelos impecavelmente penteados para trás, usando um robe marrom fechado próximo ao pescoço e óculos de leitura. Dom Orlando então apontou para a câmara, condensando toda a revolta e indignação na ponta do dedo indicador. Definido o alvo, uma potente rajada de ar irrompeu do centro da caixa de madeira, destruindo-a com força total.

O impacto da *combustão seca* atirou Marjorie e o assistente e os enviou voando por mais de dez metros.

— Seu cavalo! — gritou ela entre grunhidos de dor, pelejando para se botar de joelhos.

— Acabou o espetáculo, Peçonha. O que significa tudo isso? — perguntou Dom Orlando.

— Eu tenho um mandado emitido pela Prisão Perpétria para os seus dois filhos. São acusados de uma série de crimes contra Diva. Se não vierem voluntariamente, estou autorizado a chamar auxílio e fazer uso de força — explicou o Tenente Jinx.

— Autorizado por quem? — Dom Orlando fez a pergunta cuja resposta já sabia. As palavras que então saíram da boca do Tenente Jinx foram suficientes para deflagrar no jovem Jameson Chispe uma fúria indomável.

— Dom Quintino Velasque.

CAPÍTULO VINTE

Gritos PRIMÁRIOS

Quando
7 de leão, 10:15.

Onde
Primeva, arredores de Lúmen.
51° 37' N, 0 ° 09' O ✣

A SÉTIMA ZONA DA CAPITAL DE PARADIS DOBRAVA COMO UM REFÚGIO SEGURO para os Ugas. Semelhantes na aparência neandra, mas ainda opostos polares em valores, sofisticação e posição social, os primitivos e os telepatas eram provas vivas das dinâmicas de dominação que os separavam ao longo dos séculos. Fora cansativa a batalha perdida pelos Ugas em sua infinita jornada ao leste, de volta à terra natal – o reino aberto da Paleolita. Presos a uma terra por quem eram indesejados, os descendentes das antigas tribos xamânicas procuraram abrigo na isolada floresta de abetos nas cercanias de Lúmen. Ao longo dos séculos, o "bairro" de Primeva culminaria com uma comunidade neandertal oficiosa na natureza selvagem, disposta a acolher estorvos, borralhos, sem-teto, deficientes mentais, entre outros párias.

Qualquer um, com a exceção dos Visionários. Com isso em mente, Flora Velasque foi cautelosa ao se aproximar do território, depois de seguir o paradeiro de Mason Bo Billy com suas novas habilidades sensoriais. *Se ele viu do que Keana é capaz e contar à pessoa errada, ele poria tudo a perder! Vejamos... Mason estava com medo. Seu nariz foi tomado pelo aroma de abetos e de roupas ugas, mas e as folhas queimadas? O que tudo isso tinha a ver?*, pensou Flora, escondendo-se atrás de grandes arbustos, sabendo muito bem que sua presença para além da antiga linha de trégua seria estopim do caos. *Preciso saber quem mandou Mason para cá. Os Ugas são amigos ou inimigos?*

O Sol nascia em Primeva. A atmosfera mais rarefeita incitara um pânico que crescia lentamente entre as centenas de primitivos. Flora observou que o povo que sempre a ensinaram a temer guardava uma inocência comovente nos olhos luzidios. Apenas as palavras de sua figura de liderança – um homem de aspecto abatido em seus quarenta e poucos anos, de olhar tranquilo e aparência negligenciada – pareciam acalmá-los. O homem imponente era conhecido na comunidade primitiva como *Chatanuga*.

— Lembrem-se de manterem a calma; o desespero nos consumirá rápido — disse ele em bom e claro paradisiano a um grande grupo de Ugas, com a tranquilidade de alguém nem um pouco incomodado com o parco oxigênio ao redor. Ainda que os neandertais paradisianos compreendessem o idioma oficial, preferiam comunicar-se entre si em <u>paleolitino</u>, uma linguagem lindamente melódica composta sobretudo de zumbidos tonais, assobios suaves e fricativos nasalizados muito bem elaborados. Como único divino desgarrado a ser aceito na comunidade, Chatanuga sabia ser necessário mais do que simplesmente negar a sua identidade anterior; precisava, também, compartilhar seu ponto de vista se esperava merecer o lugar no sereno oásis que era a vida longe da sociedade paradisiana.

CAPÍTULO VINTE

— Levem as mulheres e as crianças em grupos de dez a cada um de nossos hóspedes. Eles podem compartilhar o ar dos pulmões com vocês. É *muito* importante que todos se mantenham calmos para que ninguém fique sem ar. Entenderam? — Chatanuga puxou os longos cabelos negros sobre uma grande cicatriz de queimadura em torno do olho direito que ainda lhe causava vergonha e tormento, mesmo depois de *quinze anos*.

— Cadê a nossa princesa? — perguntou Ona, os olhos enevoados, pelejando para falar enquanto amamentava o bebê. Chatanuga aspirou uma corrente rasa de oxigênio aos pulmões do pequeno grupo diante de si.

Uma princesa? Os Ugas têm uma princesa? Os olhos de Flora se arregalaram. Cobriu a respiração, imóvel ao máximo atrás de uma árvore. Se alguém a pegasse ali, era condenação certa: os poderes visionários não funcionam sobre o Neandros, afinal de contas.

— Deixe-me segurar o menino. Consigo ajudá-lo a respirar melhor em meus braços — Chatanuga sugeriu à jovem mãe, que obedeceu. — Dama Imogênia não pode mais ser vista em nosso lar. A família dela pode nos pôr em perigo — explicou, silenciando o bebê, com delicadeza.

A filha do Rei Duarte! Está de conluio com os Ugas! Flora mal acreditava no que ouvia.

— Famintos. Os jovens precisam de carne — falou Tino, um dos mais velhos com experiência xamânica. — Se não chover comida, é preciso ir à caça — alertou ele, logo seguido pelos mais jovens, homens que gritavam epítetos antidivinos dirigidos ao Conselho Municipal de Lúmen.

— Ficaremos juntos e juntos vamos superar esta situação. Comer carne viva só trará guerra perante os olhos de nossas crianças. — Para Flora, Chatanuga tentava apaziguá-los.

Um sonoro farfalhar na floresta pôs em alerta o grupo, enquanto Chatanuga dava alguns passos à frente.

— Quem está aí? Você cruzou a linha! — vociferou, enquanto um dos mais jovens desembainhava a longa lança de ponta de pedra usada para caça e proteção.

— Venho em paz! — gritou uma jovem voz masculina.

— Mãos pro alto antes de se mostrar! — gritou Chatanuga.

Veio um jovem em sua direção, todo enlameado, galhos com folhas secas e amarelas entranhados nos cabelos de um preto forte e lustroso, uma mochila grande na mão direita e uma ventosa gelatinosa a cobrir o rosto.

Flora tapou a boca. Ela não gostava muito de Mason, mas agora ele tinha perdido completamente o juízo.

— Dama Imogênia me enviou! — ela ouviu o menino gritar, enquanto ele largava a mochila no chão para levantar as mãos conforme o ordenado.

— Quem é você? — exigiu Chatanuga.

Com a respiração pesada, o menino retirou a ventosa do rosto para se apresentar.

— Sou apenas um aprendiz da Lúmen Academia, enviado para ajudar. Me chamo Mason Bo Billy.

Naquele instante, uma imensa onda de choque quebrantou o corpo de Flora. Sentiu como se o coração de Chatanuga irradiasse pesar à simples visão do garoto Bo Billy. As emoções embrutecidas não mais se continham no corpo do homem e, de alguma forma, dirigiram-se direto às pupilas de Flora, que fulguraram imediatamente.

> Para Chatanuga era como se o destino negligenciado o tivesse finalmente alcançado. Divisava as memórias dolorosas de um belo passado refletidas no rosto de alguém que ele jamais conheceu de verdade. Os olhos profundamente amendoados do pai, os cabelos negros e cheirosos da mãe e o mesmo nariz corajoso e proeminente que adornava o rosto delicado da mulher a quem ele jurara amor eterno.

CAPÍTULO VINTE

Agora estava novamente diante do bebê que tanto quis conhecer ao partir, e que tanto temeu machucar ao voltar. O homenzinho que ele evitara beijar ao se despedir, por medo de si mesmo, por medo da própria loucura. Só foi silenciado pela paz entre o povo primitivo de Primeva a quem este ex-herói Ventaneiro devia os raros vislumbres de sanidade, algo do qual os sonares visionários em Qosme o privaram para sempre. Somente o isolamento do caos da *civilização* foi capaz de preservar sua lucidez.

Desde que a segunda-filha de Paradis encontrou ao acaso seu acampamento – em uma de suas caminhadas errantes pelas florestas de pinheiros de Primeva –, a alma perdida de Yuri Bo Billy não brilhava através dos olhos exauridos e amendoados que os primitivos sabiam associar a Chatanuga.

Como se revelou, Dama Imogênia Willice passara a maior parte das tardes de verão bem longe do Palácio de Avalai, em busca de um local isolado onde pudesse fazer a única coisa da qual fora privada desde o abrupto retorno do Internato para Truqueiros, em Lascaux: praticar suas habilidades em paz. Quando um dos jovens caçadores a apanhou infringindo a linha de trégua, Imogênia foi logo levada a Chatanuga, que acreditou na história de que ela era uma atriz que trabalhava no treinamento da Patrulha Regular. Chatanuga mandou a garota para casa, impondo-lhe que nunca mais ultrapassasse a linha. Ávida por voltar no que figurava como único local estrangeiro que ela poderia visitar dentro dos Portões de Paradis, Dama Imogênia logo mexeu todos os pauzinhos a seu alcance a fim de transformar a mentira em realidade. Rei Duarte achou muito admirável que a segunda filha desejasse aprofundar seus esforços de caridade, algo para o qual a Princesa Imelda não tinha a menor paciência. Assim, permitiu que ela trabalhasse de voluntária truqueira, sob a supervisão da Oficial Regular Robusta Ingrid.

Todos os dias depois de seu expediente, Dama Imogênia voltava com comida e roupas em um esforço para ser aceita entre os primitivos, que se referiam a ela como sua princesa. A princípio, Chatanuga não viu mal na presença da garota, desde que ela mantivesse a mente inquieta distante da dele. Não tardou à garota o desejo de ser mais do que uma simples ajudante em Primeva – logo Dama Imogênia decidiu fazer por onde tornar-se um *membro*. No dia em que o céu de Paradis se tingiu do mesmo índigo que ele já vislumbrara nas noites desérticas da savana, o líder dos primitivos sentiu que *algo* nele começava a mudar. Lá no íntimo da mente coberta por cicatrizes, ele sabia que, a cada nova memória que lhe voltasse, o perigo que se abatera sobre a sua antiga expedição logo se aproximaria de sua terra natal. Silenciadas por si só as vozes remanescentes, Chatanuga começou a se aproximar do coração e da mente de Yuri Bo Billy – a identidade que ele abandonara.

A dupla sentou-se para uma longa conversa sob os trovões da Tempestade que passava sobre Lúmen. Sua recente clareza era indicativo de que uma nítida janela se abrira ao objetivo mais cobiçado a ligar todos os membros da comunidade primitiva de Primeva: fugir de Paradis, de uma vez por todas. Imogênia perguntou sobre a grande cicatriz de queimadura em torno dos olhos; Yuri mencionou algo sobre uma mulher gananciosa que só falava mentiras. Lembrava-se apenas de longas crinas de cabelo que se arrastavam pela terra, de sangue no chão e do choro de um bebê inocente. Todas as vezes que tentava ir além dessas memórias, ele via apenas a extremidade de uma arma de fogo explodindo em seu rosto. O rosto e o nome da mulher eram constantemente invadidos pela névoa de suas lembranças laceradas. Foi quando Dama Imogênia achou oportuno transmitir a ele informações internas do Palácio de Avalai: as reuniões secretas dos líderes de clã, o medo coletivo da invasão, a fuga de Apolo Zéfiro da Prisão Perpétria e o súbito bloqueio nos Portões. As suspeitas dela confirmaram as dele; a melhor chance de escapar era dali a apenas dois dias.

À medida que os dois partilhavam confidências – tocados pelos ventos refrescantes e envoltos da beleza ancestral dos hinos primitivos evocados à rara vista da chuva –, Yuri contou-lhe, então, a história de como passara de emissário divino a líder neandro. Tudo começou com uma premonição, segundo ele, quando o líder dos Visionários alegou ter divisado o arrombamento dos Portões de Paradis

CAPÍTULO VINTE

por invasores forasteiros em um evento que se tornou conhecido como Domingo Cinzento. O medo do referido apocalipse anunciado resultaria na criação da Expedição Ventaneira. Ao retornar para casa, não sendo capaz de ficar junto à família, Yuri começou a refugiar-se no bosque de Primeva, a fim de conseguir ouvir os próprios pensamentos. As visitas foram se tornando mais longas, até que ele estabeleceu contato com as pessoas que lá viviam e ofereceu seus talentos ventaneiros em troca de moradia. Ao longo dos anos, ele pouco a pouco se adaptou à cultura deles, agradecido pela companhia das mentes tranquilas daquele povo. Sem citar nomes, Yuri contou a Imogênia como a esposa distante extraiu um Elo de Sangue de uns curativos usados em seu olho ferido – e oportunamente não descartados por ela –, localizando-o em Primeva. Os ex-amantes tiveram um reencontro ardente, uma noite de paixão pungente que culminou com a resistência de Yuri a retornar para casa. A esposa chamou-o de covarde e o fez prometer que permaneceria para sempre na floresta e jamais convidaria o filho ao seu desfuneral. O pedido foi a abdicação ao último suspiro de sua vida antiga, e ele se submeteu a uma cerimônia de renascimento, em que se tornou *Chatanuga*. Os místicos membros da tribo primeval falavam da escuridão em sua mente e sempre o lembravam de que Madre Diva haveria de iluminá-la e colorir o céu acima de sua cabeça com uma saída para o seu novo povo. Assim, Yuri confidenciou a Imogênia o pressentimento de que o Domingo Cinzento se avizinhava e que a conversão dos sinais mencionados por ela, incluindo sua aproximação da tribo, apenas confirmava a iminência do grande dia.

Dama Imogênia sentia o coração bater mais forte do que nunca diante de cada nova página de vida folheada pelo misterioso homem. Quando perguntaram se ela trabalhava como criada do palácio, visto o acesso que tinha a tais informações privilegiadas, a garota não mais escondeu quem verdadeiramente era. A revelação de que sua tribo autorizara de seu lado da linha uma das filhas do Rei Duarte foi suficiente para pôr Yuri em alerta máximo, provocando a total desconfiança deste em relação às verdadeiras intenções da garota. Exigiu que ela nunca mais voltasse a pôr os pés em Primeva, pois o Rei Duarte poderia muito bem tomá-los por sequestradores e descarregar sua ira na frágil comunidade. Determinada a provar sua lealdade, Dama Imogênia afirmou que encontraria um jeito de tirá-los de Primeva. Yuri, cuja verdadeira identidade permanecia desconhecida à filha do rei bem como aos homens da tribo, disse que não suportaria mais desgraça à família que ele abandonou e pediu a ela que os esquecesse e seguisse a própria vida. Estraçalhando as esperanças de um amor perfeito que ela nutria, ele manteria todos longe do perigo.

Chegando ao Palácio de Avalai após uma caminhada de duas horas e uma viagem de balsa de quarenta e cinco minutos – as roupas enlameadas, os olhos inchados e o coração partido –, Dama Imogênia percebeu que nada conquistaria bancando a boazinha. Usando as informações cruzadas sobre a participação *ilegal* de Keana Milfort na Cerimônia de Boas-Vindas, uma vez que a garota não era divagariana de nascimento, fato omitido pela família, Dama Imogênia se deu conta de que a única pessoa que cumpriria suas exigências sem hesitação, a tempo do Domingo Cinzento, era alguém igualmente ameaçado pela revelação: a única alcoólatra entre os altos membros dos clãs, a heroína gravitriz Madame B'Oliva. É possível que Imogênia tenha exagerado ao ameaçar expor a condição de forasteira da filha do Capitão Milfort, mas o que mais ela haveria de fazer?

Imogênia investigou a Expedição Ventaneira e descobriu a verdadeira identidade de Chatanuga. Percebendo que era preciso agir rápido para evitar que os primevais negligenciados ficassem sem ar, a garota usou os visióculos para rastrear o filho mais velho de Chatanuga, Mason, que por acaso incorporava a própria localização nas infonuvens. Se havia algo que tornava uma mente indefesa, era estar apaixonada. Não foi muito difícil penetrar a mente escancarada do jovem Mason, pois o garoto desejava desesperadamente se conectar com alguém. Dama Imogênia entreviu que Mason passara um bom tempo devotando os pensamentos mais íntimos a um de seus colegas de classe, um jovem aprendiz de Ventaneiro chamado Jameson Chispe. Seus pensamentos da última semana conferiam proeminente destaque ao jovem Jameson, atestando uma inegável atração por parte do filho distante de Yuri. Assim, Dama Imogênia realizou uma pesquisa rápida sobre o garoto Chispe, cuja mente se achava igualmente aberta, ainda que apresentasse apenas um borrão cinza-escuro na forma de uma manceba em véus.

"Ele está apaixonado pela garota Milfort." Imogênia ligou os pontos, percebendo que Keana era imune aos radares visionários. Em uma decisão precipitada, Imogênia pegou de uma mochila forrada de ventosas e foi ao encontro do filho de Yuri, camuflada de Jameson Chispe.

───※───

Aos sacolejos, Flora saiu do transe. O fundo dos olhos pulsava. Parecia tão frio. Agora tudo fazia sentido. Por que mencionara o nome de Keana ao avô? Os Visionários eram os verdadeiros inimigos, sem sombra de dúvidas. Se algo acontecesse à nova melhor amiga, a culpa seria dela. Precisava correr de volta à Praça Ventaneira, mas... será que não era tarde demais?

— Sou apenas um aprendiz da Lúmen Academia enviado em ajuda. Me chamo Mason Bo Billy.

Yuri fitou um instante a mais a espantosa presença diante de si, embalando o bebê nos braços.

— O que tem aí na mochila? — perguntou ele, com ar de comando.

Flora sempre desprezara Mason pelo espírito mesquinho e pelos ares de superioridade, mas agora o coração lhe doía. *Ele tem ódio de si mesmo. Ele odeia os sentimentos que nutre por Jamie.* Flora fez um gesto negativo com a cabeça. Ela sabia uma ou duas coisas sobre ressentir-se do próprio reflexo.

Flora divisava o jovem Faísca temeroso e enojado esquadrinhando os arredores, identificando Chatanuga como o único *humano* entre eles.

— Venho entregar várias ventosas Kalahari a um tal de Chatanuga — respondeu Mason, enquanto três jovens caçadores se aproximavam a passos lentos, as mãos no peito e a inspiração abrupta, a fim de tomarem a mochila.

— Chatanuga sou eu — respondeu Yuri, gesticulando para que os caçadores distribuíssem as novas ventosas. Ouviram-se suspiros de alívio e alegria. — Agora, cadê Dama Imogênia?

— Ela foi abatida pelo pirata Apolo Zéfiro ontem à noite — respondeu o garoto, ainda confuso, levando a própria ventosa ao rosto para respirar um pouco. Mason estreitou os olhos ao perceber a cicatriz de queimadura no rosto do homem. Era familiar, *por algum motivo*.

— Madre Diva... — Yuri se condoeu por Imogênia, vítima da própria determinação.

— Ele fez parecer que a culpa foi minha, mas não fui eu! Eu juro! Vim o mais rápido que pude, mas precisava garantir que eles não me achassem — explicou Mason.

— Eles? — perguntou Yuri.

— Vândalos mascarados dirigiam gravitares, os mesmos que atacaram a Lúmen Academia esta semana. Ajudavam Apolo Zéfiro a localizar uma garota chamada Keana Milfort. Ela é uma aberração! Eu mesmo vi! Ela roubava minha faísca só de olhar para mim. Ela *matou* Zéfiro; não sei como! Acho que é por causa dela que tudo está neste alvoroço! — confessou.

Cale a boca, Mason! Keana é nossa amiga, Flora teve vontade de gritar.

— Você é um Faísca? — questionou Yuri.

Mason recuou um passo, olhando para as cicatrizes do homem.

Yuri então mandou Ona, que já respirava a contento, ajudar o restante do grupo, enquanto ele lidava com a visita inesperada.

— Leve estes a Alcigalho e Cervantes, por favor. Estas ventosas devem bastar às mulheres e crianças. Garanta que eles usem os poderes para ajudar os homens a respirar. Não vou demorar — pediu, com gentileza.

Flora sentiu uma estranha essência subir lenta até as narinas. De repente sentiu cheiro de fogo. Mas não era ali perto. O coração batia forte; ela deu um passo para trás. Olhando ao redor do perímetro, ela

CAPÍTULO VINTE

avistou alguns guerreiros neandros. A única saída segura seria com Mason. Examinou o jovem Faísca.

— Donald Alcigalho e Hármone Cervantes? Os Ventaneiros? — Mason perguntou em voz alta, incapaz de esconder o desconforto. — Chatanuga... — exalou o garoto, os lábios trêmulos, os olhos marejados. Mason secou as lágrimas do rosto, dando mais uma olhada na versão arruinada do homem que ele idolatrara toda a vida. — Então é por isso que você nos deixou, pai? — O menino fez um sinal negativo com a cabeça quando Yuri se aproximou um passo. — Pobre Lisbon... Ele não precisa saber que é isso que você se tornou — cuspiu Mason.

— Do que está falando? — Yuri perguntou calmamente, enquanto dava mais um passo na direção dele.

— DO SEU FILHO! Ela nunca lhe contou? Você tem outro filho! Ele tem seis anos! — gritou Mason a plenos pulmões, a fúria assustando as crianças primitivas desacostumadas a mostras intensas de desafeto. — Ele acha que não é especial porque você nunca foi conhecê-lo.

Os olhos de Flora começaram a coçar. Mais uma visão se convidava aos olhos dela, mas ela os fechou com força, sacudindo a cabeça.

Madre Diva! Usei minhas habilidades para além da linha de trégua!, ela pensou, sentindo os lábios secos.

— Carmen nunca disse nada... — Yuri continuou falando com o filho distante.

— Todos vocês são uns mentirosos... Ela disse que você foi embora porque era incapaz de compor uma frase sem ficar nervoso e esmagar coisas na parede. Que você tinha medo de me machucar... Mas parece que você está muito bem com a nova família — gritou Mason, olhando para a derrota de Yuri, com o bebê de Ona nos braços.

— Mason, este bebê não é meu... Me ouça. Se alguém provar que é possível rastrear até você a eletricidade no corpo de Imogênia, podem acusá-lo de agressão divina contra uma cidadã desarmada. É *um crime contra Diva*. A Polícia Visionária provavelmente está atrás de você! Se a filha do Capitão Milfort de fato *matou* aquele pirata... *Madre Diva!...* então Petropol vai esconder a verdade e pregar as mentiras em você. A Polícia Visionária vai encontrá-lo aqui, mandá-lo para a Prisão Perpétria e punir estas famílias inocentes que você vê aqui por abrigarem um fugitivo além da linha de trégua — suplicou ele. — Você tem o resto da sua vida para guardar rancor de mim. Mas, se correr para casa agora, farão você murchar atrás das grades e viver para sempre na dúvida. Agora venha comigo e encontraremos uma saída de Paradis; você terá uma chance no mundo aberto. Por favor, limpe as lágrimas do rosto e aja como o homem forte que sua mãe criou, e eu lhe contarei tudo o que você não sabe — ofereceu Yuri, enquanto pai e filho fitavam um ao outro como homens, pela primeira vez na vida.

Tudo bem, Mason. Agora só preciso ganhar a confiança do seu pai, pensou Flora, preparando-se para sair dos arbustos.

Pra que a pressa, senhorita Velasque?, um pensamento indesejado penetrou na mente da jovem visionária. Flora se virou. Seu coração gelou. Tenente Jinx e um punhado de membros da Polícia Visionária olhavam-na como a um prêmio. Portando armas de fogo braseiras carregadas, os Visionários de Petropol jogaram ao chão suas chamas crepitantes, sobre os trechos de galho seco entre os abetos da floresta de Primeva.

Quando
7 de leão, 10:51.

Onde
Travessa de Astor, 101, Parque Zulaica.
51° 50' N, 0 ° 12' O ✥

HESITANTE, JAMESON CHISPE NÃO BATEU NA PORTA DOS FAIERBOND. FELIZ de saber que Míria estava sã e salva, ele viu a alegria embotada pelo encarceramento dos irmãos mais velhos pelas mãos da Polícia Visionária. Foram Jamie e os amigos os primeiros a seguir as suspeitas sobre Gaio, ao passo que os adultos consideravam outras hipóteses. Com

CAPÍTULO VINTE

Keana escondida dos Visionários e Flora vinculada ao sangue do inimigo, Jamie sabia que Sagan seria o melhor aliado na missão de poupar os irmãos de uma eternidade a arder no fogo da Infernalha.

Ele não recusará desde que dê uma olhada nisto, pensou Jamie, enfiando um papiro amassado no bolso da frente da túnica ventaneira, de linho plissado.

O menino divisou uma luz laranja tênue e bruxuleante por entre as fendas das cercas de estaca cor de argila do quintal de Gustavo Faierbond. O engenheiro braseiro, que também administrava a agência de viagens herdada dos pais, parecia mais encantado com as formas e desenhos da única pereira muito bem enraizada na propriedade do que com o retorno seguro da caçula de seis anos, Míria. Jamie sabia que Gustavo fora esculhambado voluntariamente no dia do sequestro, mas a Polícia Visionária ainda não tinha suspendido a demência parcial do homem. Agora, Jamie entendia por quê.

Espreitando por entre as cercas, o menino entreviu Sagan, o ar cansado, o braço direito esticado para proteger Míria durante toda a noite. Segurando a irmã adormecida nos braços, Sagan saiu para o quintal e foi ter com o pai, preocupado. O garoto deitou a irmã ao lado de Gustavo, depois retirou uma flecha torta do centro de um alvo circular que jazia abandonado próximo a uns móveis quebrados. Pegou uma velha balestra.

— Pai... Sei que pediram que a gente não incomodasse Míria enquanto ela se readapta, mas... puseram ela para dormir por três dias seguidos... Isso tudo não parece estranho? — perguntou Sagan.

Jamie sabia poder contar com Sagan.

— É muito estranho, filho. Quem levaria uma criança inocente da escola, esconderia da família e não exigiria nenhum resgate? Me alegra que tenham mandado Zéfiro de volta à Perpétria. Agora estamos a salvo — concluiu Gustavo, ainda impassível.

Sagan respirou fundo antes de continuar.

— Exatamente, pai. Zéfiro é um Visionário, e crianças não podem ser esculhambadas; ela foi posta para dormir por alguém em quem ela confiava. Alguém que sabia preparar tônicos — prosseguiu Sagan, armando a velha flecha no arco.

— Diva se move de formas misteriosas... — Ele soprou beijos à sua ruivinha, que lhe voltou outros, entre risinhos.

Jamie se dirigiu para a lateral da casa. Talvez lá conseguisse chamar a atenção de Sagan.

— Faça o dragão, papai! — Jamie ouviu a pequena Míria, enquanto esta caracolava debaixo das chamas que o pai lhe soprara no ar.

Atravessando o quintal até a lateral da casa dos Faierbond, Jamie teve uma visão clara da sala e conseguiu acenar de longe para Sagan. Depois de deixar um beijo na testa do pai, o jovem aprendiz de Brasa saiu pela porta de mármore e passou o trinco.

Jamie viu Sagan esfregar suavemente o selo ventaneiro junto ao balcão da cozinha. As janelas se fecharam; agora o ar pressurizado preenchia a sala, permitindo que Sagan retirasse sua ventosa.

As paredes eram revestidas de camadas irregulares de cimento amianto, tingidas de uma cor entre o chumbo e o branco-nuvem; as tábuas, feitas de madeira resistente a fogo. Todo o tecido exposto no sofá, cortinas e tapetes parecia feito de lã mineral revestida.

Jamie conferiu se a janela estava bem fechada e respirou fundo. O rapaz virou as palmas das mãos para cima e fechou os olhos. Soltando o ar enquanto erguia as mãos desde o estômago até o peito, ele ouviu a janela se abrindo, e o vidro a deslizar para cima.

Um alarme estridente disparou.

Prático, Sagan foi correndo até a janela e desceu-a com tudo, ouvindo um grito de dor vindo do outro lado. Ele jogou as mãos para cima, fazendo o oráculo da família explodir em chamas e cair do canto do teto, em cima das tábuas à prova de fogo.

— O borralho do meu dedo, Faierbond! Pirou de vez? — gritou Jamie, que se ajoelhou atrás do canteiro baixo forrado de lírios de camomila e margaridas magmundinas vermelhas.

— Foi mal, amigo. Mas em primeiro lugar, que raios divinos você faz aí? — Sagan tentou silenciá-lo.

CAPÍTULO VINTE

— Como assim o que faço aqui? Míria chegou em casa e você não se deu ao trabalho de atender as nossas telechamadas? Como ela está?!

— Agradeço pela preocupação, amigo. Míria está bem, graças a Diva. *Muito bem*, na verdade — respondeu Sagan, ainda na tentativa de apagar o fogo pisando na bola de cristal flamejante.

— Também não é lá uma grande perda — gemeu Jamie diante do oráculo quebrado, acenando a mão direita em movimento circular, observando as chamas se despregarem dos cacos de cristal, subirem no ar e se esvaírem.

— Esta manhã vi os seus irmãos na teletransmissão da Marjorie Peçonha. Você não deveria estar aqui — falou Sagan.

— Sagan! Fala sério! Não é possível que você acredite naquela acusação capenga! — tentou Jamie, enquanto Sagan se preparava para fechar as cortinas na sua cara. — Lohan e Kali não têm nada a ver com o sequestro de Míria. Seu tio e a Noviça de Altamira armaram para eles! Meus pais estão tentando libertar os meus irmãos na Delegacia Visionária. Por fiança. Não sabem que estou aqui. Por favor, preciso falar com você antes que enviem os ossos dos meus irmãos para arderem na Infernalha para sempre — implorou Jamie.

Sagan olhou por cima do ombro e para o quintal, onde brincavam o pai e a irmã.

— Está bem, mas o meu pai não pode vê-lo. A minha janela fica logo acima desta. Você consegue se alçar num tufão sem o elã da Keana?

— Posso tentar.

— Minha prima Sadie é <u>dançarina aérea</u>. Eu a vi fazer isso um monte de vezes — explicou Sagan.

— Que assanhado, esse Sagan... Quem nasce aos seus não degenera, pelo visto.

— Olha só quem fala em *laços de família*. — Piscou, fazendo beijinhos no ar para lembrá-lo de Keana. — Apenas posicione os braços de lado, curve as mãos como um casco de tarpã, fique bem ereto e abane as duas para baixo, com muita propulsão, soltando aquele jato de ar — explicou Sagan.

— Parece moleza.

Ouviu-se um estardalhaço no andar de cima.

— Sagan? — gritou Gustavo do quintal.

— Nada, pai! Um dos meus quadrovidentes caiu! — gritou de volta, correndo escada acima para fechar a porta do quarto. — Doce misericórdia divina, que talento pra coisa! — Sagan exclamou, enquanto Jamie espanava o pó da roupa. Mancando um pouco, o menino empinou o queixo para Sagan, como se a confirmar se já tinha permissão de falar. Sagan fez que sim com a cabeça, e Jamie se sentou na cama, desamarrotando o pedaço de papiro enfiado no bolso da túnica tingida de areia.

— Madre misteriosa... É um mapa *completo* de Divagar? — Sagan ficou de queixo caído. — Eu nunca vi um! Como botou as mãos nisso? — exclamou o garoto num tom abafado, passando os dedos sobre as linhas aparentemente intermináveis que separavam os territórios estrangeiros nunca vistos representados no papiro.

— Meus pais e a mania de não passar a chave no escritório... — murmurou Jamie.

O garoto ruivo ficou maravilhado com os contornos da nação vizinha localizada diretamente a sudeste de Paradis, passando uma descida escarpada.

— Uau... Aqui é Capriche? É da onde vem minha família!

— Amória, Bardot, Calafrim, Campana, Capriche, Juníparo, Ilhas Kalahar, Longiverna, Magmundi, Nefertitá, Paradis, Petropol, Qosme, Yunicorr e Zulaica... As quinze nações de Divagar, cartografadas bem diante dos seus olhos, meu caro.

— Somos este pontinho aqui? Como é pequena *toda* a Lúmen em comparação ao resto! Sério... Quero ver tudo! — As pupilas de Sagan pareceram triplicar de tamanho.

— E é exatamente por isso que os mapas são proibidos. Agora conquistei sua atenção? Porque o que estou prestes a lhe pedir pode muito bem colocar a gente na trilha da aventura. Quer dizer... se for um objetivo seu — provocou Jamie.

CAPÍTULO VINTE

— Desembucha, amigo. Apesar de você forçar a barra, sei que é um cara legal.

— Então, preciso falar de novo de Míria. Minha família toda, incluindo meus irmãos, está muito feliz de ela ter voltado intacta. — Jamie limpou a garganta. — Míria estava escondida no escritório do seu tio, camuflada de gato-de-sabre, correto?

— Keana sabia que ela estava em perigo. Ela podia ter corrido, mas ficou por Míria. Meu tio deu uma facada nela, amigo. — Os olhos de Sagan ardiam de raiva. — Ela salvou a minha irmã daquele doente...

— A gente precisa provar que o seu tio está por trás disso ou Velasque vai ferver os meus irmãos na Infernalha, para sempre!

— Como posso ajudar? Não posso dizer que o vi lá sem botar a Polícia Visionária na cola de Keana — Sagan ponderou.

— A gente precisa do testemunho do seu pai. — Jamie assentiu com a cabeça.

— Você chegou a ver o estado dele? Está pior que o Capitão Milfort! — Sagan bateu os pés.

— O Visiotenente que acabou de prender meus irmãos era um agente duplo dos Radicais. O nome dele é Kartamundo Jinx — começou Jamie.

— Esse é o homem que esculhambou meu pai para fazê-lo cooperar. Ele picou meu dedo para fazer um Elo de Sangue de Míria — Sagan pensou em voz alta.

— Só que o Elo de Sangue que ele fez nunca mostrou a localização da sua irmã: não é possível encontrar crianças e Regulares pelo método. Confirmei isso com meus pais antes de vir para cá — explicou Jamie.

— Fiquei dizendo isso... Mas... — Sagan murmurou, e Jamie o tocou de leve no ombro.

— Esculhambaram seu pai para fazê-lo cooperar porque, como um Brasa de alto escalão que ele é, saberia que o Elo de Sangue era inútil.

— Não, eu vi... Vi o meu sangue lá, quando o vermelho brilhou vivo no papiro — prosseguiu Sagan, na esperança de negar a pior suspeita. — Meu pai pode ter sido esculhambado, mas tio Gaio teria...

Jamie fez que sim com a cabeça.

— Flora descobriu que era a localização *dele* que o Elo de Sangue acusava.

— Ele sempre odiou animais. Fui lá chorar nos ombros dele e ela estava bem ali, cara. Enrolada dentro de uma cestinha... sedada, adormecida. Minha própria irmã, e eu não percebi... — falou Sagan, atormentado.

— Ouça, podemos consertar isso — Jamie agarrou o amigo pelos ombros. — Sei uma forma de desesculhambar o seu pai e descobrir por que os Radicais querem tanto reacender a Infernalha. Assim que a verdade for descoberta, talvez a gente ajude o nosso país a despertar também! — Jamie sugeriu. — Embrulhe mais legumes, Faierbond. Teremos a companhia da sua irmã e do seu pai em nossa viagem a Vertígona.

— O que faz pensar que o meu pai vai concordar com isso?

— Sagan, no atual estado da mente de seu pai, daria para convencê-lo a montar um unicórnio vestido de Princesa Imelda.

— Por que eles precisam ir? Quem vai estar em Vertígona que pode desesculhambar o meu pai? — perguntou Sagan.

Jamie soltou uma risada enquanto devolvia o mapa divagariano ao bolso da túnica.

— A nossa heroína de estimação — falou.

DIVAGAR

O ÚNICO CENTRO DO ÚNICO MUNDO

INFERNALHA

MONTE LAZULAI

PARADIS

CAVAMARCA
LÚMEN
VERTÍGONA

PRISÃO PERPÉTRIA

BARCELLA

ÉDEN

CAMPANA

CAPRICHE

JONÈS
AMÓRIA

RIODIVA
NEFERTITÃ
LASCAUX

BARDOT

COLÔNIA CRUZADA

YUNNICOR
FROIA

ZULAICA

Cartografado pelo Capitão Explorador Clarêncio Birra, dos Gravitores, em Jonès, Amória, no ano 1961 d.D.

A POSSE DESTE MAPA POR QUALQUER PESSOA NÃO AUTORIZADA A CRUZAR OS PORTÕES DE PARADIS É UM CRIME CONTRA DIVA.

LONGIVERNA
AGLÁCIA
CALAFRIM
RIGOMORTIS
JUNÍPERO
MARTES
PETROPOL
DARWINN
VOLKA
MAGMUNDI
SIENA
QOSME
ILHAS KALAHAR
LAGOA
SEM
VOLTA
EXTERIOR
PALEOLITA 6.459 KM
SANGUEPOTÂMIA 3.489 KM
SAVANA 7.776 KM
A CÓPIA, QUADRIVISAGEM OU ESPECTRANSMISSÃO DE QUALQUER PORÇÃO DESTE MAPA CONSTITUI PIRATARIA E CRIME CONTRA DIVA.

CAPÍTULO VINTE E UM

TESTE *de* APTIDÃO MENTAL

Quando
7 de leão, 10:51.

Onde
Rua Aurora, 145, Praça Ventaneira.

A ESCURIDÃO MINGUAVA, DANDO LUGAR A INDISTINTOS PONTOS AMARELO--claros que surgiam sempre que a pele em seu rosto cansado era untada de saliva quente. Keana Milfort acordou vagarosa, afundando a cabeça e o pescoço no conforto de seu travesseiro de microcascalhos. A baba desleixada de Luna era um lembrete de que a bondade ainda aguardava entre os despertos. Passando os dedos pela branquíssima pelagem da filhote de lobo que ela vinha chamando de sua, a caçula dos Milfort estava satisfeita com o isolamento atrás de portas fechadas.

Pela primeira vez desde que a avó anunciou o desejo de ascender ao além-mundo, Keana sentiu-se pronta a encarar, com mais determinação que temor, um novo alvorecer. Os pais apoiavam o tratamento xamânico em Bardot, a confiança de Madame B'Olïva fora mais que merecidamente conquistada e a sede de vingança do atormentado Apolo Zéfiro fizera sua última vítima: ele mesmo. Superando o desconforto decorrente da dor lancinante bem abaixo da caixa torácica, a caçula dos Milfort parecia ter vislumbrado uma maneira de contornar o medo e tomar um novo rumo. Por um momento, pensou em Gaio Faierbond. *Quando eu chegar a Bardot... E se eu nunca mais voltar?*, pensou consigo mesma ao sair da cama.

Olhando para a janela toda acortinada, ela divisou uma forma incomum no horizonte, como as linhas tênues de um rascunho traçado por grafite grossa. Keana deixou um beijo amoroso na testa de Luna e, inspirando algumas vezes, absorveu a essência revigorante dos pelos da filhote. Subiu as grossas cortinas violeta – o tom perfeito para dorminhocos casuais – e observou, perplexa, uma coluna de fumaça que se erguia até o ponto mais longínquo do céu. *Vem da floresta de Primeva?*

A menina inclinou todos os dedos sobre a vidraça de cristal, o nariz quase tocando a moldura da janela. Enquanto estreitava os olhos a fim de confirmar a fonte do incêndio, uma grande massa encobriu sua visão em movimentos súbitos e erráticos, até que um tinir ensurdecedor, seguido de uma agitação trovejante, a pôs aturdida: algo pesado, movendo-se a força total do lado de fora, se projetava em sua direção, sendo detido pelo cristal prístino inquebrantável – *um baque!*

O coração dela vacilou diante do golpe seco e ruidoso.

O rosnado agressivo de Luna atraiu seu olhar; a filhote pulara em cima da cama para fitar a janela em uma postura instintiva e caçadora. Keana avistou um animal ferido coberto de penas mais escuras que a própria noite, mais ou menos do tamanho de um gato-de-sabre recém-nascido, mas dotado de asas agora feridas. Intrigada, ela reuniu as informações e, em poucos segundos, percebeu que aquela criatura que vislumbrava – pela primeira vez na vida – era um *pássaro*.

CAPÍTULO VINTE E UM

A caçula dos Milfort tentou subir a janela do quarto, mas notou que as travas não cederiam: a casa estava confinada, a fim de se manter o fluxo de ar pressurizado. Depressa, Keana saltou da cama para se apurar escadas abaixo, ainda que superada por uma corrida furiosa de Luna, determinada à captura da estranha presa.

— Mãe! Não vai acreditar no que vi! — gritou ela do andar de cima, extasiada, saboreando a normalidade que ainda julgava pertencer às quatro paredes de sua casa. Chegando à sala, Keana deu com a expressão taciturna da mãe, uma ventosa contorcida em volta do pescoço.

— Acabei de lhe deixar um bilhete. Não queria acordá-la! — falou a mãe.

— Para onde está indo? — perguntou Keana, confusa.

— Seu pai está tomando banho... Ainda nem acredito que sem ajuda.

— Como vamos a Vertígona esta noite? — prosseguiu Keana, avaliando a situação.

— Problemas à vista, Kee. Os Visionários previram um dos nossos atravessando a linha de trégua em Primeva. Por isso os Visiotenentes atearam fogo na floresta...

— Flora... — Keana mordeu o lábio. — Mas Zéfiro se foi, agora é preciso correr antes que os problemas nos atropelem. Ouça, o último gravitrem para Vertígona sai às sete. Você vai estar em casa a tempo? — perguntou Keana, temendo a resposta.

— Impossível prometer, querida. Os primitivos já estão quase sem suprimentos, Avalai lhes negou ventosas, e agora isto... Prevemos um motim e... bem.. cuidar da segurança e dignidade dos Neandros é o que jurei fazer — explicou ela.

— Então você ia sair sem se despedir? — inferiu Keana.

— Não precisa de despedida, Keana. Porque você vai voltar, entendeu? Madame B'Olïva cuidará de sua travessia dos Portões e da chegada a Barcella, onde tia Fara estará à espera. Ela vai levá-la a Lascaux, onde resolverão todas as suas aflições, e você voltará para nós.

Keana fez um gesto negativo com a cabeça.

— Estou com medo, mãe.

— Ouça aqui, agora preciso que você seja madura. Não é o momento de ter raiva. Não é o momento de ter dúvidas. Não é o momento de ter medo.

Keana abanou a cabeça negativamente, sentindo a iminente separação.

— Não consigo, mãe. Não consigo ir sem você.

— Eu e seu pai queremos protegê-la, mas a nossa presença pode levantar a suspeita de deserção entre os Padres Aduaneiros. Você não confia em Madame B'Olïva? — Cerina recuperou o equilíbrio.

Keana não falou. Nunca na vida a mãe lhe provocara o sentimento de abandono. Desde o encontro com o bebê curioso e inocente enfiado às pressas em seus braços, nem sequer uma vez Cerina desapontara a filha. A caçula dos Milfort sabia muito bem disso; ela simplesmente crescera além do que abarcavam as asas amorosas da mãe.

Cerina tocou a concha em seu colar, como sempre fazia quando havia algo que queria dizer, mas não podia.

— Quero que fique com uma coisa. — A mãe franziu os lábios, tirando o cordão do pescoço.

— Não, eu não quero isso — Keana virou a cabeça para o outro lado.

Cerina insistiu, cingindo-o no pescoço da filha.

— Sempre que quiser se sentir segura… — Os olhos lacrimejavam a cada palavra proferida. — Apenas o inspire e feche os olhos.

Keana lutava contra as lágrimas. Os olhos estavam vermelhos e inchados; a mandíbula, trincada com força, segurando tudo ali dentro. Ela aceitou o abraço da mãe. Ali mesmo, Keana Milfort só teve uma única convicção à qual se agarrar: era a hora de deixar tudo para trás.

CAPÍTULO VINTE E UM

Quando
7 de leão, 11:34.

Onde
Alameda Alabastro, 77, Canal de Avareza.

CLARIZ BIRRA-DE-OLÏVA ESTAVA INDIFERENTE AO BALANÇAR ATRAPALHADO da ventosa que pendia do lado esquerdo do pescoço, assim como estava indiferente ao suor que lhe escorria pelas têmporas e descia às faces. Por pouco não cruzara nas ruas com um pequeno bando de Ugas ofegantes. Carregavam crânios de lobo cheios de água do rio, encharcando os passantes divinos desavisados, a fim de roubar-lhes os aparatos respiratórios. A diretora da Lúmen Academia tinha muitíssimas coisas na cabeça, e não havia tempo nenhum para coibir os instintos de sobrevivência dos desesperados. Os olhos não tinham visto nem dez segundos de descanso nas últimas noites; as mãos longas e morenas tremiam de abstinência, e lhe era impossível cuidar disso no momento. Ela alongou os nós dos dedos e o pulso, como se ainda sentisse a dor das visialgemas que fora forçada a usar por toda a noite e pela maior parte de seu depoimento nas nascentes horas da manhã.

— Valette! — Bateu insistente na porta, fechando os olhos com vigor, esperando arrefecer o impulso simultâneo de gritar, chorar, beber e desistir. Um leve clique na maçaneta e seu velho amigo e professor de cartografia a saudou com um sorriso resplandecente e os olhos alarmados.

— Que surpresa! Não estava à espera... — começou, interrompido bruscamente por Clariz, que fechou levemente os olhos e ergueu mão direita, arremessando-o para o outro lado da sala, com a força violenta que se esperaria de uma borracha de estilingue, a frações diminutas do ponto de ruptura.

Seu corpo voou por mais de dez metros em um átimo de segundo, explodindo assustadoramente numa estante de alabastro.

— Por favor! Por favor! Não me machuque! — Ergueu as mãos a fim de se defender, enterrado nas pilhas de calhamaços que agora deslizavam entreabertos pelo seu corpo encurvado. Os quadrovidentes, todos eles retratos da saudosa mãe, se mantiveram intactos, enfileirados nas paredes de pedra escura. Clariz entrou, carregada de intento, batendo a porta atrás de si só com a força da raiva.

— Não podia lhe contar antes, juro! Você seria cúmplice se o fizesse! — O frágil homem cobriu a cabeça.

— Levante-se — ordenou Clariz, enojada. Percorrendo a sala com os olhos, ela percebeu duas malas preparadas, brancas em couro falso, e um passavante jonesiano disposto caprichosamente na mesa de centro. — Vai passear? — ironizou ela, tocando quatro dedos nas palmas, veloz, um movimento que abriu ambas as malas e espalhou para o alto, em um redemoinho aéreo, roupas suficientes para as necessidades de uma longa viagem.

— Clariz... Por favor... — implorou ele.

— Juro por Diva, não dou o mínimo borralho à sua crença, mas usar a *minha* escola para cooptar os *meus* alunos à sua causa? Mediante terrorismo? Você é mais fraco do que parece! — vociferou ela, enquanto ele concordava com a cabeça, desesperado.

— Nunca recrutei alunos, juro! Todos já estavam assustadores o suficiente com as máscaras de argila, eu só os fiz flutuarem para que a imprensa dissesse que eram forasteiros, sabe, para ajudar na derrocada de Petropol! — Ele sacudia freneticamente a cabeça.

— Deu errado! Ninguém apoia os Visionários, só eles mesmos! Rei Duarte não apoia. Dona Nicoleta não apoia. Eu obviamente não apoio!

— Ah, jura? Rei Duarte não discursou ao público *nem sequer uma vez* desde que os manifestantes passaram a exigir da Polícia Visionária o paradeiro da garota Faierbond. Nossa querida líder gravitriz está ocupada demais com os próprios assuntos no fim do mundo e esta talvez seja a primeira vez que vejo você sóbria em anos. — Valette mostrou as garras, desafiante.

Clariz não se defendeu.

CAPÍTULO VINTE E UM

— Os Radicais Livres, Valette? Dona Anna Milfort tinha uma rixa pessoal com Velasque, mas jamais usaria *inocentes* para atingir seus objetivos.

— Não mesmo? Foi ideia dela Valquíria de Altamira começar a visitar Apolo Zéfiro na prisão. Ninguém sabe como ela fez isso, mas não me restam dúvidas de que ela sabia que a devastação do próprio desfuneral culminaria com a fuga de Zéfiro. — Valette se afastou ainda mais dela, escorregadiço.

Dona Anna ludibriou a própria neta, pensou Clariz, condoendo-se por Keana.

— Devia só ter visto seu camarada Jinx esta manhã, esculhambando aqueles pobres coitados para lhes arrancar a confissão na Delegacia Visionária. Foram interrogados em separado de mim e apontaram *os irmãos Chispe* como os mentores — troçou ela, sacudindo nervosamente a cabeça, incapaz de conter os risos. — Você *já* foi professor de Lohan e Kali Chispe? Aqueles dois não seriam *mentores* nem da empurrada de um rebanho de bisões alinhados à beira do precipício! — Ela parou, sentando-se para recuperar o fôlego e refrear os risos coléricos.

— Eu nunca quis fazer mal a ninguém — falou Valette, com um fio quase inaudível de voz.

— Bem, a nossa conterrânea Filipa Mendi está prestes a ser esfolada viva, salgada e sangrada à secura em praça pública. — Clariz fez um gesto negativo com a cabeça. — Vão vir atrás de você, e depois vão voltar para me pegar, também. Já os garotos Chispe não vão ser entregues aos tormentos da diversão pública. Seguirão direto para a Infernalha, para queimarem por toda a eternidade.

— Só queríamos a liberdade de ir e vir, de visitar nossas famílias, de pisar fora desta *ilha* maldita por Diva!

— Desfaça as malas. Você não vai a lugar nenhum. Kartamundo e Marjorie não entregaram o seu nome. Gaio e Valquíria estão livres por aí também... Os Visionários não arriscariam que todos os religiosos de Paradis se rebelassem em defesa de sua trovadora — falou ela, dando-lhe um tapinha nos ombros. — Vou me ausentar por um tempo. Não que você vá mencionar isso a alguém — começou ela.

— Como? Para onde? E como é que fica a L.A.?

— A Professora Flores tinha ido ao Bisão Gordo com *Gaio* na noite anterior ao ataque da sua trupe na classe dela. — Clariz suspirou. — Ela se sentiu mal após o jantar. Para a sorte dela, Gaio tem sempre *um tônico pra tudo*. De manhã, quando ele se ofereceu para substituí-la, pra que vocês pudessem fazer seu teatro para a imprensa, eu nem percebi... — ela mordeu o lábio inferior. — Velasque e seus guardas haviam me agraciado com sua visita... eu estava com tanta ressaca... confiar no Gaio me pareceu tão *conveniente*. — Clariz balançou a cabeça para si mesma. — A Ala de Cura me tem como contato de emergência da Flávia. Eles acabaram de me perguntar se eu queria segurar a mão dela durante a cirurgia.

— Que... que cirurgia?

— Eles vão retirar o útero dela, por causa do veneno que o Gaio lhe deu. Sabe o que é mais triste, Joan? Você vai estar no comando da L.A. quando ela voltar ao trabalho na segunda-feira.

— Eu não sabia, Clariz... Eu juro... — respondeu ele, aos prantos. — Só queria rever a minha mãe...

— Está louco das ideias?! Ela fez o voto quando você ainda era criança, pelo amor de Diva — Clariz coçou a testa, tentando entender aquilo.

— Ela fez... — Baixou os olhos, incapaz de encará-la.

— Não compreendo. — Clariz o encorajou a falar.

— Estava apreensivo antes de Valquíria exigir o susto nos alunos da Lúmen Academia. Tínhamos recebido um grande despacho internacional de um pessoal da Távola Crescente, em Qosme. Continha uma coleção de pedras anibalianas raras, coletadas do fundo da Lagoa Sem Volta... e mais algumas peças dos Pés de Alevir — disse ele, trazendo à tona a joia dobradora de gravidade, furtada na festa dos Chispe.

— *Mais* algumas peças?! Velasque quer me prender por um roubo orquestrado pela própria Dona Nicoleta?

— Estavam todas nesse barco. Dona Nicoleta, Dona Anna, Dona

CAPÍTULO VINTE E UM

— Fara... Queria lhe contar, juro, mas não podia! — Joan suplicou.

— Como é que saberiam? — Clariz perguntou a si mesma, perplexa. — Nem os *Visionários* previram os apagões. Foi Valquíria quem roubou, não foi? Camuflada de criada?

Arrependido, Valette anuiu com a cabeça.

— Disseram que ninguém se amotinaria, a menos que as pessoas estivessem assustadas...

Clariz fechou os olhos e abanou negativamente a cabeça.

— Acredito que Dona Nicoleta *possa* ter pedido a Gaio a ajuda no desmonte dos Pés de Alevir. Pode muito bem ter sido ideia de Dona Anna...

O professor de cartografia concordou com a cabeça, em silêncio.

— Antes do ataque, na Diviara, quando segurei na mão aquela pedra anibaliana e imaginei o terror sentido pelo povo de Qosme sempre que uma dessas se revelava nas águas... Me senti um vigarista. Um *criminoso*. Falei à Valquíria que queria pular fora e prometi tomar qualquer tônico que Gaio me preparasse para induzir meu juramento... Só queria me ver livre deles. Não quero ser preso, Clariz, por favor, a Polícia Visionária já...

— *O que* ela prometeu a você? — Clariz interrompeu. — Preciso saber o cheque-mate de Gaio e Valquíria. Os Visionários já me tomaram tudo. Nem pela *morte* vou deixar que me enredem e extraiam uma única gota de meu sangue.

— Valquíria me chamou em particular, avisou que Gaio estava prestes a pôr as mãos em algo grande, poderoso. — Fez um gesto de não com a cabeça. Clariz sentiu um arrepio gelado subir pela espinha até alcançar o dorso das orelhas, que começaram a queimar. Não conseguia proferir nem mais uma palavra. — Certa vez, ela disse que Gaio tinha em mãos esta *joia mística* e estaria disposto a dividi-la com todos aqueles que provassem a lealdade inabalável dos Radicais.

— O que Valquíria de Altamira lhe ofereceu? — insistiu Clariz.

— Ela assegurou que Gaio traria minha mãe de volta do além-mundo.

Quando
7 de leão, 13:27.

Onde
Ala de Cura Popular, Paupereza.

NA BALSA EM VIAGEM CONTRA A CORRENTE DO RIO BELISFINGE, EDMAR MIL-fort continuava a exagerar sua catatonia, acomodado nos assentos reservados a deficientes, discreto. No que tangia aos cidadãos desavisados, o Protocolo de Bardot e a neutralização de Apolo Zéfiro tinham normalizado os níveis de divinidade em Paradis. Ainda assim, o Ventaneiro aposentado achou prudente esconder sua recuperação. Ninguém haveria de saber que a filha era a fonte da recém-descoberta sanidade. Edmar observava as paisagens diversas de Lúmen se distanciarem, uma após a outra, conforme a balsa seguia seu curso. Sem proferir nem uma palavra, agarrou a mão da caçula assim que passaram pela Lúmen Academia a caminho do bairro de Paupereza.

Quando não se ouvia o zunido da gravitadeira flutuante de Edmar, conforme o par andarilhava novamente pelas modestas estradas de terra vermelho-sangue de Paupereza. À sua companhia, as visões grotescas das carcaças imóveis e serpentiformes de besouros, roedores e gatos-de-sabre *adormecidos* em frente à entrada da Ala de Cura. Atingiu-lhes as narinas, como um soco no estômago, um intenso cheiro de pelo queimado.

— Não podemos ajudá-los! É contra a lei — uma recepcionista já de idade avançada gritou a um grupo de Neandros chamuscados, alguns com brasas ainda acesas nas costas. Eles se ajoelharam, implorando clemência. Confusas e apavoradas, crianças pequenas puxavam as pernas das mães.

— Não tem aonde ir! — gritou uma jovem mãe neandra.

Edmar teve vontade de chorar. Não era esta a Paradis que ele sonhara para a família. Essas pessoas mereciam dignidade. Havia problemas em Primeva, e Cerina não abandonaria essa gente.

CAPÍTULO VINTE E UM

Assim, o ex-herói ventaneiro respirou fundo, os olhos fechados, e soprou a carne queimada dos Neandros, com força suficiente para suavizar a ardência nas feridas. Edmar segurou a mão de Keana: não a perderia de vista outra vez.

A recepcionista idosa assentiu com a cabeça em respeito ao Ventaneiro e garantiu a escolha dele e da filha até o início da fila.

— Foi muito gentil da parte do seu pai fazer aquilo, querida. É contra a lei dar assistência aos Ugas. — A senhora franziu a testa.

— Eles se chamam *Neandros*, e os homens que fazem as leis que a senhora cumpre têm a mesmíssima aparência — Keana bradou de volta.

Essa é a minha filha, pensou Edmar, com o coração transbordando de orgulho. Ele escolheu um oráculo que piscava no canto do teto para fixar o olhar: o menor sinal de lucidez comprometeria o plano dos dois.

— Mas a senhora está certa, meu pai é um homem muito gentil. O que vai acontecer com eles? — Keana apontou para os primitivos.

— Chamamos o Conselho Municipal, mas eles estão ocupados com o incêndio. — A recepcionista deu de ombros, a voz mudando de tom. — Não há nada a se fazer. Hoje temos plena autoridade no local. Agora, como posso ajudá-los? — perguntou, já verificando a papirada acumulada de dias sobre o balcão.

— Vim a uma consulta às duas horas — respondeu a garota, sem rodeios.

— Médico ou clínico? — quis saber a recepcionista. — Os médicos tratam doenças divinas e os clínicos tratam doenças regulares.

— Ah, sim. Vim me consultar com Ivan Moriarte.

— Ah! Ele é médico, mas implanta revitalizadores de vez em quando — comentou a senhora.

— De vez em quando... Ótimo...

Sem piscar, Edmar limpou a garganta.

— Só para conhecimento, o registro regular é um serviço gratuito oferecido pelo Palácio de Avalai. Só preciso do seu nome, data de nascimento, endereço, informações da família, linhagem de três gerações e sua impressão digital sobre este selo visionário, por favor.

Mantenha os olhos naquele oráculo e finja que já não está mais aqui. Nosso lugar não é Paradis. Aqui não é o lugar de ninguém, pensou Edmar.

— Tudo bem... Meu nome é Keana Milfort. Nasci em 11 de virgem de 1999. Sou cidadã paradisiana... O que mais... Atualmente resido na Rua Aurora, 145, Praça Ventaneira. Meu pai é Edmar Milfort, Ventaneiro, filho de Edmar Sherwood e Anna Milfort, ambos Ventaneiros. Minha mãe é Cerina Maier Milfort, Gravitriz, filha de Rosane Maier, Gravitriz, e Francis Avelin, Regular. Tenho duas irmãs, Marla Milfort e Elia Milfort, ambas Truqueiras — concluiu Keana.

— Quanta diversidade! — A senhora sorriu. — Vá em frente, filha. Uma das enfermeiras chamará quando for a hora da consulta. — O registro de Keana estava concluído. — Apenas esfregue o polegar aqui, por favor.

Edmar viu a filha se virar discretamente, a fim de fazer contato com ele. O aceno de aprovação foi o mais ínfimo.

Keana obedeceu, esfregando o dedo no pequeno selo visionário que a recepcionista deslizara para ela.

— Estranho, não está funcionando. Tento de novo?

Os olhos de Edmar passaram do oráculo piscante para a mãos da filha. Trincou a mandíbula. Observou Keana repetir a tentativa, as mãos trêmulas raspando o selo. Um momento depois, um sorriso irrompeu em seu rosto.

— Ah! Aí está. Espero que tudo corra bem lá dentro. Depois pode pegar comigo um tônico entorpecente, se sentir dor. — Apontou para as portas duplas.

O zunido da gravitadeira de Edmar acompanhava a dupla. Passaram por um grupo de enfermeiros, que perambulavam como se uma visita importante os pusesse tensos. Edmar moveu os indicadores em um círculo minúsculo, enviando uma leve brisa sob os cachos cor de mel dos cabelos de Keana, ordenando que ela parasse. Ele reconhecera a Ala de Confusão Mental onde Ivan Moriarte atendia – e onde

CAPÍTULO VINTE E UM

teria passado os últimos quinze anos, não fosse a devoção abnegada da esposa.

Passaram-se vinte minutos sem muito movimento nos corredores; aparentemente, a única crise do dia se resumiria às vias aéreas dos menos afortunados. Até que ouviram uma voz grave e familiar despedindo-se de alguém, à saída da ala visionária.

— Obrigado, Moriarte — falou o último andarilho com quem Edmar gostaria de cruzar na face da Terra... ninguém menos que Dom Quintino Velasque. — Me telechame quando tiver os resultados — Quintino pediu ao médico visionário, aparentemente satisfeito com algo. Edmar não deixaria a raiva transbordar; logo, se segurou. Olhando de relance os véus escuros que cobriam as mechas emaranhadas e cor de mel, Dom Quintino apertou a mão de Ivan Moriarte e, então, virou-se para sair.

— Senhorita Milfort! Pronta para a vida eterna? — Ivan sorriu, enquanto Keana espiava Dom Quintino, que tinha parado bruscamente. Edmar respirou fundo, suspendendo o tônus que mantinha a nuca no lugar. Fingindo inércia, ele travou as pupilas na manopla de diamante usada por Velasque.

Virando-se, Quintino Velasque abriu o mais brilhante sorriso e dirigiu-se a seu subordinado há muito aposentado.

— Capitão Viajante — saudou Quintino. — Que prazer vê-lo fora de casa — continuou, estendendo o braço da manopla para um aperto de mão.

Por dentro, Edmar queria se levantar e decepar o pescoço de Velasque com as próprias mãos – mas era um pensamento inconcebível diante do telepata mais poderoso de Divagar. Assim, forçou a mente a se concentrar em nada além dos diamantes cravejados nas luvas de combate do general.

— Meu pai não entende o senhor — Keana se interpôs.

— Soube pelo Palácio de Avalai que os dias modorrentos de seu pai já estão no passado. — Quintino soltou uma risada seca.

— Nada nos alegraria mais, senhor, mas os níveis de divindade se normalizaram. — Keana pigarreou. — Quem sabe agora o senhor prenda as pessoas certas.

Edmar travou a mandíbula, em silêncio.

— Você deve ser *Keena* — falou ele, em rara demonstração de civilidade para com uma *cabeça-de-trapo*, como ele os chamava.

— É *Ke'Ana*, para ser exata — respondeu ela.

— Muito bem! Você é a caçula das três? Flora me contou *tudo sobre você*. — Perfurou-a com os olhos, felino, mais encarniçado que um tigre-dentes-de-sabre.

Fique longe da minha filha. Fique longe da minha filha.

A tensão nos olhos inertes de Edmar lhe escapou, criando uma brisa curta que derrubou uma pilha de papirada das mãos de uma enfermeira.

— Perdão!

— Flora é uma garota muito boa. Fiquei feliz com o nosso reencontro — respondeu Keana.

Agora Moriarte verificava o pergaminho médico de Keana.

— É a sua primeira vez aqui, menina? — murmurou ele.

Edmar fechou os olhos com força. Usando os poderes, impediu que a voz dela saísse.

— O gato-de-sabre comeu sua língua? — insistiu Moriarte.

— Então, como está o seu pai, visto que…? — interrompeu Dom Quintino.

Moriarte continuou lendo as informações pessoais. Batia o pé direito no chão.

Edmar reabriu os olhos e o fluxo de ar nos pulmões da filha se normalizou. A menina limpou a garganta.

— Meu pai está bem, Dom Quintino, obrigada por perguntar. Todos aqueles apagões estimularam a mente dele durante a semana, de certa forma, mas, agora que as coisas estão voltando ao normal, imagino que ele tenha voltado ao seu antigo eu. — Mais educada do que simpática, pensou Edmar.

Moriarte continuava batendo o pé.

CAPÍTULO VINTE E UM

— Quero dizer, como ele está lidando? Depois da passagem de sua avó — corrigiu-se, claramente interessado em pegá-la desprevenida. Dom Quintino deitou um olhar a Edmar, à espera de um movimento, talvez.

— Como deve estar ciente, Dom Quintino, meu pai não detém mais a plena capacidade de processar as emoções, então tentamos ao máximo não o angustiar.

— Lamento pela perda de vocês — comentou ele. — Eu e Dona Anna não nos tragávamos, mas sempre admirei a liderança dela sobre os Ventaneiros. É uma pena que não lhe tenha sido possível legar o clã a mãos mais *capazes* — acrescentou ele, com um leve piscar de olho que beirou o asco.

Olhe para os diamantes, Edmar. Mantenha os olhos nos diamantes.

— Bom, agora só resta torcer pelo melhor. Prazer em conhecê-lo, Dom Quintino. Mande meus cumprimentos a Flora — acrescentou Keana, oferecendo-lhe a mão e um sorriso cortês.

Travando os olhos com os dela, o líder dos Visionários também estendeu a mão. Foi um aperto de mãos firme. Edmar se recostou na cadeira num espasmo calculado – a única maneira de justificar que estava olhando para os dois. Queria que Keana soubesse que ele estava pronto para intervir, se necessário.

— Boa sorte com o seu registro, senhorita Milfort. Não doerá muito, tenho certeza. — Assentiu com a cabeça. — Capitão Viajante, folgo em saber que sentiu o gosto da liberdade. Espero sinceramente que se reúna a nós no reino dos lúcidos, um dia. Agora, se me dão licença, tenho de cuidar de um *churrasquinho de Ugas* bastante desagradável.

Edmar prendeu a respiração ao máximo, sentindo um nó pulsar na garganta. No momento em que Velasque dobrou a quina e saiu de vista, Edmar soltou um gemido frustrado que soergueu as cortinas e abriu as janelas com tudo. O grito de um enfermeiro assustado viajou pelo corredor.

Keana pulou em defesa do pai.

— Sinto muito, senhor Moriarte. Ele fica assim quando vê pessoas do passado.

Quietude de volta ao ar, Keana fitou o pai.

— Quem hoje por aqui não está à flor da pele? — murmurou Moriarte.

— Qual é o problema *dele*? — Keana apontou na direção de Dom Quintino.

— Ah, só ficou descontente porque uma paciente recebeu alta sem a sua autorização — falou Ivan.

Edmar soltou um grunhido mínimo, sugerindo que Keana não se metesse em apuros.

— Ah, jura? Pensei que os médicos fossem a autoridade máxima por aqui. — declarou.

— Obrigado! — Ele encolheu os ombros, quase pronto para rir. — O que se espera que eu faça quando alguém solicita a alta da esposa e esta passa no teste de aptidão mental, e com louvor? Petropol cria todos esses protocolos e depois se enfurece com o cumprimento! — Ivan suspirou, virando um estranho nó na garganta de Edmar.

Mais uma vez, Keana olhou para o pai.

— Bem que podia me receitar o que tomou essa sua paciente. Meu pai aqui certamente se valeria de um novo tratamento.

— Queria poder — falou Ivan. — Minha paciente sofreu muitíssimo, e nem achávamos que ela fosse acordar novamente. Daí, como num romance da Rainha Camille, o marido que ninguém nunca nem viu surge do nada para visitá-la!

De novo pulsou o nó na garganta de Edmar. Só que, desta vez, não estava enfurecido. Estava apavorado.

— O homem ficou ao lado da mulher a noite toda, sussurrando no ouvido dela... até que, esta manhã, ela acordou. Simples assim! E alguns dizem que Madre Diva não é capaz de todos os milagres... — Moriarte assentiu com a cabeça, humilhado pelos poderes da fé. — Eis o que somos, médicos: simples ferramentas à Sua obra sagrada. Sentirei falta de Estela aqui por estas alas — concluiu ele, conduzindo Keana para dentro da sala de consulta e deixando Edmar para trás, à espera.

CAPÍTULO VINTE E DOIS

O *Exército* PETROPOLITANO

Quando
7 de leão, 15:14.

Onde
Praça Ventaneira, Lúmen.

— OS VISIONÁRIOS SE VOLTARAM CONTRA OS CIVIS! REPITO: OS GRAVITORES não precisam mais se submeter à autoridade deles! — gritou Cerina Milfort a uma dúzia de colegas de trabalho que saíam das balsas do Conselho Municipal e se embrenhavam no caos flamejante. *Se os Neandros chegarem a Vertígona, os Visionários fecharão os Portões e anularão a única chance que Keana tem de fugir*, a mente de Cerina fervilhava, enquanto os estridentes berrantes de auroque ecoavam a emergência pelos céus recém-aguçados de Lúmen.

— Chatanuga é o responsável por esta tempestade de fogo. Ele está liderando os Neandros para o sul, buscando a saída de Paradis. Precisamos impedir! — Cerina comandava a legião de burocratas que claramente haviam escolhido o trabalho social no Conselho Municipal em virtude de certa aversão ao combate. — Escoltem todos os Neandros até os parques! Cerquem-nos, se for preciso! Vamos protegê-los da Polícia Visionária, até o último deles, e levar a questão ao Palácio de Avalai, mas não deixem que fujam da cidade! Não há trégua para além do Portões! Voltarão a ser escravizados!

Divisava-se uma debandada para o sul, sob a silhueta dos edifícios coloniais compactos da Praça Ventaneira e das sequoias milenares e imponentes que alimentavam inadvertidamente o fogo ateado em Primeva. Ao mar bravio de pés descalços e solas grossas somaram-se levas ruidosas de sandálias de tiras e longos véus negros puxados para cima dos joelhos, para uma correria mais ágil.

Caídos sobre as calçadas, em números cada vez maiores, Cerina testemunhava os fracos, jovens e inocentes, os corações acelerados sucumbindo aos pulmões quase vazios. Coube aos Ventaneiros voluntários abandonar suas casas e unir forças à extinção das chamas colossais, dissipando as nuvens de fumaça tóxica que já deixara pelo caminho um rastro de vítimas tombadas e ofegantes.

Visiotenentes pairavam sobre as multidões ofegantes, que por sua vez esticavam os braços ao alto buscando subtrair os aparatos respiratórios dos primeiros. A atitude logo transitou de aflição a fúria. Os soldados de Petropol pareciam uma turba desorientada. Cerina sabia que a capacidade de improvisação era o ponto fraco dos Visionários. Em vez de recorrerem às armas de choque ou de fogo, os esforços coletivos se concentraram na tentativa de *esculhambação em massa*, uma estratégia que logo se mostraria inútil, já que mais da metade das centenas de fugitivos era composta de Neandros de mente inacessível e a outra metade simplesmente inviabilizava a hipnose, visto que os batimentos cardíacos não desceriam a um ritmo propício, dado o pânico incalculável.

CAPÍTULO VINTE E DOIS

Não era de se admirar que a Patrulha Regular só tenha entrado em ação depois que a crescente milícia divina já cuidava do assunto à própria maneira – com alguns briosos voluntários chegando mesmo a dar cobertura aos Neandros em sua agonizante marcha rumo ao Palácio de Avalai. O que teria passado por confusão banal aos ouvidos dos desbaratados era a verdade mais absoluta entre os primitivos que gritavam em apelo, sentindo-se finalmente dignos de saírem à defesa do próprio direito de existir.

Agora ecoava no ar um cântico tribal.

UGA! UGA! UGA! UGA!

Batendo no peito enquanto atacavam os opressores com o pouco ar que ainda lhes sobrava nos pulmões, jovens e velhos, homens e mulheres, corajosos e amedrontados, todos os Neandros se avivaram em aliança, clamando aos ancestrais.

UGA! UGA! UGA! UGA!

Do caos absoluto, despontava o senso coletivo da esperança.

— Princesa Imogênia! Salve seu povo! — gritaram as mulheres primitivas, em desespero, ao mesmo tempo que equilibravam as crianças nos braços, evocando do medo, e tão somente do medo, toda a sua resiliência.

As armas de choque nas mãos vacilantes dos patrulheiros regulares recém-formados acabavam danificando mais os edifícios públicos, ao passo que os gritos de terror revelavam aos paradisianos que seu senso de infalível segurança jamais passara de frágil ilusão.

— Dom Quintino! Precisamos de reforços! — gritou a Visiotenente Sonni Piper numa ponte direta com a mente do líder, enquanto afastava dois Ventaneiros rebeldes que uniram forças na tentativa de virar os gravitares de ponta-cabeça. Não havia como atracar as balsas, uma vez que as margens do Rio Belisfinge se lotavam de fugitivos, entre os quais um número crescente de Regulares, que finalmente negligenciavam os códigos de vestimenta, atirando ao vento os véus negros, na esperança de correrem mais rápido para salvar a própria pele. Nesse momento, até a última alma no chão era idêntica, todas unidas pelo mesmo medo e fugidas do mesmo opressor.

Ventosas usadas eram lançadas das janelas às massas ofegantes nas ruas, pelos poucos afortunados que conseguiram chegar em casa ou entrar em um edifício pressurizado. Inabalável, Cerina se quedava à entrada dos Jardins Aquáticos de Reinha Allison, seu refúgio escolhido. A multidão se dividia igualmente entre os que respiravam e os que agonizavam. A Dúplice Laureada recordou os mais extremados exercícios bélicos presenciados em sua época de quartel-general gravitor, em Jonès; nada, porém, se comparava à força destrutiva combinada do caos com o desespero.

— Gravitores! Unir! — gritou aos colegas de trabalho do Conselho Municipal. O grupo de quinze estendeu os braços avante, restringindo as habilidades para se concentrarem nos fugitivos de ventosa no rosto. Erguendo os antebraços ao céu de forma ligeira e coordenada, os muitos que respiravam com auxílio foram soerguidos no ar, gritando enquanto as pernas bambeavam, permitindo que os ofegantes acelerassem sua corrida à salvação.

— Você que já tem uma ventosa, pare de correr e vá para os lados! — ordenou Cerina, a voz avultada pelos *amplificadores* presos às orelhas.

Agora faltavam apenas quinhentos metros até a segurança dos Jardins Aquáticos de Reinha Allison. Cerina instou os refugiados a correr, enquanto cobria os olhos contra o calor escaldante provocado pelas tentativas dos Ventaneiros de apagar o incêndio colossal. Irromperam gritos quando uma manada de mamutes, auroques, bisões e enormes tigres-dentes-de-sabre rebentou do parque de fauna selvagem para escapar das chamas tóxicas.

— Afastem-se! Aqui tem comida e ar respirável! — gritou Cerina, gesticulando para que os refugiados esperassem a passagem dos animais. Ela finalmente divisava a esperança, à medida que as massas céleres

CAPÍTULO VINTE E DOIS

se desviavam dos felinos rosnadores e dos implacáveis gigantes peludos, avizinhando-se, enfim, a primeira superação da desmedida crise. Apenas duzentos metros separavam os fugitivos da salvação, quando se materializaram os piores temores de Cerina: uma série de luzes crepitantes, seguidas de uma densa cortina de bruma púrpura, em linha reta e horizontal, quase impossível de ser abarcada com os olhos, sugerindo o despacho de um pequeno exército que chegava. — Não olhem direto nos olhos! — Cerina gritou no amplificador de áudio.

Um estrondo sibilante, misturado a fissuras estáticas, anunciava a reativação dos visiofalantes instalados pelas calçadas da Praça Ventaneira, após um longo período sem utilização. Uma voz feminina, o timbre de uma melodia que faria dormir o bebê mais agitado, começou a ecoar, repetidamente, uma mensagem estatal. *O Exército Petropolitano solicita gentilmente a obediência dos cidadãos. Obrigada por sua cooperação.* À terceira execução da mensagem, ascendera a ampla linha horizontal de bruma púrpura, descortinando por volta de cem soldados da Força Visionária – um número ameaçador, a considerar os padrões paradisianos.

Cerina sabia que Faíscas e Ventaneiros precisavam voar sobre eles: nesse momento, ribombaram os trovões. A nova tempestade estava prestes a desabar. Aparentemente, os Ventaneiros mais brilhantes aproveitaram a chance para liberar gêiseres horizontais e abater até o último Visiotenente aerotransportado que aparecesse pelo caminho. Encharcadas de água, as estruturas – sintéticas ou biológicas – perdiam grande parte da condutividade divina. Batendo nos amplificadores de áudio, Cerina protegeu a mente contra as frequências visionárias – parcialmente, pelo menos.

— Deixem-nos em paz! — Cerina gritou aos Visiotenentes. — Os Neandros são seus irmãos e irmãs! Compartilham do sangue visionário! Todos vocês descendem de Alabastro!

Antes que os fugitivos tomassem outro rumo, as fadas-da-morte gritaram, e a maior parte da multidão desesperada caiu com a parada súbita. Intocados pela confusão mental que se difundia, os primitivos ainda corriam em direção ao parque de fauna selvagem, enquanto o restante da milícia se defendia contra as frequências indutoras de loucura. A única maneira de bloquear as capacidades esculhambantes de uma fada-da-morte era se desapegando de todo o controle e permitindo que a mente se protegesse a si mesma, em estado de inconsciência. Na Ala de Cura Popular, em Lúmen, os esforços empregados em resistir às frequências sonares eram as causas mais comuns de aneurisma. Não raro era necessária a total substituição do cérebro do paciente por um novo, feito de vegigoma.

Cerina se pôs de lado, permitindo que os primitivos ofegantes retomassem o êxodo por seus próprios meios. No parque não havia nem vestígio de animais; até o último espécime tinha debandado – na mesma direção, ao que se via. Nesse momento, congelada no tempo, Cerina observou quando as flechas de sílex, finas, alongadas e embebidas da seiva, manaram das balestras do Exército Petropolitano, atravessando os primitivos nas costas, peitos e corações. Um após o outro, todos tombaram. Horrorizada, Cerina gritou. Uma decisão rápida de se propulsar para cima e recuar até o Beco do Sapateiro aterrissou o rosto na extremidade de um corpulento porrete de madeira. A assistente social gravitriz girou duas voltas completas antes de despencar de cabeça na calçada dura e fria. Foi rapidamente detida por um Visiotenenete flutuante, dirigida ao posto mais próximo da Praça Ventaneira.

Diante do Palácio de Avalai, não mais se moviam os manifestantes reunidos nos gramados desde o início da manhã em protesto contra a reativação da Infernalha. Os corpos jaziam adormecidos no chão, apunhalados ou se debatendo, tingindo de vermelho-escuro os gramados verdejantes. Em formação diante da entrada, a Guarda Real barrava aos manifestantes. Pedras atiradas tinham quebrado algumas janelas, e cortinas ostentavam chamuscados recentes.

Cerina não se permitia à visão. Os ecos alarmados mal chegavam aos tímpanos perfurados. *Edmar falou com o Rei Duarte... Velasque não vai se aproximar de Keana... O rei garantirá que ela e Clariz atra-*

CAPÍTULO VINTE E DOIS

vessem os Portões, foram os pensamentos agonizantes da mãe, já quase inconsciente. Em seguida, a voz de uma jovem cozinheira anunciou a gravidade da situação, em resposta à pergunta que todos vinham se fazendo desde a deflagração do caos.

— Agora nada mais detém os Visionários... A Família Real fugiu!

Quando
7 de leão, 16:35.

Onde
Rio Belisfinge, Lúmen.

SAINDO FURIOSA DO APARTAMENTO DO PROFESSOR VALETTE, MADAME B'OLÏVA se dirigiu ao Palácio de Avalai para saber de Dama Imogênia Willice, quando ouviu os primeiros sons avultantes da debandada que desceu de Primeva. Os ânimos na residência da Família Real eram de pânico generalizado com o súbito desaparecimento de Dama Imogênia, enquanto a criadagem se punha a molhar todos os recantos do castelo, na esperança de surpreendê-la camuflada de objeto decorativo. Nesse meio-tempo, os pais e a irmã foram evacuados do castelo e conduzidos à Casa de Banhos Real, para um despacho de emergência.

Agora Clariz tomava a rota mais distante do caos e destruição e seguia direto para a residência dos Milfort, a fim de cuidar dos últimos detalhes da partida na manhã seguinte. Chegando lá, só o que viu foi a loba-da-tundra de Keana, Luna, perseguindo um corvo negro que sobrevoava a casa, decerto por ter se desgarrado de seu bando. Quanto tempo desde a última vez que vira um animal alado tão de perto... Clariz entrou na casa, onde não encontrou sinal de ninguém, afora um bilhete manuscrito de Cerina à filha. *A balsa*, Clariz pensou consigo ao olhar para o relógio... Keana podia estar ilhada na Ala de Cura Popular, sem meios de voltar.

Conforme ia pelas margens do Rio Belisfinge, perturbada pelos vestígios da exibição de força desproporcional do Exército Petropolitano, Clariz sentiu uma nova telechamada no pesado visiofone que levava na cintura. Quando o nome da família Velasque surgiu na tela, todos os músculos do corpo dela se tensionaram. Levou a grossa interface de cristal às têmporas. *Clariz na linha. Quem está pensando?*, comunicou, sem proferir palavra.

Era a neta de Dom Quintino, que desejava informá-la de uma visão inquietante que acabara de ter: um vislumbre acelerado dos acontecimentos da semana. Só que desta vez não se encerrava nos Portões, mas no fundo de um rio. Clariz procurou a área correspondente à visão de Flora, entrando de roupa no lago, ciente de que isso lhe anularia temporariamente os poderes. Incapaz de continuar a ponte entre mentes, Clariz mergulhou sob a balsa virada para encontrar alguém enterrado na areia; a ventosa permitiu que respirasse mesmo submersa.

Minutos depois, ela distinguiu na água um tom avermelhado, afluindo em uma curva viscosa. Nadou até a origem do matiz e percebeu uma mão enfaixada despontando de um banco de areia submerso. Com cuidado, Clariz puxou o braço para cima, revelando o corpo inconsciente de Keana. Arrastou a menina para a margem do rio, deslizando-lhe do corpo os véus negros e molhados, até restar apenas a roupa de baixo. A diretora da Lúmen Academia respirou fundo antes de remover o aparato respiratório e colocá-lo no rosto inanimado de Keana.

Esfregando suavemente a ventosa, ouviu um ruído de sucção junto à boca de Keana, ao mesmo tempo que a barriga se expandia de oxigênio, num acesso tão intenso que a garota num instante foi erguida até a cintura, vomitando pelo menos dois litros de água barrenta.

— Ah, Diva! — Keana resfolegou. Eram audíveis os danos aos pulmões. A caçula dos Milfort tossiu mais água para fora, o rosto azul. — Meu pai... Preciso encontrar meu pai — sussurrou ela, agarrando braços e coxas para se cobrir. — Preciso voltar para buscá-lo.

— *Nunca* chegue perto de uma pessoa inconsciente. Será que não entende? Vá se sentar debaixo da sequoia. Volto assim que encontrar o

CAPÍTULO VINTE E DOIS

seu pai. Clariz deixou a menina respirar um pouco mais, até recolocar a ventosa e mergulhar na busca pelo pai de Keana. A gravitadeira do Capitão Milfort boiava próximo ao extremo oposto do rio, e Clariz não demorou muito para emergir com o ex-herói Ventaneiro, também inconsciente.

— Ele não precisa de ventosa! Eu o ajudo a respirar! — gritou Keana.

— Pare de bancar a heroína. Você é teimosa demais para alguém que é uma bomba-relógio sobre pernas. Ore por Diva que os xamãs de Bardot saibam como desarmá-la. — Mais um esfregão na ventosa e um golpe de punho no esterno se combinaram para criarem uma forte sucção que bombardeou os pulmões do Ventaneiro com uma rajada revigorante de oxigênio.

Ele se ergueu com tudo, deslocando a ventosa para vomitar água de lama.

— Protegei-me Diva... — gemeu ele, passando as mãos trêmulas nos lábios para limpar a sujeira... chorando lágrimas de desconforto e buscando ar, ofegante.

— E eu pensando que os Ventaneiros fossem exímios respiradores subaquáticos — mencionou Clariz gentilmente, esfregando as costas de Edmar.

— Somos... *na maioria das vezes.* — Então, ele viu Keana. — Quando a trouxeram da sala de exames do Moriarte, com bandagens cheias de sangue nas mãos e nos pés, ela estava mais pálida que leite de cabra. Antes, Velasque tinha ido visitar Ivan, e ela deu de cara com ele. Agora aquele asqueroso deu de aterrorizar os mancebos. Ouvi o clique detestável das botas quando eu estava lá fora, ajudando alguns primitivos a respirar. Velasque se sentou ao meu lado por um momento, perguntando sobre minhas filhas, falando de situações repugnantes que nenhum pai jamais teria em mente. Pela primeira vez, Velasque me fez sentir saudades das vozes que eu escutava na cabeça.

— O pulha... Então ele acredita que sua sanidade foi apenas temporária?

— Kee conseguiu dormir na volta da balsa, descansando nos meus ombros. Ela ficou aterrorizada quando as fadas-da-morte gritaram ao longe. Apertou minha mão, e eu senti meu poder literalmente *escapar* do meu corpo e fluir para o dela. Não demorou nem um piscar de olhos para surgir uma espécie de tufão de debaixo da balsa, virando tudo de ponta-cabeça como se fôssemos brinquedos. Estou preocupado, Clariz. A cada dia ela fica mais forte, e suas emoções são incontroláveis. A melhor chance de salvar minha filha foi nadando *para longe* dela, *ignorando* seus gritos de socorro. Nenhum pai merece fazer uma escolha como essa. — Fechou os olhos com força. — Clariz... quando Keana está com medo... ela é *mortal* — explicou Edmar.

Ela o ajudou a se sentar na cadeira, e os dois foram até Keana, desamparada sob a sequoia solitária.

— Acabou? Fomos invadidos? — Keana exalou, e Clariz se ajoelhou diante dela.

— Alguns anos atrás, Carmen Bo Billy fez um Elo de Sangue para localizar o marido fugido. Ontem à noite, vendo que Mason não voltava para casa, ela achou de novo o Elo e percebeu que, a cada hora que passava, os pontos de Mason e do pai se aproximavam mais um do outro — começou Clariz, lembrando a Keana que ela também pegara um na casa de Gaio, noite passada. — Esta manhã Carmen chamou a Polícia Visionária, mais ou menos no mesmo horário da minha soltura, alegando que Yuri tinha raptado Mason e o mantinha no assentamento em que ele supostamente mora. Tudo deve ter saído fora do controle. Pelo visto, os Visionários atearam fogo em Primeva.

— Cadê a minha mãe? — perguntou Keana.

— Vamos chegar em casa primeiro, Kee. — Edmar assentiu com a cabeça, enquanto Clariz suspendia a jovem nos braços.

CAPÍTULO VINTE E TRÊS

As VISÕES *de* FLORA VELASQUE

Quando
7 de leão, 19:00.

Onde
Rua Aurora, 145, Praça Ventaneira.

— MADAME B'OLÏVA, POR FAVOR, ME DEIXE ENTRAR — PEDIU FLORA, COM batidas fortes na porta dos Milfort. Sentia que estavam todos lá dentro. Era preciso avisá-los das intenções do avô.

Flora viu a maçaneta girar sozinha e as portas de granito pesadas se abrirem, não revelando ninguém. A jovem telepata entrou na casa. Clariz Birra-de-Olïva estava junto às escadas, massageando o pulso. Murmurou para que Flora entrasse em silêncio, depois fechou as portas de longe, forçando ainda mais o punho.

— Você não deveria estar aqui, Flora, por mais nobres que sejam suas intenções — observou a diretora.

— Mason não fez aquelas coisas de que o acusam. Tenho como provar — insistiu Flora.

— Eu sei, Flora, eu estava lá — lembrou Clariz.

— Eu o segui até Primeva, passando a linha de trégua — revelou Flora. Os olhos de Clariz quase saltaram das órbitas.

— A trégua proíbe os Visionários de pisarem em territórios neandros. O que você tinha na cabeça? — Clariz elevou o tom de voz. — Não se deve tomar decisões que afetem a vida de outras pessoas só por capricho! Só de você estar aqui já nos coloca em sério risco!

— Yuri Bo Billy está liderando os Neandros através dos Portões.

As palavras pareceram desorientar Clariz.

— Os sonares praticamente destruíram Yuri. — Ela piscou. — Chegou a ficar tão agressivo que nem podia mais viver com a esposa. Eu o vi, Flora. Era o mais atormentado dos Ventaneiros regressos. Muito mais que o Capitão Milfort, ou mesmo que Estela. Não é possível.

— Folhas amarelas. Pássaros. Profetas cegos. Morte — enfatizou Flora. — Algo mais é impossível?

— Sempre achei que Yuri tivesse desertado. Ou até se enterrado no sono eterno.

— Com todo o respeito, ele parecia mais lúcido do que a senhora jamais esteve, Madame. Agora o chamam de Chatanuga.

Clariz assentiu com a cabeça.

— É claro... Seu avô sabe disso?

— Acho que não. Assim que os Visiotenentes me mandaram para casa, vim direto avisar Keana. Cadê ela?

— Não a perturbe, Flora. Ela já tem preocupações demais. Dei um tônico sonífero a ela. Está dormindo; a partida para Vertígona é daqui a poucas horas.

— Não vou incomodá-la. Só me leve até o quarto dela.

Flora olhou para trás. Capitão Milfort estava ali o tempo todo, com

CAPÍTULO VINTE E TRÊS

a gravitadeira, voltada às grandes janelas em formato de losango com vista para a Praça Ventaneira. Flora olhou para ele e depois para Clariz, que fez não com a cabeça e acenou para que subissem.

Deitada na cama, Keana repousava a cabeça no conforto de um travesseiro de microcascalhos. As mechas emaranhadas da cor do mel se espraiavam sobre a pele negra descorada. Tranquila; quase sem vida.

— Precisamos saber o que realmente está nos desafiando — Flora sussurrou a Clariz, aproximando-se de Keana. Em seguida, estendeu a mão aos véus negros que lhe cingiam o corpo.

— O que vai fazer? — perguntou Clariz.

— A ferida. A lâmina com que Gaio a apunhalou. Acho que é possível fazer uma previsão por meio dela.

Clariz ficou em silêncio, enquanto Flora desnudava a barriga da garota. A punhalada parecia ter se curado quase totalmente, exceto por um líquido negro e viscoso que brotava da carne viva.

— Achei que ela tivesse vomitado toda a seiva, durante a Cerimônia — Clariz pareceu preocupada. — Ainda há veneno nela. Se os Anibalianos invadirem antes de Keana fugir... Receio que ela não sobreviva.

Flora sentiu uma dor no coração. A morte sempre se lhe afigurou uma força menor, pairando abaixo, débil demais para vir à tona. Agora ela, a morte, estava à espreita em todos os cantos. Ameaçava tudo o que Flora amava.

— Madre Diva me mandou uma visão de Keana atravessando os Portões, Madame B'Oliva. É o Seu desejo. Vamos garantir que isso aconteça. — Flora tentou confortá-la. Os dedos pairaram sobre a seiva que se esvaía das feridas de Keana e súbito foram atraídos à carne, quase que por força magnética.

As pontas dos dedos de Flora perfuraram a ferida no estômago. As pupilas da garota tremularam por um átimo de segundo, antes de passarem a um fulgor branco. Ela entrou em transe.

Ao mesmo tempo que a maioria dos lumenenses se encolhia no interior de suas casas, testemunhando o primeiro pôr do Sol de suas vidas, uns poucos favorecidos puderam assistir ao recorrente e magnífico espetáculo da Terra do ponto mais estonteante do planeta: o pico do Monte Lazulai. Hipnotizada pelos últimos raios de luz mergulhando no mar de nuvens que cobria a antiga ponte de gelo, Valquíria de Altamira puxou o antebraço de Gaio Faierbond, gentilmente, no instante em que chegavam ao ponto mais alto e desprotegido dos solos sagrados do Monte Lazulai.

— Agora, um pôr do Sol como este poderá se repetir eternamente em Paradis, Gaio... como pretendia Madre Diva, abençoando Seu coração. — Sorriu, trêmula com a súbita mudança de temperatura, sinceramente orgulhosa da realização. — Graças a *nós*! — acrescentou ela.

Gaio não tinha avançado nem um passo desde que saíram da nuvem de bruma púrpura evocada por Valquíria em despacho na casa dele, em Lúmen. O alquimista taciturno se curvou para a frente, apoiando as mãos geladas nos joelhos vacilantes... quase vomitando.

— Filho dum borralho... Como é que se acostuma a uma coisa dessas? — Tossiu uma sinfonia revoltante, que fez vir à neve junto aos pés todo o café da manhã.

— Você é genial, Gaio... Exatamente como disse, mobilizaram para o sul os Visiotenentes que guarneciam a Névoa aqui no alto, para impedirem o motim em Lúmen — observou a trovadora truqueira, entusiasmada, admirando abaixo, ao longe, as dezoito pedras conhecidas como as *Pedras Seculares*. — Acha mesmo que vamos encontrar os elos perdidos? — consultou ela, olhando os três círculos vazados no solo, onde há muito fora roubado o conhecimento equivalente a séculos.

Gaio não prestou atenção às reflexões da trovadora enquanto limpava do lábio a sobra de sujeira.

— Eis o plano... — gemeu ele, pedindo-lhe que liderasse o caminho ermo monte acima.

CAPÍTULO VINTE E TRÊS

— Tem certeza de que Velasque não virá atrás de nós? — perguntou Valquíria, com uma rápida olhada por cima dos ombros.

Gaio assentiu com a cabeça, um pouco impaciente.

— Kartamundo e Marjorie estão publicando os fatos como o acordado: todas as provas incriminam os Chispe e, por tabela, enfraquecem os Ventaneiros. O Rei Covarde não ofereceu resistência em vista dos Ugas famintos, tostados e esbaforidos... Agora, com o palácio vazio, duvido que Velasque dê o menor borralho para o local onde estão baseados os seus asseclas — pensou ele em voz alta.

— E os corvos? Tecnicamente, eles também são Truqueiros; não nos machucariam. Por que estamos correndo deles? — perguntou Valquíria, seguindo-o baseada na fé, e somente nela.

— *Não se pode confiar nos xamãs, minha querida...* Todos estamos, no final das contas, atrás da mesma muralha de gelo, mas, quando aqueles brutos de pele vermelha subirem até aqui, o Mosaico já será *meu* — soltou ele com um suspiro profundo.

— Você quer dizer *nosso?* — ela tentou corrigi-lo, recebendo em troca um aceno de cabeça desinteressado.

— O plano de Dona Fara para expandir a influência truqueira pelo planeta requer que depositemos a confiança em companheiros perigosos. As três velhas divinas pretendem romper com a hegemonia petropolitana, derrubar os Portões e descentralizar a política pelo reino, até que toda a Divagar volte a ser parte do mundo aberto. É um plano muito ambicioso, me ocorre agora, a derrocada de uma nação precognitiva, telepática e autogovernada. Mas é preciso dar o braço a torcer... despertar uma criança dos *Espíritos* por dentro dos Portões de Paradis foi um lance majestoso... Cegou os Visionários para além dos sonhos mais tresloucados. — Sorriu, observando a noite pousar brusca em torno das bordas afiadas do abismo adiante.

— Assim que botarem as mãos na criança, o que os impede de virem atrás de nós? — indagou Valquíria, puxando a túnica para mais perto do pescoço, temerosa, enquanto se aproximavam da cerração densa e branca junto ao início da Névoa.

— Se uma jovem Espírito de quinze anos passou despercebida de Petropol todo esse tempo e assassinou, sozinha, o criminoso mais perigoso entre nós, o que pensa que o alquimista mais talentoso de toda a Divagar não seja capaz de fazer com os poderes advindos do sangue dela? — Sorriu.

— Não o reconheço, Gaio. Antes, dizia que usaríamos o Selo dos Espíritos para desfazer todo os danos causados por Petropol, unir os divagarianos contra eles... devolver a saúde à minha irmã — começou Valquíria.

— E ainda pretendo fazer tudo isso — gemeu Gaio.

— Estou com frio, Gaio... Onde vamos testá-lo? — perguntou Valquíria, relanceando com os olhos a cobiçada joia pendurada no pescoço do homem, enquanto continuavam a escalada do monte, alcançando a parte mais densa da cerração branca. Estavam junto ao último limite entre a vida e o além-mundo; a mítica cortina conhecida pelos paradisianos como a Névoa.

— Podemos parar aqui, se quiser — falou Gaio.

— Disse que os civis, de tão furiosos com o caso *Míria*, se uniriam contra os Visionários... — murmurou ela. — O exato oposto acaba de acontecer! Rei Duarte se foi, e ninguém mais deterá Velasque. Se ele nos encontrar e nos esculhambar... seremos afogados na lava eterna. — Valquíria tremeu.

— Você não está destinada à Infernalha, minha querida, prometo. Além disso, os Visionários não têm nenhum poder sobre os Espíritos. Se os mais poderosos videntes, em conjunto, ainda não sentiram nem cheiro da garotinha, é porque não poderiam estar mais longe de nos descobrir — zombou ele, balançando o Selo dos Espíritos acima dos olhos forrados de geada.

— Se você diz... — cedeu Valquíria, revirando os olhos, as costas voltadas a ele. — Agora o que precisa que eu faça?

— Preciso que você abra a Névoa — pediu ele, frio.

Por um instante, Valquíria pensou na irmã mais velha e em como a família finalmente cicatrizaria depois de décadas de angústia, uma vez todos reunidos. Ficariam tão orgulhosos dela. Ela deixaria de ser a *segunda melhor*. Diante da mesma barreira pela qual, outrora, tantas passagens abençoara, Valquíria de Altamira preparou-se para

CAPÍTULO VINTE E TRÊS

implorar o perdão a Madre Diva, visto que profanava a *fronteira final da Devoção*. Posicionou as mãos na vertical, as duas palmas viradas para fora, e lentamente afastou uma da outra, abrindo a cortina gelada de nuvens branco-acinzentadas – a revelação do que jazia para além da vida como a conheciam.

No instante em que os olhos de Valquíria divisaram o verdadeiro significado de *passar* aos braços de Madre Diva, seu primeiro instinto foi virar-se alarmada e pedir a Gaio por defesa e perdão – se ele fosse capaz de tais atos, ao menos. O giro exasperado de Valquíria fez o peito ir de encontro à ponta fria da traição de uma *adaga* feita de diamante e um fragmento do Selo dos Espíritos. Enquanto empurrava a lâmina virgem no esterno e rasgava cada camada de sua pele frágil, roubando-lhe o fôlego a cada centímetro dolorosamente penetrado, Gaio fez um último pedido à camarada Radical Livre.

— Preciso que tente se despachar para longe desta lâmina, querida. — Ele assentiu de leve com a cabeça, garantindo que ela compreendesse palavra por palavra, à medida que puxava firmemente o cabo. Se tanto, pareceu apenas incomodá-lo a inédita expressão de raiva, horror e indignação no rosto de Valquíria. Ela deixou escapar uma única lágrima de desespero, enquanto engasgava com o próprio sangue, evocando apenas uma tênue bruma púrpura despachadora que se esvaiu da odiosa ferida no peito e logo se dissipou no ar.

— Socorro... Socorro... — tentou ela, incapaz de evocar suas habilidades, como se uma força estonteante lhe bloqueasse inteira e fisicamente o âmago divino. Uma força que, pela primeira vez, a tornou *mortal*.

— Sua irmã está muito orgulhosa de você, Valquíria. Ela nunca seria capaz de cumprir o destino sem este seu sacrifício, minha querida.

— O quê... Onde... Não... — Valquíria suspirou, atordoada por uma visão que lhe pareceu providencial aos olhos doloridos. — Madre Diva... — Valquíria chorou até o último suspiro, ao entrever a irmã mais velha, há muito desaparecida, saindo da Névoa e vindo a seu encontro.

— É um prazer revê-la, irmãzinha — falou Estela Bisonte, nascida de Altamira, tocando, cândida, o rosto pálido e choroso de Valquíria. — Ah, meu Deus... Você é a cara dele... — Estela a admirou, arrastando pela neve as tranças longas e de três pontas.

— Nosso... nosso pai...? — Valquíria já estava quase inconsciente.

— Não, meu doce... *Seu* pai — concluiu Estela, torcendo a lâmina dentro dela.

— *Não destrua o coração!* — implorou Gaio, pousando a mão trêmula no ombro de Estela. — *Não é um assassinato. É um sacrifício.*

— Sim. Sinto muito, querido. Não há por que prolongar o sofrimento dela. — Estela se desculpou, largando a adaga e ignorando o corpo da irmã mais jovem. Gaio estampou um sorriso emotivo, as mãos tremendo diante da expectativa de só um dedo em sua pele, audácia para a qual lhe faltava coragem.

— Não precisa se desculpar, meu amor. Não precisa se preocupar com nada, nunca mais. — Ele irrompeu em lágrimas, ávido por agradá-la. Estela suspirou como se a repreensão não valesse o esforço.

— Você se saiu muito bem, Gaio — disse uma voz masculina grasnante, saída da Névoa diante de si.

— Aludov... — Curvou-se em respeito ao homem que se lhes apresentava, alto e musculoso, a tez pálida e os olhos amendoados, momentos antes de se descamuflar e tomar a forma do zelador decrépito e asqueroso com que Gaio se acostumara pelos corredores da Lúmen Academia, a perambular com sua bengala grossa de bordas arredondadas, feita de madeira de carvalho, negra e maciça.

— Me chame de Wilker, por favor. Eu insisto — respondeu o velho.

— Agora, o que fazemos? — questionou Gaio, exasperado, passando as mãos nos braços frios e desnudos de Estela, um gesto que a pôs em náusea, ainda que o disfarçasse.

— Eu lhe prometi a *Estela*, e você me prometeu o *Selo dos Espíritos* — destacou Wilker com ar de formalidade, estendendo as mãos pequenas, frágeis até os ossos.

— Como sei que não vai me matar assim que entregá-lo a você? — questionou Gaio, com medo genuíno.

CAPÍTULO VINTE E TRÊS

— *Não vai saber.* — Wilker estreitou os olhos, esperando uma reação. Gaio ajoelhou-se diante do corpo inanimado de Valquíria e, com esforço, puxou a adaga ensanguentada do peito dela. — Fique com o punhal. Só preciso da joia, Faierbond — ordenou Wilker, os olhos luzindo um brilho opaco e branco-prateado... uma rara demonstração das habilidades visionárias posteriormente adquiridas pelo Truqueiro decrépito.

Evitando os olhos de Wilker em sinal de boa-fé, Gaio desprendeu o Selo dos Espíritos do pescoço e entregou-o ao frágil homenzinho que lhe prometera o mundo e mais.

— Eu mesmo lhe teria entregado em uma das nossas muitas visitas conjugais e secretas — Estela provocou o velho, uma alegação que causou muito desconforto em Gaio.

— Sem a mancha certa de sangue, isto não passaria de uma rocha do deserto — comentou Wilker.

— Nem acredito que esperaram quinze anos por isto — soltou Gaio, um comentário que deixou tanto Estela quanto Wilker perplexos.

— *Você* esperou quinze anos, Faierbond. Eu espero há *um pouco mais.* — O velho sorriu, imóvel.

— O que falta agora? — perguntou Gaio, puxando os braços de Estela.

— Eu achava que sua veneração fosse subsistir à angústia, Faierbond. Os desejos se tornam um fardo quando a expectativa é maior que a recompensa — soltou Wilker.

— E quanto a mim? — perguntou Estela, em tom respeitoso. Wilker não deu importância.

— Todas as visitas que fiz a você naquela imundície de Ala, quanta energia não me consumia perambular por esse labirinto assombrado que é a sua mente, apenas para travar um diálogo de dois minutos! Na minha idade... isso me custava uma semana de cama, não raro... Ainda assim, seus desejos sempre me foram o lembrete de como você se mantinha focada, paciente e leal — recordou ele, enquanto ela baixava a cabeça, em sinal de submissão.

— Você é meu salvador absoluto, Mestre Wilker. — Estela levou a mão ao peito, quase se engasgando em lágrimas.

— Ocorre-me o dia do seu despertar: 2 de leão, o ano era 1985 depois de Diva. Era uma manhã de verão-minguante insuportavelmente úmida. Os castiçais quentes ao toque quando, horas depois, voltei ao salão e lá encontrei você, aos prantos no altar até o anoitecer... rechaçando qualquer acólito que tentasse removê-la do local, com rajadas de ar quente incrivelmente pressurizadas — falou ele, uma lembrança que trouxe revolta instantânea à mente de Estela. — Lembra-se do que lhe prometi aquela noite, antes de você se dirigir para casa e contar à família que não era mais *um deles*? — indagou ele, soerguendo a mão trêmula na direção do rosto da mulher, um gesto que esta valorizou descendo ainda mais a cabeça.

— Você me prometeu que um dia eu seria a líder do clã Truqueiro, se o quisesse com muita vontade. — A voz falhou.

— Será que, uma vez conquistado, você saberá dar valor a esse desejo? Ou agora devo virar as costas aos dois e ir cuidar dos *meus próprios* e mais profundos anseios? — indagou em voz alta, com um gesto que assustou os dois... mancebos, aos olhos do ancião. — Sem mim, vocês ainda seriam prisioneiros, ou da loucura, ou da irrelevância. Não esqueçam que nossas cabeças são redondas para que os pensamentos possam mudar de direção.

Gaio tentou desviar os olhos do carmesim que escorria do esterno dilacerado de Valquíria, derretendo a neve.

— Se este ritual funcionar, Wilker... toda Divagar se ajoelhará diante de você.

O velho se mostrou impassível.

— Essa lâmina contém a energia dos Espíritos. O coração não aguentará muito tempo — explicou Wilker, apontando para Valquíria. — Coma-o fresco, Estela, ou a energia truqueira se dissipará.

Sem perder tempo, Estela assentiu com a cabeça, ao passo que Gaio guardou para si a aversão. Em uma súbita mudança de ares, o taciturno alquimista passara de mentor a assecla, atado a uma autoridade à qual, pela falta de coragem, ele não impunha nenhuma ameaça.

— Como estamos indo com Gustavo? — perguntou Wilker, paciente.

— Apliquei-lhe uma esculhambação de Kartamundo com um tônico perseverante. Agora só a energia dos Espíritos o libertaria — explicou Gaio.

CAPÍTULO VINTE E TRÊS

— Você tem um sobrinho muito inteligente, Gaio. Ele já os descobriu e ainda tem ao lado um membro do clã dos Espíritos. O único membro ativo em todo o mundo. Nada impede que ela desesculhambe Gustavo e acabe de vez com vocês — informou Wilker.

— Devemos detê-los? Podemos encontrar uma maneira de matá-la! — implorou Gaio, desesperado.

— Matá-la? Uma garota tão doce, Faierbond. Você não tem bondade nenhuma nesse seu coração? — Wilker fez um gesto de não com a cabeça, passando por cima do cadáver de Valquíria, enquanto Estela quebrava o último osso da caixa torácica, a golpes selvagens. — É de nosso interesse que a menina permaneça viva e saudável, o mais longe possível de Divagar. Você entenderá melhor chegada a hora. Porque, se Velasque descobrir quem ela é... ele se tornaria uma real ameaça a nós — alertou Wilker.

— Mas fiz como você pediu! Nem uma palavra sobre isso foi discutida com nenhum Visionário. Jamais *encontrei* Quintino Velasque! Você pediu que o ajudasse a reacender a Infernalha, e é isso que venho fazendo! *Há anos* sugiro a Gustavo que encerre o turismo vulcânico! Cheguei mesmo a raptar a filha do meu irmão para que ele ingerisse um tônico aquiescente, pelo amor de Diva! — Gaio exclamou, mortificado.

— Não tome o nome de minha mãe em vão, por favor. Isso me incomoda — falou Wilker em um lembrete *nada* sutil para que medisse as palavras.

— Sinto muito, Mestre Wilker. Sou fraco e desrespeitoso. Não sei em que mais ajudá-lo nesse assunto, mas, por favor, dê as instruções e terá todo o meu apoio. Gustavo será obediente, graças a mim. Reacender a Infernalha é um processo complexo que exigiria *centenas* de Brasas trabalhando sob a orientação dele. Mas ele é um reles engenheiro... Depende também de seus homens. É necessária a solicitação de Dom Quintino, e ainda a aprovação dos Seis Clãs — implorou Gaio, lançando os olhos a Estela, que já tinha desentranhado da caixa torácica metade do coração de Valquíria, que ainda batia. O corpo era uma indesejada boneca de pano.

— *Os Seis Clãs*... Não faz ideia do quão farsesco me soa aos ouvidos — gemeu Wilker. — Nunca esperei que entrasse em contato com o líder de Petropol. Também Velasque me deve um favor. Ele saberá o momento de pagar sua dívida. — Wilker assentiu com a cabeça, lentamente, fechando a Névoa antes que Gaio sequer tivesse a chance de vislumbrar o que ia para além dela.

— Acha que ele o fará antes que nos encontrem aqui? — perguntou Gaio em tom respeitoso, conjugando as forças à medida que retrocedia a aflição, talvez por ouvir a carnificina de Estela.

— Veja, esse sistema de Cúpula de Clãs é limitadíssimo. Já é custoso que dois líderes concordem entre si. Que dirá seis? Sob a batuta de um monarca *cabeça-de-trapo*? Não admira que as coisas se movam tão vagarosamente em Divagar... Nunca esperei que Velasque os persuadisse a reacender a Infernalha. Governar é muito mais eficaz quando ouvir é apenas uma opção — concordou Wilker, inabalável mesmo ao último quebrar de costelas, quando Estela finalmente arrancou da irmã o músculo cardíaco completo.

— Como assim? — perguntou Gaio, o enjoo retornando ao estômago diante da visão mais repulsiva de toda a sua vida.

Wilker virou-se e pousou a mão na cintura de Gaio.

— Nos últimos vinte séculos, os líderes Visionários se limitaram ao papel de conselheiros dos reis e rainhas de Paradis... Lobos mansos, se tanto. Tudo de que o povo divino precisa, se quisermos a mínima perspectiva de futuro neste planeta, é um *Visioministro*. Especialmente um que me deva um imensíssimo favor.

Flora despertou horrorizada, com alguém chamando seu nome. Sentia Clariz dando tapas em seu rosto. Keana ainda dormia um sono profundo. O coração acelerou. Não confiaria esta informação a Clariz. Seria o fim do avô. A ruína da família.

— Está tudo bem? — perguntou a diretora, a voz macia. — O que você viu, Flora?

CAPÍTULO VINTE E TRÊS

A garganta de Flora estava seca. Agora, ela estava atolada até o pescoço. Um movimento em falso, e mais uma de suas decisões precipitadas teria impacto sobre muitas vidas.

— Não posso ficar aqui, Madame B'Olïva. Preciso estar com a minha família.

Quando
7 de leão, 20:48.

Onde
Palácio de Avalai, Lúmen.

— **PRONTO PARA RODAR, POPY? DÁ UMA PISCADA SE EU ESTIVER EXAGERAN**do na cara de desespero pela princesa, certo? O mundo está desmoronando, mas não que alguém dê o menor borralho para a Família Real. A ideia é parecer atenciosa, não órfã dessa maldita...

— A ideia é parecer atenciosa, não órfã dessa maldita...
Bem-vindas, senhoras, a uma edição especial *ao vivo* da Teletransmissão Popular de Marjorie só para Mulheres! Se você é homem ou <u>ambigênero</u> e está nos assistindo... que bom pra você! Para muitos, este é o dia mais inusitado na capital desde a <u>Revolta da Despedida</u> de 1769 depois de Diva, quando a Rainha Marilu de Paradis anunciou sua partida da primeira nação, acompanhada pela conselheira do Palácio, Violeta Grenadino, e pela Visioguarda da Rainha, Aurora Velasque. Dois séculos e meio depois, a mesma fúria pode ser vista nos civis que hoje se rebelaram. A caçada aos Radicais Livres continua a pleno vapor noite adentro, desde as primeiras prisões executadas on-

tem no Parque Zulaica. A gangue terrorista foi totalmente desmantelada, apesar das falsas acusações do envolvimento de altas autoridades braseiras e truqueiras.

O que as senhoras veem atrás de mim são os pobres funcionários do Palácio de Avalai, abandonados à própria sorte depois do inexplicável desaparecimento da Primeira Família de Paradis. Seu doloroso martírio não passou despercebido, como atestam os bolinhos sendo passados pelo grande gramado. Ainda não temos nenhuma declaração oficial sobre o paradeiro de Rei Duarte de Paradis, Lady Larissa, Dama Imogênia Willice e... Ah... Não pode ser... Como assim... Peço desculpas...

Princesa Imelda.

O líder dos Visionários de Petropol, General Viajante Dom Quintino Velasque está prestes a realizar o primeiro pronunciamento público como Visioministro de Paradis, uma posição interina que a lei estabelece em cenários extremados, tais como o sumiço monárquico.

A Polícia Visionária continua solicitando aos civis que permaneçam em suas casas até que se normalizem os níveis de oxigênio, o que é previsto para amanhã à tarde. Nesse meio-tempo, ainda é válido o conselho de que não alimentem os primitivos nem estabeleçam com eles nenhum tipo de envolvimento. A recomendação de Petropol é que eles sucumbam à fome até a normalização das operações comerciais junto aos Portões de Paradis. Mulheres do meu país, fiquem ligadas para mais notícias sobre esta mudança política histórica, e também para mais receitas de bolinhos superfáceis de fazer e dicas de moda e costura para desfilarem por aí toda a sua elegância, originalidade e eficiência.

Eu sou Marjorie Peçonha, e você é *fa-bu-lo-sa*.

MARJORIE PEÇONHA — *Palácio de Avalai*

CAPÍTULO VINTE E TRÊS

— Pelo amor de Diva, como é que as pessoas assistem a um lixo desses? — Dom Quintino se limitou a comentar.

Flora observou o avô desligar o oráculo diante do Salão dos Tratados, cercado pela Visiotenente Sonni Piper, por uns Guardas da <u>Realeza</u>, meio desorientados, e pelos semblantes sombrios da *novíssima* primeira família de Paradis: os Velasque.

— E agradeça por isso, pai. Senão, estariam no gramado lá fora, protestando esse absurdo como uma sociedade *sensata* — ponderou Jofre.

— Dona Fara Belamün infiltra xamás selvagens em nossa nação e vocês ainda brigando por questões insignificantes. Não merecem nosso nome de família — falou Quintino, enquanto a Tenente Piper dobrava impecavelmente a gola sob a veste verde-escura.

— Quero nossa casa em Darwinn, Quintino — murmurou Téa. — Aqui nossa família não está segura.

Flora queria abraçar a mãe. Mas não o fez.

— Téa, querida, o Exército Petropolitano está caçando até o último corvo em Paradis e abatendo todos a flechadas. Esta noite, minha primeira ação como Visioministro será anular a insolência de Fara e revalidar o Protocolo de Bardot — zombou o velho. — Se aquela bruxa extravagante pensa que vou permitir que seus *estrangeiros selvagens* roubem nossas pedrazuis, ela que se prepare.

Flora não conseguiu mais conter a raiva. O avô deixara de ser o homem que ela mais admirava. Ainda assim, ela sabia que a melhor maneira de ajudar Keana seria ficar o mais perto possível dele.

— Ótimo. Por que se preocupar com a diplomacia quando se pode passar direto ao genocídio? Pelo menos agora a família real se foi, e nada mais separa o senhor do trono paradisiano. Por que não estaria satisfeito?

— É por isso que mandei que você fosse educada em casa, Flora. Uma semana na Lúmen Academia e já fez amizade com um projeto de Ventaneiro rebelde, um Faísca homicida e uma *cabeça-de-trapo* estrangeira — zombou ele, meio revoltado.

— Eles são pessoas boas que sofreram na pele as consequências das políticas que *o senhor* implementou. Não sei como dorme à noite. — Flora encolheu os ombros, repreendida pelos olhos frios e rígidos da mãe.

— Eu não durmo. Os sonhos são atalho para os problemas — respondeu ele, calmamente.

— O senhor entrará ao vivo em cinco minutos, Visioministro — interrompeu a Tenente Piper depois de uma leve batida na porta.

— Deveria checar suas fontes, meu avô. Ouvi o relato de Mason sobre o incidente em Primeva. Bate com o de todo mundo: ele agiu em legítima defesa — Flora tentou explicar. Seria tarde demais? Sabia que, a essa altura, o bando de Edmar Milfort já tinha embarcado no último gravitrem para Vertígona. Se o avô decidisse fechar os Portões indefinidamente... Ele teria o sangue de Keana nas mãos.

A morte da melhor amiga seria culpa de sua família.

— Diga isso à Dama Imogênia Willice, se ela ainda der as caras — ironizou Quintino, bebendo o chifre de água de figo melífluo, servido pela Tenente Piper.

— Apolo Zéfiro estava na posse de um artefato de propriedades misteriosas, que entrou ilegalmente em Divagar durante a Expedição Ventaneira. Ficou escondido por quinze anos na Ala de Cura Popular, guardado por Madame Estela Bisonte. É por isso que ele conseguiu *matar* Addison Arpão e é por isso que o contra-ataque de Mason se revelou fatal. — Em um turbilhão, os pensamentos de Flora costuravam cuidadosamente fato e ficção, em uma nova tentativa de desviar sua única amiga da rota de colisão do avô. — Fiz uma visita a Keana depois das implantações. Para ver como ela estava. A mãe biológica recebeu alta da Ala de Cura esta manhã, pois a mulher não está mais louca, isso é nítido. Pelo visto, o apagão levou embora toda a loucura dos Ventaneiros, mas não vejo ninguém tomando o relato *deles* a respeito da expedição. Por que não vai atrás de Estela Bisonte? Ela confirmaria o que estou dizendo e suspenderia esta perseguição injusta. Por que os políticos e os investigadores miram apenas as pessoas que discordam de sua visão de mundo? — Flora se enfureceu.

CAPÍTULO VINTE E TRÊS

— Minha querida, deixe o trabalho policial aos policiais e vá explorar o palácio. Lúmen é um lugar seguro de novo, os conspiradores estão a caminho de Perpétria, e você tem aula segunda-feira — sussurrou ele, antes de deixar um beijo indesejável e condescendente na testa da neta e sair para a sacada.

Pouco antes de abrir as cortinas para discursar pela primeira vez ao povo – *seu povo* –, o Visioministro foi educadamente interrompido pelo Tenente Jinx, que disse haver uma telechamada urgente à espera dele. *Por favor, não diga o nome de Keana. Por favor, não diga o nome de Keana*, os pensamentos de Flora dispararam. Com um brilho branco nas pupilas, Tenente Jinx *transferiu* a telechamada para o oráculo.

Aqui é o Visioministro. Posso saber quem fala?, os pensamentos de Quintino ecoaram na bola de cristal para que todos ouvissem.

General Viajante! Corrijo, Visioministro! Aqui é Ivan Moriarte, viajou a voz do médico visionário.

Sim, Moriarte. Como vai sua família? Todos seguros?, perguntou o Visioministro.

Flora manteve os olhos no chão, os ouvidos bem abertos.

Eles estão, sim, obrigado. Mas ligo para falar de Estela Bisonte. Tenho comigo o relatório completo da alta dela. Você pediu que telechamasse assim que tivesse mais informações, acrescentou Ivan.

Sim, Moriarte. Algo anormal?, respondeu Quintino.

Não muito, Visioministro. O senhor insistiu que investigássemos até encontrar alguma anomalia digna de menção, e... bom... Receio termos ido um pouco longe demais, murmurou ele.

Como é que é?, respondeu o Visioministro.

Lamento, Visioministro. Não quis parecer inapropriado. Vamos apenas dizer que, depois de uma longuíssima *espera, Madame Bisonte e o marido podem, finalmente, consumar o casamento!* Ivan riu do comentário, que gelou no mesmo instante o coração de Flora. *Essa foi a única anomalia encontrada; a menos que o meu entendimento da anatomia feminina esteja muito desatualizado, Madame Bisonte é uma* virgem *de quarenta e cinco anos.*

Contidos na cabeça, os pensamentos de Flora se agitavam, voláteis. *Claro, agora tudo faz sentido...* Levantou os olhos para o oráculo, vendo o desconcerto de Moriarte refletido na superfície curva do cristal. Olhou para os pais, que pareciam tão resignados quanto desconfortáveis.

Sob que autoridade você examinou as partes pudendas de uma mulher?! Os ouvidos do Visioministro estavam apitando. Pareciam formigar. Estranhamente quentes.

Bom, sob a sua! Você disse o que for preciso, *ouvi muito bem. Não se preocupe, Visioministro, o marido dela presenciou todo o exame, não se opôs nem um momento,* continuou ele. *É de se perguntar se, no fim nas contas, a verdadeira vocação de Madame Bisonte não era mesmo ser uma trovadora, como ela sempre alardeava.*

O marido. Os lábios de Quintino ficaram secos, subitamente. Flora notou o rosto do avô se desorientar de raiva silenciosa. *Qual é o nome dele mesmo?,* perguntou o Visioministro, a voz calma.

Aqui diz que o nome do marido é **Alu**izio **Dov**erim. *As três primeiras letras de cada nome calcadas meio grosseiramente na papirada que ele preencheu. Indivíduo peculiar. Bom, preciso desconectar, Visioministro. Avise se eu puder auxiliá-lo em algo mais. E parabéns pela promoção, imagino.* Ivan Moriarte deu uma risadinha antes de Quintino desconectá-lo com um firme cerrar de pálpebras.

Flora fez um não com a cabeça. O amuleto não foi a única coisa contrabandeada por Estela Bisonte em Paradis, concluiu.

Abriram-se as cortinas diante deles. Luzes ofuscantes e aplausos da multidão saudavam o herói. Flora sabia que os pensamentos do avô já estavam longe.

— Tenente Piper — murmurou Quintino de lado, enquanto fingia acenar generosamente à multidão barulhenta abaixo da Torre Leste.

— Sim, Visioministro? — a nova guarda-costas sussurrou de volta, de trás da cortina.

— Telechame Dom Fernão Valério, de Magmundi, por favor — grasnou ele.

CAPÍTULO VINTE E TRÊS

Por favor, não reacenda a Infernalha, meu avô... é exatamente o que Gaio Faierbond quer de você, Flora não teve coragem de dizer. Se Gaio fosse preso, Keana seria a próxima na lista do avô. Até que Keana e Clariz tivessem feito a travessia para Bardot, ele não podia descobrir os planos de Gaio.

— Certamente. O que devo dizer a Dom Fernão? — perguntou a Tenente Piper.

Respirando fundo antes de exibir ao povo de Paradis seu primeiro sorriso como Visioministro, Quintino Velasque simplesmente respondeu à assistente:

— Diga a ele que mande todos os Brasas voltarem para casa. Todas as missões braseiras ativas estão suspensas até segunda ordem. Esta noite assinarei uma lei autorizando o imediato reacendimento da Infernalha.

CAPÍTULO VINTE E QUATRO

Domingo CINZENTO

Quando
Domingo, 8 de leão, 2015 d.D., 8:35.

Onde
18 quilômetros ao sul de Lúmen, Paradis.
51° 37' N, 0 ° 09' O ✣

TRAZIDO PELO VENTO BRUSCO, O AROMA RECONFORTANTE DOS EUCALIPTOS frescos fez Keana tomar ciência, mais uma vez, de que seus desejos carregavam uma força indomável: afinal de contas, ela pedira tudo a Madre Diva, menos uma vida comum. Enganchada em um cinto de segurança por um fiozinho de quartzo, segurando-se na cintura de Clariz enquanto se equilibrava sobre as bordas dos pés enfaixados, Keana absorveu o mar verdejante conforme a dupla, em cima de um gravitar, flutuava pelas grandes alturas. A cento e cinquenta quilômetros por hora, o ar pesado deixava as faces pegajosas por dentro.

CAPÍTULO VINTE E QUATRO

O pescoço de Keana se jogou de lado a um som súbito e vibrante. O corpo oscilou por um instante, até Clariz puxar com força o cinto de segurança.

— Controle as suas emoções! — gritou Clariz. — Seu medo me desconecta dos meus poderes!

Keana respirou fundo e fechou firmemente os olhos. Seus joelhos fraquejaram depois de ela ouvir uma segunda tremulação de asas.

Uma sinfonia grasnante de corvos de olhos esbugalhados invadiu sua trajetória de voo, fazendo um cerco. Uma dúzia de pássaros pretos, de diferentes formas e tamanhos, voou para perto de Keana, em precisão senciente.

— Madame B'Olïva! — Keana gritou de horror. — Eles nos encontraram! Me ajude!! — berrou a garota, incapaz de lutar contra o pânico instintivo. Decerto emitindo um forte sinal de medo, o coração acelerado da garota fez a altitude de Clariz decrescer, em queda súbita.

— Você é mais forte que eles, Keana! Ou não precisariam que um bando viesse atrás de você! — A heroína gravitriz firmou o cinto de segurança de Keana enquanto oscilavam para baixo, sentindo um afluxo de ar frio. Clariz inclinou o corpo de lado, desviando a trajetória de voo em um movimento rápido, enquanto o bando grasnante fazia o mesmo, soltando gritos estridentes.

— Há muitos deles! Estão chegando muito perto! — a garota gritou, e seu medo rebaixou ainda mais o voo. Estavam à beira de uma queda livre. Completamente cercadas. Keana se encolhia de medo dos pássaros, retesando-se a cada tentativa para bicá-la.

— Precisa deixar que se aproximem, Keana! — gritou Clariz.

— Não consigo! Vão fazer a gente cair! — Keana cobriu a cabeça.

— Não! Não vão! *Você* vai fazer a gente cair!

Mãe, eu devia ter escutado você... Madre Diva, por favor, proteja minha mãe... suplicou Keana, levando a mão ao colar de conchas no pescoço, presente de Cerina. O erguer do braço estirou a cicatriz em volta do ferimento na barriga. Ela sentiu novamente o latejar.

— Keana, me ouça! — gritou Clariz enquanto as nuvens se dissipavam rapidamente acima e para além delas. Estavam a vinte segundos, no máximo, de serem esmagadas no chão e da morte instantânea.

— Me desculpe, Madame B'Olïva! Me desculpe por ter ido à cerimônia! — berrou Keana, os olhos fechados com toda a força, sentindo a alma um pouco mais espatifada à medida que os grasnidos dos corvos se lhe perfuravam os ouvidos.

— Em dez segundos, nós duas estaremos mortas! — gritou Clariz. O topo dos eucaliptos crescia abaixo, a cada piscar de olhos.

— Não consigo! — exclamou Keana.

— AGORA!

Fitando os olhos esbugalhados do corvo que vinha bicá-la no rosto, Keana tateou o ar até agarrar a ave ao meio, as asas imobilizadas do animal tremulando. Em um átimo de segundo, o corvo se avultou, ficou mais pesado, as penas espalhadas no ar, dando lugar ao corpo vermelho de uma xamã nua, que gritava a plenos pulmões enquanto se estatelava nos eucaliptos abaixo.

A súbita confiança de Keana imediatamente impulsionou o voo de Clariz para cima, e a heroína gravitriz puxou mais uma vez o cinto de segurança da garota, deslizando a frações diminutas acima do topo dos eucaliptos.

Grasnaram em protesto os corvos restantes, voando ao resgate da mulher tribal caída entre as árvores. Poucos segundos depois, Clariz e Keana se encontravam firmes no ar.

❄

Passado um tempo, o par gravitante entrava nos céus do município de Vertígona.

Keana deu um puxão em resposta afirmativa e esfregou as mãos no visiofone que carregava no bolso de trás. Os ventos fortes acariciavam seu rosto em lembrete frio de que ela viajava rumo aos mais selvagens medos e fantasias acerca da Terra.

CAPÍTULO VINTE E QUATRO

Quando Keana pensou na irmã mais velha, o visiofone prontamente realizou uma telechamada, recebida com a seguinte mensagem:

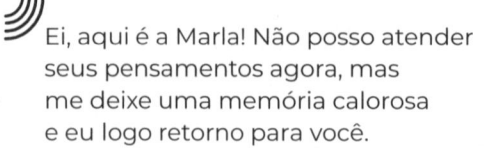

Ei, aqui é a Marla! Não posso atender seus pensamentos agora, mas me deixe uma memória calorosa e eu logo retorno para você.

Antes que pousassem em Vertígona, Keana garantiu que estivesse pensando o mais alto possível.

Ei, Marlita. É a Kee. A mamãe talvez tenha exagerado as coisas caso tenha telechamado vocês, mas não deem ouvidos a ela, por favor. Está tudo bem. É fantástica a recuperação do papai, vocês nem iriam acreditar. Ele anda, conversa, ri, e até voltou com aquele jeito meio heroico que vocês duas sempre lembram de quando eram pequenas. Começo a achar que os apagões foram a melhor coisa que já aconteceu neste país. Mesmo assim, se virem algo suspeito, não desgrudem da tia Fara. E fiquem longe dos corvos, se possível. Não falo com nenhuma de vocês duas desde terça-feira. Diva... Parece que já faz uma vida inteira. Só fiquei um pouco distraída desde que fui... vocês sabem... Ontem à tarde me implantaram os revitalizadores. Dói mais do que quando Elia depenou minhas sobrancelhas com o milagroso "creme bardosiano anti-idade". Pelo menos as pedrazuis nas mãos e nos pés realmente agilizaram a cura, e hoje de manhã eu já estava de pé, meio aos trancos. Mudando de assunto, a boa notícia é que, no fim das contas, eu nunca deveria ter recebido um distintivo. Foi tudo um erro administrativo. Para compensar o transtorno, Madame B'Olïva está me ajudando a escrever um artigo excepcional sobre a cultura bardosiana, para a minha admissão no Colégio do Rei Tarimundo. Eles vão me dar um daqueles carimbos de viagem estudantil e um passavante de verdade! Vou sair um pouco de Barcella, mas já nesta semana devo ir até Bardot com Madame B'Olïva. Se puderem me mostrar como é a vida de vocês por aí, talvez na semana que vem eu já volte para casa com um sonho novo. Ah, a propósito, temos um novo animal de estimação. É uma

filhote de lobo-da-tundra, uma lobinha branca como a neve, chamada Luna. Vão amá-la da próxima vez que vierem. Ontem à noite eu assisti à espectransmissão das provas de vocês... Porque a mamãe sempre fala do orgulho que ela tem das duas... Da saudade que sente de vocês... Que projeção astral impecável; você tem um dom natural! Já a Elia... diga que suas habilidades são uma porcaria e que ela deveria desistir dos estudos de clã para tentar dançar no ar em Barcella, ou algo mais fácil. Amo vocês duas. Por favor, telechamem quando tiverem notícias da mamãe!
– Kee

Quando Clariz chegou por trás com a mão esquerda para firmar Keana, a caçula dos Milfort avistou no horizonte os primeiros sinais da barragem estonteante: o município de Vertígona jazia silencioso como a parada mais ao sul da nação, onde o Sol nascente era cortado ao meio pelos Portões de Paradis e os aldeãos continuavam sob sua opressiva sombra revestida de obsidianas. Sua espinha foi tomada de arrepios que se aguçavam à medida que desciam, e, fechando os olhos, Keana tentou manter uma respiração ritmada e a mente limpa, conforme as instruções da monitora. A garota se inclinou para a frente, perto dos ouvidos de Clariz, para gritar a última das suas preocupações, enquanto ainda tinham um pouco de privacidade.

— Não minta para mim, Madame B'Oliva! Depois que atravessarmos os Portões... será que um dia vou voltar para Paradis?

— Quando os corvos atacaram, você me pediu desculpa. Por que fez isso? — Clariz respondeu à pergunta com outra.

— Porque a culpa de estarmos nesta confusão é minha.

— Isso está longe de ser verdade. Jamais se desculpe por retomar as rédeas da própria vida, me entendeu? — aconselhou Clariz. — Agora, segure firme. Estamos nos aproximando de jurisdição visionária absoluta. Mantenha consigo suas dúvidas e pensamentos até sairmos do país. Todas as hesitações que ainda tiver aí dentro serão arejadas em Barcella — declarou a heroína gravitriz, antes do pouso desajeitado da dupla em solo vertigoniano.

CAPÍTULO VINTE E QUATRO

Quando
8 de leão, 08:50.

Onde
Gravitrem Vagão 21 C, Paradis.

OS GRAVITRENS ERAM DIVIDIDOS EM UM SISTEMA DE VAGÕES, A FIM DE TORnar a vida dos oficiais de transporte um pouco mais gerenciável. Os vagões rotulados como A geralmente rodavam vazios, por serem destinados a altos membros dos Seis Clás de Divagar. Os Vagões B eram dedicados exclusivamente a cidadãos Regulares adultos de todas as categorias e aspirações, enquanto os vagões marcados com C eram para cidadãos de menor idade em viagem sem a companhia dos pais, bem como para detentores de Bilhetes de Passeio, passagens de ida e volta no mesmo dia emitidas exclusivamente para fins turísticos. Flora, Sagan, e os atrasados Jamie e Mason eram ambos. Entusiasmados, os mancebos apertaram na mão os Bilhetes de Passeio azul-petróleo amassados e, sem trocar nem sequer uma única palavra, esperaram por um oficial que lhes concedesse a autorização para seguirem viagem.

As cabines transparentes do gravitrem deixavam a espera menos cansativa, pois a visão onipotente das árvores que passavam rápido tornava *real* a tão esperada experiência de viajar.

Flora ficou surpresa ao ver Mason Bo Billy entrar na cabine com Jamie, oprimido. O pai de Mason o deixara novamente para trás quando o Exército Petropolitano invadiu a Praça Ventaneira. Ela sentia algo diferente em Mason. Ele queria fazer o certo pelo pai – e Keana, agora, também. Jamie, porém, estava determinado a buscar justiça em nome dos irmãos. A única maneira, porém, seria desmascarando o pacto de Gaio Faierbond com Wilker para a dominação do clã dos Espíritos de Anibália – e, portanto, toda a vida e morte existentes na Terra.

— Acho que aquela rocha quebrada que acabamos de cruzar era o marco zero de Lúmen — Mason quebrou o silêncio.

— Dizem que Paradis já foi apenas uma rocha gigantesca. Imaginam só o trabalho dos primeiros Faíscas para esculpir *tudo*? — Jamie observava a paisagem.

A marcha de dois Visiotenentes pelo corredor ao lado, passando à próxima cabine, cortou como faca o ar tranquilo ao redor.

— Cadê todo mundo? — murmurou Sagan.

— *Madame B.* já deve estar em Vertígona. *Kee* foi com ela, então até a travessia as duas estão protegidas dos radares visionários. *Capitão Milf.* está viajando com o seu pai e sua irmã; ou, no que diz respeito aos Visionários, dois malucos e uma criança — Flora murmurou para Sagan.

— Capitão Milf? — perguntou Sagan.

— E o seu pai, Mason? — quis saber Jamie.

— Prefiro não falar sobre isso, Chispe — respondeu Mason.

— Desculpa, amigo. Vossa Senhoria? — Jamie fez uma reverência a Flora, zombando da mais recente mudança no status social da família da garota.

— Bom, reacender a Infernalha elevou os níveis de divinidade em Paradis aos maiores de todos os tempos, então o mais provável é que o meu avô desvie a atenção dos Portões e mire na caçada ao pai de Mason e aos Neandros. Que é o melhor cenário para *Ke...* para a nossa boa amiga e sua escolta — ponderou Flora.

— Será que pode parar de chamar aquele homem de meu pai? — Mason olhou com desprezo. — Você devia ter visto os monstros que trabalham para o seu avô — disparou Mason, fitando Flora. — Devia ter visto o que fizeram na Praça Ventaneira. Como caçavam aquelas... *criaturas* inocentes. Como as assustavam. Como batiam nelas estupidamente. Devia ter vergonha de ser uma Visionária.

Flora sentia o coração esfarelar a cada uma de suas palavras. Não se ressentia da agressividade do garoto. Sabia que, por mais amargura que ele sentisse, ainda falava a verdade.

Ao entrar na cabine, uma oficial do gravitrem acenou para que o quarteto espalmasse as mãos. Impassível, jogou nelas um pó azul-

CAPÍTULO VINTE E QUATRO

petróleo e passou a examiná-los de cima a baixo, enquanto verificava os bilhetes.

— Velasque, certo? — falou em voz alta.

A jovem aprendiz visionária fez o possível para manter a calma.

— Temos Bilhetes de Passeio estudantis assinados pela Madame B'Olïva, diretora da Lúmen Academia.

A oficial assentiu lentamente com a cabeça, incapaz de disfarçar o desprezo por um dos nomes mais influentes de Paradis.

— O Visioministro sabe que você fará uma excursão escolar desacompanhada de um adulto responsável, querida? — A oficial gracejou, o tom esnobe. Flora respirou fundo enquanto olhava para o Vagão B e divisava mais um oficial terminando as verificações. Se intimada, ela não hesitaria em testemunhar contra a mentira dela.

— Não é uma pergunta difícil, querida. — A mulher soltou um riso abafado, sibilando ao fim da risada.

Flora reluziu seu melhor sorriso.

— Na realidade, ele me encorajou a fazer esta viagem, *querida*, para uma distração dos acontecimentos infelizes desta semana. O Visioministro sabe que você trabalha verificando identidade nos gravitrens? Se me informasse seu nome, eu garantiria que ele desse uma atençãozinha extra às suas possibilidades futuras como oficial de transporte.

Tensa, a mulher assentiu com a cabeça, deu as costas para eles e dirigiu-se ao Vagão B.

— Está afiada, Velasque! — Jamie riu, dando um tapinha no ombro de Flora.

— Como se eu fosse deixar uma auroque infeliz comprometer a minha saga — falou ela.

Depois de um silêncio constrangedor, Mason deu seu pitaco.

— Se você fosse a líder dos Visionários, Flora, tenho a sensação de que a gente estaria em mãos bem melhores... — É provável que só estivesse tentando suavizar o golpe anterior, mas ainda assim a fez ruborizar.

— Nosso único trabalho é *estar lá*, no caso da *nossa amiga* precisar recorrer aos nossos poderes para se defender — explicou Flora em sussurro.

— Depois da noite de sexta-feira no Parque Zulaica, eu que não vou cutucar o bisão com vara curta. — Mason sorriu.

— Se chegarem a Barcella em segurança, ela terá uma chance de liberdade. Daí podemos voltar às nossas vidas e, tenho fé, não reprovar logo no nosso *primeiro ano* na L.A. — comentou Flora.

— Então, o melhor que podemos fazer é só… ficar de prontidão? — Jamie coçou a parte de trás da cabeça.

— Ela esculhambou uma enfermeira, me forneceu premonições épicas, mandou uma bica no traseiro de Apolo Zéfiro, descobriu que Míria estava camuflada de gato-de-sabre e sobreviveu a uma punhalada na barriga, e *tudo isso* enquanto corria pelas veias a seiva venenosa. Acho que a gente dá conta de *ficar de prontidão* — exalou Flora, orgulhosa da amiga, observando pela janela o passar veloz de uma floresta de carvalhos. — Com os níveis de divinidade novamente nas alturas, não quero desencadear mais nenhuma visão e arriscar que os Visionários nos rastreiem. Se as coisas azedarem lá nos Portões, e ela tiver que correr, vai precisar dos nossos poderes para fugir dos Padres Aduaneiros.

— Madame B'Olïva está com ela. Não vai descambar a esse ponto — interveio Mason.

— Com o sumiço da Família Real e seu pai liderando a revolta dos Neandros, Bo Billy, Vertígona pode estar um caos — lembrou Sagan.

— Se os Portões não se abrirem por conta própria, teremos que dar um jeito de arrombá-los — disse Jamie.

— Ontem à noite tive outro sonho. Senti sete dos nossos lá e… pela primeira vez, *enxerguei* o rosto dela, com clareza. Deve ser um sinal, não sei bem o que estamos fazendo, mas sei que é o certo — disse Flora.

— Bom, aqui conto quatro clãs mais *a nossa amiga* e sua escolta gravitriz, totalizando seis. Quem é o Truqueiro que esquecemos de convidar? — disse o garoto Faierbond.

— Diva nos mostrará o caminho, Sagan. Minha visão foi bem clara — explicou ela.

CAPÍTULO VINTE E QUATRO

— Então, vamos seguir os seus sonhos — brincou Mason, as sobrancelhas arqueadas.

Flora não respondeu, com os olhos travados nos Visiotenentes do outro lado dos painéis de cristal que dividiam os Vagões B e C. Com um movimento rápido da mão direita, o homem indicou ao operador que parasse o gravitrem no meio da estrada aberta, fitando Flora com a certeza de um predador.

Quando
8 de leão, 09:18.

Onde
100 quilômetros ao sul de Lúmen, Paradis.
50° 81' N, 1° 08' O ✣

— SENHORITA, ACORDE, POR FAVOR — INSTOU O GUARDA REAL EMMETT Qostner, puxando a corda que estacava os oito servos neandros que manobravam a liteira de madeira, enquanto se equilibravam sobre gravitares bem amarrados.

— O quê... O que foi? — falou Dama Imogênia Willice, esfregando os olhos para espantar o sono. Mantos bege de algodão cobriam cada centímetro de sua pele negríssima; a cor da realeza paradisiana seria facilmente detectada pelos Visiotenentes que chegavam.

Se Yuri acha que vai me deixar para trás e fugir com a nossa tribo... ele que me aguarde.

— Parece haver um bloqueio na estrada, senhorita. Estamos mesmo indo encontrar sua família em Vertígona? — perguntou Emmett ao passo que ela avistava um grupo de Visiotenentes.

— Ninguém sabe que eu estava escondida no seu galpão, Emmett. Minha família fugiu para salvar a própria pele, mas eu não deixarei para trás nenhum assunto pendente.

— Não quis ser desrespeitoso... — Emmett disse entre-dentes. — Você é a única da sua família que enxerga para além das espécies e posições sociais — acrescentou ele, ao que um dos servos gemeu.

— Lamento por esta situação, meus queridos. Não podemos levantar suspeita. Logo todos de sua espécie estarão livres — falou Imogênia ao mais velho dos semiescravos primitivos.

— Estes servos não são selvagens, senhorita. São Neandros, mas foram criados como servos. Nunca sobreviveriam no mundo aberto — ponderou o guarda.

— A liberdade não é uma ameaça, Emmett. É um direito de nascença.

— Que Diva lhe defenda, senhorita.

— Ah, por favor, Emmett. Me chame de Imogênia. Pode me levar até o marido de Madame B'Olïva? Preciso lhe perguntar algo muito importante. Quando chegar a Barcella, vou dizer ao meu pai que você salvou a minha vida e pedir que ele o liberte para voltar à sua família em Qosme.

Ela repassou o plano discutido há uma hora. Emmett simplesmente assentiu com a cabeça.

— Deixe-me cuidar desses débeis — disse Dama Imogênia enquanto retirava um cantil cerâmico de debaixo do assento e, sem a menor cerimônia, se servia de um chifre.

Observada pelos Neandros sedentos, a jovem derramou nas mãos um absurdo de água potável, dando uma longa golada até esvaziar metade do cantil. Em seguida, Dama Imogênia ofereceu o resto aos servos primitivos, que assobiaram uns aos outros para se revezarem, ao passo que a jovem se aproximava de seus superiores por lei.

— Posso ajudá-los, senhores? — a filha de Rei Duarte perguntou aos Visiotenentes, camuflada de uma cozinheira velha e pálida do Palácio de Avalai.

Por sua vez, Visiotenente Kartamundo Jinx, o líder da patrulha de estrada, cumprimentou sua *nobre* superior.

— Bom dia, senhora. Perdoe a nossa interferência; mas não nos chegou uma solicitação datada de hoje para uma viagem de liteira real.

CAPÍTULO VINTE E QUATRO

— Pediria que telechamasse o Palácio de Avalai, mas ninguém confirmaria a minha explicação! — falou Imogênia.

— Não é apropriado que cozinheiros sejam transportados em liteiras reais — gracejou Tenente Jinx.

— Não deve estar familiarizado com os dias da Rainha Marilu, tenente. Que ela descanse com Diva. — Dama Imogênia sorriu, insolente.

Tenente Jinx estreitou os olhos.

— Por favor, pode explicar a razão das viagens?

— Certamente, tenente. Antes de sua fuga ao exílio, o último pedido de Lady Larissa foi que eu fosse a Vertígona em pessoa e presenteasse nossos dedicados Padres Aduaneiros... em uma semana tão fatigante... com uma porção de bolinhos reais, recém-assados na Cozinha Industrial do Palácio de Avalai — explicou ela.

— Bolinhos? Ah, querida! Como nos atrevemos a obstruir o caminho de tal missão suprema! Por favor, não se ofenda se os Padres não estiverem no melhor dos humores. A Tempestade está há muito sobre a Beira, e eles estão sob forte pressão de Petropol — Tenente Jinx se desculpou.

— Não levarei ofensa diante dos infortúnios oriundos da situação, tenente. Se puder ajudar em algo mais, estarei no meu trajeto. — Sorriu.

— Na realidade, minha senhora, preciso verificar a identidade da Guarda Real que faz a escolta aos Portões.

Emmett se pôs de pé e se apresentou.

— Emmett Qostner, tenente. Guarda Real do Palácio de Avalai, originalmente de Sienna, capital de Qosme. Sob ordens reais, devo escoltar a chef confeiteira Dina Carpaneda aos Portões de Paradis, bem como sua volta ao palácio.

Venha, depressa... Yuri e a tribo chegarão a qualquer momento..., pensou Imogênia por trás da fachada.

Acenos de cabeça foram trocados, e a Polícia Visionária voltou à sua estação itinerante na estrada. Mais uma vez, os oito Neandros esbafóridos subiram nos gravitares e ergueram a liteira real.

❄

    Assim que retomaram o percurso, Tenente Jinx fez sinal a um dos colegas que esboçavam cansaço.
    — Por que deixou que seguissem assim? — ralhou o tenente de apoio.
    — Ainda é fresca a conversa no ar. Não ouve? Aquela era a segunda filha de Rei Duarte, a Truqueira. Ela está de conluio com Tristão Moriarte — explicou Kartamundo.
    — Tenente Jinx! É um crime contra Diva rebobinar prosas efêmeras sem o consentimento dos falantes! — lembrou o tenente de apoio.
    — Sob o governo do Visioministro, *nada* a favor de Petropol é um crime contra Diva — respondeu Kartamundo.
    — Então um Padre Aduaneiro é leal ao rei. Cadê o problema? — perguntou o tenente de apoio.
    — Problema nenhum. Pelo menos até os Padres Aduaneiros descobrirem que ele está executando uma operação paralela e não autorizada. — Kartamundo suspirou antes de fazer uma telechamada às Torres do Posto de Fronteira em Vertígona.
    Tenente Kartamundo Jinx comunicando aos Portões de Paradis. *Preciso falar com o Visiocapitão Norton Golias, por favor. É urgente.*

Quando
8 de leão, 09:45.

Onde
Salão de Inquérito do Posto de Fronteira, Vertígona. 50° 30' N, 0° 63' O ✣

TELHAS MARRONS SACUDIAM ASSUSTADORAMENTE SOB ABOMINÁVEIS VENtos exteriores, o sibilo silenciado pela vidraça insonora que circundava o Salão de Inquérito do Posto de Fronteira. Há pouco mais de

CAPÍTULO VINTE E QUATRO

vinte e quatro horas, a Tempestade começara a se mover para o sul de Campana. Relâmpagos fulminavam ao longe, mas ouvia-se unicamente o ruído metálico do maquinário de um elevador de madeira autopropulsado. Carregando até seis passageiros por vez, a plataforma transportava civis e funcionários desde a última parada de imigração no país até os limites penumbrosos de Vertígona. Abertas as portas, Keana Milfort manteve a cabeça baixa, escoltada por Clariz e pelo ex-marido, Tristão Moriarte. O silêncio absoluto entre os dois perdurava desde o pouso traumático em Vertígona.

— Apenas me siga. Como você é menor de idade, não vão solicitar que fale por si mesma em capacidade oficial — ela lembrou Keana, antes de entrarem na sala com os homens de Tristão. A jovem apertou o colar de conchas e fechou os olhos. Ocorreu-lhe uma forte sensação. Uma da qual não se desvencilhava. Por uma estranha razão, ela não estava com medo.

Madre Diva, sei que está cuidando de nós... Juro que sou boa. Quero dizer, gosto de pensar que sou boa... Ah, pode perguntar à minha avó! Ela vai dizer que eu sou uma pessoa bacana. Estou com medo, Madre Diva... Sei que não cabe a mim decidir quem está certo e quem está errado, quem é bom ou quem é mau, mas... seja lá qual for a sua decisão, eu vou aceitá-la. Só não deixe que nada aconteça com a minha mãe, tudo bem? Ela é a melhor pessoa que a Senhora já pôs sobre Terra. Ela só merece paz e felicidade. Por favor, garanta que nada de mal lhe aconteça. Por favor, não parta seu coração mais do que já está...

— Mantenham distância! — gritou um dos Padres Aduaneiros, pondo em alerta Keana e Clariz.

— Padre Tristão! Preciso fazer a travessia. Seu colega invalidou meu passavante! — gritou uma jovem desesperada, um bebê chorando nos braços.

— Senhorita Malone, por favor, falo com você em um instante — disse Tristão a meia voz.

— Vocês são todos iguais, sem exceção! Como vou passar outra noite aqui? — guinchou a mulher, cobrindo a cabeça do filho aos berros.

Um guarda se aproximou.

— Padre Tristão, precisa de ajuda?

— Não! — interrompeu Tristão, relanceando os olhos em Keana e Clariz. — Comecei a cuidar desses casos. É melhor eu mesmo levá-los a cabo.

— Se quiser atender à senhorita Malone, Padre Tristão, meu guichê está livre — disse Norton, com voz de trovão.

Clariz interveio.

— Se quiserem ajudar essa mulher, eu e minha aluna podemos esperar... *Padre Tristão.*

Madre Diva, sei que acabei de dizer que aceito qualquer decisão Sua, mas, se me permite, agradeceria muito não ser enviada para o fogo eterno da Infernalha. Só queria acrescentar isso aí bem rápido.

Norton saiu de trás do guichê e foi até a pequena aglomeração, marcada pela choradeira da mãe e do filho.

— Não será necessário, senhorita Birra-de-Olïva. A senhorita Malone aqui espera cinco minutos para a análise do caso, não?

A mulher gemeu em resposta.

— Eu não tenho... Eu não posso... Meus Dinheiros... Eu não posso...

— Cinco minutos, Padre? Existe uma razão para o aceleramento do processo da senhorita Birra-de-Olïva? — perguntou Norton. Clariz apertou a mão de Keana.

Keana prendeu a respiração e manteve a cabeça baixa. *Mantenha a calma, Keana Milfort... Você deve controlar as emoções*, ela pensou consigo mesma.

— Desde o início venho cuidando dos dois processos, Capitão Golias. Por favor, sinta-se à vontade para antecipar sua pausa e me permita cuidar devidamente desses casos. — Tristan fez um gesto para que Clariz e Keana se sentassem.

— Devidamente? — Norton riu. — Estamos em alerta vermelho-escarlate, Padre. Hoje ninguém atravessa.

Tristão respirou fundo.

CAPÍTULO VINTE E QUATRO

— Está questionando a minha autoridade, Capitão Golias? Ou vai seguir sua cadeia de comando e deixar seu superior exercer a atribuição que lhe é cabida?

Keana observou a mãe se sentar, tentando acalmar o bebê e também a si mesma. Em seguida, acompanhou Clariz e Tristão até o guichê número dois. Tristão assumiu sua posição oficial para cuidar da papirada.

— Por razões de segurança, por favor, saibam que a nossa conversa está sendo monitorada — disse ele. — Seu nome é Clariz Birra-de-Olïva, correto? — ele começou o protocolo.

— Sim, senhor. — Clariz fez o mesmo.

— Atualmente é membro ativa dos Gravitores, correto?

— Correto, em parte. Sou alto membro dos Gravitores; contudo, atualmente, estou incumbida de tarefas regulares como diretora da Lúmen Academia.

Keana percebeu que mal faziam contato visual.

— Onde é a sua atual residência, senhorita Birra-de-Olïva? — continuou ele, arqueando uma sobrancelha.

— Na Estrada de Sílex 37, Colina de Avalai, Lúmen.

Você conhece esse endereço, não conhece...? Keana lamentou por Tristão. Ela não esperava que ele ouvisse os pensamentos dela e estreitasse os olhos.

— Qual é o propósito das viagens, senhorita Birra-de-Olïva? — Tristão limpou a garganta.

— Vou pessoalmente retificar um erro administrativo. Uma manceba nascida no estrangeiro foi, por acidente, convidada à cerimônia e, como resultado, ela foi exposta ao contato impróprio com a seiva, sem mencionar o grave vexame público e a zombaria de seus colegas divinos. Pedi desculpas à família e lhes garanti que a senhorita Milfort não perderá seu primeiro ano no Colégio do Rei Tarimundo em razão da minha negligência. Além disso, anexei um relatório do médico visionário que a consultou na Ala de Cura Popular. De fato, o teste da senhorita Milfort para intoxicação por seiva deu positivo — explicou ela.

— Posso perguntar como a travessia das fronteiras estrangeiras ajudará a menor em um tratamento médico e em sua matrícula escolar? — refutou ele, seguindo o roteiro que ele lhes transferira mentalmente antes de entrarem no elevador.

— Sob estresse, percebendo que o distintivo de boas-vindas não tinha efeito sobre o corpo dela, a senhorita Milfort acabou consumindo uma pequena dose do veneno, sem supervisão. Ela vem sofrendo efeitos colaterais preocupantes e os pais sentem que ela terá problemas de saúde permanentes, a menos que receba tratamento urgente pelas mãos dos curandeiros. Por acaso, a senhorita Milfort tem família em Bardot, onde pretendemos tratá-la antes de voltar a Paradis. Estou convicta de que o artigo em primeira pessoa que ela escreverá sobre esta experiência seja também a saída da situação burocrática que resultaria na perda de seu ano letivo no Colégio do Rei Tarimundo. Foi meu erro que afastou esta manceba do sistema escolar paradisiano, é meu dever pessoal, portanto, ajudar a senhorita Milfort a elaborar um excelente requerimento de matrícula, se quiser ser admitida aos estudos regulares como última candidata, *senhor* — esclareceu ela.

— Acho que não tenho espaço para tudo isso neste papiro. — Riu baixinho. Keana viu Clariz exibir um sorriso modesto, recompondo-se um instante depois.

Oh, céus... Keana queria rir. Mais uma vez, Tristão repreendeu-lhe os pensamentos altos, ainda que com um olhar menos agressivo.

— Existe alguma outra razão para a travessia? Por que hoje de manhã? Por que não é possível esperar? — Tristão bombardeou Clariz, enquanto Norton observava do guichê número um, vazio. Clariz segurou a mão de Keana.

— A senhorita Milfort expressou o desejo de escrever um artigo sobre a cultura musical de Barcella. Seu pai treinou nas Ilhas Kalahar, a mãe em Amória, e as irmãs atualmente residem em Bardot. Todos foram a Capriche em algum momento da vida. Como a senhorita Milfort cresceu ouvindo as histórias das canções barcélicas, as danças e festas, é adequado que testemunhe tudo em primeira mão para a

CAPÍTULO VINTE E QUATRO

redação de um artigo apropriado para a sua admissão no Colégio do Rei Tarimundo, senhor. Trouxe o carimbo e a assinatura da mãe, além de uma cópia do certificado de assistência médico-domiciliar do pai, emitido pela Ala de Cura Popular, em Lúmen — continuou Clariz.

— Você não respondeu à minha pergunta, senhorita Birra-de-Olïva. Por que você precisa atravessar hoje? Já deu uma olhada lá fora? — perguntou Tristão.

— Com todo o respeito, *Padre*, sou uma Gravitriz Tríplice Laureada, perfeitamente capaz de escoltar alguém por um punhado de quilômetros debaixo de uma Tempestade artificial. É inegociável que atravessemos esta manhã, uma vez que o ano letivo no Colégio do Rei Tarimundo se inicia na terça-feira. Fiz planos para a nossa estada com a senhorita Gwendolyn Akasia de Barcella, uma amiga de confiança dos pais da senhorita Milfort. Foram listadas as informações de contato da senhorita Akasia. Solicitamos o agendamento da travessia de volta para daqui uma semana, se possível — finalizou ela, gentilmente soltando a mão de Keana.

— Tudo bem, senhorita Birra-de-Olïva. Não é do interesse do Controle Paradisiano de Fronteira atravancar o caminho da educação. O passavante da senhorita Milfort ficará pronto em menos de uma hora. Vejo aqui duas Negações de Incursão, dois bilhetes emergenciais para o Monte Lazulai no caso de transgressão e duas Missivas de Itinerário assinadas por Sua Alteza Real, Rei Duarte de Paradis — falou ele.

Keana sentiu o coração mais leve que uma pena.

É isso... Nem posso acreditar. Obrigada, Madre Diva! Sentirá orgulho de mim, eu prometo!

Norton Golias, que parecia estar ouvindo em júbilo, aproximou-se alguns passos do guichê número dois.

— Perdão, Padre Tristão — exclamou ele, pigarreando. — O Visioministro ordenou a suspensão de todas as papiradas assinadas por Rei Duarte, até ser dispensada a Tempestade. — Keana viu o rumo dos acontecimentos empalidecer as faces de Clariz. Estupefato, Tristão passou o polegar no selo de cera do Rei Duarte.

Keana sentiu um calafrio ao olhar nos olhos rubros de Norton Golias. A mente da garota entrou em desarranjo telepático em decorrências das frequências visionárias indesejáveis. Keana sentiu um formigar nos nervos ópticos que ela associava ao transe. Depressa a garota fechou os olhos para não revelar o fulgor branco das pupilas.

Keana! Consegue me ouvir? Onde você está? A voz suave e rascante de Flora Velasque ecoou em sua mente, em meio ao som da sala. Flora soou distante, cansada, desesperada.

Flora, agora não posso. Telechamo quando puder!

Keana não correria o risco de que ouvissem a ponte entre mentes. As mechas emaranhadas cintilaram a luz do mel na presença da energia visionária que lhe fluía pelo corpo. Sabia que era necessário cortar a conexão, imediatamente.

Os Visionários pararam o nosso gravitrem! Você precisa sair daí agora!

Keana sentiu o chão vibrar, fortíssimo. Clariz lançou-lhe um olhar rápido, como se implorando que ela mantivesse a calma. Um grito sonoro ecoou na sala quando todos os olhares se voltaram à imponente janela de cristal. Um por um, dezenas de gravitares levando Faíscas e Ventaneiros por sobre a Tempestade começaram a oscilar e despencar dos ares. Ouviu-se ao longe a aproximação de uma debandada de animais gigantes.

— A chanceler abriu os Portões de Barcella! — gritou um dos guardas. — Todos para a Beira! Agora! — gritaram os homens ao mesmo tempo. Os cabelos de Keana emanavam um brilho mais forte à medida que seu medo crescia. O tumulto e agitação conduziram toda a atenção para a plataforma elevada. Todos os Padres Aduaneiros abandonaram seus postos burocráticos e se muniram de armas de choque no dedo indicador, os gritos de ordem abafando os guinchos de horror diante da visão dos soldados em queda livre.

— Amplificar os sonares visionários, agora! — vociferou Norton.

— A chanceler deve ter tido o motivo dela! O que vocês estão fazendo? Vão esculhambar os emissários lá fora! — berrou Tristão ao subcomandante. Antes que alguém mais notasse o desconforto de

CAPÍTULO VINTE E QUATRO

Keana, Clariz fez um gesto para que a garota recobrasse o equilíbrio emocional, amenizando instantaneamente o incontrolável impulso de energia e normalizando o tom das madeixas, o mel opaco. Tristão saiu da cabine e fez sinal de que escoltaria as mulheres a um lugar seguro.

Contudo, um braço estendido barrou-lhe no peito.

— Fomos informados de um motivo na sua ausência, Pai Tristão — disse Norton. — Petropol não sabia quem era o desertor com que devíamos nos preocupar, exceto que ele teria, necessariamente, que passar por você. — As palavras de Norton mesclavam-se ao desprezo. — Detenham-nos! Entreguem-nos ao Visioministro!

CAPÍTULO VINTE E CINCO

Os PORTÕES *de* PARADIS

Quando
8 de leão, 09:51.

Onde
Túneis da Estação de Gravitrem, arredores de Vertígona.

SEJA HOMEM, JAMIE. AGORA VOCÊ ESTÁ NA LINHA DE FRENTE, PENSOU CONSIgo mesmo o caçula dos Chispe.

Margeando o breu profundo, um pálido tom de azul emanava do solo rochoso. A cada passo sobre o pedregulho, minúsculos fragmentos de pedrazul se destacavam dos inanimados cascalhos de basalto, a luz persistente. Quebrava-se um silêncio de longos minutos.

— Quando descobrirem com *quem* estão lidando com tamanha grosseria, vocês se arrependerão de nos fazer passar por isso — ecoaram as ondas rascantes da voz de uma garota.

CAPÍTULO VINTE E CINCO

— Foi gentil da sua parte me fornecer essa informação lá no vagão, senhorita Velasque — começou a oficial do gravitrem. — Não vamos dificultar sua vida por viajar a passeio com seus coleguinhas de classe. Você está sendo *detida* por ordem do seu avô.

— Por que não acrescenta a cabeça desta senhora à sua coleção? — brincou Jamie, fingindo a confiança que faltava a todos.

— Ah, essa vai ser boa — zombou Flora. Jamie sentia os olhos da garota suplicarem fé.

O brilho da pedrazul no chão apenas silhuetava os rostos. Em silêncio, Mason Bo Billy, Sagan Faierbond e Jameson Chispe vinham logo atrás da garota e dos dois zelosos oficiais.

— Digam o que querem e a gente colabora e segue nosso caminho. Só vamos nos despedir de uma amiga que fará um tratamento médico em outro país. Isso agora não é um crime contra Diva, né? — rosnou Jamie.

Dando-lhes as costas, a oficial comunicou:

— Estaremos lá fora. Poderão fazer as perguntas diretamente ao Visioministro.

Por um instante, a luz oriunda do solo minguou, antes de tremular e voltar num azul ainda mais brilhante, acompanhado dos passos mais pesados que anunciavam uma nova presença. Não se viam mais os oficiais do gravitrem.

— Todos vocês entraram com o pé esquerdo na sociedade divina — ecoou a voz fria do Visioministro Quintino Velasque.

— Vô, o que é...

— Nem mais uma palavra de sua boca, Flora — falou o Visioministro, as manoplas nos braços em um gesto lento diante do rosto da neta. No mesmo instante, Flora caiu em transe profundo, tão soporífero que não se manteve de pé. Desmaiou.

Jamie se assustou com o corpo batendo na fina camada de cascalhos sobre o solo. *Agora você está* mesmo *na linha de frente.*

— Ei, não pode fazer isso com ela! — gritou Mason, uma faísca branca a escapar de sua mão esquerda, ricocheteando das paredes para o chão, até ser absorvida pelos fragmentos ativos de pedrazul em terra.

— Não estou aqui como parente. Estou fazendo um favor a ela — falou o velho.

— Está, sim. Deve ser duro testemunhar o homem que mais se admira sujando as mãos desse jeito — disse Mason.

— Acha agora que seu pai é algum tipo de herói, Bo Billy? — provocou Quintino. — Yuri só não foi trancado na Ala de Cura anos atrás porque ele escolheu se esconder para lá das linhas de trégua em Primeva, onde nunca seria pego.

— Você não me assusta, senhor Velasque — Mason fez um gesto negativo com a cabeça.

— *Visioministro* — replicou o velho, os olhos fulgurantes na escuridão. Em demonstração de respeito, Mason, Sagan e Jamie baixaram a cabeça. — Seja esperto, garoto. O Rei pode tê-lo perdoado por ajudar a filha, mas a família real não existe mais, não é mesmo? — Quintino se aproximou, soerguendo o queixo do garoto com uma cutucada da manopla de diamante.

— Não morda a isca, Mason... — sussurrou Jamie.

— O povo nas ruas tem razão sobre você, então. Tudo o que importa é manter suas ovelhas bem distraídas e alimentadas. É capaz de fazer um jovem inocente definhar na Prisão Perpétria, se isso resguardar sua lorota de guardião todo-poderoso, não é? — A voz de Mason passou de lamúria a rugido. — Bom, quer saber? Ninguém mais em Paradis quer a falsa sensação de segurança. Agora todo mundo sabe que temos inimigos jurados no mundo exterior e as pessoas têm o direito de saber o porquê. Todos têm o direito de conhecer os verdadeiros custos de todo este privilégio que sempre aceitamos como algo natural!

— Mason. Já basta, companheiro — interveio Jamie.

O Visioministro acenou lentamente as cintilantes manoplas de diamante diante do rosto de Mason. O menino caiu no chão em sono profundo.

— Eis um assunto para outro dia, se o senhor Bo Billy chegar a alguma coisa na vida.

CAPÍTULO VINTE E CINCO

Agora o coração de Jamie parecia bater na garganta. Ele e Sagan trocaram um olhar rápido. Eram os únicos de pé.

— V... Visioministro... com todo o respeito — falou Sagan, lutando contra uma gagueira. — Tem muita injustiça acontecendo aqui. Apolo Zéfiro fugiu de Perpétria, e desde então vem criando o caos em Lúmen. Ele sequestrou a minha irmã em plena luz do dia!

Por que será que ele mente para proteger o tio? Jamie não compreendia. Sempre confiou no discernimento de Sagan.

— Até um cego vê que algo muito estranho está acontecendo e ninguém vai engolir essa de que é por causa de um bando de mancebos rebeldes! Botar a culpa disso tudo no Mason Bo Billy ou nos irmãos Chispe?! É... absurdo! — Sagan soltou um riso nervoso.

— Você tem razão a respeito de uma coisa, senhor Faierbond. *Algo* muito estranho está acontecendo. Esta semana eu mesmo verifiquei os relatórios proféticos da minha neta. Ela nunca estava onde deveria estar. Quando um dos relatórios sugeria que ela estivesse em casa estudando, os Visiotenentes a encontravam tomando chá com os amigos no Chifre em Ponto. Quando mencionavam que ela estaria ajudando os pais com os afazeres domésticos, ela era vista embarcando em balsas, Diva sabe aonde! A primeira vez que o paradeiro correspondeu aos relatórios da semana foi quando ela foi vista com vocês, meninos. — Quintino abriu o jogo ali. — Então, qual dos dois descobriu um jeito de *interferir nos meus radares?*

— Fique à vontade para derrubá-lo também, Visioministro — falou Jamie. — É comigo que quer falar.

— Falou como um verdadeiro Chispe — rosnou Quintino.

— Jamie, deixa comigo — interrompeu Sagan. — Visioministro, a culpa é minha. Roubei um artefato da coleção do meu tio. Se bem recordo, ele o chamava de *Selo dos Espíritos*.

Quintino pareceu petrificado.

— Você é muito ingênuo se acha que vou acreditar nisso, garoto.

— De que outra forma explica tudo o que está acontecendo? — provocou Sagan.

Jamie observava com atenção, assustado com o raciocínio rápido e a malícia do amigo.

— Dias antes do nosso despertar, fui visitar o tio Gaio no trabalho. Vi que trabalhava num colar estranho e eu perguntei onde o tinha conseguido. Ele não queria falar, mas insisti, e ele acabou dizendo que era de uma antiga namorada, uma mulher chamada Estela Bisonte. — Sagan continuou a inventar histórias: — O tio Gaio disse que ela tinha enlouquecido depois da Expedição Ventaneira, assim como o pai de Bo Billy, então ela lhe deu o colar para que o guardasse, quando ele foi visitá-la pela primeira vez na Ala de Cura, antes de os visiomédicos decidirem interná-la permanentemente.

Qual é, Sagan... Ele é o líder dos Visionários, ele pode verificar isso num piscar de olhos..., Jamie engoliu o pensamento. Por mais dura que fosse a verdade, ele sabia que esta agora se revelaria.

— Espera mesmo que acredite que um alquimista frustrado conseguiu acender um selo morto usando somente suas habilidades medíocres, senhor Faierbond?

— Tio Gaio é bastante engenhoso quando quer — Sagan deixou escapar uma risada. — Todos nós já nos sentíamos estranhos, antes do nosso despertar. Quando minha irmã foi raptada, encontrei Flora na Rainha Julieta e ela agia como se não soubesse quem éramos nem do que se tratava a Cerimônia de Boas-Vindas — o garoto continuou mentindo. — Naquela tarde, eu entreguei o Selo dos Espíritos a ela. Na manhã seguinte, Flora disse que ele era tão forte que podia mesmo *desesculhambar* uma mente perturbada.

Será que ele está comprando essa? Madre Diva... Ele está acreditando! As mãos de Jamie formigaram de empolgação.

— Onde está o Selo dos Espíritos agora?! — vociferou Quintino.

— Quando levaram Míria, meu pai foi esculhambado para cooperar. Depois que a encontraram, ele ainda estava como uma criança. Temos motivo para acreditar que meu pai saiba quem está por trás de tudo e é por isso que mexeram com os pensamentos dele. — Os contos de Sagan troavam como um cordel selvagem. — Tio Gaio nos

CAPÍTULO VINTE E CINCO

pegou brincando com o Selo na escola e o tomou de volta. Mencionou que Paradis viveria um grande perigo se a Infernalha fosse reacesa, por isso acreditamos que ele queira desertar. É por isso que íamos para Vertígona! — falou Sagan.

Com um aceno de mão do Visioministro, Sagan caiu no cascalho, desacordado.

O coração de Jamie parou. Ele era o último de pé.

— Narrativa muito precisa. Tudo faz todo o sentido. — Quintino assentiu com a cabeça. — Exceto que a única maneira de se acender um selo de clã mortiço é com o sangue de um de seus membros vivos. Agora, onde um alquimista ultrapassado como Gaio ia encontrar uma amostra fresca do sangue anibaliano? — Quintino inclinou a cabeça de lado. — Senhor Chispe?

— Solte meus irmãos e conto tudo o que quiser saber. — Jamie suspirou, sabendo muito bem que carregava o peso da premonição de Flora. No primeiro dia de aula, logo após a Polícia Visionária desocupar a Lúmen Academia depois do ataque dos vândalos, os dois voltaram juntos na balsa, ainda que ela o tivesse evitado durante todo o dia. Flora compartilhou uma premonição intrincada que levou os dois a procurar pistas do paradeiro de Míria na Diviara, revelando, ainda, uma mudança inesperada dos acontecimentos que envolviam Jamie.

Você vai trair Keana, alertara ela, enigmática, enquanto navegavam pelo Rio Belisfinge no fim de tarde. Jamie foi o primeiro a chamá-la de vigarista. Agora ele sabia muito bem que não era o caso.

— Os seus irmãos são acusados de crimes muito graves, senhor Chispe. Precisam ser julgados por suas ações. — O sorriso de Quintino subiu furtivo à lateral do rosto silhuetado.

— As pessoas que vocês querem são Gaio Faierbond e Valquíria de Altamira. Eles incriminaram meus irmãos, e meus pais podem provar — insistiu Jamie. — Quando a verdade vier à tona e o povo devoto de Paradis descobrir que foi enganado por uma pobre trovadora não investigada pelos *Visionários*... Todos vão se rebelar. Os Regulares vão inundar a embaixada bardosiana com pedidos de asilo. Até o último

Neandro na Terra vai querer a sua cabeça; e o senhor sabe que a deles é impossível de invadir. Os xamãs vão varrer os Visionários do mapa. O seu legado como Visioministro se tornará pó. — O garoto cuspiu, palavra por palavra, os argumentos dos pais entreouvidos na noite passada.

— *Não preciso barganhar com você* — falou Quintino. — Sabe como é fácil ler a mente de um garoto da sua idade?

Jamie riu entre os dentes.

— *Vá em frente. Não é à toa que esteja metido num túnel escuro cercado de mancebos inconscientes, Visioministro.* — Abriu os braços. — Conheço a fonte de seus pesadelos. Sei que não consegue encontrá-la, pois é impermeável a frequências telepáticas. É por isso que você ainda está correndo atrás do próprio rabo. — Jamie sorriu. — As rosetas falam sobre uma *sombra* confundindo os melhores investigadores de Petropol. Ela está cobrindo misteriosamente seus radares. — Respirou fundo. — Essas sombras me envolveram também, Visioministro. Não encontrará *nada* de útil na minha mente, se ousar me esculhambar. Vá em frente, desperdice seu tempo. Garanto-lhe que, neste momento, você só tem a minha palavra — exalou o garoto, cerrando o punho em uma tentativa de permanecer com os pés no chão.

— Eis palavras de um homem, senhor Chispe. Acho que você não compreende o conceito de ameaça.

O menino respondeu:

— *Não tenho nada a perder, Visioministro.*

— Muito bem. Sou um homem de palavra, senhor Chispe. Não posso soltar seus irmãos, mas pegaria mais leve com eles, dependendo do valor das informações que tiver para mim — declarou o Visioministro.

Jamie relembrou a traição prevista por Flora. Fechou os olhos, desejoso de suplicar orientação a Madre Diva. Ao mesmo tempo sentiu-se compelido ao egoísmo. Fizera tudo por Keana. Em todas as ocasiões se pusera em segundo lugar. O que de pior aconteceria se ele desistisse da promessa feita pelos dois? Culminaria na fuga derradeira que Flora previu? Ou na detenção da amiga, onde pelo menos ela estaria mais perto da família... *mais perto dele?*

CAPÍTULO VINTE E CINCO

— Qual é o verdadeiro propósito da viagem a Vertígona, senhor Chispe? É do Selo dos Espíritos que todos estão atrás? — perguntou Quintino.

— Se nos mantiver inconscientes aqui nestes túneis, vai interferir diretamente na saga de sua neta. Se ela não desvendar o verdadeiro significado da saga, vai ficar condenada à eternidade como uma vidente execrada. Sua linhagem terminaria nela — Jamie apelou.

— Responda à minha pergunta e permito a partida imediata de todos vocês — Quintino garantiu.

— E os meus irmãos? O que vai acontecer com eles?

— Eles serão julgados em Lúmen. Qual é o propósito da viagem a Vertígona, senhor Chispe?! — rugiu Quintino.

Jamie baixou os olhos, com as mãos trêmulas. Pensou em Keana. Lembrou do toque frio da mão dela sobre a dele, sete dias antes, enquanto se maravilhavam com o céu frio e vasto do Monte Lazulai. Quanto mais pensava nela, mais se escureciam as pedrazuis ao redor. Pensar na garota que amava era seu escudo contra o radar do Visioministro. Para sempre se afogaria nesses pensamentos, confiante de que eram apenas dele, e de mais ninguém.

A verdade, Jamie. Somente a verdade o libertará, ecoou uma voz feminina em sua mente. Ele não fazia ideia de quem era.

— Para onde o alquimista está levando o Selo dos Espíritos? — incitou Quintino.

— Você tem razão. Sagan estava contando uma mentira deslavada. — Jamie limpou a garganta. — O plano do Professor Faierbond *sempre* foi reacender a Infernalha. Não se pode culpar o garoto por poupar o próprio sangue, ainda que o tio tenha sido desprezível metendo a própria família neste pesadelo com a pequena *Míria*. Os ataques na L.A., a fuga de Zéfiro, tudo é obra do Professor Faierbond. Em que estavam pensando quando entraram neste jogo? — Jamie abanou a cabeça, munido das memórias das longas conversas apocalípticas com os irmãos mais velhos às margens do Lago Smilodon. — Assim que a Infernalha voltar a expelir lava, lá estará Gaio Faierbond, esperando extrair todo tipo de mal de seus poços escaldantes. O que eu e meus amigos estamos tentando fazer é impedir que a sua ambição cega lance Paradis dentro de um abismo! — concluiu Jamie.

— E como um grupo de mancebos se defenderia de um alquimista experiente armado de uma arma lendária? — A voz de Quintino estava entre a indignação e a incredulidade.

— Mantendo o alquimista o mais longe possível da fonte de todo o poder recém-descoberto, Visioministro. — Jamie Chispe não estava mais assustado: cumpria a parte dele na premonição de Flora, finalmente. — Se quiser impedir que Gaio Faierbond se torne imbatível, precisará mantê-lo o mais longe possível do único Espírito despertado em Divagar. Precisa proteger Keana Milfort.

Quando
8 de leão, 10:03.

Onde
800 metros à saída de Vertígona, Paradis.

— NÃO ME INTERESSA O QUE FIZER, NÃO DEIXE QUE ESSA GAROTA CHEGUE nem perto dos Portões! — Flora ouviu o avô rugir enquanto montava seu opulento gravitar de ônix. Pairando em potência máxima, alinhados em triângulo, estavam o Oficial Visionário Kartamundo Jinx em um canto e o Policial Visionário do Vagão B no outro.

— Não pode fazer isso com ela! — protestou Flora a plenos pulmões. — Vô! Não faz ideia do que está fazendo! Precisa deixá-la partir! Por favor!

Flora ainda não acreditava que seu próprio sangue tinha ordenado que a tirassem à força do gravitrem como se fosse uma criminosa e a posto para dormir como se não fosse nada. A última coisa que viu antes de a Polícia Visionária arrastá-la contra sua vontade até o gravitar

CAPÍTULO VINTE E CINCO

foram os rostos de Jamie, Mason e Sagan, escoltados para fora dos túneis pelos oficiais do gravitrem.

A verdade era simples: Flora Velasque sonhara consecutivamente com o gosto inequívoco da *morte* e, desde então, via-se obcecada em rastrear todos os movimentos de Keana Milfort. Todas as noites, desde a chegada do distintivo de boas-vindas pelo correio, as mesmas palavras de medo e mistério foram murmuradas pela novata clarividente, em sua série de pesadelos paralisantes. "*Domani... Domani...*" Mas Flora lutou para compreender as visões em um mundo onde nada parecia capaz de sobrepujar a hierarquia. Ninguém acreditou nela; nem seus amigos, nem seu clã.

Sabia que o avô esperava grandes feitos da primeira mulher nascida na ascendência direta da linhagem familiar desde a desonrada Visioguarda da Realeza Aurora Velasque. Todas as outras Velasque da história tinham adquirido o poderoso nome por matrimônio. O despertar de Flora fora problemático, para dizer o mínimo, mas ainda assim ninguém sabia explicar o porquê de a garota ter recebido partes de sua saga durante o sono, *antes* da Cerimônia de Boas-Vindas.

À medida que o passar das horas confirmava suas previsões desconcertantes, a jovem Flora sabia ser preciso exercer a *paciência*, pois aqueles que outrora a ridicularizaram logo viriam a acreditar nela. Algo terrível estava prestes a se materializar e, na ponte longínqua e nebulosa de sua previsão, a única espectadora visível era uma garota de cabelos da cor do mel.

Se a caçula dos Milfort era a origem ou o alvo da morte avultosa e clandestina, era um conhecimento que ela ainda não possuía. Flora sabia, porém, que Keana definitivamente pertencia ao *mundo exterior* e sua primeira missão como Visionária era providenciar que a melhor amiga saísse de Paradis.

✳

Edmar Milfort contivera a raiva muito além de seu limite. Não suportaria ser uma testemunha inútil da coação da Polícia Visionária sobre a filha caçula.

— Você não pode deter uma menor de idade contra sua vontade! A minha filha está doente! Ela tem o direito legítimo de fazer a travessia para Barcella! — gritou ele, levantando-se da gravitadeira enquanto Gustavo Faierbond e a pequena Míria o observavam a poucos passos atrás, em silêncio.

A Tempestade estacionada além dos Portões recuara para Vertígona. A chuva torrencial ensopava a cabeça de todos os presentes. Assim que o bando do Visioministro passou para o lado sombrio de Vertígona e se aproximou da Torre do Posto de Fronteira, a simples visão dos presunçosos malfeitores transportou Edmar para o passado, quando há quinze anos retornava a Paradis com a recém-nascida Keana. Agora a Tempestade estava mais para uma brisa sonora e assombrada; era nítido que o mecanismo defensivo básico de Paradis tinha suas falhas de operação.

Violento, um trovão errático estourou próximo à entrada das Torres de Controle.

— Acabou, Velasque! Deixe a minha filha partir e nós nunca mais poremos os pés em Paradis. Minha família não é uma ameaça a você. Não quero participar da escalada de tensão — rugiu Edmar. Entre as lágrimas desalentadas da filha e o sorriso vitorioso de Dom Quintino, Edmar sentiu, então, que todas as balanças pendiam para o outro lado.

Ao longe, um trovão retumbou para além dos Portões, provavelmente conjurado por um Faísca que resistia. Em seguida, mais uma explosão de cores reluziu no céu acima dos Portões: um tom índigo assinalava um caminho celestial, iniciando-se de Barcella e subindo até Paradis.

— Não toquem nela! Seus animais! — Edmar gritou aos brutos que agrediam Keana e Clariz diante da plataforma descendente da Torre do Posto de Fronteira. Atrás deles, Norton Golias levava Tristão, algemado, para o campo aberto adiante. Clariz lutava contra

CAPÍTULO VINTE E CINCO

amarras, o corpo suado impedindo a libertação de toda a extensão de suas forças telecinéticas.

— É a minha filha de quinze anos que vocês algemaram, seus filhos de um borralho! — gritou Edmar ante a visão traumática. — Quem está no comando aqui? — exigiu ele, sem mais conter a fúria.

— O que está fazendo aqui, pai? Vá embora! Não era para você estar aqui! — gritou Keana.

Norton Golias avançou.

— Capitão Milfort, sua filha é suspeita de traição e corroboração com a invasão caprichosa atualmente em andamento.

A fúria de Edmar Milfort se manifestou numa rajada de vento que esvoaçou violentamente a longa capa preta de Norton.

— Suas acusações ridículas vão resultar na sua expulsão do clã Visionário no *instante* em que Rei Duarte souber disso! Minha filha foi confundida com uma espiã, e eu *ordeno* que a soltem imediatamente!

— Rei Duarte, *o Covarde*? Que voou para baixo da saia da Chanceler Uma e a orientou a abrir os Portões de Barcella sem a aprovação da Cúpula dos Clãs? Seu rei se comprometeu, Milfort! Ele está conspirando com os *forasteiros* para violar a nossa segurança! — ostentou Norton.

— Em toda a Divagar não há nenhum covarde maior que Quintino Velasque! — gritou Edmar, virando-se para ver a chegada de ninguém menos que o próprio Visioministro em carne e osso.

❉

Sinto muito, Keana. Falhei com você. A voz cansada e rascante de Flora tocou uma região macia na mente da amiga.

A garota esquisitona que Keana tinha o costume de provocar e evitar a todo custo era a que dividia com ela, sinceramente, o peso e a responsabilidade do caos que se avultava. Mesmo quando a prisão era iminente, a caçula dos Milfort se sentia consolada pela proximidade de sua dedicada aliada. Olhando para os Portões de Paradis, fechados em toda a sua majestade obsidiana, Keana percebeu que a liberdade jazia para além de uma gigantesca porta bloqueada e que ela, de fato, chegara ao fim do mundo. Acreditou que sairia, até reconhecer ninguém menos que Quintino Velasque se aproximando.

— Padre Tristão, o que significa tudo isto? — perguntou o velho, o gelo cortante na voz.

— Visioministro, tudo não passou de um mal-entendido. A garota Milfort não é quem o senhor pensa que ela é — falou Tristão.

— Não? Viu o céu mudando de cores bem acima da cabeça dela? — provocou o Visioministro.

— Estamos juntos há mais de uma hora. Hoje de manhã, quando abriram os Portões de Barcella, eu estava com ela. Algo produziu o índigo e lhe garanto que não foi Keana Milfort!

Keana sentiu todos os olhos sobre ela – exposição comparada àquela no fim da Cerimônia de Boas-Vindas. Só que agora não era apenas seu corpo nu servindo ao deleite dos predadores. Ela sentia a *alma* sendo eviscerada.

— Ouça o homem, Quintino! — disse Edmar Milfort. — Agora precisa *prender* garotinhas também, só para superar suas falhas de segurança? E eu pensei que obstruir uma investigação de sequestro fosse o mais baixo que você jamais iria.

— Capitão Milfort! Que surpresa agradável! — Dom Quintino sorriu afetado. — Como está sua cabeça?

Keana queria gritar. Sua voz estava presa lá dentro. Por anos sonhou ver o pai de pé e capaz de se defender, para ser um protetor da família. Agora que finalmente isso estava acontecendo, ela não esperava que uma súbita onda de medo a paralisasse no lugar.

— Você tem cinco segundos para deixar minha filha partir! — gritou Edmar, lutando contra as contenções de um guarda.

— Ou o quê, Milfort? Vai se babar todo? Ou talvez se borrar inteiro? — zombou o Visioministro. Na raiva, Edmar levantou a mão direita, ao que os olhos de Quintino emitiram uma rápida luz branca que o forçou a baixá-la contra a vontade. — Nem pense nisso, Milfort.

CAPÍTULO VINTE E CINCO

A Infernalha foi reacesa. Nossos níveis de divinidade estão *nas alturas* — exalou Quintino. — Os sonares estão ativos novamente. Seria uma honra fazê-lo provar uma segunda vez.

Keana sentiu os joelhos bambearem. Ela não resistiu e lançou um olhar suplicante a Clariz, ainda encharcada.

Clariz interveio.

— Ela é só uma criança, Visioministro! O que poderia querer dela?

Os olhos de Keana estavam cravados em Quintino, que pareceu não prestar atenção a Clariz e se dirigiu ao pequeno círculo de guardas que as imobilizava. Enquanto Velasque se aproximava deles, Clariz olhou para Keana, como se mandasse uma mensagem. A garota a notou e tentou atrair um pouco da energia visionária que a rodeava.

O que é isso agora, Madame B'Olïva?

Clariz fechou os olhos. *Proteja o seu coração, Keana! Dom Quintino é um esculhambador poderoso e as chances aqui estão contra você. Se ele entrar na sua mente, descobrirá tudo!*

Mais uma onda de pânico.

Keana buscou os olhos do pai na multidão. O homem dócil e gentil que lhe ofereceu abnegadamente todo o amor que conhecia devolveu o olhar com compaixão. As pupilas dela se incendiaram de lágrimas pelo que ela estava prestes a fazer. Respirando fundo para se concentrar na energia do pai, Keana extraiu os dons ventaneiros dele até a ponta dos dedos e, em uma tentativa de afastar Velasque, uma leve rajada de vento retirou do bolso dela o Elo de Sangue, que caiu no chão diante do olhar atento de Dom Quintino. Paralisada de medo, Keana tentou dizer ao pai que se distanciasse ao máximo, uma mensagem que não transmitiu por lhe faltar controle emocional.

Naquele instante, formou-se sobre suas cabeças uma nuvem irregular de bruma púrpuro-escura, através da qual emergiu uma risada feminina nauseante: as tranças de três pontas, longas e castanho-avermelhadas, surgiram antes do restante do corpo. A Emissária Ventaneira Estela Bisonte – usando um fragmento do Selo dos Espíritos – realizava seu primeiro despacho truqueiro, sinal de uma *conversão* bem-sucedida.

Eu sabia. Ela nunca foi uma vítima, pensou Keana.

Então, Estela olhou para Edmar, que não via há quinze anos.

— Finalmente realizou seu sonho, Estela. Meus parabéns. Você nunca foi mesmo uma de nós — disparou Edmar.

Estela caminhou lentamente até ele, arrastando as tranças pelo chão úmido. Retirou o colar e ofereceu-o ao Visioministro:

— Wilker envia seus cumprimentos, Visioministro. Temos em mente algumas mudanças de gabinete.

Wilker...? Diva, eles me manipularam. Ele sabia que eu iria visitar Estela... Sabiam que eu era a única que entregaria o Selo dos Espíritos a Gaio sem ser detectada pela Polícia Visionária... Keana mordeu o lábio, amarga diante da própria inocência.

Quintino Velasque pegou o raro artefato, examinando-o com visível horror. Assim que o amuleto estrangeiro tocou a pele enrugada dos dedos, uma potente onda de energia pareceu percorrer o seu corpo enfermo. Os olhos emitiram um branco poderoso, e uma frequência alta e estridente prostrou todos os presentes, incapazes de suportar o terrível som.

— Não! De novo, não! — gritou Edmar, a voz maculada de horror.

Keana, porém, não foi afetada pela frequência. Logo, as suspeitas de Dom Quintino encontravam a prova definitiva: da meia dúzia de pessoas às voltas de seu estupor poderoso, Keana Milfort era a única de pé.

— *É você!* — Aproximando-se dela.

— Fique longe da minha filha! — Edmar conseguiu gritar, reunindo toda a força que lhe restava para correr na direção do extraprovido líder dos Visionários.

— Papai! Não! — gritou Keana, tentando se libertar das algemas. O silêncio repentino no ar foi cortado por uma debandada que se aproximava ao longe: mamutes, bisões e auroques corriam para os portões, enquanto cânticos neandros de batalha nasciam sob a Tempestade.

Não... Vocês estão muito atrasados... Keana engoliu em seco, temendo pelos primitivos que tinham acabado de fugir da ira do Exército Petropolitano, em Lúmen.

CAPÍTULO VINTE E CINCO

Estela Bisonte, encharcada da cabeça aos pés, desafiou toda a lógica ao evocar uma nuvem de bruma púrpura apesar de toda a água. Virando-se com um sorriso rançoso, ela entreviu os olhos da jovem Flora Velasque quando uma balestra de cristal do Arsenal Abandonado se lhe materializou em sua mão.

— NÃO! Alguém a detenha! — gritou Flora.

Quintino virou-se, assustado, e levantou as mãos para se defender de um ataque de Edmar; o telepata ultramunido de força agarrou a cabeça do homem com as próprias mãos e soltou uma descarga.

O rosto de Keana foi fulminado de horror ao estrondo do golpe que pareceu ter fritado a mente do pai.

— Papai! — A caçula dos Milfort gritou aterrorizada, libertando-se dos brutos em súbita força sobre-humana.

— *Ke'A'Na...* — murmurou Edmar, confuso, os olhos tremulando atrás das pálpebras.

— Posso salvá-lo! — Ao cobrir a boca sentiu as algemas frias no queixo molhado, depois de um grito desesperado.

— *Não se aproxime mais...* — falou ele, antes de ser impedido por um golpe nas costas.

Keana divisou os olhos alarmados do pai e depressa buscou o motivo do ofegar; a ponta de uma flecha enferrujada, embebida da seiva fresca que agora se lhe escorria do peito.

— *Não!* — Escapou-lhe um segundo grito de pânico, enquanto os olhos do pai pestanejavam cada vez mais devagar. Agora as gotas de chuva pareciam saturadas de tocar o chão. Uma lágrima pousou na borda das pálpebras do pai, incapaz de escorrer pelo rosto, aparentemente.

À volta, o tempo parou.

— O que está... acontecendo? — murmurou Edmar, agora prostrado de joelhos, já quase inconsciente. — Você... você está fazendo isso?

— Eu não sei, papai... Consegue se levantar? Isto vai passar logo, vamos conseguir ajuda em Barcella! Por favor! Levante! — gritou a garota, olhando em volta e vendo todos os rostos que ela conhecia, menos o do pai, paralisados em absoluta quietude.

Edmar tentou respirar. A flecha roçou a armadura nas costas e no peito ao simples movimento dos pulmões. Keana tocou os ombros do pai, assentindo com a cabeça para animá-lo.

— Vamos lá, papai... Agora se levante, por favor! — Lágrimas escorreram pelo rosto dela e um sorriso vitorioso irrompeu assim que ele conseguiu dirigir os olhos para a filha.

— Ke'A'Na... — repetiu Edmar, mais uma vez, sorrindo em meio à dor. — Não é de admirar que... Aquela primitiva nas cavernas tenha escolhido esse nome quando você era uma bebê... — Soltou um suspiro. — *Você me salvou...*

— Como assim, papai? Que mulher?! Por favor, levante-se! — Tentou erguê-lo, mas ele não se movia.

— Você já fez isso uma vez... Não precisa fazer de novo. — A cabeça tombou de lado, fraca, depois voltou a ficar ereta.

— Eu não entendo!

— Agora eu me lembro... — A lágrima solitária de Edmar já escorria pela face violentada. — Depois que eu e você escapamos da emboscada de Estela perto da cidadela anibaliana e voamos pelo céu da noite... Tirei a vida daquela gazela... Ainda que eu estivesse só tentando sobreviver, eu... Eu matei o animal com as minhas próprias mãos, às margens do córrego... — Agora ele soluçava. — Eu sabia que Madre Diva um dia reclamaria aquela vida de mim.

— Mas agora tudo isso está no passado, papai... Fique comigo! — Tentou encorajá-lo, perplexa na dor. — Saímos daquelas cavernas e agora vamos ultrapassar estes portões. Prometo a você!

Edmar fez um gesto negativo com a cabeça.

— Quando voltei às cavernas e não encontrei você lá... Fiquei desolado de culpa... Liberei o pouco de força que ainda tinha e... Eu falhei com você... quando você mais precisava! — Continuou a chorar.

— Nós conseguimos sair, papai! Sobrevivemos! — Implorou.

— Não, Favo de Mel... Aquela noite... foi a noite em que *eu morri*. — Edmar soltou um suspiro carregado.

Keana não acreditava naquelas palavras.

CAPÍTULO VINTE E CINCO

— A mulher da caverna... Ela deve ter sentido o cheiro da gazela morta ao meu lado... *Nós dois estávamos apodrecendo lá, há dez dias...* — A garganta de Edmar mal se fechava por conta própria.

— *Não é possível. Você está confuso, papai. Você vai melhorar, prometo* — falou Keana, descrente.

— Mas *é* possível, Favo de Mel. *Você tornou possível.* A mulher das cavernas sabia que você era especial... O fato de você estar lá... de alguma forma a trouxe de volta também. — A respiração dele ficava mais curta a cada momento que passava. — De algum jeito, ela sabia que você faria isso por mim, também...

A mente de Keana estava entorpecida. Os pensamentos fervilhavam, mas não lhe restava mais força.

— É isso o que significa... — Edmar sorriu através das lágrimas cansadas.

— Do que você está falando, papai? Não posso fazer isso sem você. Levante-se... Por favor...

— Ke'A'Na... É *paleolitino* selvagem... — Sorriu novamente, tocando o rosto da filha. — Significa *"você me salvou"*.

No momento em que os dedos do pai tocaram a pele da filha, ela sentiu que absorvia o calor do corpo dele. Os olhos de Edmar subiram ao fundo da cabeça e o herói ventaneiro desmoronou. Ao toque fatal e amoroso da filha caçula, Edmar morreu.

Keana caiu de joelhos, esquecida do efeito mortal de sua presença junto a um corpo gravemente ferido. Torturada pela dor, Keana Milfort se deitou em cima do pai, enterrando o rosto na camisa de algodão que cobria o corpo inanimado. A vontade era sucumbir a uma morte que fazia uso dela, mas jamais a levava.

Instintivamente, as mãos em punho foram ao peito, e ela sentiu o colar de conchas que sua mãe lhe dera na despedida. Keana lutou em meio aos soluços e soprou uma brisa suave dentro da concha. A cada respiração, espiralavam-se no ar espectros de luz, formando uma imagem. Um sopro mais áspero de solidão quadrivisionou uma imagem no ar: o segredo da confiança renitente de Cerina. Os inúmeros espectros de luz azul e cintilante mostraram uma jovem Cerina com uma recém-nascida nos braços, enquanto duas garotinhas descansavam a cabeça no peito de um jovem Edmar Milfort. As mãos do casal mal se tocavam, mas o dedo mindinho de Edmar enganchava o de Cerina, levemente. Alguém com o coração aflito veria naquilo a perfeita imagem de um fardo pesado; pesado demais à sina de uma jovem mãe.

Mas olhando para os pontos de luz azul nas gotas de chuva, Keana vislumbrava apenas sua família; *tudo o que ela tinha.*

Agora a caçula dos Milfort finalmente compreendia qual sempre fora o seu lugar.

Keana correu para longe do corpo do pai, na esperança de distanciar sua energia amaldiçoada e anular o destino prematuro.

Ninguém viu seu esforço. Ninguém ouviu seus gritos. Todos estavam paralisados em um fluxo diferente de tempo.

Quanto mais se afastava do corpo falecido do pai, mais percebia que agora estava tudo perdido.

Outro relâmpago errático fulminou o chão, e a chuva forte retomou sua velocidade.

Quando as nuvens índigo cobriram a ostensiva sombra sob os Portões de Paradis, Edmar Milfort não existia mais.

Quando
8 de leão, 10:28.

Onde
Estação de Gravitrem, Vertígona.

— MADRE DIVA, EU... NUNCA TINHA... MONTADO NUM DESSES ANTES! — exclamou Jamie, ofegante, tentando se equilibrar na sela agitada sobre as costas de um mamute raivoso. Sagan e Mason puxavam com força as grossas rédeas de lã.

CAPÍTULO VINTE E CINCO

— Se for filho de seus pais, vai pegar o jeito, Chispe! — gritou Yuri Bo Billy, montado sozinho em outro mamute, sob os gritos de guerra dos Neandros resgatados por ele da floresta em chamas.

— Obrigado por nos salvar, senhor Bo Billy! Ainda não entendo como é que abateu tantos Visiotenentes de uma vez! — acrescentou Sagan, sentindo a fúria cega dos soldados primitivos.

— Por que acha que os Visionários precisam reprimir e humilhar os Neandros? Só controlam o corpo deles porque não conseguem controlar *a mente* — explicou Donald Alcigalho, colega ventaneiro de Yuri.

Jamie sentiu um impulso de confiança oriundo do massacre que acabara de testemunhar na Estação de Gravitrem. Uma horda de Neandros liderados por Yuri Bo Billy, Donald Alcigalho e Hármone Cervantes trucidara até o último Visiotenente – esmagando suas joias, capacetes e manoplas elegantes com o peso das próprias mãos.

— Eu quero ser como vocês. Sei que meus pais gostariam que eu fosse — Jamie elogiou os Ventaneiros aposentados, que pareciam libertos dos tormentos mentais assim como Capitão Milfort.

— Ouçam, rapazes. Esfreguem as mãos o mais forte que conseguirem nas costas dos mamutes. Vocês não prestam molhados — gritou Hármone Travatino.

Jamie observou os vibrantes Neandros retirarem machados de mão e lanças de ossos, prontos para o lançamento.

— Faça o que fizerem, não abram fogo contra os Visionários e *não olhem para os olhos deles!* Somos os adultos aqui, a luta é nossa. Vocês vão ao socorro da menina Milfort. Fujam com ela, se necessário! — gritou Yuri.

— Madre Diva, é o fim do mundo. — Boquiaberto, Mason avistou sinais de um amontoado de pessoas bem ao longe, sob a sombra austera dos Portões.

— O fim do *nosso* mundo, pelo menos. — Sagan foi rápido no acréscimo.

— Tino, siga como o planejado! Encontramos você quando chegar a hora — ordenou Yuri ao mais velho dos primitivos.

— *Ke'A'Nur, Chatanuga!* — respondeu Tino, em paleolitino.

— Vou arrebentar aqueles Portões para ela, ainda que eu morra fazendo isso. — A voz de Jamie se elevou, acompanhada dos Neandros em urros.

— Quem disse que morrer estava nos planos? — falou Mason, enquanto os garotos se aproximavam de um pequeno grupo que esperava por eles na beira da estrada.

— Bom, sem dúvida está — Yuri Bo Billy disse ao filho. — Então, garotos: estão prontos para serem heróis?

Quando
8 de leão, 10:35.

Onde
Os Portões de Paradis, Vertígona.

FLORA OLHOU PARA O CÉU CINZA E TEMPESTUOSO, AGORA TINGIDO DE NOvos matizes invasivos. Indícios matutinos de uma lua cheia e brilhante delineavam a névoa índigo que se avizinhava. Os elementos lúcidos e oníricos de sua saga pareciam se desenrolar a galope.

— É aqui que Paradis termina. É aqui que *nós* começamos — murmurou ela, logo distraída por sons abafados de agressão.

Dama Imogênia tentava se soltar de Emmett, que a protegia à força. Detidas, Clariz e Keana foram colocadas contra uma parede, enquanto os guardas esperavam que uma equipe de médicos recolhesse o corpo caído do Capitão ventaneiro, tão somente para preparar a explicação perfeita ao público. Gustavo Faierbond ressurgira das explosões do sonar ensurdecedor do Visioministro *desesculhambado*, finalmente. O engenheiro braseiro tentara fugir com a pequena Míria nos braços, mas foi impedido por dois Padres Aduaneiros em guarda permanente.

— Senhor Faierbond, estamos sob a estrita ordem de Petropol para

CAPÍTULO VINTE E CINCO

despachá-lo imediatamente para Magmundi, para onde levará todos os seus homens removidos das terras da Infernalha. O Visioministro espera a completa evacuação da área vulcânica, imediatamente — disse o Padre Aduaneiro Devon Errol, que parecia incomodado com a própria ordem.

— Mas, Sagan... Meu filho... Eu não entendo... Onde eu estou? — Gustavo tentou se defender, enquanto Padre Devon se oferecia para escoltá-lo.

— Por favor, acate. Não precisamos assustar sua filha, senhor Faierbond. Soube que ela já passou por bastante coisa esta semana — falou o Padre.

— Papai, eu não gosto deles! — exclamou a pequena Míria, puxando a perna de Gustavo.

Pesarosa, Flora observou uma nuvem de bruma púrpura engolfar o pai e a irmã de Sagan, contra a vontade de ambos. Desapareceram.

— Não podem tirar a minha família de mim, seus malditos bisbilhoteiros! — gritou Sagan a plenos pulmões, até o Visiotenente apontar a arma de choque para o seu rosto.

Por instinto, Flora se virou para o avô – se alguém se manifestaria em face da injustiça, esse alguém *tinha* de ser ele. Devia haver algo decente em sua alma.

Você nunca cuidou de mim por amor. A única coisa que lhe importa é o seu próprio sangue, que por acaso me corre nas veias. Os pensamentos de Flora devastavam sua mente.

Dom Quintino olhou para ela como se ela tivesse gritado aquelas palavras para ele, em público. A sua única reação foi arquear uma sobrancelha enquanto se recuperava da energia desorientadora desencadeada pelo Selo dos Espíritos. Flora sabia que estava certa sobre ele.

A garota voltou os olhos para a segunda filha de Rei Duarte, que caminhava na direção do avô.

— Dom Quintino, na qualidade de quem anula as ordens de meu pai para uma abertura mútua dos Portões de Vertígona e Barcella? — inquiriu Dama Imogênia.

— Dama Imogênia, o país inteiro está à sua procura! É uma pena que você não seja efetivamente da realeza, ou não precisariam que minha família se mudasse para o Palácio de Avalai a fim de inspirar confiança ao povo, não é mesmo? — O velho mostrou os dentes.

Depois de envolver o Selo numa algibeira de quartzo protetora, o líder dos Visionários pestanejou os olhos rubros, enquanto colocava no bolso o antigo amuleto.

— Senhorita Milfort! Madame B'Olïva! — anunciou ele. — Acima de tudo, vocês são filhas de Diva. Como a mãe amorosa que Ela é, Diva está pronta para perdoá-las, desde que se arrependam.

— Que vergonha, Velasque! Pensar que pode falar em Seu sagrado nome! — Clariz cuspiu no chão, como um animal raivoso, pronta a atacar.

Flora sentiu uma ruindade paralisante se espalhar pelo corpo enquanto ouvia seu próprio sangue, um homem que já fora o seu ídolo, falando tais blasfêmias estapafúrdias. Ela não mais ouvia ventos ou trovões do lado de lá dos Portões, somente uma leve bateção nas colossais portas obsidianas e o relinchar crescente dos corcéis selvagens que avançavam. A cor índigo no céu repercutiu em sua mente, igual ao tom que pintava a misteriosa imagem de seus pesadelos recorrentes. A ruindade subiu veloz à cabeça, detida por uma visão inesperada da beleza que ela não conceberia. Seus olhos reluziram o seu branco mais fulgurante.

Surgiu, cantando, um grupo de oito trovadoras que caminhavam na direção onde estavam todos. Intocadas pelo protocolo religioso, elas fizeram um círculo em volta do corpo de Edmar Milfort. Estupefato, o Visioministro ficou sem palavras; nem ele atacaria as fiéis noviças de Diva. As velhas cantoras não tinham menos que cinquenta anos e, embora ninguém as reconhecesse ou explicasse de onde vinham, era nítido que, para elas, a perda era pessoal. Enquanto resistiam às lágrimas, surgiu da suave harmonia de suas vozes a majestosa música. A toada escolhida era um cântico cerimonial procedente da Diviara e incorporado ao folclore paradisiano durante um período de

CAPÍTULO VINTE E CINCO

Votos forçados em massa, durante os Primórdios. Em todas as cerimônias do além-mundo, as famílias celebravam a passagem de entes queridos com "A canção da despedida".

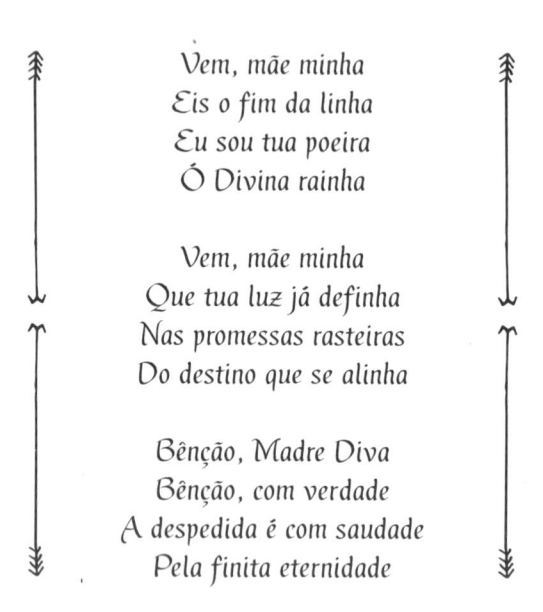

> *Vem, mãe minha*
> *Eis o fim da linha*
> *Eu sou tua poeira*
> *Ó Divina rainha*
>
> *Vem, mãe minha*
> *Que tua luz já definha*
> *Nas promessas rasteiras*
> *Do destino que se alinha*
>
> *Bênção, Madre Diva*
> *Bênção, com verdade*
> *A despedida é com saudade*
> *Pela finita eternidade*

Agora Flora estava em transe, mas ouviu o choro inconsolável de Keana. Não era uma visão ou premonição; era um *transe* em tempo presente. A mesmíssima escuridão estava nos olhos de todos os Visionários ao redor. Era um transe coletivo, oriundo das densas nuvens índigo que pairavam sobre suas cabeças. Flora sentiu como se o corpo não fosse seu para controlar, como se a mente não fosse sua para resistir. Uma consciência superior, um *poder superior* parecia tê-la ativado como um bebê dá corda a um brinquedo.

A bateção nos Portões se avultava, mais audível; quem quer que tivesse conseguido ultrapassar a fronteira caprichosa e atravessado toda a Beira desesculhambado tinha, finalmente, chegado.

※

Keana Milfort sentiu o coração bater fraco, como se muito exaurido.

— Quem bate nos Portões? — ouviu Dom Quintino gritar, enquanto ele lutava contra o transe avassalador que inexplicavelmente se abatera sobre o clã.

Não houve resposta. As batidas nos enormes portões obsidianos se tornaram mais sonoras; ainda assim, os Padres Aduaneiros fitavam o céu índigo. Keana olhou para trás e entreviu Tristão e seu captor atordoados pela presença invisível. Assim também estavam os guardas que seguravam a ela e a Clariz. As duas, de mãos nas costas, correram para os Portões aferrolhados.

— Tristão! — Clariz gritou a plenos pulmões. — Abra os Portões! — guinchou mais uma vez. Seria a última chance. Agora, o ruído da tora pesada a bater contra a estrutura preta e obsidiana atingira força indômita, mas lá não havia ninguém com força para abri-los.

Os olhos de Keana estavam tão secos quanto as areias do deserto em que nasceu, embora não tivesse recordação disso. A lua cheia cintilava com mais intensidade através da névoa índigo no céu cinzento da manhã. Apelou para ela. Então, os olhos de Keana caíram sobre a mais velha das trovadoras ao redor do corpo abandonado de Edmar Milfort. Ela *a reconhecia*, de certa forma.

Essa trovadora abriu caminho para permitir que a jovem Milfort entrasse, numa última tentativa desesperada de estar junta do pai. Quando a garota começou a chorar, seus apelos pareceram parar a atmosfera sinistra em que se encontrava.

— Sinto muito, pai... É tudo culpa minha... — lamuriou-se enquanto o coro de trovadoras harmoniosas formava um círculo em volta dela.

— Eu devia ter aceitado a vida como Regular... — soluçou, tentando libertar as mãos da contenção. *Talvez se pudesse tocá-lo. Se ao menos pudesse tocá-lo.* Agora a cabeça repousava no peito do pai, espe-

CAPÍTULO VINTE E CINCO

rando que a ânsia o ressuscitasse. — Eu devia ter ficado em casa com você na quarta-feira... — Chorava como uma criança pequena. — Por favor... me perdoe... — Deu um beijo delicado na cabeça do pai.

— Agora! — ela ouviu a trovadora mais velha gritar, com uma voz que ela conhecia muito bem.

A mulher era ninguém menos que *Dona Fara Belamün*, acompanhada por três emissários ventaneiros maduros e descamuflados, além de Mason Bo Billy, Sagan Philborne e Jameson Chispe. Mason correu até Keana, com Sagan logo atrás. Jamie defrontou Quintino Velasque, que ainda estava em transe.

— Vamos dar o fora, Kee! — Jamie ofegava, aquecendo um pouco o coração congelado da amiga. — Prometo a você.

— Imogênia! Nos ajude — gritou Clariz de longe, enquanto se aproximava. A segunda filha do rei correu até os rebeldes, unindo-se ao círculo. — Falta alguém! — gritou Clariz.

Flora... Preciso de você...

Os pensamentos de Keana abriram caminho através do transe em tempo presente de Flora. A mente da jovem telepata apenas se maravilhava diante da beleza estonteante do céu índigo inteiramente formado. Agora as batidas nos Portões eram agressivas a ponto de esfarelar as bordas.

— Todos os caminhos conduzem a este lugar. — Flora tentou parecer feliz. — Foi com isso que sonhei.

Flora... Sei que você não tem nada do seu avô. Não tome a saída fácil. Imploro a você.

※

Os olhos de Flora piscaram sozinhos.

A voz de Keana ecoou tão alto em sua mente que Flora não distinguia mais se eram pensamentos ou se eram gritos. Conseguiu baixar um pouco a cabeça, o suficiente para divisar ao chão a cabeleira reluzente cor de mel, Keana a chorar a perda do pai, uma perda que Flora não toleraria.

— Tristão! Abra os Portões! — Clariz gritou mais uma vez, fazendo Flora retornar à realidade.

A jovem telepata virou-se e percebeu os Visionários, ainda hipnotizados. Foi até o círculo em torno de Keana e encontrou Tristão na multidão, de olhos colados no céu. Pensou na presença reconfortante de Wanda e em como ela punha um fim aos sentimentos maculados que o mundo lhe impunha, todos os dias. Pensou nos sons da natureza. Pensou na vida que Madre Diva planejara. Os olhos reluziram uma luz branca e brilhante, uma ponte que ela estendeu a Tristão, que assim voltou à realidade.

À volta, todos os demais telepatas permaneciam perdidos naquele transe irresistível e dominador.

— Estamos todos aqui! Por que nada acontece? — gritou Jamie. Os emissários Ventaneiros se quedaram ao lado dos Visionários hipnotizados, deixando a sós os mancebos assustados. Flora percebeu que a ponte estendida à mente de Tristão diminuiu os sinais mentais que os afetavam e que os opressores, um a um, voltavam à realidade.

— *Matem-nos!* — vociferou Quintino Velasque aos soldados despertos.

❇

Os olhos de Keana examinaram o círculo em volta do corpo inanimado do pai. Encontraram os de tia Fara, que sempre teve um plano na manga.

Em seguida, a líder dos Truqueiros levantou do chão uma dúzia de pilares de nuvens de bruma púrpura. Assomou do nada um som ensurdecedor. Maravilhada, Keana observou hordas de gigantes peludos atravessarem a bruma púrpura, gritando a plenos pulmões, furiosos, e avançando na direção dos Visiotenentes. Mamutes, auroques, bisões e lobos-da-tundra se atiraram direto contra os telepatas, derrubando-os com suas presas, chifres e caninos.

— Luna! — gritou Keana, reconhecendo a pelagem branquíssima

CAPÍTULO VINTE E CINCO

de seu filhote travesso. Como que instintivamente, Luna se precipitou logo ao pescoço de Quintino Velasque.

Erguendo rápido os braços de manopla, Quintino golpeou Luna com uma bofetada elétrica que tostou a barriga da filhote, os ganidos dilacerando o coração de Keana tal uma lâmina fria.

— Seu monstro! — gritou Keana.

Mason Bo Billy ergueu a mão ao céu, até que o raio desceu e fulminou seu corpo, brutal, eletrificando os Visiotenentes que o retinham.

Estouravam combustões secas ao redor, a começar pelas poderosas explosões de ar frio dirigidas aos Visiotenentes que entravam em cena sobre novos e reluzentes gravitares. Jamie não se moveu do círculo dos sete, voltando-se para desbaratar os gravitares dos telepatas com gêiseres curtos e pressurizados.

— Não esperava por *esta*, né?! — rugiu Jamie, derrubando os oficiais de seus veículos.

Os Visionários que conseguiram escapar do ataque dos animais usavam armas para atordoar e queimar quem – e o quê – cruzasse seu caminho. Atravessando o ensurdecedor fogo cruzado, Dom Quintino se aproximou do círculo de Keana. Em meio aos gritos de dor e agonia oriundos da batalha que consumia os arredores, Quintino levou a mão ao bolso frontal, lentamente. Quando o líder dos Visionários pegou o fino invólucro de quartzo do Selo dos Espíritos, Keana soube que era fim de jogo.

❈

Clariz Birra-de-Olïva constatou o horror nos olhos de Keana. Não decepcionaria a garota – não depois de tudo que passaram juntas. Não se curvaria, por medo, à autoridade cruel de Quintino Velasque. Ele já lhe tomara o futuro uma vez – ela não permitiria que Keana perdesse a esperança pelas mãos do mesmo homem.

Decidiu correr. Os pés de Clariz deixaram o chão assim que arrojou o corpo na direção de Quintino Velasque. A Gravitriz voou direto no homem mais poderoso de toda a Divagar com as mãos algemadas nas costas e as pernas abertas, como uma tesoura. Era a mão que ela buscava.

— Jameson! O Selo! — gritou.

Jamie Chispe jogou as mãos para cima a fim de conjurar um vento que lhes trouxesse o amuleto.

Clariz derrubou Quintino Velasque e aterrissou de joelhos, retornando rápido ao círculo em volta da garota Milfort.

— Você consegue! — gritou ela enquanto tentavam reaver o objeto.

Finalmente, as batidas nos Portões quebraram uma das quatro manilhas. A luz índigo dentro dos cristais próximos começaram a minguar sob a capacidade mental de Tristão. Intensificou-se a luta. Keana olhou para os amigos a seu lado. Afastando-se da cena – com uma tranquilidade demente, as mãos sujas atrás do corpo franzino – via-se Estela Bisonte, a mulher cruel a quem Keana acreditou por tanto tempo dever a própria vida. Era como se ela não se importasse com o resultado do combate. Não era leal a ninguém, a não ser a si mesma. Não passava, afinal, de uma caçadora de recompensas.

— E pensar que enviaram *você* a Anibália para o meu resgate — falou Clariz. — E pensar que eu e Cerina nos aproximamos de você ao fim da nossa Cerimônia de Boas-Vindas. Nós lhe entregamos o nosso coração. A nossa amizade. Mas aqui está você, uma paródia dos desígnios de Madre Diva. Tenho pena de você, Estela de Altamira.

Estela desatou uma risada áspera.

— Deu agora de ressuscitar vidas passadas, é? Vamos falar sobre a sua, então. Continue na defesa dos necessitados, B'Olïva. Nada nunca vai preencher o buraco permanente que você sempre carregará no ventre. Suas entranhas ainda fedem à morte! — Estela riu, piscando para a amiga de outrora.

✳

CAPÍTULO VINTE E CINCO

— Vou fazê-la pagar, Estela! — gritou Keana. — Ainda que seja a última coisa que eu faça, vou caçá-la e juro por Madre Diva que a farei pagar!

— Sempre tive para mim que, por mais que levasse tempo, por mais cansativa que fosse a espera, *os seus pais verdadeiros* jamais desistiram de procurá-la, menina. Sabia que, quando chegasse o Domingo Cinzento, eles nos encontrariam e *libertariam a todos nós* — riu Estela, limpando a poeira dos braços.

— *Meus pais verdadeiros...?* — gritou Keana para o corpo de Edmar. Um nó se avolumou no fundo da garganta. Pensou em Cerina. *Eles* eram seus pais verdadeiros. Era a eles que devia seu passado e seu presente.

O maior dos mamutes trombeteou, silenciando a todos os presentes; agora o montador em suas costas amplas e peludas estava de pé, segurando as rédeas com as mãos.

— Pela liberdade! — rugiu Yuri Bo Billy, puxando as rédeas lanosas com tamanha força que o mamute disparou em direção aos Portões com a fúria de um gigante, batendo a enorme cabeça nos grandes blocos de obsidiana negra.

O chão retumbou enquanto o animal desorientado recuava um pouco para nova investida. Uma das manilhas rompeu-se com o impacto. Três ainda permaneciam no lugar.

Jamie correu para perto de Keana e tentou conjurar mais uma brisa que lhes trouxesse o Selo. Sozinho, ele não era forte o bastante. Os olhos de Quintino se iluminaram para Keana, esperando subjugá-la. Parecia enfurecido com a imunidade dela ao seu poder.

Keana segurou a mão de Jamie e permitiu que a fúria dela e as habilidades dele convergissem. Ventos de uma proeza magnífica sopraram o invólucro de quartzo direto para as mãos de Keana. No instante em que o segurou, ela soube que não estaria mais protegida dos Visionários. Rodeada pelos amigos, Keana tinha uma chance.

No momento em que tocou o Selo dos Espíritos, as três manilhas restantes que trancavam os Portões de Paradis se abriram num rasgo.

Agoniada, a garota gemeu, cada um dos clãs à sua volta se manifestando dentro dela. Reluzentes e ofuscantes, seus cachos cor de mel brilharam, enquanto o fogo, o trovão, os ventos, a gravidade, a sabedoria e o os sonhos faziam Keana subir ao céu. Um floco de neve havia se formado: os Seis Clãs de Divagar alinhados feito os ramos de cristal e o Espírito perdido como seu cerne estrelado.

O espetáculo de energia e poder sustentou a jovem Milfort como a *hospedeira virtuosa*, o sétimo elemento; a aparente única sobrevivente de uma história brutalmente apagada.

Eu sinto... Eu sinto... tudo... Rápida, a mente de Keana se insuflou nela, conforme tremeluziam explosões luminosas por trás dos olhos fechados. Não mais sentia a própria pele. A combinação de vitalidade arrebentou em um êxtase que viajou para fora do corpo. Não estava mais em sua carne.

Ela não era ninguém.

Ela era *todo mundo*.

Os raios de luz que irradiavam das mãos de Flora Velasque, Jameson Chispe, Mason Bo Billy, Sagan Philborne, Imogênia Willice e Clariz Birra-de-Olïva formaram um espetáculo incandescente em volta do corpo flutuante da garota. Keana estava envolvida em uma luz jubilosa e flamejante, as cores de um arco-íris depois de uma tempestade inclemente.

Lágrimas escaparam dos olhos de Flora ao perceber que as mechas da cor do mel ostentavam espectros de uma cor diferente. Repleta de tristeza e orgulho, a telepata soube, no fundo do coração, que tudo estava no seu devido lugar.

Rebentaram os Portões de Paradis, uma milenar barricada de proporções colossais. Suas corpulentas dobradiças de cristal permitiram, através das rachaduras recém-abertas, a insuflada de uma brisa congelante do ar estrangeiro. A luta ao redor cessou de uma vez, diante da estupefação do inimaginável que consumia a todos.

CAPÍTULO VINTE E CINCO

Flora estava de queixo caído: montados em cavalos musculosos marrons e brancos e de listras pretas como nenhum paradisiano jamais viu igual, havia duas dezenas de homens e mulheres de pele negra, trajando apenas um colar de pedra e fragmentos afiados de ossos humanos sobre os corpos nus e desnutridos. Os montadores tinham só uma lança na mão direita e as rédeas na esquerda. Pareceram reconhecer Keana, incandescente e flutuante no interior de um arco-íris.

— Dalila — entoou o líder, levando a mão esquerda ao colar, um gesto seguido por seus homens e mulheres. As pedras, ao que se revelou, eram idênticas àquela na mão de Keana, fornecendo energia à antiga manobra. Dom Quintino e seus Visionários sentiram um peso sendo-lhes retirado das costas.

Estavam *sem poderes*.

Esta nova e incrível *presença* deixou todos dos Seis Clãs impotentes de suas habilidades. Enquanto os vinte e quatro montadores Anibalianos entravam gloriosos em Paradis, sobre quagas bravios, o voo incandescente de Keana foi bruscamente interrompido, seus poderes desligados, como se fossem um simples sonar de defesa.

Flora não acreditava nos próprios olhos. Prostrado de joelhos, o avô levantou as mãos ao alto, em rendição. Inconsciente, Keana caiu nos braços delicados do mais jovem entre os Anibalianos, pacientemente à espera embaixo dela, até que se dissipassem os raios energéticos cor de arco-íris.

— *Papai... Posso salvá-lo...* — murmurou Keana, incoerente, nos braços do cavaleiro do deserto, antes de sucumbir por completo, com os cabelos emaranhados coroados por novas *mechas da cor do arco-íris*.

Perplexa e incapaz de se conectar à essência divina como todos ao redor, Flora apenas observou. Ao longe, entreviu Estela Bisonte encolhida de medo.

Alguns Anibalianos viram Estela, reconhecendo-a depois de quinze anos. Flora sentiu a ojeriza deles.

Todos os lobos, auroques e mamutes detiveram-se, respirando vagarosos. Então, as criaturas selvagens presentes curvaram a cabeça em obediência aos Anibalianos.

Ganindo, a filhote Luna levantou-se com dificuldade, mancando com a barriga queimada na direção dos homens e mulheres de pele negra descorada. Apanhou-a uma idosa de aspecto doente e olhos gentis, pousando-a no colo.

Entremeando os dedos cansados nos pelos finos da cabeça da tarpá, o mais ancião do povo do deserto encontrou os olhos de Flora na multidão.

De imediato, algo na mente da garota pulsou de vida.

Madre Diva, eles são reais. Eu sabia. Eu sabia! Flora ouviu os pensamentos de Clariz. *Sinto os pés totalmente no chão, eu... Não sentia isso desde...*

Os pensamentos de Estela soaram em sua mente.

Capitão Milfort mais morto impossível. Bo Billy filho dum borralho... Deveria ter arrancado os dois olhos dele. Ah, meus belos selvagens do deserto... Roubei a garota para o próprio bem de vocês, sabem disso, não é? Sem mim, nunca teriam encontrado Paradis... Em seguida, Estela olhou para Flora, como se soubesse que tinha pensado alto demais.

A lua cheia da manhã capturou a atenção de Flora, que sentiu-se conectada a ela. Os olhos passaram do contorno prateado ao corpo sem vida e enlameado do Capitão Milfort e aos tons de arco-íris dos cabelos de Keana.

Flora podia *se lembrar* da noite em que o Capitão Milfort encontrou a filha caçula, na savana inexplorada. Sentiu o vento frio no rosto enquanto escapavam dos Anibalianos sobre um gravitar. Sentiu a confiança instintiva de Keana no homem que ela um dia chamaria de pai.

Quando Flora pensou no Capitão Milfort à procura de sua nova bebê naquela caverna podre e úmida, o sangue fresco da gazela escorrendo pelos braços... ela começou a compreender o *amor*. Começou a compreender o *sofrimento*. Começou a compreender a *morte*.

Flora sabia que a vida real abundava para além dos Portões de Paradis, e todos na Terra mereciam uma chance de experimentá-la toda; uma chance de experimentar a *liberdade*.

Eram impressionantes o silêncio e o medo à sua volta. Os Anibalianos eram os verdadeiros mestres de seu entorno.

CAPÍTULO VINTE E CINCO

Os pensamentos de Clariz trouxeram-lhe de volta ao momento presente.

Dona Nicoleta?, pensou Clariz, vendo uma senhora idosa e austera sair de detrás dos quagas anibalianos e entrar em Paradis, ofegante e sangrando. Flora viu Tristão pegar a mão de Clariz.

— Vá, Clariz... Ninguém pode impedi-la... Seu filho... — Dona Nicoleta sorriu para Tristão e Clariz, e a voz falhou ao invocar o malfadado casal. — Vocês nunca o perderam. — Os olhos do homem começaram a lacrimejar. — Eu estava com ele. Ele está vivo... — anunciou a líder dos Gravitores. Flora sentiu que a senhora acendera, mais uma vez, um pavio no coração de Clariz e Tristão.

Jamie, Mason, Sagan e Imogênia se achavam diante dos Portões quando os homens e mulheres esquálidos, de tez beijada pelo Sol, se viraram tranquilamente, revelando na parte de trás da cabeça fios de cabelos fracos a cintilar na cor do mel. Keana Milfort dormia nos braços do estranho, enquanto os quagas começavam a galopar rumo a Barcella.

Flora Velasque atirou-se pelo Portões, correndo atrás do bando a galope. Nos cascos, os quagas traziam pedaços dos Pés de Alevir; assim, ao se aproximarem do fim da Beira, eles zarparam do penhasco, singrando o ar. Ao chegar ao último trecho de terra antes do precipício mais íngreme, só restou à garota de feições primitivas e inocentes, cabelos louros como raios de Sol e olhos cor-de-rosa prostrar-se de joelhos, hipnotizada ante o oceano profundo das nuvens que engolfavam a terra por baixo. Agora ela compreendia por que os Portões se postavam lá, afinal. Agora, vendo descer para além do céu índigo de Paradis a primeira pessoa a olhar no fundo dos seus olhos e lhe chamar de amiga, Flora Velasque descobriu um dos segredos mais bem guardados de Divagar: por que entrar e sair de sua terra natal era, sem dúvida, a experiência transformadora sobre a qual ela crescera ouvindo em sussurros. A inocência de Flora foi devidamente estilhaçada no momento em que ela descobriu ter passado a vida inteira *em uma ilha gravitante*, perdida no meio do céu.

Foi naquela manhã de domingo, dia 8 de leão, no ano 2015 depois de Diva, precisamente às 10:55, que os Portões de Paradis foram, pela primeira vez na história, quebrados. O mundo acabava de lhes ser descortinado.

VISIOPÉDIA

UMA BREVE HISTÓRIA DE DIVAGAR

Homens-macacos têm um gostinho da Divindade
Ano 7 antes de Diva
Uma tribo nômade de *Homo erectus* descobre um campo de girassóis de tamanho anormal no extremo sul da savana inexplorada. À noite, as flores robustas e estranhas soltam um líquido azul luminiscente e fragrante. A tribo de homens-macacos decide provar essa seiva e, logo, todos ficam viciados. O caos irrompe entre eles depois de alguns membros começarem a exibir comportamentos erráticos. O campo de girassóis, por fim, é queimado. Algum tempo depois, porém, uma das fêmeas da tribo volta e descobre que as flores renasceram das cinzas.

Nasce o primeiro ser Divino
Ano 1 a.D.
A mulher-macaco mantém suas visitas ao campo de girassóis renascido em segredo até estar com uma gravidez bem avançada. O bebê que ela dá à luz tem uma aparência muito diferente da do resto da tribo. Eles exigem que ela mate a criança, e ela concorda. A tribo a segue uma noite e descobre que ela mentiu sobre o bebê e o campo de girassóis. Enfurecidos, colocam fogo na mulher com a criança nos braços. Ela morre nas chamas, mas o bebê e os girassóis saem ilesos. A menininha sobrevive por anos se alimentando apenas da seiva azul, até por fim encontrar uma tribo de Neandros que a acolhe. Eles a chamam de Di'va – Filha das Flores, em paleolitino.

Rei Tarimundo, o Sapateiro
34—68 d.D.
Tarimundo foi o membro mais jovem de uma implacável tribo de caçadores-coletores que o deixou para trás na tundra congelante por ser um péssimo caçador. Às portas da morte, Tarimundo obedeceu a uma voz de mulher no vento que lhe dizia para seguir uma luz azul no céu noturno até chegar a um jardim abundante. Ele seria um dos primeiros a chegar aos pés do Monte Lazulai e sonhar com civilizações pacíficas num futuro distante. Como gesto de gratidão por ter sido recebido numa nova tribo, Tarimundo passaria seus dias produzindo peças protetoras e decorativas para os pés de Madre Diva. Segundo os escritos sagrados da Devoção (*ver entrada: Rainha Astrid*), quando Madre Diva decidiu que tinha chegado seu momento de partir, nomeou o jovem sapateiro como primeiro Rei do Jardim de Diva, mais tarde conhecido apenas como Divagar.

A Guerra Perdida
Século III d.D.
Não se sabe muito sobre o lendário conflito entre os Seis Clãs de Divagar e um inimigo, desconhecido, devido ao roubo das três primeiras Pedras Seculares, contendo todos os registros históricos do período da guerra. Como resultado da Guerra Perdida, a cabeça da estátua de Madre Diva também foi levada, e Divagar se fechou para o mundo exterior, alegando que os forasteiros nunca mais poderiam encontrar o Monte Lazulai.

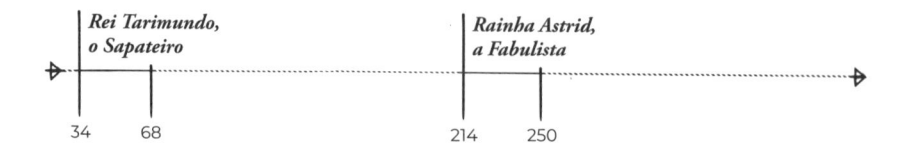

Rei Tarimundo, o Sapateiro
34 — 68

Rainha Astrid, a Fabulista
214 — 250

Rainha Astrid, a Fabulista
214—250 d.D.
Após a Guerra Perdida, as massas religiosas ficaram temerosas da constante peregrinação ao Monte Lazulai e exigiram um lugar de culto mais seguro. A tentativa formal da Rainha Astrid de recriar as fábulas, cerimônias e tradições que se perderam com o roubo das Pedras Seculares ficou conhecida como a Devoção. A monarca contadora de histórias, então, ordenou que os Faíscas escavassem uma pirâmide íngreme no topo do maior monólito de calcário de Lúmen. Ela também moveu a estátua decapitada de Madre Diva do Monte Lazulai para o topo do novo templo. Não se sabe quanto da Devoção documenta com precisão os ensinamentos de Madre Diva e quanto é uma invenção coletiva ecoada pela elite.

Rainha Camille, a Sedutora
1122—1132 d.D.
Durante sua década como líder de Paradis, a vida amorosa da Rainha Camille chegou às manchetes com mais frequência que suas decisões políticas. Embora fosse casada com o alquimista Brasa Dom Ptolomeu Faierbond, responsável pela invenção dos selos de clãs, a paixão da rainha pelo líder Visionário Dom Héracles Velasque era difícil de manter escondida. Sob seu reinado, os Visionários tiveram liberdade de ler as mentes dos Regulares sem mandado legal, e de bani-los de Paradis por crimes que ainda não tinham cometido. Seus supostos casos com Dom Héracles inspiraram muitos romances luxuriosos e a marcaram na história paradisiana como A Rainha de Dois Boudoirs.

Rainha Ava, a Jardineira
1389—1424 d.D.
Até o século XIV depois de Diva, a vegetação em Paradis era composta puramente de mudas minúsculas e vibrantes. A proximidade com o Monte Lazulai garantia que elas nunca murchassem, mas a localização peculiar de Paradis fazia com que fosse difícil desabrocharem totalmente. Durante uma de suas tediosas viagens anuais aos pântanos de Qosme, onde apresentava a Cerimônia de Boas-Vindas, a Rainha Ava enterrou uma moeda de pedrazul perto de uma muda de sequoia e fez um desejo. No ano seguinte, descobriu que a árvore crescera impressionantes 60 metros. Ao voltar para Lúmen, jurou dedicar o resto de sua vida a criar a floresta de abetos de Primeva. Para se libertar das cerimônias do despertar, ela ordenou a construção da Lúmen Academia. Quando lhe perguntavam o que tinha desejado ao plantar a moeda de pedrazul, a Rainha Ava inspirava profundamente e dizia: "Olhe em volta".

Rainha Camille, a Sedutora
1122 1132

Rainha Ava, a Jardineira
1389 1424

Rainha Julieta, a Maternal
1587—1598 d.D.
Em contraste com sua devoção inquestionável aos casamentos, a Rainha Julieta de Paradis viveu uma vida de celibato, rezando para que Madre Diva lhe desse filhos sem ter de recorrer às relações sexuais. Era conhecida por sua aversão a ser tocada, exceto por crianças e animais. Foi durante seu reinado que se tornou obrigatório educar as crianças antes da idade do despertar e domesticar animais com a comunhão, não violência.

A censura de profetas de rua
Século XVII d.D.
O jornal *A Tribuna de Lúmen* foi publicado pela primeira vez como *A Tribuna do Visionário* em 7 de escorpião de 1655 d.D. O Rei Murdoch, o Paranoico, e a Família Real tinham acabado de se mudar para Petropol para escapar da crise de fake news de Paradis, que assolava a nação com incertezas políticas. O Rei Murdoch não confiava nos videntes Visionários, pois acreditava estarem tramando destroná-lo. Quando o rei voltou a Lúmen, profetas de rua foram presos e todas as premonições políticas passaram a ter de ser gravadas em rosetas, com sua aprovação editorial prévia. Séculos depois, *A Tribuna de Lúmen* ainda é notória por sua linha editorial de jornalismo chapa-branca.

Rainha Marilu, a Confeiteira
1756—1769 d.D.
Uma amável confeiteira que trabalhou no Palácio de Avalai durante o reinado do Rei Filistino, o Glutão. Marilu foi surpreendida certa manhã com a descoberta de que havia sido coroada governante de Paradis. Depois de treze anos de um reinado manso, generoso e hesitante, o coração da Rainha Marilu ansiava por uma aventura maior. Em 1769, ela coroou o Rei Nestor como seu sucessor e se aventurou para além dos Portões de Paradis, acompanhada por sua conselheira palaciana, Violeta Grenadino, e sua guarda-real Visionária, Aurora Velasque. Um ano depois, a senhorita Grenadino foi encontrada vagando sem rumo na Lagoa Sem Volta, em Qosme. Estava gravemente catatônica, com metade do rosto queimado e sem o braço esquerdo. Nunca mais encontraram nem ouviram falar da Rainha Marilu e de Aurora Velasque.

A Revolta da Despedida
1769 d.D.
Quando a amada Rainha Marilu decidiu que não podia mais adiar seu desejo de ver o mundo lá fora, súditos Regulares se rebelaram com a nomeação de Rei Nestor, o Tirano (1769—1801 d.D.) como seu sucessor. Como resultado da revolta popular, o Rei Nestor sancionou uma proibição de viagem para Regulares e Neandros válida em todo o país, que ainda vigora.

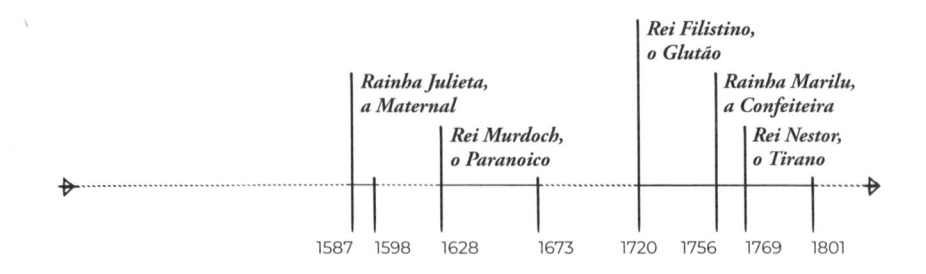

Rainha Julieta, a Maternal — 1587, 1598
Rei Murdoch, o Paranoico — 1628, 1673
Rei Filistino, o Glutão — 1720, 1756
Rainha Marilu, a Confeiteira — 1756, 1769
Rei Nestor, o Tirano — 1769, 1801

Reinha Allison, Dois-Espíritos
1886—1912 d.D.
Durante 26 anos, reverenciou-se Reinha Allison de Paradis como grande monarca, por sua generosidade, inclusão de estrangeiros e desdém pelas convenções sociais conservadoras. Reinha se identificava como homem e mulher, dependendo da ocasião. Deixou um legado que inclui a Lei de Utilização de Poderes em Público – que proíbe cidadãos Divinos de se mostrar na presença de Regulares – e o Decreto do Estudante de Intercâmbio Mortal, que permite que mancebos estrangeiros se candidatem à Lúmen Academia.

Rainha Helena, a Estorva
1912—1995 d.D.
Monarca de reinado mais longo da história paradisiana, dizia-se que a líder populista tinha bem mais de 150 anos de idade quando renunciou. No que ela alegou ser seu aniversário de 90 anos, seus súditos bordaram um véu rubro para poupá-la da vergonha de definhar diante do público. A Cúpula de Clãs pediu que ela fizesse o Voto depois de descobrirem que todas as comidas maravilhosas que ela doava em seus jardins há décadas eram, na verdade, pilhadas de tribos Neandras estrangeiras. Às pressas, Helena nomeou seu cocheiro gentil e covarde, Duarte, como próximo rei de Paradis.

Rei Duarte, o Covarde
1995 d.D.
O fim do reinado de Rainha Helena foi engolfado por escândalos, revoltas e ameaças de guerra civil. O jovem Duarte, seu cocheiro, foi nomeado como substituto principalmente por sua personalidade dócil, baixa autoestima e comportamento pacifista. O povo queria um governante que não o decepcionasse como a Rainha Helena, então, foi tranquilizado com a nomeação do jovem inexperiente. O Rei Duarte é casado com a Dama Larissa de Paradis e é pai orgulhoso de duas gêmeas idênticas: Princesa Imelda, cujo programa de variedades a tornou uma telepersonalidade famosa em Divagar, e Dama Imogênia, uma aprendiz de Truqueira, que ele tirou do treinamento de clãs e forçou a voltar a uma vida regular – por medo de que seus súditos o julgassem. A indecisão constante de Rei Duarte, sempre voltando atrás em relação à política de clãs, o tornou um monarca notoriamente passivo na opinião pública.

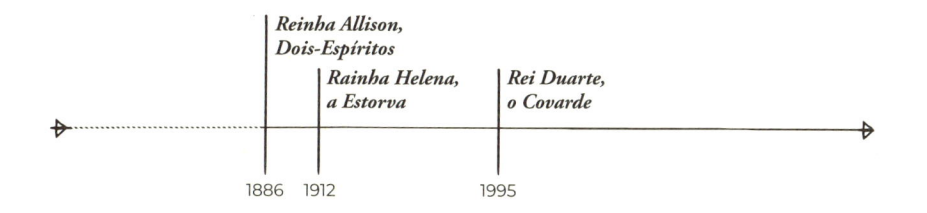

VISIOPÉDIA

UM GLOSSÁRIO DE TERMOS DIVAGARIANOS

A

Acordo Climático de Paradis
• *Cultura* • Um acordo entre os clãs Ventaneiro, Brasa e Truqueiro, que garante clima agradável o ano todo ao povo de Paradis. Com a adição de imortalidade da vegetação, só se podem experimentar quatro estações na primeira nação: primavera crescente, primavera minguante, verão crescente e verão minguante. As estações outono e inverno são consideradas Regulares demais para um território Divino, além de serem sinais de precariedade política.

Adar • *Folclore* • 🜄 Quinto filho de Madre Diva. Diz-se que Adar foi o primeiro líder dos Brasas.

Adormecer • *Expressão idiomática* • O estado mais profundo – muitas vezes irreversível – de inconsciência; as portas da morte.

Ala de Cura Popular • *Lugar* • Uma instituição que fornece tratamento médico e cirúrgico e cuidados de enfermagem a pessoas doentes ou feridas.

Alabastro • *Folclore* • 🜍 Primeiro filho de Madre Diva. Diz-se que Alabastro foi o primeiro líder dos Visionários.

Alek • *Folclore* • ⚡ Quarto filho de Madre Diva. Diz-se que Alek foi o primeiro líder dos Faíscas.

Alevir • *Folclore* • ✖ Segundo filho de Madre Diva. Diz-se que Alevir foi o primeiro líder dos Gravitores.

Aludov • *Folclore* • 🜔 Sexto filho de Madre Diva. Diz-se que Aludov foi o primeiro líder dos Truqueiros.

Âmago • *Alquimia* • Um ponto impreciso localizado dentro do esterno, perto do coração do Divino; o âmago serve como ponto de conexão entre a pedrazul e um ser humano. É invisível ao olho humano, mas, quando despertado, pode ser ouvido como um silvo leve por baixo do compasso das batidas do coração.

Ambigênero • *Cultura* • Ver Reinha Allison, Dois-Espíritos.

Amória • *Lugar* • Segunda nação de Divagar; lar dos Gravitores.

Aníbal • *Folclore* • ❋ Diz-se que era parente não documentado de Madre Diva.

Anibalianos • *Folclore* • Diz-se que são descendentes de Aníbal, também conhecidos como "povo do deserto".

Apagão • *Alquimia* • Uma falha no fornecimento de Divindade, em geral causada por interferência energética no Monte Lazulai.

Aparato • *Alquimia* • Um artefato que usa energia de pedrazul e canaliza temporariamente a habilidade de um clã a seu usuário.

Ardineiro • *Cultura* • Um funcionário Gravitor responsável pela manutenção das enormes sequoias milenares de Lúmen.

Arma de choque • *Aparato* • ⚡ Uma manopla de cristal usada como arma produtora de eletricidade.

Arma de fogo • *Aparato* • 🜄 Uma manopla usada como lança-chamas.

Arruagem • *Aparato* • ✖ Um veículo particular planador conduzido por um chofer Gravitor. Arruagens em geral acomodam uma família pequena e seus pertences.

Astor • *Folclore* • 🜍 Terceiro filho de Madre Diva. Diz-se que Astor foi o primeiro líder dos Ventaneiros.

B

Barcella • *Lugar* • Uma cidade; capital de Capriche.

Bardot • *Lugar* • Sexta nação de Divagar; lar dos Truqueiros.

Bisbilhoteiro • *Expressão idiomática* • Termo pejorativo usado para descrever os Visionários.

Borralho • *Cultura* • Cidadãos paradisianos que não são elegíveis à Lúmen Academia, mas se recusam a instalar seus revitalizadores e registrar-se como Regulares. Borralhos são considerados, pela maioria, parasitas preguiçosos e covardes. Seus véus têm cor de lírio, um tom destinado a crianças. Como são considerados maus exemplos para a sociedade paradisiana, os borralhos têm direito a uma passagem só de ida para sair de Paradis.

Brasa • *Governo* • ⚡ Quinto clã de Divagar. Os diligentes Brasas conseguem manipular o calor a seu favor; são pirocinéticos e podem andar pelas chamas. Sua sede fica em Magmundi e eles são os principais responsáveis por fornecer acesso ao fogo, alquimia e engenharia a Paradis.

Brasincenso • *Aparato* • ⚡ Uma vareta com temperos misturados, fabricada pelos Brasas, que inflama pelo aroma doce que produz.

Bruma púrpura • *Cultura* • Resíduo de um despacho Truqueiro, muitas vezes acompanhado por um aroma pungente de ervas.

C

Cabeça-de-trapo • *Expressão idiomática* • Uma forma desrespeitosa de referir-se a Regulares.

Campana • *Lugar* • Quarta nação de Divagar; lar dos Faíscas.

Camuflar • *Habilidade* • 🌀 Capacidade de parecer temporariamente uma outra pessoa a olhos alheios.

Cão-urso • *Natureza* • Amphicyonidae. Criaturas terrestres carnívoras que têm características anatômicas das duas espécies.

Capriche • *Lugar* • Oitava nação de Divagar; única entrada a Paradis.

Cavamarca • *Lugar* • Cidade mais ao norte de Paradis; onde a Ponte Gelanorte leva ao Monte Lazulai.

Chapar • *Expressão idiomática* • Um chapador é um indivíduo Visionário com habilidade de remover informação das ondas aéreas e trancá-la em pedra, para outros videntes não poderem acessá-la.

Charoíte • *Alquimia* • Esse raro mineral de sílica tem cores que vão do lavanda translúcido ao púrpura, com um brilho perolado.

Clã • *Cultura* • Uma tribo de indivíduos Divinos que compartilha das mesmas habilidades. Há seis clãs oficialmente reconhecidos em Divagar: os Visionários, os Gravitores, os Ventaneiros, os Faíscas, os Brasas e os Truqueiros.

CLT • *Habilidade* • 🌀 Condução Ligeira de Truqueiros é um meio de transporte instantâneo supervisionado por oficiais Truqueiros. Ver "despachar".

Colégio do Rei Tarimundo • *Lugar* • Quando jovens Regulares são registrados no Conselho Municipal de Lúmen, recebem permissão de matricular-se no Colégio do Rei Tarimundo, onde serão treinados por três anos em deveres cívicos, história Regular, trabalhos manuais, serviços domésticos e obediência.

Colina de Avalai • *Lugar* • O bairro mais afluente de Lúmen, onde moram as famílias de elite de alto status dos Divinos.

Combustão seca • *Habilidade* • A capacidade de pressurizar qualquer corpo físico de dentro para fora, à vontade, até a explosão.

Comunhão • *Habilidade* • 🐾 Capacidade de comunicar-se mentalmente com um animal. Os usos mais práticos podem ir de domesticar feras selvagens a ter conversas agradáveis com animais de estimação.

CPF • *Governo* • Controle Paradisiano de Fronteira é uma agência controlada por Visionários conhecidos como Padres Aduaneiros. Estações do CPF estão espalhadas em localizações-chave de Divagar para rastrear as idas e vindas dos cidadãos.

Cruzanimar • *Habilidade* • 🐾 Capacidade de trocar de corpo com um animal. Os usos mais práticos podem ir de tratamentos terapêuticos a espionagem de alto nível.

Cúpula dos Clãs • *Governo* • Uma assembleia política entre líderes de clãs e o líder dos Regulares que acontece no Palácio de Avalai.

D

d.D. • *Cultura* • "depois de Diva"; o calendário de Divagar começa com o nascimento de Diva. O ano 1 depois de Diva equivale ao ano 201.965 antes de Cristo.

Dançarino aéreo • *Cultura* • ✹ Artistas Gravitores conhecidos por suas coreografias aéreas a tendências exibicionistas.

Darwin • *Lugar* • Uma cidade; capital de Petropol.

Desfuneral • *Cultura* • Uma cerimônia para cidadãos Divinos dizerem adeus quando decidem parar de viver. Quando cidadãos Regulares ou Neandros tomam a mesma decisão ou chegam à marca de 100 anos, a Polícia Visionária força-os a tomar a seiva, coloca seus corpos numa arruagem e os descarta no Monte Lazulai.

Despachar • *Habilidade* • 🌀 Capacidade de materializar um corpo físico em outro local. Despachar, em geral, deixa uma nuvem fina de bruma púrpura no ar.

Despertar • *Alquimia* • Preparação biológica do âmago de um jovem para receber suas habilidades Divinas.

Devoção • *Cultura* • As escrituras sagradas e religião primária de Divagar. Uma sacerdotisa que conduz missas de Devoção é conhecida como Noviça de Diva ou trovadora.

Dinheiro • *Artefato* • Moeda divagariana; pequenas moedas de cristal de pedrazul que só podem ser usadas por adultos, sob risco de queimar as mãos de menores.

Distintivo de candidatura • *Aparato* • Essa lágrima dourada é um convite da Lúmen Academia a jovens que se acredita poderem ser Divinos.

Diva • *Folclore* • O primeiro ser humano a liberar o poder dos cristais de pedrazul. Diz-se que Diva era abençoada com seis habilidades, passadas a seus filhos, fundadores dos Seis Clãs de Divagar após o desaparecimento dela.

Divagar • *Lugar* • Um reino de quinze nações governado pelos Divinos. Divagarianos desfrutam da experiência da vida numa sociedade organizada enquanto, no exterior, os seres humanos lutam para sobreviver no mundo selvagem, como caçadores-coletores primitivos.

Diviara • *Lugar* • Templo central de adoração de Lúmen. A entrada da

Diviara é localizada a 30 metros do chão e só pode ser acessada pelos divinos por pedras gravitoras, durante o horário comercial. Regulares têm de usar as escadas na entrada dos fundos.

Divímetro • *Aparato* • Um instrumento para medir e indicar a Divindade no ar. Quando os divímetros estão baixos, as autoridades devem ficar alerta para problemas em seu sistema de segurança.

Divindade • *Alquimia* • A radiação emanada dos cristais de pedrazul que permite habilidades de manipulação da natureza. O uso dessas habilidades exige uma conexão ativa entre uma pessoa e um pedaço de pedrazul. A Divindade não viaja bem na água.

Divino • *Alquimia* • Homo sapiens divus; idêntico em aparência aos Regulares, exceto pela presença de um âmago abaixo do esterno. Ver "âmago".

Domani • *Folclore* • Um Visionário lendário que se diz ter sido condenado à Infernalha por tentar obter todas as habilidades divinas para si.

Dormente • *Alquimia* • Crianças e mancebos que não foram despertados como Divinos nem registrados como Regulares.

E

Elo de Sangue • *Aparato* • Um método de geolocalização usado para medir a distância física entre parentes sanguíneos Divinos.

Empurrada • *Expressão idiomática* • Prática de açougue paradisiana; o gado é empurrado de um penhasco para o território [mortal] de Capriche. Quando os animais estão mortos, são cortados e levados de volta a Paradis, onde podem ser consumidos como alimento de forma segura.

Esculhambar • *Habilidade* • Hipnose; a capacidade de entrar na mente de alguém e bagunçar seus pensamentos. Embora seja uma prática ilegal, é frequentemente usada como meio de coerção. Quando uma esculhambação acaba, a mente da vítima pode se curar e voltar ao estado natural.

Esfera de luz • *Habilidade* • Uma poderosa esfera de eletricidade usada como arma.

Esfinge • *Folclore* • Quando um animal se alimenta de um humano em território imortal, a alma humana fica presa dentro do corpo do animal, desencadeando uma mudança lenta em criatura híbrida e antropomórfica. As esfinges são lendárias por seu charme, inteligência e veneno tão potente que pode matar mesmo dentro de território imortal.

Espectransmissão • *Habilidade* • Capacidade de projetar uma imagem tridimensional trêmula de si mesmo a uma distância razoável.

Estorvo • *Cultura* • Qualquer pessoa em território imortal que estenda sua vida além da marca culturalmente apropriada dos 100 anos. Estorvos costumam ser descritos como gananciosos, covardes e traiçoeiros. Quanto mais um estorvo decide continuar vivendo, mais precisa-se de Divindade para manter sua vitalidade.

F

Faísca • *Governo* • Quarto clã de Divagar. Os dinâmicos Faíscas conseguem manipular a eletricidade a seu favor: são energéticos e excelentes em transformação. Sua sede fica em Campana e eles são os principais responsáveis por fornecer energia, construção e bens manufaturados a Paradis.

Fumobravo • *Natureza* • Cannabis ruderalis.

G

Gravitar • *Aparato* • ✕ Veículo voador abastecido por pedrazul; consiste de uma prancha montada sobre um longo guidão. A velocidade máxima de um gravitar pode variar dependendo da qualidade do combustível.

Gravitores • *Governo* • ✕ Segundo clã de Divagar. Os idealistas Gravitores são capazes de manipular a gravidade a seu favor: são telecinéticos e capazes de levitar e voar. Sua sede fica em Amória e eles são os principais responsáveis por transporte público, educação e estratégias de defesa de Paradis.

H

Homens das cavernas • *Expressão idiomática* • Termo vulgar para designar os Neandros.

I

Ilhas Kalahar • *Lugar* • Terceira nação de Divagar; lar dos Ventaneiros.

Imortalidade • *Alquimia* • A proximidade com o Monte Lazulai – maior reserva de pedrazul do mundo – torna Paradis o epicentro das habilidades e expectativas de vida anormais dos Divinos. Embora todas as quinze nações de Divagar estejam localizadas em raio Divino, Paradis é um dos raros territórios imortais na Terra.

Infernalha • *Lugar* • Uma masmorra vulcânica que guarda os espíritos desencarnados dos criminosos mais implacáveis de Divagar. Ser sentenciado à Infernalha significa queimar em magma fervente por toda a eternidade. Centenas de Brasas são empregados o ano todo para conter a lava e suas almas castigadas.

Infonuvens • *Aparato* • Um amálgama de resíduos telepáticos de acontecimentos passados e futuros que ficam no ar e podem ser acessados com tecnologia Visionária.

Irásia • *Lugar* • Primeira nação da Paleolita.

J

Jonès • *Lugar* • Capital de Amória.

L

L.A. • *Lugar* • Ver 'Lúmen Academia'.

Lascaux • *Lugar* • Capital de Bardot.

Láurea • *Artefato* • Essa lágrima prateada é uma alta honra oferecida por um clã a um de seus membros. Apenas quem é Tríplice Laureado pode ser eleito líder de um clã.

Leão • *Cultura* • O quinto mês do calendário divagariano. Equivalente ao mês gregoriano de agosto.

Libertador • *Cultura* • Um advogado Regular.

Luandar • *Habilidade* • ☰ Capacidade de andar no ar.

Lúmen • *Lugar* • Capital de Paradis; Lúmen é o centro político e econômico de Divagar.

Lúmen Academia • *Lugar* • Escola preparatória para recém-despertados. Na Lúmen Academia, pupilos podem esperar aprender alquimia, artes marciais, política de clãs, história divagariana e como dominar suas habilidades divinas. Depois de três anos na L.A., formandos recebem seus passavantes e se mudam para a sede de seu clã, onde completam treinamento militar e começam a fazer provas para serem laureados.

M

Maçã-de-sebe • *Natureza* • *Maclura pomifera*, fruto também conhecido como laranjeira-de-osage.

Magmundi • *Lugar* • Quinta nação de Divagar; lar dos Brasas.

Mancebo • *Expressão idiomática* • Termo paradisiano para adolescente.

Mang-Churiang • *Lugar* • Segunda nação da Paleolita.

Martifruti • *Natureza* • *Silphium*, uma fruta em formato de coração com efeitos supostamente contraceptivos.

Mauamante • *Folclore* • Quando um Divino passa tempo demais longe da pedrazul, arrisca virar uma criatura sem rosto e noturna. Quem faz contato com um mauamante se torna objeto de sua busca desesperada por afeto. Amando suas vítimas até a morte delas, os mauamantes se tornam Divinos de novo.

Monte Lazulai • *Lugar* • Terra prometida de Divagar e sua maior fonte de energia. Acredita-se que o Monte Lazulai caiu dos céus eras atrás como um único mineral colossal e fertilizou a Terra com Divindade. Divagarianos creem que seu pico serviu como uma antena ponderosa que pode ter dado aos primeiros primatas autopercepção e atraído Diva para fora da savana quando criança. A única forma de acessar o Monte Lazulai é pela Ponte Gelanorte, na cidade paradisiana de Cavamarca. Os desfunerais acontecem no Monte Lazulai, e a Prisão Perpétria fica ali. Seu pico pode ser visto à noite, em Paradis, como um triângulo azul no céu escuro.

O Mosaico • *Folclore* • Um muro de gelo mítico que se crê localizado em algum lugar do Monte Lazulai. Acredita-se que o Mosaico contenha a história completa do tempo e do espaço – incluindo nascimento e a morte de toda a vida no universo – entalhada pelo primeiro Visionário da história. Diz a lenda de que ele ficou louco para sempre depois de passar anos num único transe.

Muambazar • *Cultura* • A arena ao ar livre em que Neandros vendem mercadorias a cidadãos Divinos e Regulares.

N

Neandro • *Alquimia* • *Homo neanderthalensis*; uma espécie de humano. Neandros tendem a ser mais baixos, mais fortes e mais conectados à natureza que seus primos Regulares e Divinos.

A Névoa • *Folclore* • Uma cortina de névoa suspensa perto do pico do Monte Lazulai. Divagarianos acreditam que ela separa o mundo dos vivos do mundo de quem ascendeu.

O

Obsessão • *Habilidade* • Capacidade de falar dentro da mente de alguém com a voz da própria pessoa. Um obsessor pode convencer sua vítima a mudar de ideia sem ter de esculhambá-la. É uma prática ilegal.

Orbe • *Cultura* • Uma cabeça humana cortada usada como bola numa partida de pitz. Em Paradis, orbes podem ser recosturadas em seus donos decapitados após o anúncio de um vencedor. No resto de Divagar, porém, decapitações por esporte tendem a resultar em morte instantânea.

P

Padre Aduaneiro • *Cultura* • Homens membros do clã Visionário responsáveis pelo controle de fronteiras ou por castigo, ou por um desejo de isolamento. Padres Aduaneiros devem cortar os laços com seus entes amados, como parte do protocolo de segurança.

Palácio de Avalai • *Lugar* • Localizado na capital de Paradis, é lar da Família Real de Divagar, onde são realizadas as Cúpulas dos Clãs.

Paleolita • *Lugar* • Um reino selvagem no extremo Oriente composto por três nações de Neandros: Mang-Churiang, Neandetera e Irásia.

Paleolitino • *Cultura* • O idioma nativo dos Neandros, falado por tribos de todos os cantos.

Papirada • *Aparato* • Burocracia dos Visionários. Uma papirada consiste de pedaços de papiro encantados com uma mescla azulada de ervas e lascas de chifres de auroque.

Papiro • *Aparato* • Uma folha de feltro feita com fibras vegetais e usada para escrever ou desenhar.

Paradis • *Lugar* • Primeira nação de Divagar; lar dos Regulares.

Passavante • *Aparato* • Um documento oficial emitido por autoridades paradisianas que certifica a identidade do portador e sua elegibilidade para entrar e sair de Paradis.

Paupereza • *Lugar* • O bairro de classe operária de Lúmen, onde moram Regulares, imigrantes e Neandros assimilados.

Pedras Seculares • *Folclore* • Grandes monolitos que, acredita-se, contêm séculos de história. Diz-se que as Pedras Seculares aceleraram o processo de civilização Divina de formas inimagináveis. Ver "turfar" e "chapar".

Pedrazul • *Alquimia* • A mãe de todos os minerais; pedrazul é a fonte de toda a Divindade – sem ela, os Divinos se tornariam Regulares e os eternos se tornariam mortais. Ela pode ser recarregada sendo exposta à luz do luar direta ou ao sangue humano fresco.

Pergaminho • *Aparato* • Uma obra escrita ou impressa enrolada num pedaço de papiro.

Pés de Alevir • *Aparato* • Uma joia mística com energia dos Gravitores selada dentro; concede ao usuário a habilidade de voar.

Petropol • *Lugar* • Sétima nação de Divagar; lar dos Visionários.

Pirata • *Cultura* • Cidadão Divino que usa suas habilidades para propósitos ilegais.

Pitz • *Cultura* • Esporte mais popular de Divagar. O pitz mistura habilidades de todos os clãs, destreza e imortalidade, num jogo aéreo onde dois times se organizam em torres verticais gravitoras. Cada jogador no solo deve levantar uma cabeça humana gritando até o jogador do alto, enquanto o time oposto ataca para quebrar esse esforço. As partidas de pitz podem ser muitíssimo violentas e com frequência acabam em mutilações múltiplas.

Ponte entre mentes • *Habilidade* • Uma conexão telepática feita por um Visionário. O destinatário deve aceitar o convite para a conversa telepática. Quanto mais forte a ligação entre as duas partes, maiores as distâncias atingidas por uma ponte entre suas mentes.

Povo do deserto • *Folclore* • Ver "Anibalianos".

Praça Ventaneira • *Lugar* • O bairro residencial de classe média de Lúmen, mais populoso da cidade. A Praça Ventaneira é o marco zero da capital paradisiana e parada central das balsas públicas.

Primavera crescente • *Cultura* • Ver Acordo Climático de Paradis.

Primavera minguante • *Cultura* • Ver Acordo Climático de Paradis.

Primeva • *Lugar* • Distrito. Uma floresta de abetos ao sul de Lúmen, onde Neandros moram isolados dos Divinos.

Primitivo • *Expressão idiomática* • Uma forma cortês de referir-se aos Neandros.

Prisão Perpétria • *Lugar* • Uma penitenciária de segurança máxima localizada no extremo do Monte Lazulai. Cidadãos paradisianos condenados por crimes contra Diva são sentenciados a penas horríveis em Perpétria, largados para se virar em celas imundas e congelantes, conhecidas como caixas de gelo. No fim de suas sentenças, os presidiários podem ser perdoados e libertados ou enviados ao fogo da Infernalha para queimar por toda a eternidade.

Protocolo • *Governo* • Uma contribuição da Divindade dos clãs para a manutenção da vida civilizada em Divagar; por exemplo, os Brasas mantém Paradis aquecida o suficiente para se viver, por meio do protocolo de Magmundi.

Q

Qosme • *Lugar* • A décima quinta e última nação de Divagar.

Quadrivisagem • *Habilidade* • A capacidade de capturar telepaticamente a emoção residual derivada de um acontecimento e transferir esse momento para o desenho.

R

Radicais Livres • *Cultura* • Um grupo secreto de anarquistas que não acreditam no relato oficial de Petropol sobre a história divagariana e é perseguido por defender direitos dos Neandros, não segregação dos Regulares e direito universal a viajar.

Realeza • *Cultura* • A lei divagariana determina que um monarca Regular sempre governe os Seis Clãs de Divagar. A linha de sucessão consiste no primogênito do monarca atual, excluindo cônjuges e outros filhos. Além disso, os monarcas podem decidir por uma sucessão não sanguínea. Um exemplo notável é o falecido Rei Filistino, o Glutão (1720—1755 d.D.), que ficou tão apaixonado pelos bolinhos de sua confeiteira que – num episódio de senilidade – coroou-a Rainha Marilu de Paradis.

Regular • *Alquimia* • *Homo sapiens sapiens*; um humano moderno sem acesso direto a Divindade. Em Paradis, cidadãos Regulares compõem uma casta mais baixa, sendo forçados a cobrir sua cabeça e seu corpo em véus negros e segregados dos Divinos. Regulares são educados para o trabalho duro, e devem trabalhar no emprego que o Conselho Municipal lhes recomendar, obedecer a um toque de recolher estrito e não sair do país.

Revitalizador • *Aparato* • Joia de pedrazul que se prega através das palmas das mãos e peitos dos pés dos Regulares. O principal propósito conhecido dos revitalizadores é servir como rastreadores para os Visionários. Regulares registrados que se recusam a serem furados correm o risco de ser deportados permanentemente de Paradis.

Roseta • *Aparato* • Uma publicação noticiosa gravava numa pedra;

rosetas só podem ser lidas por cidadãos Divinos.

S

Saga • *Cultura* • ✈ Primeira visão recebida por um Visionário; muitas vezes traz pistas de seu verdadeiro propósito de vida.

Sanguepotâmia • *Lugar* • Uma massa de água lendária onde, segundo boatos, xamãs e Anibalianos se encontram de tempos em tempos.

Seiva • *Folclore* • Se a pedrazul expande a expectativa de vida, ela também pode sugar a vitalidade de outros seres vivos no processo. Quando as árvores são totalmente suprimidas de sua força vital, começam a produzir esse perigoso líquido negro, que dizem ter o gosto da própria morte.

Selo • *Aparato* • Um pedaço de mineral contendo uma habilidade Divina. Em Paradis, os selos costumam ser usados para propósitos domésticos, como abrir portas pesadas, acender fogueiras ou dar a um cômodo bagunçado a aparência de estar arrumado. Selos domésticos em geral são ativados ao serem esfregados, e geram uma conta de Divinidade bastante alta.

Servo • *Cultura* • Um Neandro que se vende para trabalhar para sempre numa casa Divina em troca de comida para seus filhos. Servos podem ser forçados a trabalhar por séculos até seus ossos desintegrarem.

Sonhambular • *Habilidade* • ✈ A forma mais fácil de um telepata entrar na mente de alguém sem ser notado. A mente que sonha pode convidar invasores, se reconhecê-los.

Sugassangue • *Folclore* • Criaturas lendárias derivadas de rituais de punição xamânicos. Quando um deles comete uma ofensa imperdoável, os xamãs cortam o braço direito e o forçam a beber seu próprio sangue, antes de enterrá-lo vivo com um pequeno pedaço de pedrazul, para poderem ter o gostinho de sua vergonha por toda a eternidade. Após doze luas cheias sob a terra, os punidos se levantam como sugassangues sedentos, criaturas noturnas perversas.

T

Tarpã • *Natureza* • Equus ferus ferus, também conhecido como cavalo-selvagem.

Telechamada • *Cultura* • ✈ Um canal de comunicação entre dois visiofones. Ao contrário de uma ponte entre mentes, as telechamadas custam Dinheiros e deixam registros para a Polícia Visionária.

Telepersonalidade • *Cultura* • Uma pessoa famosa por estar nas teletransmissões.

Teletransmissão • *Cultura* • ✈ Programas Visionários que transmitem entretenimento e propaganda aos oráculos domésticos. Se consumidas sem bom-senso, as telechamadas podem ser quase hipnóticas.

Territórios Inexplorados • *Lugar* • Lugares que cartógrafos Gravitores não puderam sobrevoar com sucesso, por causa ou de sua distância física até o Monte Lazulai ou da presença de forças inimigas.

Transmuto • *Aparato* • ☙ Uma mistura Divina injetável que dá ao usuário habilidades temporárias de Truqueiro. Essa substância ilegal pode ser viciante. As receitas variam, incluindo, entre outras coisas, leite de papoula, sangue xamânico, pedrazul em pó, lágrimas de Neandro e seiva.

Tribuna de Lúmen • *Artefato* • Veículo de notícia do clã Visionário.

A Tribuna de Lúmen só está disponível fisicamente em Paradis, impressa em rosetas. No resto de Divagar, é lida às massas a cada duas semanas por declamadores.

Trovadora • *Cultura* • Uma sacerdotisa da Devoção.

Trucâmera • *Aparato* • Um aparelho de gravação de imagens que se esconde num colar.

Truqueiro • *Governo* • Sexto clã de Divagar. Os diplomáticos Truqueiros são capazes de manipular a mecânica quântica a seu favor: são ilusionistas e têm o dom de se teletransportar. Sua sede fica em Bardot e eles são os principais responsáveis por fornecer paisagismo, logística e entretenimento a Paradis.

Turfar • *Habilidade* • Surfar no tempo; um turfista é um indivíduo Visionário com a rara habilidade de ver vislumbres do passado e futuro longínquos, embora tenham dificuldade de distinguir entre os dois e suas visões em geral sejam limitadas por sua posição geográfica atual.

U

Ugas • *Expressão idiomática* • Forma vulgar de referir-se aos Neandros.

Ursos da gruta • *Natureza* • *Ursus ingressus*, um grande urso-das-cavernas com membros enormes e robustos.

V

Vegigoma • *Natureza* • Uma forma natural de borracha feita de leite de dente-de-leão.

Ventaneiro • *Governo* • Terceiro clã de Divagar. Os valentes Ventaneiros são capazes de manipular o ar a seu favor: são elementares e mestres dos ventos. Sua sede fica nas Ilhas Kalahar e eles são os principais responsáveis por fornecer clima clemente, agricultura sustentável e densidade do ar apropriada a Paradis.

Ventosa • *Aparato* • Uma máscara gelatinosa capaz de produzir oxigênio respirável, tipicamente usada para mergulhar.

Verão-crescente • *Cultura* • Ver "Acordo Climático de Paradis".

Verão-minguante • *Cultura* • Ver "Acordo Climático de Paradis".

Virgem • *Cultura* • Sexto mês do calendário divagariano. Equivalente ao mês de setembro gregoriano.

Visialgema • *Aparato* • Algemas que só podem ser destrancadas por telepatia.

Visióculos • *Aparato* • Óculos visionários usados para acessar a infonuvem e até desencadear premonições.

Visiofone • *Aparato* • Um aparelho Visionário que converte sinais neurológicos em frequências elétricas para transmitir pensamentos a distância.

Visionários • *Governo* • Primeiro clã de Divagar. Os ardilosos Visionários são capazes de manipular os neurônios a seu favor: são telepatas e podem ver além do tempo e do espaço. Sua sede fica em Petropol e eles são os principais responsáveis por fornecer comunicação, vigilância e obediência civil a Paradis.

X

Xamãs • *Cultura* • Descendentes perdidos dos Truqueiros, que se separaram dos Divinos e migraram para o Oriente, no reino selvagem da Paleolita. Xamãs têm acesso limitado a pedrazul, então, suas habilidades não se comparam às dos Divinos.

AGRADECIMENTOS

Minha profunda gratidão a família e amigos, por seus olhos, ouvidos e torcida conforme uma fascinação inexplicável por épocas pré-históricas crescia à galope. Obrigado a Luna Chino, uma inspiradora fã de fantasia e talentosa cartógrafa, pela dedicada pesquisa paleogeográfica e sua jornada apaixonada em busca de situar Divagar no espaço e no tempo. A Paulo Bellé, arquiteto e estilista visionário, pela pesquisa criativa que ajudou a firmar as descrições de povos e lugares. A Amy Bennet, editora com olhos de lince que ajustou de forma tão elegante, até a essência, as palavras de um ansioso escritor. A Lucía Rovira, por desenhar os logos da série. A Bruno Algarve, por desenvolver os ícones e finalizar o mapa de um novo reino.
A Nico Lassalle, o artista singular que interpretou e ilustrou cenas divagarianas com uma sensibilidade onírica. A Carol Melo, por sua ternura, entusiasmo e paciência em transformar um documento virtual de texto neste banquete para os olhos e ao tradutor Robson Falcheti Peixoto, pelo carinho e cuidado ao guiar de volta à nossa língua materna esta saga sonhada em outro idioma...
Por último, mas não menos importante, gostaria de agradecer a Tainá Bandeira, boa amiga de prosas e viagens que acreditou nesta história desde o primeiríssimo parágrafo, no primeiríssimo dia.

www.pjmaia.com
info@pjmaia.com

Facebook
@livroespiritoperdido
@PJMaiaAuthor
Instagram
@eternitydeparts
Twitter
@eternitydeparts